布衣玫瑰

◎陈末 著

新疆美术摄影出版社
新疆电子音像出版社

图书在版编目(CIP)数据

布衣玫瑰 / 陈末著. – – 乌鲁木齐：新疆美术摄影出版社：新疆电子音像出版社,2010.8

ISBN 978 – 7 – 5469 – 1047 – 5

Ⅰ.①布…Ⅱ.①陈…　Ⅲ.①长篇小说 – 中国 – 当代　Ⅳ.①I247.5

中国版本图书馆 CIP 数据核字(2010)第 159578 号

书　　名	布衣玫瑰
作　　者	陈　末
责任编辑	朱传红
封面设计	万里明
出　　版	新疆美术摄影出版社 新疆电子音像出版社
地　　址	乌鲁木齐市西虹西路 36 号
邮　　编	830000
电　　话	0991-7708581
发　　行	新华书店
印　　刷	三河市华晨印务有限公司
开　　本	700×1000mm　1/16
印　　张	17
字　　数	270 千字
版　　次	2010 年 8 月第 1 版
印　　次	2010 年 9 月第 1 次印刷
书　　号	ISBN978-7-5469-1047-5
定　　价	32.00 元

这座城市　　厚得悲悯

人们纷纷手持玫瑰闯入它的领地

每当灯海冥灭　　月光普照

有人睡着　　而有人却醒着

醒着的人　　为睡去的人耕耘芳香

睡去的人　　为醒着的人剔除芒刺

——题　记

目　录

第 一 章

初次相遇——在风信子湖畔的色浆里

每个人的身体里都藏有两具肉身

　一具是充满禅意之身

一具是充满恶俗之身

在有限的相遇里

我们需要奉献无限的禅意

还是有限的恶俗?

　　　　　　——以诗题记

1

如果命运可以提前预测，童妮可以提前或者推后出现，她将选择在另一种场合与林之夜相遇。但，命运就是这样自然，容不得童妮提前或者推后，命运需要的，永远是牢牢捕食掉那些自行跌入它时间表中的"此时的一切"。而童妮，也恰是那极微弱的此时的闪现。

应广东诗坛"矮种马"，即主编西原的邀请，童妮前去参加深圳市宝安区《春海》杂志社的一次小型笔会。接到邀请函时，她正在双重失业的漩涡里徘徊，刚刚从一家外企公司离职，又不得不在新婚丈夫巨大的精神压力下辞去了深圳大家乐舞台的伴舞工作。所谓的伴舞，也是她在深圳的一份临时工，属于晚班制。在大型公益演出活动中，因为急需要增加群舞演员，一些接了演出任务的演出公司就从一些长期合作过的非职业演员中临时调遣一些舞蹈爱好者来充数，这些舞蹈爱好者，散落在深圳大大小小的公司或者企业里，白天，他们是打工仔，或者打工妹，晚上，他们被某个大型演出或者公益活动汇聚到大家乐舞台，为成千上万的外来工表演类似于"神州大舞台"式的集体歌舞。偶尔，会有较适当的收入，但大多数情况下，能上台就是一种荣幸，所以，在荣幸面前最好不要提"钱"这个字。当然，对演出公司来说，这些舞蹈表演者，必须在技巧与乐感上要有一定的基础和功底才可以，不要有摆不上台面的民间小作坊似的粗俗气息，也不能有抽离于城市文化符号的类似于宫殿般的富丽堂皇，中庸之道者，最佳。毕业于新疆某职业专科学校的童妮学的是幼师专业，所以，表面看来，童妮的舞蹈气质刚好与之吻合，常常，她的那张小脸总是被安排在中排靠左，最不容易令人记住的一种位置上，像道具一样在追光中忽明忽暗，这恰好符合了外来人流对故乡的某种怀旧情感，所以，童妮得以被不同的演出公司频频地借用。现在，有了婚姻的童妮，被丈夫秦勃将这种演出活动呵斥为"丢人现眼"后，失去固定职业的童妮不得不将自己伸入社会舞台的那只水袖用婚姻之剪齐肩剥离了，群舞所呈现出的排他性，如同她所表演过的那些节目被大家的集体笑声淹没了。在需要物质控制的家庭生活中，童妮身上那些零星的艺术细胞渐渐像章鱼一样收回了触角。

好在成了暂时的家庭主妇后，童妮又拾起了文字，开始试着在本子上写一些情绪散文，或者是零散的小诗，还幸运地发了一些，领取了一些稿费。大概，中国的年轻人都干过这种事，百无聊赖时，拨弄一些文字，以示青春的奶液没有在社会的染缸里变成黑灰色。正是这几首小诗，让西原发现了童妮。

虽然你是新手，但你的东西有一种潜在的质感。这是西原对童妮的评价。被四堵墙体包围了很久的童妮，被窗外伸来的一根爬山虎探出了一丝春意。她欣然接受了西原的邀请，但又有些突然受宠的迷失。

正是在这种迷失里，童妮与林之夜有了最初次的相见。原本，她可以选择不去，可是，事情往往是这样奇异，她不单是精心梳妆打扮之后前去参加了这次活动，而且，是在她自己也十分清楚，此时的她，无论再怎么努力都是一个身陷恶俗之身的情况下出发的，这样一来，她身上所散发出来的像所有女子一样的气息，正是带着一种提前死去的时间的印记，无可挽回地与她一起结伴经历着崭新的迷失。

童妮正好坐在西原的身边，而在他们的正对面，就坐着林之夜。

整夜里，她几乎没有办法去看任何人，还深陷在自己即将到来的又一个时刻，正在思考她出现在这样的场合会对她产生什么样的人生意义？同时，又深感自己在众人之中是如此地卑微，以至于在自己都还没有找到自己时，竟然自私地提前出现于众人面前，而在身体里充满了一种丰富的羞愧感。所以，她的脸，总是红着，一会儿浅，一会儿深。

可以说，今夜围坐在桌子一周的众人，代替了整个20世纪90年代初活跃在深圳文学界的先锋写作者，这对童妮来说，是一种幸运，也是一种折磨。相对于他们在公众视野中的光辉，她的提前泯灭让她倍加伤感。因为此时的她，毫无身份可言,仅仅只限于公开发表过几首小诗的家庭主妇。请注意,几首小诗,和一个家庭主妇之间真实存在的那根绳索。大家正在热烈的讨论将要在《春海》上开辟的一个新诗专栏,他们正在为这个新辟的专栏命名,他们的讨论涉及面很广,从创作到评论,从文学到绘画,从话剧到歌剧,从古代到当代,从流派到先锋,她简直无法开口说话,只觉得自己的两片嘴唇,正在他们的讨论中一道道裂着无知的缝隙。我简直就是白痴,她在心里诅咒着自己。这样,她的嘴唇上,又缀满了新的伤感,看上去,无助而失态。

后来,他们激烈的讨论慢慢地退后,而她的心中什么也没有留下,或者说,还不能允许自己从心里对这样的夜晚产生一点思想上的同步,有一种新的恐慌正从他们的话语间向她袭来:此刻有谁在鄙视我?

在一条看似幽暗的门洞里,她看到可能存在的集体的鄙视迫使她的脸上闪现出藐视外围的冷漠。她分不清这种鄙视从何而来?当她深夜归家之后,她的丈夫将率领生活的对立面一起先来鄙视今夜的她?今夜之后的她?还是被更多的人群加以客观的鄙视?或者,两者同时鄙视?童妮忽然看见了自己苍白的未来。

当童妮身处被艺术之布包裹的众人之躯中,她在他们狂放的个性和张嘴即逝的犀利言词之中看到了自己最为恶欲的人之厚度——在日常的生活面前,她比侏儒还要矮小三分。在众人的讨论声中,她眼睁睁看见自己正在目睹这种厚度的同时,又从心灵的另一面看见了神灵已经开始为她准备未曾死亡的通向艺术地窖的虚土。这虚土,从新疆的戈壁滩上驰骋而来,如此亲切,如此私密,困顿在她的怀里,好像是为了帮助像她这样一些在不懂得生活的实质人群里埋下湿润的土壤,她的心又有些发热,并且挣扎了。为此,她显得心不在焉,不知该是继续扮演千万个妇人之道中的讣告者,还是应该拔开虚土看看那里究竟是否藏着被她埋于恶俗之下的正在保鲜柜中的她?然后,她就听到了西原对她发出的第二次邀请。

童妮,你也发表一下你的看法。西原兴致勃勃地说。西原的一头长发卷曲着,披在他的肩头,整个人显得探头探脑,又有些温顺的"野马入室"的抽象轮廓。

说什么呢?童妮显得自言自语。

西原又从众人的注视中掉转过他的"马头"望着童妮,眼睛像一匹黑马一样闪烁着大自然的幽黑灵光。童妮抬起头来向前眯了一下眼睛,仿佛从目光所极之处借取一个真实的自己以便适应这样进退两难的夜晚。很快,羞愧和羞涩装扮了她的黑夜之容。当她低下头来,满面通红,在她还来不及发现真实的自己时,对面的那个人已经真实地提前进入了她的此刻。

我们整晚都在关注你的存在。他隔开众人的笑声对童妮说,声音是温柔的,如池塘之风似地向着她微笑了起来,而那双清澈的眼睛正在用力地搬运着她,用一种无比善良而厚重的不可知的伤感覆盖着她。当她再次抬起脸时,她的目光总是在多重的伤感里跌跌绊绊。

我今天来晚了,还是你们谈吧。童妮解释道,她声音打颤,而故作平静,好像整个聚会就是一场即将开演的滑稽小歌剧,她便是那找不着主角时硬要命令她临时来顶替的文艺群众。

那就下一位吧。西原兴冲冲地望着下一位说,他的"马头"留给童妮一个被风吹动的线团一样的背面,让童妮觉得自己再一次深陷一种被遗漏的境地而无法自拔,似乎她总是站在地基里才能看到其他人身体中的建筑。

众人讨论完之后开始用餐。用餐之前,开始喝酒。菜齐,杯满,人人举杯,向着彼此,也向着今夜一起举杯。杯声中他的杯朝着她的伸过来,很响亮地碰着她的,惊得她抬起头来望向他。

他应该将自己的酒杯碰在月亮的身上,而不是我的。童妮暗自想。

无论从他另一种卷曲的如同变音节里的长音和顿音一样的长发里,还是被长期的善意蒸熟的脸上,童妮都看不出,自己此时有什么地方值得他为她举杯?

喝一点,暖暖情绪。他对她说,似乎是在劝说她,又似乎是在劝说自己。几棵高大的羊蹄树从夜空中弯垂下来,树杆上挂着一串很亮的灯泡,他的身影在灯泡里形成另一弯剪影,很重地印回到树影里,她的寂寞因此而被罩入更深的寂寞里,也就不再形单影只。

室外的空气远比室内的要好,有很自然的风从酒楼的池塘上吹过来,打在众人的身上,而桌子是摆放在池塘西边伸进水域近六米长的一处宽敞平台上,池塘四周种着很茂盛的风信子花,因而那满池塘的紫色从水域里直卷上岸来,扑在每一个人的笑容里,唯独在她伤感的脸上停留着一抹紫色的阴影。

在酒过三巡之后,几乎有一半的人已经有些微醉。尤其是西原。一会儿站起来,一会儿又绕场一周,一会儿仰头作诗,一会儿又大声吟唱他的家乡湖南小调。

湘江自古出才子啊,出才子……西原端着酒杯左摇右晃,仿佛一匹被诗灌醉的马匹,所言所行均透着马的狂妄与奔放。最后,这匹醉马停在童妮的对面直视着她,也就是停在他所在的方向直视着她,这样一来,她的眼睛必须在瞬间之内接受两个艺术分子微醉的重量。

童妮,你放松一些,自由一点,不要表现得那么沉重好吗? 西原说。

西原又举起一杯酒要来启蒙她,她便忙乱地站起身举起了茶杯去回敬西原,而脑子里却不断地被"自由"一词牢牢地抓紧了,她已经很久没想到过这个词了。

你杯里举的不是酒,是水,是水,是不知好歹的一杯水。西原有些醉意蒙□地责怪她。

下次,我一定喝。她忙乱地推脱道。

就在这时,西原身边的他,从自己的背包里取出一瓶很小巧的石榴酒往她的茶杯里倒了一点。

这种酒,度数很低的,尝一点,对你的身体很有益。他对她说。

还未等她举杯去向西原道谢,西原已经从他手中抢过那瓶石榴酒一仰马脖喝了个精光。还未等大家有所反应,西原又将一只空酒瓶一抬手飞进了身后的池塘里,在他洒脱的动作里,只听得极微弱的一声"咚",风信子的花面上几乎是没有产生任何过分的动静,西原这一诗意的举动就被那满池塘的忧郁的紫色吞蚀了。

喝嘛,别活得那么清醒,糊涂一点不好吗? 你喝,你喝,喝醉了,自然会醒的嘛。西原望着拘谨的她说,然后这匹醉马在一阵急剧到来的咳嗽声里倒在椅子上引起众人一阵快乐的大笑,而她还在自己的尴尬里站在树影与灯影里。

你坐下呀,坐下呀,今晚女诗人太多,西原已经被你们弄得不醒人世了。那个人急忙又跟着站起来为她解围。

她点点头坐了下来,酒精起了一点作用,情绪似乎有些安宁的意味。她不免打量了那个人一眼。

他是那种过分清瘦的人,仿佛所有的思绪都长成了肌肉,捆绑着骨骼,每一次言语,每一次动作,都像是在脱下一件过旧的道袍,让人享受到一种重新修复的寺院的遗风。但在当时,她并没有这样了解到真实的他的存在,当时,她正在深圳辉煌的建筑群中迷失自己,而且常年累月的工厂生活几乎已经将她磨平,故而,在她眼中的他,只是像西原跟大家所介绍的那样,是一个正在从事服装艺术设计的兄弟——林之夜,当然,这位林之夜兄弟不是一般意义上的服装艺术设计师,鸟瞰目前的诗歌界,他已经是生活在南方土壤里少见的优秀诗歌创作者之一。用西原的原话来说,林之夜是裁缝队伍里的诗人,诗歌队伍里的裁缝。所以,这个身披诗意之光的裁缝出现在童妮的面前时,童妮恰巧正穿着一件月白色的充满诗意的连身长裙,裙子的右侧开着极隐蔽的高叉,只有坐下时,才会露出她的腿部。正是这个分叉,当众人散去,他和她一路坐在一辆出租车后座时,她再一次涨红着脸面使劲拉着那敞开的裙角。

没事,就当是月光照坏了你今夜的衣裳。他充满善意地对她说。

是我的衣裳照坏了今夜的月光吧? 她灵机一动话已出口。

说完,她的脸一下子就从透明的红颜色里解脱了出来。但紧接着,他的脸,却显出让她想象不到的红,在一溜一溜飞向身后的刺眼的路灯光中,她几乎可以毫不费劲地看见林之夜的耳朵也跟着他的脸一起映红了。

下车时,他为她叫来了一辆摩托车,并且叮嘱她"路上小心"之后,为她付了搭乘摩托车的钱。当他的手伸向她时,把钱放在她的手掌里,她完全忘记了拒绝之心,她的一双眼睛整个地停在他伸过来的手上,那只手占据了她的一双眼,她的心被一种陌生而惊喜的感觉所垄断:为什么他会长着一双这样的手?

一直到家里,打开防盗门,进了卫生间,将身体放进淋浴器的喷头底下,水珠从她健康的身体上滑落下来时,她还沉浸在他手的意象里不能自制。他的手形修长而均匀,指尖光滑而圆润,手掌只及手指部分的三分之一多一点,只要手指微微张开,就好像所有的夜晚都在他的手指上旋转得不知去向,唯独他的手,在向着失踪的夜晚指示着一切回归的方向。在她的回忆里,他的手是很细腻很白净的那种,看上去,无欲,而年轻。

如果身体让这样的手紧握一次,后果会怎么样?

这个奇异的念头刚一闪现, 她的身体就跟着沐浴露的泡沫在磁砖地面上重重地一滑。在浴室的镜子里,她又惊异地发现,在那只无欲的手上,她似乎正在像一朵迟到的玫瑰一样徐徐绽放,她的脖子毫不客气地转变成了一圈粉红色,然后又被羞耻的联想浮现成深红色,乳房的上半部分竟然也紧跟着开始出现一片奇异的粉。她紧紧地用两只手捂住了自己。这种反应,对她,是从来没有过的。

她立刻停止了淋浴,悄声无息地进了卧室。

她的头刚挨着枕头,丈夫秦勃的声音却从客厅里传了过来。这时,她才发现,秦勃不在卧室,也没有睡觉,正端坐在客厅的沙发上一筹莫展的模样。我怎么没有发现?我的眼睛呢?莫非刚才进门后,我又把另一个自己关在了门外?

几点了？秦勃平静地问她。

我，没看时间。她内疚地说。

你什么时候看过时间？秦勃说，烟蒂照亮了他脸上的讥讽。

在秦勃的问话里，她的心在床上又揪成了一团。最近，他们太难以相处，不知道是因为他的工作太累，还是因为她已经半年没有找到一份合适的工作，总之，当她失去工作，秦勃的情绪一直不好。更可气的是，当她眼神迷离地盯着她的衣柜并且又开始漫无目的地舞弄几首小诗后，她常常无缘无故地在秦勃的身边长时间地发呆。现在，她发呆的次数和时间越来越让秦勃烦躁不安。她发呆时，好像秦勃是她最近的身外之物，是一个"空气人"，甚至是上了床，她也在秦勃的欲望里发呆。秦勃不知道她在时间里寻找着什么比丈夫还要重要的东西？秦勃最受不了这个。受不了。所以，他夜夜在自己的不安里等着她上床来，原以为她会从那些虚幻的过往的舞服或者是那些如同从她肚皮里爬出来的文字里抬起身体贴紧自己，把他也当成一块她手中的布料或者一张废纸来渲泄她的喜怒哀乐，但是，他常常是空等一场，或者根本，从来都没有等到过。

不守妇道。这句话最近充斥着秦勃的大脑，同时也代替了童妮在秦勃心目中最初所呈现的那个形象。

此刻，这句话，再次漂浮起来，像藏在秦勃舌头底部的另一根韧带，只要他还不能装聋作哑，每一次开口，都必须紧紧地用舌头贴住他的下颌部分，这样，他才能用正常的上颌部分说出作为丈夫的正常言词。他担心，在深圳，每一个夜晚，有多少女性正在极力保存自己至高无上的最后贞洁，那么，就有多少至高无上的贞洁女性正在这座城市无奈地丢失。童妮已是他名誉上的老婆，虽然他们领取结婚证书后还未正式操办喜宴，但是，她在这些正式的仪式到来之前最好不要让他对她的贞洁之体再多操一份额外的闲心。

别人都是老婆等着丈夫回家，老婆为丈夫操心，你倒好，弄反了，还一副趾高气扬的表情，你不觉得自己挺好笑的吗？秦勃压了压怒气，但语气显然比怒气本身还能够伤害到童妮的脸面。

我可笑？童妮不由自主地冷笑了一声，从你秦勃嘴巴里说出我可笑，倒不如让你直接说我可怜好了。童妮说完后，转向进了卧室。

秦勃茫然地盯住童妮的背影，盯住他们之间总是保留的那段可怕的距离。是的，这多少是他最近的苦恼所在，在婚姻的世界里，她总是离他存在着一具肉体的株距。

在秦勃的眼里,童妮的眼睛始终有一片叠影存在,仿佛她天生就生长着两双眼睛,一双看着周围的一切,一双隐蔽在另一双的背后,正从周围的一切中回看她自己。这叠影,自他们同在深圳这样一个环境里生存时,他曾为之而着迷。那些美丽的夜晚,他在下班之后,夜夜带着她在深圳城里穿街走巷,想象自己每时每刻都可以在这种叠影里自由穿梭,在她的眼睛里,既可以经历周围的一切,又可以经历正从周围向他回拢的她,他曾是多么幸福。然而现在,这可怕的婚姻的鞋子,这可怕的失业的困苦,这可怕的不安宁的心神,严重影响了他们的情绪。

难道她被一纸婚姻迷失了?当她的食指染上红色按在她的名字上后,另一个她,便在与她肩并肩头挨头的另一团食指的红色名字底下稀释了?这样想着,烟灰便烧了秦勃的手指。而她似乎并没有主动请他来到床上的意思,她又开始在床上发呆了,他只好灭了烟,自己上了床。这个女人,就是用这种恍惚的神情让他千挑万选地迷失在婚姻里了。

也许是在半夜吧,秦勃大概是在回忆里是在梦里想象着与童妮发生着性爱吧,他忽然间就醒了,之后,他的手就伸进了童妮的身体里,先是轻的,后是重的,在她的乳房上摸索着。那年轻的乳房,满满的一把,在他的摸索中慢慢地涨大,轮廓很好,像羞红的石榴,而后,他就从回忆里从梦中彻底清醒了,这个苦闷的夜,在床上,他认为他再次到达了她。

你疯了!童妮在毛巾被里发出一声低吼,觉得他侵犯到了她一样。

性事的过程转瞬即逝。在极短的时间里,秦勃的胳膊支在童妮的长发里,揪起了她的头皮;秦勃的大腿在脱底裤时压住了童妮的一丝丝皮肉,很薄的一层,面积极小的一处内侧部位;秦勃的下巴碰到了童妮的鼻梁,很突然地一下触碰;而秦勃的身体,整个地向着童妮在撞击,力量全部凝聚在童妮阴骨的位置,好像石榔头敲着她的里层……秦勃睡着后,童妮流泪了。

这样的性事已经持续了快一年了,秦勃不知道怎么才能在性爱里左右她,而她,又总是在他的性爱里早早陷入到疼痛的躲避里。因此,她的阴骨总是隐隐作痛,宛若她倒霉的理不清的新婚生活。

今夜更是如此,她回来得太晚,扰乱了他正常的欲望。他在男性的神秘痛苦里睡去,而她,则在女性的恍惚中不能入睡。

早上临出门时,秦勃给童妮留了 500 元钱,你去买份人才信息报,下午再到罗湖区的人才交流中心去看看,只要能够先上班,以后的事,以后再说吧。秦勃走了,从阳台上的窗户那里,童妮看见他的背部有些习惯性地向着大地扣下去,很沉稳很结实的那种弧度,好像弧度里倒扣着另一个不如意的她。

他应该还是爱我的吧……童妮看着那个背影,掌握着她青春历史的一个人,多少还是温暖的。

到了罗湖区的人才交流中心,会场里的正门还没有打开,两部电梯门口已经涌满了青一色的年轻人,看到胸前挂着工作牌手里提着大幅招聘启示的人,人群就会自动形成一个小小的过道让他们先靠近电梯口。这些身上挂着招聘牌子的人,正是大家极力想要投靠的人。而童妮则不远不近地站在整栋楼的阴影里,整栋楼的阴影在晨光中倾斜地罩着她,她站在那里,脸又开始无缘无故地发红,她看到,贴在楼外招聘版上的所有用人单位,均在显眼位置写上了"未婚"的要求,她的脚,在那些排列整齐的"未婚"的黑色字样里开始飘摇不定。

进入招聘大厅后,一阵冷气吹醒了她。在人群里,如果客观地从天花板上对这类人群进行俯视,她还不是那种一看就像永远也找不到合意工作的女子,甚至,她一抬头,一侧目,还是保留着九十年代初期女大学生们所特有的朴素和雅致。看到一些穿着热裤或是吊带装的女子,童妮的信心又升腾起来了,这是来应聘,又不是去夜总会。

到了下午六点时,童妮寂寞地站在大厅中央看着已经开始退潮的人流。冷气已经不是冷气,而是一股强劲的寒流在童妮的周身上下直打转。一上午,每当她递出一张应聘表,对方先是热情接待,只一眼,就又递出了她的表格。她听到的最多的词语就是随着股股冷气冲进她口腔里的三个字"对不起",她被所有的招聘单位拒绝了,因为她是一个没有任何耀眼成长背景的人,而且还是一个"已婚女性"。

半年前,童妮不得不离开的那家港资企业几乎像另一栋庞大的建筑瞬间竖在招聘大厅的中央位置将她压成了扁平的遗物,她终于明白,在那家专门生产电器产品的港资企业里,她学到的仅仅是二极管三极管电容电阻和IC,整整四年,一个必须用繁体字写联系单出报的企业,不但未让她学到一句真正意义上的粤语,甚至已经让她忘记了自己曾经拿过英语四级证书的学业生涯。在招聘单位眼中,现在的她,是一个在流水线上管理品质检验的不会英语不会粤语不会电脑的生活在社会最底层的已婚失业女性。

当然，在那些穿着热裤与吊带的女孩子当中，无论是童妮的乳房，还是童妮的面容，都不能够在第一时间里引起男性招聘者的直观性欲。在这个更恶俗微缩的现实气息里，她是失败的，她的一张脸固执地闪现着被时代的巨轮辗过之后还不知道流露出任何悔改之意的忧郁，从前的她，和即将到来的她，仿佛同时结伴死在了此时的她里，而周围的人们正忙于生计，忙于实现所谓的理想，暂时还无法顾及他人的死活，更谈不上满腔的忧郁，所以，她便显示出另一类是文人又非文人的可笑状态……是的，童妮是被一九九六的深圳城死死焊结在时代电路板上的一粒碎裂的小电阻，如果有人用时代的显微镜来观测她，一定还可以看见她开裂后还以为自己很完整的那种无知。

她站在大厅中央，觉得整座城市都在挤压着她。直到最后一名保安很礼貌地将她请出大门，一道不锈钢的卷闸门"当啷"一声将她关在了招聘中心的又一重大门外。

走吧，保安说，回去吧，像你这样的女孩子多的是嘞，全国各地的女孩子都往这里跑嘛，找不到工作是很正常的嘞，那么多人抢一只饭碗，我都见怪不怪嘞，你看看，有的人，还是硕士生呢，一年到头都在这里找工作嘞，我真是不明白，找不到工作人又不会死，你干嘛一副死去活来的模样吗？说句实在话嘞，像你这种人，整个深圳城，那就更多了嘞……羞耻和清淡的愤怒使童妮低下头。她不想跟任何人理论找工作这个话题。

唉，回家了嘞，没有家，住的地方总是有的嘞，没有地方住，饭总是要吃的嘞，你看看，你不吃饭，我还要吃饭嘞。保安手里已经拿着一份盒饭，上上下下说不清是可怜还是见怪不怪地打量了她一下。

先开饭嘞，妹子儿。保安敲打着饭盒对着童妮叫了一声。童妮这才慌乱地想起，秦勃早上出门时还向她交待了另外一件重要的事情：今晚多做几个菜，洪晓琳和宁志达他们要来家里吃晚饭。

从罗湖区的人才市场出来，童妮坐了近一个小时的中巴车才回到他们租住的布沙村，位于福田区下沙片区一片旧村子，新盖的民房和旧式楼房交叉而立，电线从头顶上纵横而过，热气腾腾里永远有内地前来打工而失业后才不得不在马路四周卖甘蔗卖菠萝卖头饰卖太阳镜的黑脸妇女和涂脂抹粉寻找香港嫖赌者的妓女使布沙村显得有点杂乱。

这些可怜的，来到黄金地带谋生活的人，她们已经被整个城市晒得焦黑，或者刷得惨白,看到童妮这样的正经女子,还忍不住用一种失落或是羡慕的眼光打量着她,或许她正代表着她们生活中的最高状态?这样一分析,童妮又产生了新的伤感,她再次想着自己是不是不应该继续呆在这座城市?既然这座城市这么不需要像她这样的人那么何尝不应该另谋出路呢?

去北京?去上海?再到另一个城市重新开始找工作?这是不可能的,连拿出路费都成问题的人,最好选择原地待命。

或者回到新疆呢?回到故乡?回到那种被太阳和沙漠烧透的日子?这种念头一闪而过,童妮已经惊出一身冷汗。

不守妇道啊,已经是秦勃的老婆了,还想着走,还想着逃,多么自私。童妮伸手在自己的胳膊上捏了一把,疼得嘴角向上一抽。

进了沙角菜市场,一个三轮车远远地呼哧哧冲过来,压了童妮的脚,连头也顾不上回就冲上了马路。童妮望着已经撤摊的菜市场,菜市场的水泥墩子十分有限,大部分人为了逃税,便就着菜市场的棚布阴凉在市场外围摆地摊。再一转头,她发现,连这种小摊都收得差不多了。正是炎热的夏季,快接近夜晚了,天气还是热得人晕三倒四,连乳沟里都有汗水往下淌。

买了几个熟菜回到家里,秦勃已经很生气地在厨房里自己忙碌着,而洪晓琳和丈夫刘冰峰还有秦勃的师兄宁志达正在客厅里打牌,也就是斗地主。童妮不会打牌,所以,对他们痴迷的斗地主的精神一向捉摸不定,看了也就有些心生烦躁。还有,她不太喜欢秦勃的老乡洪晓琳,从她的嘴里,除了谈论什么好吃、什么好穿、什么好玩、什么好挣钱以外,很少听到她谈论别的什么,她的一双明亮的大眼睛总是机灵地四下一转,再透过来时,里面就有一本恶俗之书正在翻动的巨响,她的眼睛随时都依附在时代的巨轮上,时代如何滚动她便拥有如何奇妙的速度,但也是一种福气,因为,这种女人,从来不会被时代所抛弃,相反,她们会从时代的巨轮上捞到不少金银财宝。

一个有钱,但不知道生活真正乐趣与意义的女人,童妮虽然可以接受,但她并不羡慕洪晓琳现在所拥有的一切,比如,在一家有名的服装公司,她刚刚升了生管部经理的位置,她想报废哪家工厂里出产的拉链,哪一家工厂便得另谋主子。洪晓琳现在权力很大,这是秦勃对童妮说的,童妮明白秦勃的意思,所谓的"权力很大",也就是"油水或者回扣很大"的意思。

童妮进门后问候了洪晓琳一声,她常来童妮的家里,这是她的另一种生活乐趣,来的时候,她会穿着各式名牌服装,戴着从深圳中英街金大福黄金店里购买的极品项链和耳坠。洪晓琳拥有另一种美,被时代的轮子推出来的美,美得热气逼人,热浪直涌,就算是手握一幅扑克牌,也显出稀罕的抖擞派头,肤色白净,笑声迭连,当着丈夫刘冰峰的面眼睛却可以大方地推一把其中任意一位男性胳膊的美,这种美,显示出女人的另一种亲近和自然,长期修炼下来,很快,就成了一个站在时代轮子顶尖上舞蹈的主角。童妮看着这个时代宝物,眼里,心里就忍不住要望着她笑笑,她即不爱洪晓琳,也不讨厌洪晓琳,但却有一种想时刻潜伏在自己眼睛背后观望她的暗喜。

晚饭后,像往常一样,他们四人围在一起开始打麻将。童妮不会打麻将,看着他们兴奋地将麻将摔得噼噼叭叭,她有一种暴躁感。这种感受从她父亲那里开始,从新疆的伊尔湖农场开始,一直到她来到深圳打工,她都不能平复,也不想平复。她听不得麻将拥挤成一堆相互搅拌的那种响声,她受不了,总有一种想立刻掀桌子走人的暴躁。在童妮来深圳前,她的父亲常常就在这种麻将桌上彻夜不归,父亲迷恋麻将声,就像母亲迷恋离家出走一样,自从母亲离家出走成功后(也许说成是童妮亲手放了她母亲更为合适),父亲就把乡里乡亲带进自己家里彻夜战斗。

一个没有老婆的男人,麻将变成了他的老婆。

童妮一边为他们清洗葡萄和苹果,一边听着这种声音,她真想一粒一粒,将水龙头下的一串串葡萄捏个稀烂,但这仅限于想象。麻将桌上端坐着她的丈夫,她现在是他的家庭主妇,为他,和他的朋友们洗洗葡萄和苹果,这是她应该也是必须做的小事。

童妮端着水果,分成四个小盘,放在四个人的手旁边。

吃啊,很新鲜的。她尽量表现出一位家庭主妇优雅的状态。

没人应声,刚刚和了一盘麻将的秦勃,嘴里刁着一根熊猫牌香烟,正在亢奋地搓牌。童妮的心,被声声麻将敲击着,那种感觉不单是暴躁,而是一种对此类游戏的无端小视。

她始终不明白,每到周末,他们几个都要相约组成麻将团通宵打牌,开着窗户,说着脏话,烟灰四散,脸带菜色,忙碌了一个晚上,最多是某人的口袋里少了几百元钱,而另一个则多出几百元钱。然后,他们也不睡觉,结伴到附近的潮州酒家去喝早茶,一喝一上午。中午回家后,再接着战斗,而后,又是一个通宵。到了第二个通宵里,他们的脸上通通生出部分新的皱纹,眼皮子薄了很多,眼珠子突出在眼皮底下,眼眶四周挑起一圈骨印,看上去,很古怪。那些四散的烟灰随着他们的吵闹,随着他们的通宵战斗,飞进了她的眼角,她的嘴里,她的心里……她不喜欢这样的周末。她什么也看不懂,听不懂,还得陪着笑脸为他们彻夜泡茶,泡上好的铁观音;热菜,热饭,盛好,放在他们手里;他们吃着,她再为他们扫烟灰,清理水果皮,为洪晓琳累弯的后背加上抱枕,为他们找打火机;她是他们麻将桌上的顶级女佣。

她呆在他们的吵闹里,在麻将桌的间隙里不断地拷问自己:我是谁? 我为什么要待在这里? 我为什么要表现出这样一副讨好的模样?

恍惚的困顿一次次抓紧了童妮的眼神,让她一阵迷糊。

我要睡了。她对他们说,

这一次,也是无人应声,童妮的声音淹没在麻将声里,淹没在洪晓琳愉快极了的高声大笑里。看样子,她今天又是一个大赢家。没有人注意此时的她,她转身进了屋子。

次日早晨,秦勃再一次与她发生了性事,那时候,晨光正在转亮,她才刚刚入睡,在一夜的麻将声里,好不容易进入沉睡的状态,忽然一片头皮连着头发被他的胳膊支在枕头边上,紧接着阴骨就是一阵紧缩的疼痛,生硬而强劲,新痛压在旧痛上,让她对男女性事的体会全部缩小在一股莫名惊慌与失望的疼痛里。一股她所熟悉的感觉直接爬满了她的全身:他这样活动一下,是为了让疲惫达到顶峰之后进入一种死亡似的睡眠吗?

2

　　忽有一日,童妮在家里接到了林之夜的电话,那几天,她病了,热感冒,鼻音很重,总是去人才市场找工作,外面的温度达到了摄氏 38 度以上,而大厅里又下降到摄氏 22 度以下,她就在一冷一热里感冒了。刚从布沙村的卫生所里挂完吊针进了屋子,打开衣柜时,一条桔红色的舞蹈服忽然从衣架上滚了下来,望着两片飘渺的散落在地板上的荷叶袖,童妮不知道应该将这件舞蹈服放在哪里? 扔了?还是藏匿起来等着一展舞姿的那一瞬? 所以,电话响起的那一刻,她的脚一阵酸痛地快步从衣服上迈了过去,好像房间里有一个巨大的悲悯的词语正在身后追赶着她。

　　她托着浓重的鼻音对电话喂了一声。

　　怎么不接电话? 林之夜问她。

　　还未等她回答,林之夜又说,怎么样,最近好吗?

　　还未等她回答,林之夜又说,明天你到我这儿来一趟,我有个朋友需要一个文员,不过是前台文员,复印复印资料,接听一下电话,登记一下考勤,你愿意来吗? 来吧,先干着,西原让我帮你找份工作,不然,他怕你活不过今年夏天。

　　听到这里,她忍不住带着浓重的鼻音笑了起来,看来,他们还挺关心自己。

　　还未等她回答,林之夜又接着说,听你这一笑,我放心了,哦,对了,来的时候,别忘了带上你的简历和身份证,我还不知道最终能不能办成,你明天来了我们再议吧。林之夜似乎就要结束这次说话了,又好像在等着她说些什么,电话里除了电流声长时间里一片安静。

怎么不说话?林之夜问她。

我,在听你说啊。她说。

哦,知道我是谁吧?这一次,林之夜用了很重的开玩笑的口气对她说。

知道。她吸了吸鼻涕。

我听得出来,你病了,严重吗?林之夜问道,我能不能和西原去看看你?她又吸了吸鼻涕。

又是一阵安静的电流声。

好吧,反正明天就见面了。林之夜说,声音是充满愉悦的。因为要急着清理鼻涕,童妮挂了电话,连再见也没有来得及说。

实际上童妮根本不可能在短时间内去见任何男性,只是当时她不明白。第二天,甚至以后数月的第二天里,童妮都没有见过林之夜。她的日常生活完全失真了,似乎她天性就喜欢与这个繁杂的世界完全隔离一样。事实是,在童妮准备去应聘那份工作时,林之夜再次打来的电话被秦勃接听了。秦勃的脸色很难看。

除了我,你还认识些什么人?秦勃问童妮,无视她红肿的眼睛和鼻子。

他们对望着,彼此都觉得忽然间有一种无言以对的无奈。

什么人?那你说是什么人?童妮的耐心用光了,一股想要反抗的心情控制了她的情绪。

男人,什么人?!秦勃用的是彻底看透和轻视的眼光与语气。

你不也是男人嘛。童妮反击了回去,回房间换上一件棉布睡衣倒头便睡。砰的一声,门像是炸了一样关上了,秦勃去上班了。

在清晨的光线里,童妮圆睁着一双含有冷嘲热讽的眼。

四年了,他天天和她呆在一个车间里,他管生管,她管生产品质,四年了,每天夜班后,他都守在她的集体宿舍,等她,等她带着两双眼睛跟着他出去谈情说爱,等着她最终在布沙村靠海边的一片未盖好的民居里谈情说爱。那整片的灰白的夜色从敞开的天花罩下来,他吻她,她躲着,他求她,她不语,他摸她,她瞪着她的另一双眼睛,直到,他掀起她的长裙子,在她的迷茫里,站着,快速地进入了她,她当时是多么傻啊,觉得他就是她生活在这个世界里唯一的热量。而现在,他为了一个电话,想要连她一起炸了。

童妮想起了他们的第一次，泪雾猛然间铺满了她的双眼。就连那天夜里，广东深圳地界上的蚊子，连同那些蚊子留在她小腿肚子上的每一个红包都能在第二天的白昼里引起他绵绵之情。

难道日子都是这么过的吗？她反问自己。

没过几天，秦勃没有去上班调休了。闷声闷气地吃了晚饭就去找宁志达了。两人见了面，二话没说，先是杀了几盘围棋。几盘围棋杀下来，秦勃的棋术是兵败如山倒。

怎么回事？宁志达终于生气了，觉得秦勃这个兄弟真是很无聊，对待围棋这种高雅战斗竟然敢毫不尊重。

不下就别开盘啊。宁志达数落道。

你以为我愿意输？秦勃酸楚地应道。

哟，我听出来了，带着气来的，而且是闷气。宁志达取笑着秦勃。

哼，闷气，应该说怨气才对。秦勃显出一种落寞的表情。

唉唉唉，不是新婚男人吗？怎么这样啊？宁志达还是一副取笑的神情。

你这个人，我就懒得找你，不找你吧，你使劲找我，找你吧，你又这样。秦勃有些不耐烦地说。

别，别啊，最怕你这种在女人堆里受了气跑到男人堆里来撒气的人了。宁志达又严肃起来了。

撒气？哼，女人的气就像空气一样，无处不在，我能怎样？秦勃以思索状抖搂了一句。

说说看，你们那个孤傲的神秘的充满虚幻情调的老婆又怎么了。宁志达言归正传道。

我还以为，我找了一个三心牌的老婆，看来，事实远非如此。秦勃没好气地说。

是吗？宁志达也有些惊异。

别那么惊慌，又不是出轨，童妮呀，只不过让我有些捉摸不透而已。秦勃解释道。

这种事情，秦勃只有和宁志达说，宁志达和他都来自湖北武汉，而且都是湖北大学电子系毕业的，宁志达是他的学长，又是同一家国营单位的师兄，当初一起辞职结伴来到深圳工作后，两个人所落脚的港资企业就隔着一条街面，这可真是一种男人的缘分。几年过去了，现在的宁志达可不是当初刚来深圳时的宁志达,谈吐之间已经带着一种洒脱的香港味儿,每次都收拾得干干净净,用词得体,显示出中年男性无穷的智商。

说句你不高兴但至少是够兄弟的话,你的那个所谓的老婆,只不过是一个背着文艺梦的未成年人,你应该好好地改造一下,不然,这日子也真是不好过,眼下都什么年代了,她还整天做着五六十年代的文艺梦。宁志达充满智慧的断定多少让秦勃有些不受用。他觉得自己还是了解宁志达的,这个优秀的已婚男人,一味地追随着不同级别的办公室情人来清除寂寞世界的兄弟,有时候,他有一种想扇宁志达一耳光的冲动,有时候,又有一种想跟着他一起堕落的痛快之意。

好了,不谈我老婆了,谈谈工作吧,帮兄弟一把,如果你香港的朋友有委托大陆高管来打理公司的,就帮我联系一下吧。秦勃拍了宁志达一下,挺用力的。

干嘛,跳槽吗?

对,找个工资高点的,多贴补点家用。秦勃深沉地说。

得了,多贴补点文艺还差不多。宁志达的讥讽让秦勃很不耐烦,秦勃带着一腔闷气来,又带着一腔闷气走了。

回到家里,一股燥热令人烦闷。推开卧室门一看,童妮正坐在床上发呆。

你还是正常上班吧,这样,对你好一些。秦勃用轻描淡写的眼神要求童妮。

他的要求是无声的,没有命令,也没有督促,更没有恶言相向,童妮的心跟着他的无声向着更深的茫然处迷失。她必须听从他的安排,她的小妹妹童笛刚刚被他安排在宁志达所在的玩具工厂里上班,一个专门生产玩具的车间,她要是不听他的安排,她和她的小妹怎么办?

在新一轮的寻找工作的过程中,童妮渐渐明白了一个事实,这座城市将要抛弃像她这样单元化的女人,因为她根本不懂得如何与生活周旋。这可真是一种恶俗的情感,为什么不学着先去抛弃自己高看生活的所有眼光呢?不知道是她在排斥这座城市里的人群?还是这座城市在排斥像她这样的一类人?总之,在寻找工作的大半年里,她一无所获,没有人需要她为他们去工作,哪怕是在夹缝里,或者是在阴影里,为她留着一个细小的飘忽的位置。

然而,整座深圳城里正在上班的人群都在与她对望。

她是未知的河流上飘来的一片莫名的叶子,而这座城市不需要用落叶来装扮,它需要的是高科技工业园,宽阔的马路与人行道,高大的荔枝树与芒果树,辉煌的建筑群落与承受着阳光抚爱的玻璃幕墙,还有除了爱好写字以外所有具有技术能耐的直接劳动者，或者是学会在流水线上滚动理想的一双双纯朴无敌的眼睛。

童妮开始更长时间的发呆。尤其是在床上。她看到秦勃用灼热的眼睛告诉她请她主动脱掉衣服时，无数个纷至沓来的熟悉与陌生的她中的一个她，正以清醒的目光打量着正在为某个男性脱掉衣服的她。她莫名地一阵紧张。

热情一点儿，童妮，别装得像个处女一样。秦勃说。

一根细弱的长长的发丝正在秦勃抖动的胳膊底下被他辗转，她一转头，错过他递上来的热吻后，那根细弱的发丝上忽然间充满电流直抵她的心窝，她能够感觉到自己的一根长长的发丝从头皮上拔出来的动静。

此后，童妮没有再去找工作。她觉得，连一根头发都着于再要她，她很内疚，为现在的自己。而秦勃已经开始适应她的发呆。

这样过就这样过吧，在日本和韩国，有很多像你这样的女人，她们的职业叫全职太太，很时尚的职业，比较符合你的性格。以后，你别去找工作了，你就呆在家里，做我的全职太太吧，不过，我每天回家后，你可要像一个韩国女人一样向我弯腰问好递拖鞋盛饭菜哦……秦勃说，最后一部分描述，他用的虽是半开玩笑半认真的语气，可是，在童妮的心里，还是激起了一丝抵抗：那么，当初，你就应该睁大眼睛娶回一个专门喜欢向你弯腰问好递拖鞋盛饭菜甚至脱裤子的女子啊。

其实，这个家庭构成的结果是秦勃与宁志达共同商讨的结果。宁志达一直对童妮不放心，一直在为秦勃担忧，总觉得童妮的精神很恍惚，不像是一个一心一意过日子，或者是一心一意要在深圳城里扎根生存的女孩子。

新疆的女孩子总是有些奇怪的神秘感，这种女人，还是放在家里比较安稳一些。宁志达开导秦勃说。

秦勃听了，很吃惊。为什么？他很直接地问宁志达。

像童妮这种女孩子，我们都不敢去碰她，你非要去招惹她，还结婚，我真是想不通。宁志达一脸担忧。

为什么？秦勃又是一阵惊讶。

谈恋爱，不一定要结婚的，你看童妮，像是要跟你白头偕老的女孩子吗？

为什么？这就让秦勃更惊讶了。

她总是一副思前想后的样子，太难以控制。再说了，一个女人，一个家庭，一段爱情，在深圳，单凭一个男人，你承担得起吗？宁志达充满智慧的表情让秦勃下了最后的决心，他要离开一天必须工作十二个小时的台资企业，他要去另谋高就，最好是一家专门负责 IT 品质监控的香港公司，工资以港币计算，薪水则可以翻番，周末加班一天按两天计算，年底还可以发双薪。

他得想法更好地养住这个女人。我的第一个女人。秦勃努力地振奋了一下自己的精神。

这样一来，原先由童妮每天四处找工作回来后时不时要看看秦勃眼神的家庭生活刚好调了个味儿。反过来，当秦勃时不时也需要看看童妮的眼神时，秦勃的某根神经被搅动了。他在为他们俩人而战斗，而这个"搞后勤"的女人，她却不停地按捺不住一颗骚动的心想要通过一棵白菜或者一枝玫瑰来弄明白整个人类的世界观。

她凭什么总是有电话进来？而且都是男性？凭什么？在接到寻找童妮的数次异性电话之后，秦勃想要挑开这层自行燃烧的纸。

一天夜里，秦勃先是接到了一个名叫西原的男性电话，紧接着，又接到了一个名叫林之夜的男性电话，最后，干脆，又接了两个说是能否请"童妮老师帮忙跑两个夜场歌舞表演"的电话，表演，还歌舞？听上去，那打电话的未成年男孩子还挺自信的，一股无名怒火严重地刺激了秦勃的大脑。
这个女人，真是被宁志达给说中了，一个闲不住的爱折腾的女人。

秦勃一鼓作气冲进了卧室。遗憾的是，童妮睡着了。这个倒霉的夜。

秦勃看着童妮睡在床上的样子，她平躺着，两只手交叉而过，放在她自己的乳房上，电风扇不知什么时候已经不转了，她的额头上布满了一层细密而清晰的汗液，脸上，则弥漫着临入睡前痛苦的痕迹，他的心软了。

秦勃把松动了的电风扇的插头插好，看着风扇一阵阵在转动之间掀起她身上的睡裙，他的心又软了一层。童妮从未曾诱惑过他，甚至应该说是他主动地诱惑了童妮。他有时候感到很内疚，童妮不止一次对他说过：我不是你想象中的那种女孩子，我真的很渴望那种两心相悦的感觉，而且，很渴望结婚当天才可以那样的生活（她是指两位爱情者，在同一时刻，同一夜晚，同一个欲望里，进入对方最干净的性爱世界里）。

而他并没有完全给她。

在深圳，对前来寻找理想生活的人来说，性爱是一种奢侈，所有的斑马线上，每天上下班时像蚂蚁一样挤满了一张张挂着青春与为理想而奋斗一生的脸，在斑马线上寻找异乡人的青春梦想,走得慢一点,或者不小心走慢一点,或者走的时候有些走神,对不起,你的位置就是"脚下"或者是"脚后"。所以,在一个平均年龄在28岁的异乡之城里,有时候,性爱,就变成了青春的殉葬品。

好在,秦勃还是给了童妮一个安居的屋子。哪怕是出租屋。

要在以前,当秦勃需要爱情时,带着童妮,一整夜,他们无处可去,去哪里都需要用钱,都有保安,都需要暂住证,都有另一些无处可去的可怕的身影和眼睛跌落在他们的身影与眼睛里,更何况,童妮是一个长着两双眼睛的女子,他只有在第一次进入她之后,将她再次带到高速公路的无人关注的黑暗桥洞里……在那些已经开始拆建的废墟上,一片阴暗的草坪上最低矮的一处地势里,或者,在车间,在他的办公室里,在他们都在加夜班的时候,在机械的轰鸣声里,和另外无数双被机械夺取光华的眼睛里,他爱抚过她。当然,是在童妮极不情愿的状态里。

秦勃违背了童妮对爱情的最初幻想,所以,他的爱情,在有了床之后,总是想方设法,想要到达或者是探究到童妮的爱情世界中去,试图挽回一些她所需要的温暖。秦勃也有他的孤独。

看着沉睡中的童妮,秦勃觉得他还是可以和她继续生活下去的,甚至,在最为荒芜的没有精神食粮的此地,他也是可以信任,并且始终如一地爱着她的。

事隔不久,秦勃再一次接到了西原打进家中的电话,西原请求秦勃同意,让童妮去深圳荔枝公园里参加一次大型的改稿会,西原在电话里对着固执的秦勃反复强调了此次改稿会的重要意义——在深圳,类似的改稿会还是首次,西原请求秦勃。听上去,这个名叫西原的男性并没有在电流声里露出一丝一毫的异性的霸欲,因此,秦勃对这位电话来访者放松了警惕。他还大方地笑了几声说,谢谢关照啊,在你们的圈子里,她不过是个新人。秦勃对西原说。

一个新人。新人。新人。这个新鲜的词语触动了秦勃的温情,他回身来到童妮的身边,语气更加信任并且温情地对童妮说,你去参加啊,我又不是阻拦你,让别人看到了,还以为我在让你"坐牢"啊。

好。

童妮的脸上,忽然间裂开了一个明媚的笑容,而她的两双眼睛,也仿佛在笑容里,很快地重叠在了一起。这一刻,秦勃觉得,自己好像终于得到了一个真实的完整的童妮,他也感到一阵高兴。

今天是一个天气不错的周末,秦勃也要出去放松一下,昨天他就和宁志达约好了，要一起到仙湖公园去转转，然后，再到华强南路的皇家海鲜城里吃九节虾。他心情不错地转身从枕头底下的皮包里取了500元钱，又多抽了几张装进了童妮的背包里。

够吗？秦勃从钱包上抬起头，望向童妮。

当然。童妮回应道。

对面的童妮，已经换了一件几乎被秦勃遗忘了的新衣裳。那是他们结婚前，和洪晓琳刘冰峰夫妇一起到罗湖东门游玩时，在东门一家外贸直销店里购买的，是一件半长的连身裙。乳白色的底，双层荷叶袖筒随意搭在胳膊中间，领口和后背各开着恰到好处成对称性的 V 字，在对称的 V 字和双层荷叶的袖筒边儿上，均刺绣着细小的或浓或淡的藕绿色枝蔓。正是这些枝蔓，从她裸露的脖颈处胸口处后背处隐隐地传送着一种安静的性感。秦勃当时购买了这件昂贵的衣服后，自己还曾后悔为童妮花钱买了这样一件衣服。回来后，他还曾一直明令禁止童妮再穿上它，所以，也就一直遗忘了它的美。今天，这件衣服突然间跑出来跳进秦勃的眼睛，他多少有些不适应，当然，也有些不高兴了。

你打算把你那些地方露出来给全世界的男人看吗？秦勃说着，只觉得自己刚才的高兴一扫而光，转而用痛恨童妮的无聊表情试图让她意识到自己作为女人的无知。

西原说，还要拍照，我就穿了这件。童妮说。脸上的表情是很坚持的那种。

拍照？秦勃问。

是啊，要留影，要上《深圳商报》文化版。童妮说。

秦勃一下子放心了，就让她去吧，也让整个深圳城的男人看看，这是一件好事，让她保持这种性的安静出现在那些留影里。让宁志达和刘冰峰们同志们先生们也都来看看，这就是我秦勃先生的老婆。宁志达不是说我秦勃的老婆"不够经典"吗？那就经典一次吧，让他们都看看吧，这些只会把眼光停留在女人脸部以上位置的男性们，他们应该像我一样学会看看女人的内心世界才对。秦勃用久违的大度摸着童妮的腰身，心里，被自己忽然涌上来的情意弄得又是一阵突如其来的发软。

秦勃搂着童妮下楼时，正好碰上小区里那个专门投递《深圳商报》的小伙子，他又善意地大度地冲着那个小伙子说，你真辛苦啊。然后，顾不得听小伙子回应什么，就又甜蜜地搂住童妮出了大楼。下了楼，看着童妮充满情调又不失雅致地朝公共汽车站走去的背影,秦勃仍不住窃窃私语道:好,这就是我的老婆,明天就可以见报的老婆。

情绪极好地叫了一辆出租车,落座后,从后视镜里,秦勃看到了一张中年妇女的脸,未经修饰的脸,为了生活疲于奔命的脸,秦勃不免又为童妮这样的女人发笑起来。哼,一个文学爱好者,这是中国女孩子的御用情结。他悄然地笑着童妮,觉得她很快也会后视镜里看到的这个妇女一样变得衰老,苍老,终老,这就是生活,这就是女人,这就是婚姻。还未等他细细回味,宁志达的电话催命似地来了。

快快快,我这里有情况,你速度快一点,深圳速度,我们都在等你呢。宁志达爽朗地笑着,听得出,他那里肯定是"有情况",能让宁志达发出这种比和兄弟在一起还要爽朗几倍笑声的情况只有一个,那就是宁志达再一次遇见了"真材实料的美女"。

到了宁志达的单身公寓,洪晓琳刘冰峰已经摆好了麻将桌,宁志达正在泡茶水,一股清香的茉莉花茶的味道弥漫着整个客厅。果然不出所料,秦勃发现,沙发上多了一个女孩子,不,应该说,多了一个过于漂亮的女孩子。

赵艾玫,我表妹,刚从江苏过来,正在找工作。宁志达向秦勃介绍道。

你表妹?洪晓琳大眼一翻,寓意深远地盯了宁志达一眼。

远房的亲戚。宁志达镇定地解释道。

我就说嘛,湖北人怎么有了江苏妹?怪不得长得这么漂亮,本来人家都说湖南辣妹子让人淌口水,这见着个江苏来的下了凡的仙女,你们今天应该集体绝食吧?不吃都饱啊。我说啊,小赵,你也是的,小赵,甲天下的小赵,你怎么能长得这么漂亮?不怕男人劫色啊?洪晓琳一番补充,听得坐在沙发上的赵艾玫站了起来。

你这个人真有意思,赵艾玫脸上浮现出大方得体而且有些机灵的浅笑回应了洪晓琳一句。当然,此时的赵艾玫不失时机地传递出一个信息——我不单是漂亮,我还有智慧。洪晓琳强压着忽然涌起的嫉妒给自己下了一个台阶,你看看,宁志达,你表妹还挺厉害嘛,该不是你娇惯的吧?正说着,一本过了期的《时尚芭莎》在赵艾玫站起身时落在她的脚旁,刚走进门来的秦勃便几步上前拾起了杂志顺手又递给了赵艾玫。

谢谢。赵艾玫很有修养地低声说了一句。

谢什么谢啊,凡夫俗子为天女下凡做点小事还要言谢?小赵,甲天下的小赵,你可真会说话。来来来,跟我们一起打麻将好了,看什么仙湖?爬什么仙山?有你,我们就够忙了。说着,洪晓琳又用白眼盯了一下秦勃,看看看,连我们的已婚好男人都被你搞晕头了。

在一片欢笑声里,宁志达,刘冰峰,还有秦勃,他们男性的喉节一阵鼓动,咽下一团口水。其实,在赵艾玫的脸部浮现在他们几个人的面前时,他们的心里早就是集体的一惊。这个女人长得实在太过完美,是那种无论出现在哪里,随便穿着什么衣服也无法掩蔽的美。在她身上,你还来不及查看她的其他部位,单是她的一张脸已经足以让你屏声静气。

你也打麻将?赵艾玫望着一同落座的秦勃,用细细的仿佛是茉莉花的声音问了一句。

哦,是问我吗?秦勃偏头看了看大家。

难道我是在问唐僧吗?赵艾玫忽然吱吱吱地低声笑着,又用眼角温柔地扫了宁志达一眼。

对对对,唐僧,真唐僧,我这个唐僧兄弟是我们深圳一个宝物呢。宁志达接上了话茬。

那,岂不是连洪晓琳也惦记着他呀……赵艾玫又表现出另外一种多次见过这种场面的智慧来。

虽然是第一次见面,但是,你这个表妹,还真是有些特别啊。秦勃感叹道。说什么呢?我表妹,我看,应该是大家的表妹啦。宁志达有些激动地说。

你胡说什么? 我谁的表妹也不是。赵艾玫娇嗔道。

在众人新一轮的笑声里,赵艾玫显得最为得意,也很自满,就是她自己也闹不明白这张美丽异常的脸怎么会从上帝的手中遗落在她脸上的那种得意和自满。打了第一圈,几个麻将就掉到了地板上,在第一时间里将脑袋伸到桌子底下拣麻将的秦勃和赵艾玫,在桌子底将两个人的头撞在了一起。

唉呀,赵艾玫惊叫了一声,看上去,完全是下意识地将手按在秦勃的腿上说,你是不是觉得漂亮女人天生就不应该太聪明还是怎么的呀? 你拿什么撞我都行就是不能用脑袋呀?这两个东西放一块不是一样蠢吗?赵艾玫揉着自己的脑袋一阵忙乎。

邪了,邪了,你快给人家揉揉啊,坏了找谁去啊?洪晓琳拉住秦勃的手放在赵艾玫的脑袋上揉了几下,笑吟吟地骂道,活该你个蜘蛛精影响我们打麻将,我让我们唐僧给你揉揉啊……众人又是一场好笑。

说实在话,这一次,因为与赵艾玫有了两次肢体上的接触,秦勃忽然觉得好像曾经在某种场合与这个奇特的女子有过交往似的,他抬起困乏,但却充满回味的眼神盯了一眼赵艾玫。为了掩饰自己的多情,他很自然地顺手拉着散开来的桌布摆在自己腿上大声叫着,好了,别不三不四了,下午我还想到仙湖去转转,要不,你们在这儿打,我一个人去。

干嘛,还真成仙了,到好地方也不想带着我们? 赵艾玫取笑道。

算啦,我看今天这桌麻将也真是黄了,这多一个人就多出多少料儿啊,我们还是按照昨天说好的,去看看仙湖怎么样,有没有反对的人? 宁志达露出一副主管的样子来征求大家的意见。

我永远不可能否定我自己的决定。秦勃说着,已经走向门厅开始穿鞋。到了仙湖,果然空气异常清新,一行人在弯弯曲曲的山路上慢慢地走着,倒也别有一番情调。半道上,原没有准备上山而穿着高跟鞋的赵艾玫开始求救。

不行,我要等在原地,你们下来的时候,我们再一起下山。赵艾玫上气不接下气地说。

走啊,急什么? 一个女人家,这样就算出来集体活动啊? 不行你就光着脚呗,想想红军二万五千里,那是什么路? 那是什么鞋? 那是些什么女同志? 我们不求你非铁即钢,只求你是面团团,团上去也成呀。宁志达笑吟吟地看着赵艾玫说,因为欣赏的心思露过了头,脸上飞起两团红颜色。

去去去,到了山里,别想着你又是一个山大王,我就不想听你的。赵艾玫反驳道。

那怎么办? 我背着你? 宁志达往赵艾玫的身边跨近了几步。

不至于,我又没瘫。赵艾玫的语气严肃了起来。

光脚也挺好的,接地气,还可以更好地亲近大自然。秦勃和颜悦色地看着赵艾玫说。立刻,赵艾玫从秦勃的眼神里捕捉到了异性对她投射来的先天性的疼爱,赵艾玫得意地笑了起来,轻轻地,一种很随意的笑,笑声里,赵艾玫已经弯下腰身脱掉一双高跟鞋拎在手里大踏步向更高的陡坡上走去了。

哼,一个杂志中的女孩。秦勃在心里嘲笑道。

3

　　童妮乘坐的大巴上,还载着另外一个女子,叫杨柳。童妮来深圳工作后,碰到的第一位精神交流者。她早就提前约好了杨柳,并且刻意瞒着秦勃。在多次的婚姻争吵事件中,杨柳的话题占据了争吵的大多数,秦勃似乎从一开始就对杨柳的存在充满了反感和抗拒。

　　这个女人,藏得很深。秦勃评价道。

　　那叫女人的思想,谁没有思想谁最好别娶她,娶了,害人害己。童妮驳论道。你还挺会学她的,女人的思想? 女人能有什么思想? 女人要思想干什么? 改变世界? 还是改变地球? 我告诉你,你现在跟我结婚了,结婚你懂不懂? 结婚就是要把这个世界上一个最爱你最关心你最舍得为你花钱并且也最拼命为你挣钱的男人侍候好,别的,都是空谈。所以,你别跟我谈什么知己,艺术知己,生活知己,婚姻知己,你最好就是现在你所保持住的这个样子,像一个真正意义上的老婆那样多听听我这个枕边人的真心话,别有事没事和杨柳这样的女人混在一起,有什么好混的,她又不比你优秀多少,还装什么清高? 你老老实实在家呆着,别老跟她磨磨叽叽的。这是秦勃一惯的腔调。女性世界对立面的另一类拳击运动。

　　童妮不想与秦勃争辩。她现在是家庭主妇。高学历的家庭主妇。会用脑的家庭主妇。她已经学会了暗中行事的好处,也愿意享受这种小小冒险所带来的快意。

杨柳,陪我去参加一个改稿会。秦勃出门后,童妮马上开始邀请杨柳。

改稿会?好像与我无关。杨柳退后几丈远。

陪我去,我一个人。童妮露了底。

好吧,我知道你害怕什么,我倒想看看是什么人和什么事让你感到如此害怕。

杨柳答应了童妮。

我的个祖奶奶哦,多么容易靠近的一个伙伴。童妮喜欢杨柳,应该说,童妮对杨柳充满了偏爱。成为家庭主妇前,她和杨柳,秦勃,他们在同一家港资企业工作生活了四年。四年来,杨柳一直默默地生活在车间的流水线上,每天都在生产车间里制作火线,她将两片白色的云母片交叉在一起,将红黄蓝三根细电缆线缠在云母片的身上,再用端子将它们一一钉死在铜眼里,她长年累月没完没了收拾这些云母片,目光里总是流露出身为母亲的某种光晕。

你看这些流水线的皮带上,每天都滚满了车间里的小孩子,四个手脚真不听话,可爱的像螃蟹一样。杨柳曾对童妮说。

正是杨柳无意间的这句话,让童妮强烈地想要进入到她的内心世界之中去。来深圳之前,杨柳也在写散文,写的不多,但质量很高,童妮看过她过去发表在全国各地杂志上的文字,她不知道杨柳为什么要来深圳?为什么要放弃在湖北宾馆很好的经理职位?为什么说停下来不写就再也不写了?她没有问过杨柳,但也不知道何时能等到这些问题的答案。即使她问了,杨柳如果觉得时机未到,童妮也会一无所获无从知晓。

有时候,童妮觉得自己像热恋文字一样热恋着杨柳。在这个繁重而希望茫然的城市里,杨柳就像一幅穿着衣帛的飘浮于空中的奔放的字画。她在流水线上飘浮,充满母性,充满宽容,她和时间结伴飘浮,和时间一起在流水线上滚动,一天天,一小时,一分分,一秒秒,她飘浮,在流水线的上方,和流水线拥有一样的速度与宽度,有了她,流水线便有了内容,有了感情。多少次,企业的老板亲自在员工大会上表扬她制作火线的质量,她的品性,她的产量,她笑着,没有任何表示,并且,一次次,在员工大会结束后,拒绝了老板为她特意安排的高级职位。

不要老想着提携我,你只要提携那些特别需要提携的姐妹就够了。这就是杨柳对老板的答复。

你辞工吧。童妮曾经这样诱惑过杨柳。没想到,杨柳说,离开流水线吗?不,不离开,我喜欢墨守成规的生活,如果不是生活所迫,我会在一个地方,一个工作岗位上待上一辈子。

有一次,老板的助理忽然出嫁了,老板很着急地借调杨柳去总经理办公室帮了几天忙,之后,老板又提出,做我的助理吧,这是多少来深圳打工的女孩子梦寐以求的职位。

不,我不适合当助理,再说,我已经习惯了在你的流水线上劳动,就像农民天生就喜欢种庄稼一样,这样已经足够了。这次,杨柳又拒绝了。

试试看嘛,总经办需要你这样的人才。老板强调了他的意图。

帮几天忙,我可以胜任,日复一日,我就是输家,我不喜欢变化莫测的工作。杨柳的直率使老板阴郁了好久。在一次公司的新产品调试会上,老板手里握着一个杨柳提供的火线样品留下了杨柳。你不想让自己的工作条件好一点吗?或者工资高一点? 老板充满好奇地问杨柳。

想,但不是在你这儿。在你这儿,我只适合待在流水线,调到别的部门,我只有死路一条。杨柳果断地说。

为什么? 老板更加感到迷惑。

离开流水线,我会一心想着辞职,难道你希望这样的员工给您当助理吗?

老板哑口无言。老板很清楚杨柳在说什么。

我不想让一个肤浅的人在迫不得已的时段里旁敲侧击地看尽我的生活。当然,这是杨柳私底下对童妮的解释。哪怕是一秒。杨柳的表情平淡而不容忽视。

童妮毫无理由地喜欢上了杨柳,喜欢上了她的冷静与固守。与此相反,秦勃,甚至宁志达与刘冰峰,都对杨柳加以了贬值,他们偶尔热议杨柳的言行,还有这样令人感到可笑的人? 他们议论杨柳。那跑到深圳来干什么? 回去嘛,回到武汉去嘛,回到家里呆着不是更加一成不变吗?想当人物,也不能爬在流水线上啊,什么理念吗?整个一个背道而驰的女流之辈嘛……他们议论杨柳,以证明自己与深圳的核心距离已经越来越近。

他们的议论,使童妮加深了对杨柳的感动。她知道,杨柳是那种还没有找到自己是谁的内省女人,她正奔跑在寻找自己的痛苦之路上,与其不停地换车间换职位换宿舍换朋友,还不如站在原来的生存支点上,站在自己固有的至高点上,俯视这些生长在他乡之城的纷乱的石头,有朝一日,不是她明白石头必须用脚跨过,而是要让石头们惊呆在它们守候的原地,让石头们看看,真正的水,它们是如何落在石头身上到达了石头永远也无法到达的任何一个地方……她就是这样理解杨柳的。这是一个富有水性气质的朋友。

你要是对杨柳说，我杀了一个人，杨柳。

她会很震惊地望着你，然后，几乎是在没有时间停顿的下一个画面里，她的表情就恢复了平静。她会跟你说，已经杀了，就杀了吧，接下来，你打算怎么办？她的目光一定是向上仰起来，在空中为你寻找进入下一步的可能性。

你要是对杨柳说，我要结婚了，杨柳。

她会很震惊地望着你，然后，在震惊里，她的目光一寸寸变得暗淡下去，很快便转化为一片平静。跟谁呢？她会问你。当你说出那个人的名字，她会在平静里送上一个遥不可及的浅笑，那就好好过吧，是人就得这样。她会对你说。

有一天，你要是长时间不想说话，告诉她，我不想活，想死。她会比往常任何时候都显得平静，她会对你说，说出口的，都不会死，只有埋在心里，那些不愿说出口的东西，才会渐渐地死去，像从皮肤上碾过的阳光，永远是旧的，而不是崭新的。

有一度，童妮甚至试过检验自己是不是一位同性恋者？她甚至可以在一些很细小的不经意的肢体碰撞中，体会到杨柳也正有类似的想要检验她俩是否是同性恋的举动。那段时间，她们默契十足地相约去了几处无人的境界。她们避开他人，彼此深深对视。

要不，我们试试吧？她们用诚实的目光向对方发出通知。

她们相约去开了房间，在布沙村一家简陋而黑暗的小型招待所里，她们像武士一样盘腿坐在床沿上，面对面地将各自的嘴唇在黑夜里简单地触碰到一起，舌头还没有伸进对方的嘴巴里，她们的脸转瞬便弹回到各自的原位。

原来，想象中的同性恋是这样的，看来，与真正意义上的同性恋相比，她们纯属异性恋者。原来是这样，男人的魅力缘在于此。退了房，在回来的路上，她们伤感地感叹道。

现在，就是这个杨柳，一个生性冷静的女性坐在童妮的身边，很安静地看着车窗之外的景色。金合欢和羊蹄树正从行驶的车窗上扫过，间或有白玉兰树立在二者之间，翠绿的大叶子上托着纯白色的玉兰花，在狂躁的城市节奏里保持着惯有的宁静。下车后，她们在默契的沉默中拐进了荔枝公园里。

我猜，老板很快就会炒了我的，杨柳在荔枝公园的一处斜坡上对童妮说。

为什么？怎么了，你？

旧话重提，他又想提升我，又一次被我拒绝了，这次，他好像是故意的，他想整我，让我尝尝一个打工妹不把老板放在眼里的滋味。哼，男人的伎俩，他该不是想让你当"二奶"吧？童妮话一出口，人已经荒唐地用双手捂住了自己的大嘴。

看来结婚对你这样的人来说也不是没有好处。好，有意思，给点建议。杨柳说。

跟车间的姐妹们商量好，装病，然后，让整个车间一片混乱，甚至停产，他最心疼的应该是钱，而不是女人嘛。

如果有告密者呢？

咔！童妮用手做了一个杀的动作向前一冲说，格杀勿论。

两个自娱自乐的朋友，在阳光下笑成了一团。

在荔枝公园里，当其他参加笔会的人正在一起讨论歌德泰戈尔萨特和海子时，她们却在自己的谈话里放肆地大笑着。这是童妮进入婚姻生活后，她们首次单独在一起长谈。往常一起睡在集体宿舍里，用一口电饭煲，既煮饭，又煮菜的生活，似乎还在昨天。而今天，童妮就拥有了一口属于自己的锅。可惜，她的四肢，包括精神，也一起被生活炖在同一口锅里了。

杨柳看着这位生命中的伙伴，泪水泛上了她的眼睛。她发现，这个拥有婚姻的女人，她的日子正如她所料，在寂寞里腐烂着。好久不见，童妮显得苍白而沉重。杨柳跟随着童妮的眼光，很快，她发现，童妮在注意一个对她来说十分陌生的男性。

你在找什么？杨柳故意问。

什么？童妮没有回过神来。

我是说你的眼睛，它们在寻找什么？杨柳又重复了一次。

不知道，随便看看。童妮自嘲地说。

我们还是提前走吧，你今天的状态很不好。

这就走？童妮露出一丝不舍。

提前走，活动才刚刚开始，后面的，还长着呢。杨柳望了望被童妮注意的人，一个搞艺术的。她在心里否定了他。年轻时，她也喜欢过这种人，硬是住在一起，过着一种买底裤都得向老妈借钱的日子。她不想让童妮重复她以前的生活。

走吧。杨柳说。

你想走了？童妮笑了。

对。杨柳果断地想要拉住童妮回到这个陌生男人未曾闪现的原位上。童妮伤感地低了下脑袋无奈地地跟着杨柳往公园入口处走着。在一处长廊那里，忽然，她们的背后响起一声长长的"马嘶"——逃，你们俩个想往哪里逃啊，你们？

只见西原顶着一头"马鬃"从不远处跑来。他是今天活动的策划者，据说，活动由一位很有名气的企业家赞助，是西原的一位老同学，曾经爱好过写作的一位企业家，如今拥有一家电子工厂，事业有成，风光无限，只是，那无限风光里常常觉得应该在有钱之后将思想中的梦境也必须演变成手中的另一个产品，所以，慷慨地着急忙慌地来资助了这次改稿会。

这么快就想逃走？酒会也不参加吗？西原问她们。

我们不饿。其中的一个说道。

怎么搞的，女人真是奇怪的动物，难道你们天生就是一些不长肚皮的鸟类？我可是早已经饿得头晕眼花了。西原顺手捋了捋满头乱扬的"马鬃"，并且用充满歌德式的幽默接着说，怎么搞的，难道连我的头发也想跟着你们一起逃跑吗？

他的脸上倒是满脸的挽留之意。这时候，杨柳已经笑得不行了，因为西原总是一边说话，一边必须用两只手按住满头乱飞的卷曲的头发，仿佛他才是一个真正天生的逃跑者一样。

你就不能顺风而立吗？杨柳在笑声里对西原说。

你们女人真是奇怪，难道不知道逆风而行才能体会到更好的风速吗？

西原继续着他的幽默。这时候，他们的身后又响起另一个男性的声音。我还以为，你们都没来呢。林之夜意味深长地说。

是那个人。林之夜。杨柳忍不住咬住下唇，想请这个充满艺术气质的男性趁早离开。但他们毕竟是第一次会面，而且是他主动。林之夜今天穿着一件纯黑色的T恤，胸前印着一个庞大的橙色断翅，手里握着一本庞大的画册，身体瘦得似乎要靠这两样庞大的陪衬才会轻轻落在庞大的荔枝树荫里。"矮种马"西原上前给了林之夜一个紧紧的拥抱。

今天的活动如果没有你，就意味着此活动将就地以失败而告终。西原又拍了拍林之夜的胸膛。

别走了，跟上来吧。他们命令了她们。

当他们相拥着走向荔枝公园的另一处景观时，从他们走远的背影里转回自己视线的童妮忽然扑进了杨柳的胸膛。

他肯定发现了吧？童妮问杨柳。

你说呢？杨柳反问她。

他肯定是发现了……童妮的声音很快被一股热风吹散了。

时间长了，凡是长眼睛的人都会发现的。杨柳说道。

听到杨柳的回答，童妮真想在她的平静里杀了她。

其实也没什么，你知道的，如果世界上有一个女性不在意你身上的这种缺陷，同样，在这个世界上，就会有一个对等的男性更加不在意你身上的这种缺陷，更何况，这种缺陷，在某些人眼中，是一种奇怪的美。杨柳解释道。

杨柳指的，是童妮的右手上略微有一点弯曲状的小拇指与右眼的睫毛皱折处略微比常人多出去的一道若隐若显的小肉痕，很短的一截，化妆时涂上眼影就可以遮去的一道肉影。

这些是母亲离开新疆时留在她身上的印记，也许到了阴间，她会在众多的孩子当中一眼便可以认出她自己的亲生骨肉吧。

在南方，童妮经常可以想起北方那个春光无限的早晨，当她的母亲深更半夜决心跟着另一个男性离开新疆时，童妮曾在次日的清晨将母亲准确无误地劫获在她离去的半途中。

那个女人，在爱上父亲之外的男人后，她走了，离家出走了，在紧紧地拥抱过自己的女儿之后，坚不可摧而绝然地索要了分离与道别。

那是一片生长在新疆伊尔湖农场的深不可测的芦苇荡，她和母亲深埋在里面，当时，母亲正和另一个男人走在一起，充满诗意充满残忍充满绝望地走在一起。而童妮，在他们以为连魔鬼和神仙也不曾想到他们会选择由此处逃跑的路线中劫获了他们的逃跑。那是惊心动魄的一场别离。一个母亲，以这种方式抛弃了她永远的骨肉……

是的，那天早晨，母亲曾经用尽力气紧紧地拥抱了童妮。记忆中，这种拥抱只有一次，箍紧了童妮的乳房，压着她全身所有的神经，那些不停地反复地充满绝望和别离意味的亲吻落满了童妮还未成年的前额。

你不知道，我的妮妮，再和他(童妮的父亲)过下去，我就会死，死在你们的眼前，你不知道的，我的妮妮，你爸爸害了我了，害了我。母亲泪流满面，紧紧地抱着她，仿佛选择即将逃生的人成了童妮而不是她自己。

生下你的时候，我难产，差一点大出血，一个人，在我们原来的老房子里，我自己用剪刀剪断了连着我们俩人的脐带,而你爸,他在干什么?你知道吗,妮妮,我的妮妮,他那个时候在干些什么?他在你爷爷的旧房顶上吹笛子,他在吹笛子……这个人,我恨他,他也恨我……母亲说着,已经泣不成声。

正是最后这句话,使童妮推开了自己的母亲。

那你去吧,大城市里也许住着许多那种你喜欢的而且永远也不会害死你的人。童妮的双眼喷射出芦花一样的毛絮纠绕着母亲的眼泪。

那时候,童妮已经上初中了,整年整月都被伊尔湖农场的流言蜚语缠绕着。父亲和母亲终日争吵不休,母亲常常离家出走,从一小时到大半天,从大半天到一整天,再从一整天到好几天……带着满身的伤痕躲在一个无人知晓的空间里寻求着一个身为人母的自尊和勇气。多少次,母亲在她沉迷的离家出走的游戏里无法自拔。后来,常常是母亲离家出走一回,父亲就在她回来之后上一次吊。父亲看见母亲又回来了,就疯狂地拎着一根专门用来拉麦草拉玉米秸用的粗麻绳,神情悲壮地跑到伊尔湖农场大马路尽头的老榆树上去上吊。

父亲要吊死在母亲离家出走的大路口。

母亲心软了,一次次,当绳子刚刚搭上老榆树的弯脖子,母亲早已经飞跑到跟前抱住父亲,母亲痛哭流涕辞不达意:上吊干什么,上吊干什么?你看你这个人,我又没有让你去死。

再后来,父亲不喜欢上吊了,上吊太丢人,自己没死成,弄得别人总是在看见他的时候以为他刚刚吊死过一回,而且,父亲总是怀疑那些以为他刚刚吊死过一回的队伍里,恰好埋伏着母亲的相好。于是,父亲改变了自己的爱好。父亲爱上了麻将,公然的,不分昼夜的,等着母亲走到一堆男人中间去叫他回家。也只有在麻将桌上,他才会想起他还有一个老婆,于是又公然地在麻将桌上重复着他们的家庭游戏,不是骂,就是打,弄得满街道不是鸡飞就是狗叫。

上吊游戏停止后,母亲放松了全身的骨头,直到别人的骨头也靠上前来温暖她,她才想到这些一直属于她的骨头:原来它们有着核武器的功能,可以爆炸。可以粉身碎骨。可以同归于尽。可以灰飞烟灭。可以死无对证。可以化险为夷。直到别人也离不开她的一身骨头时,她选择了会行动的骨头,会引路的骨头,会新生的骨头。

母亲要抛骨弃身去重生。

妮妮,我的妮妮,我走了,不能够好好地活,死一回,也值。这就是童妮的母亲。

去吧,童妮推开她的母亲说,越远越好,永远也不要回来了,你就是不走,在我心里,也是死的了。母亲就是听了这句话而放开了童妮,童妮从母亲的眼神里看出了她的另一层绝望。一层人与人之间的生命个体所无法相互替代的绝望。

之后,母亲头也不回地失踪在深不可测的芦苇荡里再也没有回来。

到了第三天,在伊尔湖农场放羊的农民们才将童妮夹在马背上驮回了她父亲的家。从此,童妮成了一个不正常的女孩子。本来,她的两条腿,小时候,不知什么原因,她的左腿总是比右腿长得要慢几厘米,总是要在左脚底下垫上一个鞋垫才可以让两条腿持平行状,后来,母亲离开后,她在那片野芦苇地里躺了三天两夜,救回来后,她又落下了另外两个缺陷:她的右手小拇指在芦苇丛里变成了明显的弯曲状,大概是被什么东西折断了一截骨头吧,而右眼皮的皱折里,被不知是什么厉害的爬行类的东西咬了一口,留下了个很大的水泡,水泡退下去后,皱折里就出现了一个近距离观察后难以抚平下去的小肉折。自此,她的右眼,比正常人多出了一道隐蔽的细线般的肉影。

那是母蜘蛛咬的,很毒。大人们转移了议论的对象,母亲离开伊尔湖农场后,童妮日渐代替了母亲的位置。

这个丫头,像她妈一样,在一个地方待不长的。大人们指指点点,观望她到场部的洋井去挑水的样子。

谁家也不能去提亲,万一成了,又跑了,不全完蛋了。大人们等着她长大成人待嫁时,大人们看着,看她能嫁给谁?

慢慢地,童妮开始害怕她的家,也害怕她自己。父亲知道是她放走了母亲后,再也没有跟她说过一句话。她害怕。并由害怕转为恐怖。她害怕自己提前死在无望的岁月里或者死在父亲某天的冲动里。于是,一个充满希望并且不再让她感到害怕的城市进入了她的心田。

你应该去这里。童妮的妹妹,也就是童笛用一只沾着黑芝麻的小手在地图里显示出来的那个地方痛快地点了点。童笛的嘴里正吃着一碗黑芝麻,地图是她弄回来的,上化学课时从学校的试验室里偷来的,所以,吃着姐姐奖赏的黑芝麻的童笛,看上去,也就可爱起来。

那个沾着黑芝麻的小手就这样把"深圳"推进了童妮的生活。是的,这是一个天堂般的地界,是一个充满炼狱情调的城市,自从童妮来到这片热土,她就和深圳所有的女孩子一样开始进入她的另一种具有城市价值取向的女闺生活……凡是有思想有头脑有理想有姿色的女孩子全开始往那里跑,她必须随着这批闯天下的理想大军前去修补自己先天性以及后天性的所有缺陷。

现在,童妮已经认不出自己了,她变得美丽了,她变得真实了,她甚至有了健康而可爱的丈夫,有了一张可以躺着两个肉体的双人床,然而,她为什么常常感到生不如死?痛不欲生?

就在刚才,当童妮看见林之夜抱着他的速写本,注视着改稿会上特意请来弹奏古琴的那位女子时,她迅速地被这种感觉抓紧了,她真实地看到了她作为个体后,与另一位个体之间存在的现实的距离。她害怕。她不想成为一个庸俗之人。但是又有什么办法,当林之夜从她们对面迎面而来时,她只能庸俗不堪地想起她身上所有的缺陷。

童妮心惊胆战地想要得到杨柳温暖的安慰,这个女人,比她大几岁的一对乳房紧挨着她的那对时,至少可以传递一些母性的温存。

童妮挽着杨柳的胳膊,一起向着一处石雕的位置渡过去,杨柳在离林之夜与西原只有十米远的位置停了下来。她用一双平静如水的眼睛罩在童妮的身上。

你完了,童妮,你的婚姻将要走到它的尽头了。然后,同样一双眼睛,正侧目罩向正在与西原说笑着的林之夜身上。

怎么会呢?你胡说什么。童妮从她身边跳了起来。

终有一天,你会明白的,当这个家伙从对面走过来时,将对你的一生意味着什么?杨柳转过目光,平静中透着一股从容不迫。

什么意思?童妮灼热地问。

你想在他身上找到心心相印的感觉,这可真是荒谬啊,我的童妮,你没有发现嘛,他长着一双和你一模一样的眼睛,那双眼睛,无时无刻不在心里修饰着你们彼此的轮廓,寻找着你们彼此的身体,探测着你们彼此的灵魂,搅拌着你们彼此的思维……爱并没有开始,折磨已经深入骨髓。说到这里,杨柳一脸暗淡。

我原本以为你会跟我不一样,会比我好一点,会过上一个正常女人应该享受的好日子。看来,你比我还要执着,我提醒你,童妮,跟搞艺术的人一起生活,你等着吧,最终受到伤害的人只能是你。杨柳痛心疾首地说。

为什么?童妮开始后悔邀请她来。

因为中国男人通常都喜欢经过女人了解别人,了解社会,了解时代,尤其是那些搞艺术的伪艺术家们,我试过,也败过,所以,我只好以朋友的身份提醒你。

他应该不会的,再说,我和他,还谈不上什么开始不开始的。童妮说着,已经流下了受罪的眼泪。每次都是这种情况,每次都是杨柳提前预测到了她的下一时刻,像一个时间里的神一样判断出她的前景与未来,这让她既难堪又痛苦。

他应该不会的?什么叫应该不会?我告诉你,童妮,十年前,我和你一样,爱上了一个搞艺术的人,很爱……后来,难以自拔,追随他,崇拜他,并且为他生了孩子。十年前,我和你一样,也说过同样一句话——他应该不会的,嗯,老天爷,只有时间老人提前知道我的生活就是一幢被笑话累积起来的大楼,十年后,在生活面前,这幢大楼又可笑地倒掉了。现在,我们彻底分手了,一个不认识一个,真的成了陌路,看似漫长却又短暂的一段婚姻,让我用了十年的时间才搞明白,我不是他的伴侣,我是他压在身下的一条路,没有石头,没有沥青,没有沙,没有树,也没有草,更没有鲜花与野花,有的,只是没有尽头的灰,先是黑灰,后是白灰,最后,是墟灰……我离开了他,逃到了深圳,更可笑的是,他还不想就此放过我,与我相比,他有名有利,他可以一车又一车往他的家里载运各种各样的女人,再重复他自己的爱情游戏,每次,当我看到他坐在电视里,人模狗样地接受各类名人对他的生活访谈,吹捧他的散文和小说都是一些多么优秀的作品,都是一些多么"发自内心的灵魂的触动与剪影",这个伪艺术家,他坐在所有喜爱文学艺术的观众面前,谈论所谓的纯艺术。这样一个人,我用了十年时间探索他活着的底线,我发现,他的底线就是他自己,他是他自己的主谋,所以,我选择了离开,在他功成名就的时候,把他从我的生活中抹掉了。哼,他怎么能够接受?剥光了美满婚姻的一张羊皮,他还有什么理由和借口把那些天真幼稚的装扮成纯情的姑娘们一次次压在他功与利的肉欲下?现在,他自由了,我也一样,听说他还在四处游说与我离婚后,他便失去了自由。哼,自由,你知道的,这倒是他的真话,因为少了一张人皮,他的狗模样竟然暴露无疑,这是多么大的损失。所以,我很满足,至少我的人皮一直是完好无损的,他怕是做梦也不会料到我会来深圳,安安静静地呆在一条流水线上,他做梦也不会想到的,他以为像我这种傻瓜,两脚刚一踏上深圳的热土,我就只能沦为妓女,这个流氓,他错了,他并不知道深圳的流水线有多么干净,有多少干净的姑娘在流水线上劳动着,就会有多少肮脏的灵魂沦为废品,这才是我活着的底线。

杨柳哭了,这是童妮没有想到的,杨柳是一个不太会流眼泪的女人,自她们认识以来,次次都是她在杨柳面前诉苦流泪。童妮很紧张。

未等她有所表示,杨柳兜起衣袖在眼睛上抹了一轮。

好了,还是说说你吧,我是过去式,你是现在式啊。杨柳故作轻快地说。

我?我没有现在。童妮也灰暗了下去,她的现在正是这种颜色,灰暗而意犹未尽。

目前,你最需要的是工作,没有工作,你看上去失魂落魄的。

杨柳重新挽着童妮,这时,她们已经在不知不觉的交流中来到荔枝公园最大的一片荔树下,金黄色的雏菊铺在整个地面上,摇头晃脑地注视着人群,一股田园般的轻香在空气中飘来飘去,古筝的委婉琴声便在菊的金黄与空气的轻香中绵绵入耳地飘起来,在半空中回转开来。

听一会儿吧?杨柳弯着头,看得出,她想在理论上与童妮和解。

童妮笑了笑,点了点头。

前方是一个模样娇好的面容,在琴声中似乎忘记了路人的存在,俯身向琴,进入她自己的世界,一个弹奏着古筝的女子。童妮听得出,这位模样古典的女子弹奏的是《渔舟唱晚》。这样的活动,她无非是应赞助商的邀请来助兴的,不知她的痛苦因何而来?也许正是孤身一人不得不充当拿小费而前来演奏的角色,她的琴声才显得有些幽怨吗?就像童妮之前的那些公益舞蹈,因为不是专业演员,并且是陪衬,淹没在群舞之中,一团又一团的火红色里脸上的肌肉挤出奔放的笑容,而眼神的深处却是无边无际的落寞和孤独。

不远处,林之夜和西原并排坐着,在一个相对适当的坡度上,林之夜正在为弹琴女子画速描,西原在咕咕嚷嚷即兴作诗。林之夜微低着头,左手轻轻地放在胸口上,右手在线条间忙碌着。看样子,他已经跟着婉转的琴声在古代的秦淮河边穿行不止。

你得离他远一点儿,这个人,他的心里可以同时装着两个女人,你信吗?杨柳苛刻地看着近在咫尺的林之夜,轻声地俯在童妮的耳朵上说。

未等童妮回答,西原已经走过来幽默地对着她们笑了起来。他大声地说,怎么样,林之夜,我说的没错吧,你的心里正在聆听什么样的琴声,你的身边就会出现什么样的女子。

林之夜从速写本上抬起目光,当然,他的目光还是和往常一样,是在打量过其他人之后,最后一个将目光落在童妮眼睛里的人。此时,童妮的双眼很宽容地接纳了他的注视。看到童妮,林之夜很快合上速写本,走上前来。

能看看吗？杨柳问林之夜。

可以，请指教。林之夜说。

指教？谈不上，欣赏倒可以沾点边儿。杨柳说。

杨柳从林之夜手中接过了那张线描，正准备仔细端详，林之夜猛然拿起右手中的一支画笔说，对了，只顾看她弹琴了，这画还差一笔呢。于是，又在画中的眼角向上挑了一笔，画中人立刻变得生动了起来。

杨柳静静地看了一会儿，然后偏过头对童妮说，还行，功底还可以，你要看吗？童妮笑了，说，你看了就行了，都一样。听到童妮的回答，林之夜的脸上露出不好意思的笑意。

活动当天的晚饭设置在华侨西尼大酒店，是自助餐，参加活动的人相聚在一起，很快便形成了三五一堆，两人一组，不同风格和不同派系的诗人们画家们设计师们很明显地固定在他们内心所划分好的领地里。林之夜被几个女孩包围着，讨论着她们今天的着装品位。

这下我们可以走了。童妮忽然有些索然无味。

在酒店大堂门口保安刚伸手拦了一辆的士，林之夜已经从旋转门里转了出来，几步上前叫住了她们。

又想逃吗？林之夜露着一排整齐的白牙笑了。

逃？不至于吧。杨柳还在抵触这个人。

那我和你们一起走，说到这里，林之夜忽然盯住童妮的衣服惊叫了起来，呀，太有趣了，紧接着，又发出一声孩子似的叫喊，哎呀，真是有意思，他惊叹道，你们看，一只虫，它还以为童妮袖子上是一片草地呢，你看它，多有趣啊，它正爬在童妮的袖子上吃草呢。

果然，在童妮的袖筒处，一只绿色的，几乎是和衣服中的绿色相融成一色的一只小昆虫，正费劲地在枝蔓的刺绣里忙着"吃草"。

林之夜伸手摘下那只虫，打开速写本，"叭"，将它合进了他的速描里。做个活标本，这样更有趣。他说。

杨柳便在发呆的童妮身上碰了碰，说你呢，她说，让你做他的活标本。

是吗？不一定吧？还不知道谁是谁的活标本呢。童妮有露底的倾向。林之夜望着童妮，为她打开车门，脸上的表情是这样的：你已经是我的活标本了。

之后，他们便坐在同一辆车里结伴而行。透过车窗望出去，果然风速比白天要大多了,椰子树已经被风刮得走了形,看样子,又是一个雨夜。一时间不知为什么,三个人都保持着很好的沉默情绪到达了布沙村。

下车后,林之夜又不好意思地用一只手轻轻捂住胸口说,如果不介意的话,你们还有其他的联系方式吗?杨柳知道他问话的意思,便直接问了回去,你不是联系过她吗?

哦,那个,应该是你们房间的公用电话吧,那个男的,你的合租人,他对我可是不太客气呀。林之夜似乎想要了解内情,所以浅笑里藏着很深的尴尬。

杨柳用一种很平静很无所谓的表情望着林之夜说,那当然啦,你弄错了,童妮住的不是合租房,那是她的家,接电话的,是她的丈夫。

这时候,林之夜的脸比以往任何时候都红得可怜,一种惊讶和防不胜防的又一重尴尬同时集聚在他的脸上,他急忙为自己开解,哦,西原没有对我提起过,我还以为,童妮还是独身啊。说到"独身"这个词语时,他的脸退回成白色。

怎么,不像吗?杨柳又在笑容里加进了苛刻的成份。

是的是的,一点也不像,说出来,就更不像了。林之夜应道。

你指什么?

整个,整个人,我一点儿也没看出来,她看上去,一点儿也不像结过婚的女人,哦,不对,是女孩子。说到这里,林之夜的语气总算是真实得多了。

那是你判断失误,她已经成家了。杨柳拉住童妮,客气而友好地说。

没关系啊,友情更长久。林之夜找到了回潮的沙滩。

那,改天再见。杨柳替他们作了此次告别。

4

在杨柳的帮助下,童妮应聘进了一家高新技术开发区的美资企业,是一家专门生产精密传感器的企业。童妮应聘的是生产车间的IPQC一职,这次,因为杨柳从湖北老乡的主管那里提前弄到了考试题,加之,在婚姻状况一栏里,她按照杨柳的建议写上了"未婚"二字,笔试和面试就在两个事先设好的套数里通过了。

一个"未婚"的童妮即将出现在深圳市高新区的美资企业,秦勃听了气急败坏,他刚刚决心让她安安稳稳呆在家里洗衣做饭生儿育女,并且给远在湖北老家的年迈父母做了汇报与请示,好心地告知二老说童妮身子有些虚,必须做些怀孕前的必要准备,老人才放下惊恐万状的心同意了他的请求。这边,童妮已经把工作落实了。真不知道是喜还是忧。

秦勃不禁想起父亲与自己通电话时的情形。

老人临挂电话时还在哭,说广东那个地方,当初为什么要跑那么远去工作?湖北有什么不好?就是湖北再不好,总是生你养你的窝嘛!再说,这湖北又不是没有大企业,只要能在大企业里工作,在哪里上班,还不都是一样的。秦勃便有些不耐烦,给他们说了很多次,不是广东,是深圳,老人们老了,总是把所有的广东城市都汇集成"广东"二字,真让人头疼。当初他不也在湖北一家大企业里任中级工程师吗?可是,干了半年,发不出一个月的工资,买件衣服还得回家伸手向他们去要。他决定辞职不干闯深圳时,二老不也高兴了一阵子嘛?他不想跟二老在电话里叙旧，他已经挂了几次电话，都没有挂掉。最后，他的父亲说着说着竟然在电话里厉声责问起儿媳来：她不应该不要工作，你们那个地方，听说我们买六个馒头你们才能买一个，她不工作，你们怎么过呀？怎么现在的年轻人这么金贵？要怀孕，就不工作，这叫什么理？那女人家怀娃，越劳动才会越怀得勤啊……听到这里，秦勃的头在电话这头都要炸开了。

行了行了行了，放心吧，深圳都这样，流行。他没好气地挂断了电话。

一回到家里，气还停在喉咙口，童妮就笑嘻嘻地拿着一张崭新的工作牌在他面前晃，还没等他说什么呢，童妮就向他提了一个可笑的要求：你以后，不能号称是我的丈夫，只能说是我的男朋友。

为什么？秦勃的脖子都在生气。

我的入职表上就是这么写的。

写什么？

未婚。

你什么心思？

工作的心思。

整个深圳城里工作的女人全部都是未婚？

你这话是什么意思？

你装什么清纯？谁又没有逼着你去工作。

一层冰霜刹那间飘上了童妮的笑脸。她对眼前的这个男性已经越来越不理解了，最近，这个男性也产生了一个令人不解的举动：开始发呆。晚上回到家里，当她端来饭菜，他发一阵呆；洗刷完毕，他看电视，她看书，偶尔去为他削个果子送杯水，她看见，他正对着一波又一波的广告画面发呆；上床了，他在枕头上发呆，发现她有寻问他，或者是想要挨着他的倾向，他就转身向着墙壁发呆；性事里，他忽然就停顿在她阴骨的疼痛里，一动不动，她清楚地知道，他根本还没有射精，然后，他就整个发软了，从她里面无助地滑了出去……早晨，他起床，她也跟着起来，等她梳洗完毕，看见他在沙发上吸烟，很苦闷的样子，烟灰在沙发四周乱飞，她走上前，他还在抽，问他怎么了？他便很客气很温暖地对她一笑，没什么，你不也这样嘛，跟你学得呗。她觉得自己不工作，就是用全身的每个细胞来缩短他的寿命。她去求了杨柳，又是背着秦勃，她不能让他知道，自己找个工作也得由杨柳分忧解难。现在有工作了，他怎么一副大难临头的模样？

又是杨柳参谋的吧？稍倾，秦勃冷冷地问。

是我找的她，与她无关。童妮挺起胸膛，面露正义。

那是个危险的女人，你跟上她，只会学坏的，我跟你说话你怎么不听呢？你怎么什么事都不和我商量，什么事都和我弄不到一块儿。秦勃愤愤不平，用一种痛心疾首的作为丈夫的归劝眼光盯着童妮。你最好离她远一点，听说她没有丈夫。他像法官一样结束了他的判词。

没有丈夫与危险能够划上等号吗？童妮在心里强烈地反驳秦勃。然而她的反驳并没有用，秦勃有他自己的眼睛，自己的心，自己的嘴。只要一提到杨柳，他满头满脸都是一副男性所特有的哲人意味。

我说的都是真心话，天底下哪有丈夫故意害自己老婆的？朋友就不一样，朋友往往害的就是自己最要好的朋友，信不信由你。秦勃的表情，完全是把杨柳当成一瓶硫酸倒进了童妮的思维。

说她，就等于说我。童妮终于沉不住气，迎头向秦勃的怒火加了一滴柴油。

依我看，那杨柳要是个男的，不管她有多少女人，恐怕你早几年前你就为她献上自己了吧？而不是我。秦勃"嘭"地摔上卧室的门，往床上一躺，睡了。

这是在他们整个晚上又像讨论又像吵架又像决斗的最后时刻，秦勃为童妮划上的一个临睡前的句号。

在背对背的夜晚里，童妮第一次有了想要与他分床睡的想法。她无法入睡，脑子里钉满了密密麻麻的铁钉子，每一根钉子上都镀着他整个晚上对她说过的每一句话。把她挤进死角后，他睡了，在对着她发了近一个月的呆之后，在刚刚与她发生了很激烈的争吵后，他睡了。不知过了多久，从秦勃沉下去的睡姿里，从他那双松软的斜三横四的手上，还有一张一缩的鼻孔，和一高一低的呼吸里，童妮又被他的睡相打倒在他们的床榻上。

她真想从太空里抽出一根针来，轻轻地在秦勃的头皮底层点一下，从针芒里带着一丝他的血脉，她要在太空里化验一下，在了无人烟的地方化验一下，他究竟想把她当成什么样的人？

当初，可是他先找的她啊……一次次，一夜夜，不管她的脸上出现什么样的表情，他都忍着，坐在她的宿舍里不走，直到宿舍里所有的姑娘都走得一干二净，都到了夜里十二点半了，他就那样一直痴心妄想地坐她对面的铁架子床上，一动不动地等着她，这就是他的风格，他喜欢一动不动，然后，只要他稍一动弹，她便无路可逃地跟在他的屁股后面,跟着他的痴心妄想,去那些废旧的建筑里黑暗的有乞丐居住的桥洞里去做爱。

那时候,她投降了。没有武器,没有硝烟,没有口号,没有举起她自己的双手,她跟着他出去了,有了第一次,工厂里所有的姑娘和小伙子们就将她划入了非处女的行列,再说了,在深圳,也没有人会有时间有心思有精力去挖空心思地研究除己之外的另一个女孩子,她是不是处女根本无关重要,重要的是她在跟一个什么样的人睡觉。她被他睡进了另一个群体。那些抖开的晦涩的夜晚,整整四年,在无数个夜晚的跟随里,她始终保持着自己的最后一线希望:也许上苍会从某个黑暗的云团里垂下来一根解救的绳索,哪怕一次也好。

她没有等到。日子天天在流水线上打转,她弯下腰在一箱箱成品检验箱上打封条,每一个箱子似乎都装着一个结结实实的难以逃脱的她,她用封条封死了自己,载入货柜车里,送进了海关。她出售她的心思,而不是肉体。但时间是可怕的,它是筛子,扣在每个人的头顶上,她随着一个个结实的自己,进入了时代的集装箱。她屈服了。

当然,也不能说没有快乐的时候,比如,那时候,秦勃几乎每天都带她去布沙村的电影院里看电影,如果早早就进了桥洞,灯光还是过亮了些,很容易被正在巡逻的保安发现,而废弃的旧建筑群里还有其他早来的必须上大夜班的情侣们靠着快要消失的旧墙壁在做爱,所以,他先将她带进电影院里看电影。那时候,他给了她适当的性的尊重。

当然,从社会的角度来分析,他还给了她一张稳定的床。在几乎看遍了所有关于周星驰周润发刘德华成龙任达华李修宪的港产片后,童妮投降了,允许他娶了自己。她不能再过这样的生活,在电影院里装着发笑,与看了一百遍的周星驰一起发笑;在桥洞里,一边做爱,一边拍着身上的蚊子,一嗅到花露水的味道就反胃;在废弃的旧建筑群里,猛然听到一对发情的鼠叫,吓得抬腿就是一阵乱转。她受够了,她需要一张安稳的床,有人格,有尊严的床。

当然,也不能说没有幸福的时候。比如,四年来,秦勃在电影院里握住她的手,放在他的腿上轻轻地揉着,碾着,转着,手上的汗,卡进她的掌纹里,而他整个的人,挨着她手上的皮肤一次次一夜夜在变硬。她的身上穿着他为她买的时装,嘴里吃着他为她买的零食,她的小妹正在他安排好的车间里忙着加夜班。在他的手掌里,她是安稳的,不害怕被送到樟木头去卖苦力,不害怕被迫于生计而不得不回到那个充满杀身之祸的家里。

对了,提起樟木头这个鬼地方,童妮的头在枕头上颠簸了一下,她的脑袋变成了车轱辘。那根无形的追赶外来工的棍子还在,还悬在她和小妹的头上,随时都等着"缉拿"这两个来自新疆的女子。

除了父亲和母亲,童妮最怕提到樟木头这个鬼地方,甚至想到这个地方就开始浑身打颤。总觉得她的小妹童笛的魂被丢在了那个鬼地方。自从上次童笛被治安员抓起来,一路从派出所换到拘留所再从拘留所换到樟木头后,小妹童笛的魂就丢了,丢在被遣送去樟木头的大路上,眼睛像受苦刑一样圆睁着。童妮是救不了小妹的,她只能跟着车影子跑,一辆大型的用不锈钢管焊成长方形栅栏的运输车,在三米高的铁笼子里,她透过钢栅栏在遣送的人堆里发现了她的小妹童笛,她看见童笛的眼睛已经飘走了,失散在半空中,从半空中寻找着姐姐的出现,她清楚地看见小妹的两只眼珠在世界上失散了,奔射着救命! 救命! 救命! 一束束火把,这是一种人类历史上最低级也是最高级的呐喊声……她的手里紧紧地捏着五百元钱一路狂奔,但是她怎么能追上一辆正在遣送人口的车呢? 她救不了她的小妹。

是秦勃救了童笛。

接到童妮的求救电话,秦勃很快便赶到罗湖劳教所,他一看就明白了,那些提着 T 恤衫挂着 BB 机提着两部手提电话的小伙子们,他们专门靠解救"没有暂住证的外来工"而维持生存,甚至可以叫做正常上班。秦勃给其中一位被别人称为"头头"的男子塞了 800 元钱,他搂住那个晒得幽黑的男子,在一片荔枝树下,秦勃搂着他,像是搂住宁志达一样地搂住他。后来,他们真的像兄弟一样蹲在地上,不一会儿,他们又像兄弟一样地朝童妮走来。

你是他老婆? 黑色男子问童妮。

童妮看了一眼秦勃,点点头。

钱他已经付过了,人我明天就给你领回来。

他们走了,那一个下午,一个傍晚,一个夜晚,前半夜和后半夜,天蒙蒙亮的时候,童妮的心碎在地板上,碎在布沙村,碎在无尽的等待里,像一场烟灰,聚集在一根停止燃烧的烟屁股上,她不想吃,也不想喝。到了第二天下午,家里的电话响了。她弹起来,差点一个跟头栽进地里。

后来,童妮为秦勃打开防盗门,听着一男一女两种脚步声"咚咚咚",从一楼,一直传到六楼,她的手里握着门铃电话,一直听着这个声音,当秦勃打开门,领着她的小妹进到屋子里时,她像个饥饿的孩子用手捂住脸坐在地上号啕大哭,而秦勃的一双手,一只放在她的头顶,另一只放在童笛的头顶,那一刻,她终于知道:这就叫男性。

自此,她对秦勃有着很深的感激之情。当天夜里,她毫无疑问地将自己完整地放在了秦勃的身体底下,压吧,碾碎,揉碎,踪影不见的碎,死去的碎,回不了头的碎。事后,她的阴骨疼了整整一个星期,干什么,都小心谨慎地微微缩着阴部,第三天,她去洗菜的时候,阴骨无条件地碰在洗菜池的磁砖拐角上,那一刻,她以为自己再也不行了,全碎了,包不住了,她用手抚摸了一下被碰的位置,还好,还是一个平面。就在当天夜里,秦勃又要了她,当时,她找到了一种非命的感觉,这感觉,让她觉得,所有的樟木头,所有的拘留所,所有的劳改队,都在同一时间碎裂了。她知足了。

那些时候,童妮是幸福的。她信任秦勃,她需要他,她依靠他,她再也不愿意看着没有证件没有落脚之地的妹妹,与前来深圳闯世界的其他女孩子睡在黑压压的廉价旅社里,虽然让她的小妹作一名安装工是很苦的,常常伤到指头,甚至脸部,可是工资还是很有保障的,月月都正常发着,再也不会害怕被什么人送到樟木头卖苦力,或者像遣送犯人一样将她的小妹再送回新疆去。

当然,除了樟木头,小妹还害怕被送回伊尔湖农场,被送进棉花地,小妹害怕当农民,把她一个人放在几十亩的大田里,一只过路的蜥蜴都会要了她的小命。当初,她来投奔姐姐时是多么天真啊?

哼,我也能来深圳。当时,小妹的鼻子,简直要直接插进国贸大厦的旋转幕墙里。然而,从樟木头回来后,小妹就变了,她成了"塌塌鼻子",一副失魂落魄的样子。

当了安装工后,小妹很少来,偶尔轮到调休,童妮找到小妹,连哄带骗将她带回他们的出租屋里美美吃一顿,好好穿一回,对此,小妹不领情,反而很气愤。

不要假惺惺地给我做饭买衣服,也不要假惺惺地给我买零食给钱用,我不缺这个,咱们命不同道不相谋。小妹的鼻子直戳进童妮的笑脸,弄得她在秦勃面前颜面全无。

看得出来,她不适应深圳,过段时间就好了。过段时间,我再托托人,给她找个好点的工作。秦勃安慰童妮,他并没有怪童笛,这样一来,他的态度只能让童妮更加感受到非命的追踪。所以,童妮只有加倍地感激秦勃,如果没有秦勃,不知道她,还有小妹,会在深圳的哪个偏僻小巷里漂泊流浪?

童妮伸手抚摸着秦勃睡梦中的手,回忆使童妮的眼泪情不自禁地流了下来。原来,睡梦中,男人的手,和孩子的手,是那么相近。她觉得自己完全可以理解秦勃了。

童妮摸着秦勃,一整夜,看着秦勃在她的手掌里翻来覆去,她的泪湿了又干,干了又湿,半年了,虽说他没有给她施压,可是,她是快要破碎了,她得出去,到人群中,到独立的群体中去,重新找一块结实的布子来包好自己。所以,她就找了杨柳,进了外企。这有什么不好吗?半夜里,嘀嘀嘀的汽车声打断了她的回忆,迷迷糊糊当中,童妮又得到了一丝幸福:我终于可以上班了。

办好入职手续,刚一进车间,童妮就被一阵忙乱的抽查撞上了。她的一件小背心搭在工作椅子上,这个动作引来了一声大吼:这是谁的衣服?吓得她将手中刚刚领回来的几十个钢管和螺丝掉了一地。车间里一下子安静了下来,她立在原地发不出声来。这时,一位穿着雪白衬衫的男性从抽查车间的一行主管当中走了出来,他穿过车间的过道走到那把椅子跟前收走了童妮搭在椅背上的那件衣服。

下班后,请衣服的主人到我办公室来一趟。他说。车间里仍然是鸦雀无声。

这是生产车间,不是休息室,你们听到了没有?刚才吼了一嗓子的那个女声接着又吼了一声。

等各部门主管例行检查结束后,一个面容很和善的大姐从显微镜前站了起来,大姐伸手拉了童妮一把,把地上的东西拣起来吧,很贵的。大姐说。然后,她帮着童妮一起拾起了那些散乱的零件。

我告诉你吧,你是新来的,还不知道公司的这些"大腕"吧?

大叫的那个人,那个女的,是香港派来的生产部主管莱思莉,我们都叫她"黑贝",她每天都要来叫几声,大家早已经习惯了,要是哪一天她不叫,就说明她在香港休假了。大姐的脸上闪现着童妮所熟悉的,伊尔湖农场里所有妇女所特有的那种天生的善意和喜欢谈论他人是非的故弄玄虚,童妮一下子就觉得跟大姐亲近了许多。

那个,大姐用戴着白手套的手指了指车间另一头的一方大玻璃窗,坐在那个办公室里(透过玻璃窗正对着一个明亮豪华的大办公室),看见没有?露着一个头尖尖的那一个?看见了吧,那是公司生产部的主管,就是拿走你背心的那个人,最近刚刚升成我们公司的中方总经理,是我们大陆人,叫张东阳,英文名字就叫"DY",听说以前还是个什么大老板呢,这下知道了吧?很厉害的一个人,请来才三个月,升得很快的,不过,你别怕,他倒还像个好人,做事比较有原则,他应该不会把你怎么样的。听说,你是他招进来的,他刚把你招进来再把你亲手炒掉,那不成了我们车间的大笑话了嘛。说完后,大姐又故弄玄虚地看着童妮的一张脸,笑着,等着童妮对她的介绍做出反应。童妮一下想起来了,张东阳这个名字就是上次赞助改稿会的那位大老板,童妮不禁笑了一下,世界上还真是存在巧合啊。

我不是他招进来的,我是朋友介绍来的。童妮顺口解释了一下。

哦……大姐深深地倒吸了一口冷气,你恐怕还不知道吧?你一招进来报到的那天,我们原来的那个QC品管员就被"黑贝"炒掉了。

不会吧?

不骗你,全车间都知道噻,她文化水平太低了,不懂英文。我是听"黑贝"讲的,"黑贝"当着我们全车间人的面说的——产品需要更新,人也一样噻。唉,我都想问你一下,这个,你的分数怎么考得那么高?连英文都答出来了。"黑贝"让我们都要跟你学一学,嗯,我看呀,不一定待在车间的人都是高中生呀初中生的,现在有了你这个大学生,你看看,我一个初中生,以后还得多向你这样的大学生学一学。大姐又像撞见宝物似地笑了起来。

再说话,我让技术部的人来把你的嘴巴锡焊掉好了。只觉得耳膜一阵激荡,"黑贝"的叫声又响彻了整个车间。

焊什么焊哟,锡那么贵。大姐又抢白了一句。

刘玉华,你不张嘴会死在车间吗?一声大吼,只见"黑贝"的头卡在车间的玻璃门缝里,一脸不屑地盯着刘玉华和童妮的方向。

刘玉华调皮地吐了吐舌头,低低地嘟囔道,人不说话肯定会憋死噻,她嘟囔着,眼睛盯着显微镜,一只手将手中的螺丝头在桌子上磕了几下,怎么搞的,负压上不去,磕一下,就上去了,好多螺丝都这样。

刘玉华,你这个无药可救的人,我真恨不能把你给吃了,你今天要是再让我听到你在流水线上说话,我把你这个月的奖金全部扣掉。"黑贝"气喘吁吁地冲到刘玉华跟前,狠狠地在刘玉华的脑袋上拍了一把。

欺人不欺头,你不懂哟。刘玉华的嘴巴始终没管好。

还说吗?不想干了。"黑贝"气鼓鼓地嚷嚷着,就你这个老家伙在多嘴。"黑贝"说罢,不怀好意地看了一眼新员工童妮,都给我听着,新来的更要守规矩,这可是美资企业,不是小作坊。"黑贝"的声音低了一个音量,这是因为吼得太高使得她的音色忽然变低的缘故。快快快快快,都什么时候了?下班后全部加班,一个也别想跑。"黑贝"威风凛凛地迈着德式贵族舞步离开了车间。

气泵声高低起伏地响彻了车间。

　　直到下班铃声响起，刘玉华才放心大胆地对童妮说，我叫刘玉华，从云南过来的，你以后升起来了，可别忘了我噻，你先到 DY 那里拿衣服，我给你带饭，明儿再告诉你，大排档里哪几家干净。说完，她就去吃饭了。

　　童妮这才心慌意乱地进了经理办公室。扫一眼，却不见她的花背心。老板椅上的 DY 自她进来后就在接电话，一会儿中文，一会儿英文，一会儿粤语，弄得她不知所措。末了，才从一堆文件里抽出她的花背心说，我认识你，你是个诗人。

　　你那天心事重重，所以，你没有注意到我，也没有参加我们最后的集体合影，我说得没错吧？DY 递过花背心，已经起身了。

　　我的线路板厂已经被这家美资企业合并了，我现在为他们企业服务。别的，我帮不了你，不过，工作上的困难，我还是可以解决的。去吧，去吃饭吧，外资企业比台资企业和港资企业还要残酷，你要有充分的心理准备，不过，我看还行，你似乎很需要这份工作。DY 说着，丢下童妮，手里拿着一部摩托罗拉的新款翻盖手机急匆匆边接电话边出了办公室的门。

　　新一轮的打工生活就这样开始了。

　　下午下班，回到家，吃过晚饭，秦勃一直没有说话，表情很平静，看不出来，是生气，还是不生气，大概他觉得自己找错了对象结错了婚，这个女人对他来说尺寸上老是出问题，不是头大，就是脚小，所以，他选择沉默以示醒悟。童妮受不了两个人住在一个屋檐下装神弄鬼。

　　我去看看童笛，晚点回来。她对那尊人像说。

　　人像一动不动，这已经成就了他的秦式风格。

　　童妮无法多言，她一个人向童笛所在的玩具厂走去。她已经一个多月没有见到过童笛，她不知道在她忙着找工作的这段时间里，这个叛逆的种子是否让烈日剥夺了稚嫩的阳光？到了工厂门口，还没有做来访登记，保安一听是找童笛的，伸手一拦，将童妮请了出去。

　　她已经辞工了，走了都有一个星期了。保安很生硬地说，用笔芯捣着一张离职人员表上的童笛。

　　童妮这才觉得刚刚消退下去的一片黑暗又扑腾腾飞进了自己的脑子里。

　　你知道她去哪了吗？童妮着急了。

　　保安不耐烦地翻了一眼童妮，有什么好问的？辞工的人多了，关我什么屁事啊。

　　请你说话文明一点。童妮一肚子的火。

我文明不文明管你什么屁事啊。保安比她的火气还要大。

她正准备好好和保安理论一番关于屁与不屁的问题,却在厂区的一片停车场里猛然间发现了宁志达和赵艾玫。他们穿着情侣沙滩短裤,似乎正在谈论什么很神秘的事情,两个人的影子在秘密的诱惑里贴在一起,在彼此的笑声里挤捏着那个事件的出现。看见厂区门口的童妮,他们强忍住欢笑,向她走来。

我还以为你知道。宁志达用通报的语气对童妮说。

知道什么?童妮有些防备。

你们家童笛加夜班的时候,偷偷剪烂了一箱子玩具,宁志达说,剪烂也就算了,还在每一个剪烂的玩具上贴上"黑货"的标签……

贴上标签?童妮以为自己没长耳朵。

是啊,全贴了,一个不少。宁志达的脸上露出不可理喻的神情。

她辞职了,我们以为你和秦勃都知道,正打算告诉你们俩儿。赵艾玫的美丽从夜色中显露出来,那么不真实,她算什么人?关心童笛的人?

工厂里没人知道她去哪了吗?童妮克制住自己。

没有吧,我看,你妹妹做事,一向我行我素。宁志达一副卸下重托的样子。

一起走走吧。这时,赵艾玫向童妮发出了邀请,看得出来,现在童妮在赵艾玫的眼里,代表着一种即将被她超越和看透的梯队。

对不起,我还约了别的人。童妮回绝了这个女子。从赵艾玫的眼睛里,童妮看不出此时有什么更完美的思想感情可以与之相呼应。并且,从她和宁志达暧昧的脸色上,她觉得他们的关系并不单纯。也许宁志达看出了她的猜测,他深藏不露地对童妮说,你还是找找你小妹,深圳这个地方,对一个小女孩子来讲,还是挺不安全的。

谢谢。童妮礼貌地回敬了宁志达。现在,她已经很清楚他们俩个刚才在笑什么。

回到家里时,秦勃已经独自上床,在假寐。童妮想了想,将刚才的一切统统倒给了秦勃。这个男人,在听完童妮的诉说后,在床上翻了个身,闭着眼睛对她说,你们姊妹俩个都一样,都喜欢自作主张,这是你们童家的优良传统,这下,你知道急了?你放心,依我看,你小妹比你聪明,不会饿死在深圳街头的,安顿好了,自然会来找你。至于宁志达和赵艾玫,我告诉你,他们纯洁得很,一个是表哥,一个是表妹,你要多想,那是你的事。你还有什么话要说?秦勃从枕头上抬了抬脖子等着童妮下一轮的谈话。

童妮伸手关掉了电灯,关掉了一段封闭的自慰。

第 二 章

再次相遇——在芒果树湾畔的浆果里

他是在什么时间什么夜里

使用了她身上什么样的一段皮肤与骨骼

他是在什么心情什么欲里

为她的生活注入了一种什么样的隐匿果汁

他是在什么间隙什么缝里

埋上了一个女子什么样的眼睛

是他要摘下她　　还是她要摘下他

还是他们在无名的土地

在无名的屋内　　无名的手指

悄悄装进无名的地窖

是谁让他们在别人的汗里逐渐变干

又在自己的汗里永无止尽地四处漂流……

　　　　　　　　　　——以诗题记

1

两个月的试用期刚满不久，童妮在加夜班的时候，帮了刘玉华大姐一个倒忙。本该由刘玉华放进烤箱而非童妮放进烤箱的 200 个 MSP100 型压力传感器，在高温达到 90 度的烤箱里烤了八个半小时，当她们下夜班前反应过来烧箱里呆着的那群宝贝后，已经晚了。200 个 MSP100 型压力传感器在她们俩的电笔测试中毫无数字显示，电流表打到任何度数所有的检测数字均全部归零。压力传感器是很娇贵的一种产品，尤其是 MSP100 型压力传感器，专门用于对液体和气体高精度的压力测验，她们竟然忘记了这些娇贵产品的温度调试了, 90 度的高温作业只能一个个要了它们焦头烂额的小命。

刘玉华的两只白手套像僵尸在传感器上一顿乱搓,怎么没一个好的呢?怎么没一个好的呢? 接着就失声开始痛哭。她在这个车间里工作了六年,从一名最初的清洁工转到流水线上,又从流水线上升成了 IPQC,她视此工作为她唯一的命脉,她远在云南老家的三个孩子,还有老弱病残的公公婆婆全靠这些娇贵东西养活着。她在哭声里对童妮说,我们两个都会完蛋的,IPQC 很少出现这种事情,就算 DY 放过我们,那只可恶的"黑贝"也不会要我们的呀……

这对童妮来说，又是一个不眠之夜。

天亮的时候，她还在似睡似醒的境况里想着刘玉华消失在车站的背影。那背景显得那样恐慌,那样无助,那样茫然,而又那样可怜,让童妮觉得胸口一阵紧似一阵的抽搐。像刘玉华这样理论上的矮子，实践中的巨人，像她这种从社会最底层升入流水线担任品质管理者的人，她们是整个流水线上真正的核心人物，她们掌握着一系列坐在自动化办公室里专门搞试验的真理线，她们才是将理论变成最佳实践途径的人。然而，她们没有高学历，不敢有太多的奢求，所以，很难说得清楚，她们所热爱的流水线会在哪一天断了她们谋生的路。

刘玉华彻底崩溃。

这下可好，恐怕"黑贝"用一根手指就能将她们齐齐摁死在流水线上，像摁死两只带有病菌的南方草蚊子一样。

第二天，气泵，烤箱，显微镜，皮带，电烙铁，PC 板，一切都在照常运行，刘玉华戴反了白手套，所有的手套结缝略微偏外，滑稽地朝着手掌内侧弯曲着，她的十个指头，被昨晚的意外生产事故压成了"反面教材"。

我们这下真是自己找死啊。刘玉华慌里慌张不明所以地为产品贴标签，一会儿歪了，一会儿高了，一会儿低了，她干脆扔下那些精贵玩意感叹道，怎么还不处理？真是慢性自杀啊（这是生产车间形容那些即将报废机械的，是大家的玩笑话）。这时候，刘玉华连这句话也想起来，难过地用手抚摸着一瓶旧氧气罐（用来测试产品特殊性能的旧气罐，公司刚刚报废了一批几年前的）。

然而，从上到下，无人提及此次事故。她们整日活在诚惶诚恐之中。

第三天，整个事情与她们料想的完全走了样子。一大早，生产部开了很长时间早会，车间的班长级干部全参加了，只听得"黑贝"在隔壁的会议室一声声叫唤，失控了一个早晨。会议结束后，谁也没有叫她们进办公室处理这件夜班期间发生的丑闻。童妮已经完全做好了一个人来承担后果的决心，她不断地安慰刘玉华，没事，我看错了温度测试单，打错了温度表，一切都是我的错。

你看你，我又不是外人，再说了，我们云南人，不会坏良心的，你那不是想着帮我忙嘛，要怪也要怪我太粗心，忘记了烤箱里头我们还在蒸着金馒头啊。刘玉华摘下手套，拿了一张去洗手间的登记牌，哭丧个脸调整心情去了。看着刘玉华走出车间的样子，童妮真担心她会晕倒在厕所里。

过了一会儿，刘玉华回来了。

我刚才碰见了 DY，他认得我哎，他说让我们好好干哎，依我看，他们是不想炒掉我们的，现在是生产旺季，他们招不到熟手工的，再说了，他们太忙了，可能过几天都忘记了噻。刘玉华的脸上又闪现着一脸故弄玄虚的天真样。

没过几天,就有车间的同事们用异样的眼光盯住了童妮。终于,有一天,在结伴去工业园区的用餐区吃饭时,刘玉华对着一碗馄饨充满神秘与羡慕地对童妮低声说,你的命真好!你一来我们公司,我就看出来了,你的命比我好噻。刘玉华真诚地笑了,痛快地吃了一口馄饨。

我的命好?童妮也笑了。

你都快当副总太太了,还不跟我透漏一点风声,乖乖哟,你的福气可真大,口风可真紧啊。刘玉华娇嗔地望着童妮。

胡说什么?我给谁当副总太太?

DY 啊,公司的人全知道了,DY 亲口说的,"黑贝"都……童妮这才丢下碗筷往车间冲去。到了 DY 办公室,DY 正在写报表,一脸严肃。

怎么会这样?童妮问他。

还能怎么样?DY 说。

你就是这样帮我的?

就是这样,还能怎么样?

太可笑了,太离谱了吧?

你不是需要工作吗?

可是我犯了错,就得承担。

承担?拿什么承担?人,还是钱?

我……

行了行了行了,别再像个文艺人一样在车间里找事,我要真把你炒了,还真没有更合适的人来接替你的位置。你才刚刚适应这个位置,我总不能再招一个,用上三五个月,犯了错,再炒,炒了,再招……

可……

行了,别像几年前的我一样,干什么都思想一番,弄得像个神一样,哦,对了,你不是个文艺人嘛,就当是向社会取经吧。

那…… 好了好了好了,又不是真的和我谈情说爱当人家的女朋友,再说了,你未婚,我未娶,不也可以加深友谊嘛。

我已经……

算了算了算了,又不是什么大事,快去上班吧,别站在这儿,不然别人真以为我们在谈情说爱呢。

这场固有的发生在深圳之城的任何一个角落的日常对话,在童妮的命运中为她打开了另一本厚厚的日常之书,只是当时,她只顾翻看这本书的厚度,并没有注意书中的文字,所以,只是被书的厚度给震动了,以为这就是一本打开在深圳之城的老黄历。

此事过后,童妮心情大好,还在不久的一次技术比赛中得了头奖,加了工资。发工资的当天,她怀揣加厚了的一叠人民币,在深圳东门风情步行街上闲逛,像所有的女子一样,她购买了很多她一直想买但却因为资金紧张而无法买到手的化妆品衣物内衣鞋子,还为秦勃也买了两件杉杉牌衬衫,最后,又用另外挤出来的一些零花钱为童笛买了一条她早就看好的冰绸连身裙。

哼,看吧,亲爱的深圳

游荡在东门老街的恶俗之花

我的脚趾为你们带来干净的泥巴

请你的砖头与玻璃统统向两边靠拢

请允许我用脚进入你的池塘

请让我的脚在这个长满鱼肚子的池塘之城里开花结果

童妮调皮地在大街中间穿梭了几个来回,她在心里为这个城市献上她的即兴小诗,她的心情愉快而透明,她从一块块建筑物的幕墙上挑逗着自己的影子。她在步行街大江南酒店对面的尽头,一个连香港人来了都得排队的酸辣米粉店里要了一碗红薯粉,她吃得大汗淋漓,鼻涕横流。

她是满意的,欢喜的,当她略显疲倦地出现在东门步行街爱斯S酒吧坊时,工作带给她的快乐完全让她产生了兴味盎然的活的乐趣。这乐趣里,包含着她对妹妹的退让。自从知道童笛到东门酒吧工作的事情,她差不多已经和她断交了。那繁杂的夜生活,别说是融进去挣口饭吃,就算是逗留一晚都让人心生怯意,她害怕那些社会中最为隐晦的畸形的东西,比如,她老是在想象,当她的小妹进入酒吧间后,相应的,就会有一个社会中的渣子,手捏一包冰毒等着小妹的堕落,所以她对小妹所从事的工作极为胆怯。

童笛可不这么想。她对童妮说她就是喜欢待在酒吧这样的地方,热闹,有人气,有激情,有肮脏,有交易,有成功,有失落,哈哈哈,就像一截城市的下水道,真实而不可或缺,童笛这样比喻后开心地一阵大笑。在反复的亲情所包围的思念里,童妮决定退让了。

童妮进去的时候,酒吧里面已经很吵了,才刚刚九点,就挤了不少人,大概是因为周末的缘故吧。放眼望去,爱斯S酒吧坊的主席台上已经开始布置首场演出了。她刚准备从主席台收回目光,到后面的工作间去找找童笛,目光却被站在主席台上的童笛吸住了。

童笛的手里各拿着两瓶威士忌抬着脚尖在与人接吻。那是一个染着黄头发的歌手,一手拎着电吉它,另一只手搂住童笛的后腰,一副陶醉的样子。热泪立刻涌进了童妮的双眼。她冲上主席台,一把拉开了童笛。童笛回转过头,发现是姐姐,又深情地拥进男歌手的怀里轻轻地笑着说,别介意,我姐姐,她就是这样假模假样的人,别理她。

童笛表现出一副不知天高地厚的模样,忽然间让童妮一阵揪心。童妮再去拉她的时候,童笛猛得一闪,不料,她的身子碰到了身后的鼓架子,连人带酒摔到了台下。等童妮又去拉她时,她便一脸轻视的笑意,边从手上取着玻璃碎渣,边从地上一个起身,嘲弄的望着童妮说,干嘛,拼命来啦……立刻,一道沉重的时代之墙隔在她们俩人之间。

童妮绝望地看着妹妹,觉得年轻的母亲正从无边界的地狱里窜出来,窜到她的面前,正在使劲用一个毛团塞住她的呼吸道。

我在外面等着你。童妮酸楚地说。

你爱等不等。童笛冷漠地讽刺道。

童妮走出了酒吧坊,后背好像被人挖了一个黑洞,有玻璃和酒杯的碎渣在里面游戏。轻快的生命之感早已荡然无存。街上仍然十分拥挤,周末相约的男男女女相互搂着,从她的面前来来往往。没有相爱,也没有婚姻的想往从他们过于年轻的脸上飘过,有的,只是性别上的慰藉。她坐着,在步行街的休闲椅子上,感到自己虚弱无力又渺小可悲。这些人挤人的影像多么直白地告诉她:别想左右任何人,也别想左右你自己。

她坐着,慢慢地和天色一样黑了下去,路灯和霓虹灯,从她的皮肤上射出来,反射着她无助的思绪。直到爱斯S酒吧坊关了门,所有的人都从酒吧里撤出来后,童笛才挤在一堆乐手之间,牵着那位男歌手的手步出大门。

被童妮一直盯着的那扇魔鬼之门被路灯光照亮了。童妮冲上去,揪住她的小妹。

谈谈吧,我们。她说。

谈什么?童笛吹着自己的红指甲。

家里的事。

家里什么事儿?

父亲让我找你谈的。

好吧,下次可千万别再用这一招。

童笛把红指甲递到男歌手的嘴唇边,男歌手目中无人地一一亲了一遍童笛的十个指头尖后,他们的告别才告一段落。

夜已经黑透了,只剩下不多几处亮丽的灯影的旋转。童妮望着童笛挑衅的气势,再看看那两只被玻璃酒瓶划伤的手,一时间竟然找不到话题,只好假装平静地请童笛跟自己回家里住一晚。

哼,住你家,童笛苦笑了一下,你家最近不跟地狱也差不了多少吗?一种新的悲哀涌上了童妮的心间。每次面对妹妹童笛,她都有一种面对母亲的感觉,她长得实在是与遗弃她们的母亲太过相像,两只眼睛比常人略微分得开一些,嘴唇也比常人要厚一点,因此,整张脸,就跟着整个时代所有叛逆的基因连在一起生长一般,让人心存一份不安定的顾虑。看着童笛脸上那些生动的叛逆的表情,童妮又一次在妹妹面前服软了。

那你,到底想怎么样? 童妮问童笛。

童笛默不作声。歌手已经脱离了其他乐手,正寂寞地站在一片椰子树的浓荫里,远远地看着她们的方向。

跟一个自己所爱的男人发生一次性关系,和跟一个自己不爱的男人发生一辈子的性关系,我,宁愿选择前者。童笛斩钉截铁地说。伊尔湖农场的野芦苇丛里,一张母亲不断隐陷又不断浮现的脸,再一次,当着童妮的面浮上了整个深圳城的夜空。

父亲……

你就别说那么多了,什么父亲不父亲的,不就是要钱吗?我自己会给他的,你就不要借题发挥好吗? 说完,童笛连一声招呼都没有打,就跑着飞进了歌手张开的怀抱。

那男歌手在半夜里,站在大街上,在树荫里,张开的一对人翅,刹那间扇得童妮在夜色中一阵晕旋。她只有眼睁睁看着妹妹向无底的深渊迈进。她是什么时候变成现在这样的?是在自己的粗心大意里?还是在自己的偶尔遗忘里?才短短不到两年的时间,她已经变得面目全非。那个时常睁着一双纯洁的眼睛四处张望的姑娘就这样被时光淹没了吗?还是,她自己,早就希望以这样的方式将自己淹没?童妮不得而知。但是有一点,童妮很清楚,当她在野芦苇荡里放走了母亲后,这双纯洁的眼睛里多了一样爱好,就是喜欢和她一样进入发呆的程序,只不过,那一套完整的程序不属于天堂,也不属于地狱,它只属于她,一个不满十六岁的姑娘对整个社会所感受到的全部羞耻。

除了羞耻,母亲什么也没有给我们留下。这是童笛对母亲的全部回忆。 一转眼,她就变成了二十二岁,学会以自己的方式进入了另一个性别的世界了。她知道什么啊? 她还是一个孩子啊……她只知道借故来恨着她的姐姐她的母亲她的父亲而她却还是个孩子啊,不知道恨也是一种强烈的爱。

童妮看着小妹的背影,希望她回一次头。希望她看见姐姐还在等着她。然而童笛没有回头,她怎么可能回头呢? 这是她最痛恨的动作。

你别回头啊,因为这是妈的动作。童笛曾经无数次地警告自己的姐姐。是的,她们的母亲,多么喜欢回头的一个女人,往蒸笼里放一层馒头都要回头数上三遍数字的女人,往猪圈里倒上猪食都要回头看看那头正在吞食的猪是不是邻居的……她到底为我们遗传了什么基因?

你说母亲现在还活着吗?想我们吗? 这也是童笛的专利。她喜欢用这种方式怀念她们共同的母亲。在得不到童妮任何准确的回答后,她的眼睛就会自动在分开一些的部位聚拢在一起,紧紧地盯住童妮的两双眼睛。
我那么小,她怎么会舍得? 童笛的眼睛聚拢得太近,像是一对刚刚安装上去的微型探测仪。

当初,如果是我,我就不会那样简单地放她走掉,我不会像你这么"伟大"的。在这句话里,童笛使用了"伟大"的反义词,并且觉得自己终于刺到姐姐的伤疤而在脸上刮过一阵激动的旋风。

所以,我讨厌你们两个,一个模子刻出来的两个人,专门干一些舍小求大的事情。这也是童笛语言中的智慧结晶,这些晶体曾经以雷电的方式击中过童妮的大脑。每次说完这句话,童笛的眼睛才会慢慢地自然地分开,恢复到她日常之中略微于常人较宽的间距,里面注着两汪亮晶晶的象征着仇视的液体。

所以,你就把我弄到玩具厂,一个吃盒饭都能吃到假毛的工厂里……紧接着,童笛的眼睛又会吸回那批液体,显得干净纯洁。

你听着,我亲爱的姐姐,我唯一的亲姐姐,我至高无尚的姐姐,我讨厌玩具工厂，讨厌！每天都在给一群猪狗鸡猫熊猴虎蛇安装电池，这就是你给我找的工作？我得给它们装上电池，为它们测试，看看它们是不是跟人一样可以乱吼乱叫……姐姐，我呢？我自己呢？我只能在它们中间慢慢变成一只没有思想的猪。激愤的情绪使童笛的小脸有些变形，她用手在自己的小脸上胡乱揪着，我要打倒这些玩具，彻底打倒！童笛说。她常常把"一只没有思想的猪"当作自己的座右铭。大概，碰上歌手，她会觉得好受一些，至少可以先在歌声里为一头生活在深圳城的猪来进行启蒙式教育。

童妮把小妹与酒吧歌手谈恋爱的事情告诉了秦勃，秦勃用这样一种眼光回赠她的诉说：一截运送货物的火车一声轰鸣开出了站台，一回头，发现，最后一节车厢的挂钩根本没有挂上，开走的火车头是不可能马上倒回原位的，而剩下的那一节车厢，也只能在原地等着新的指令。

先由她去吧，火车头没油了，自然就停下了。秦勃没好气地说。

童妮又哭了。我要把她带回家里来。她克制着自己的冲动提出了要求。
带回家里来？那还不如直接给一笔钱把她送回到新疆去呢，送回去，如果再出了什么事情，也与你无关了。秦勃的理科思维派上了用场。

出事？她会出什么事？她只是有些不听话而已。毕竟水没有血浓，这一刻，从秦勃的回避里，她体会到了水与血之间的距离。

也许歌手是个好人，会，会对她很好的。秦勃怕是从她的模样里捕捉到了她对于"水"的轻视，他的语气又变得委婉起来。

好人？我见过，如果那个歌手是个好人，全深圳的所有男人都是好人。童妮的泪水成串地跑出来，为他这种隔着一层皮肉的关切感到困惑与责备。

你怎么能这样？你对我的事情漠不关心。秦勃不看童妮，也不理会她的哭声。

你别一天到晚把童笛当个小孩子看待，你越是这样，她越是反感。再说，我累了，这几天工作量很大，到了周末再说吧。秦勃有气无力地说。

你，你简直就是一个冷血动物。童妮恶狠狠地诅咒道。

你说够了没有？秦勃忽然从沙发上跳起来，想要拿起什么东西来摔碎的姿态。

你，你简直就是没有人性，你知不知道我现在正在跟你商量我妹妹的事情，你要知道我的妹妹，她是谁的妹妹，她不是我一个人的妹妹，她也是你的妹妹，你表现的漠不关心，难道还要让我赞扬你的冷漠吗？童妮的嘴巴利落到令秦勃产生了片刻的断电。一阵空白从他的大脑中闪过后，秦勃终于冲口而出。

像你们家童笛这种人，根本就不应该来到这个城市，还想谋求发展，简直就是做梦，白日梦，黄粱美梦。秦勃的理论体系赤条条飞出来，摆在他们的争吵格局里。

那你又是哪种人？是神吗？童妮收起了眼泪，一股极力想要护卫好什么东西的本能使她的眼神露出尖利。

我不是神，但我基本上算是一个人。这一次，秦勃使用了肯定的语气，这样一来，童妮的敏感度骤然上升。

闭上你的利嘴，更像一个人。童妮冷冷地从秦勃的身体旁边穿了过去，她飞进漫长的夜色，在人流穿行的街巷里游荡了几个小时。回到家里后，她绝望地听到卧室里传来秦勃进入深度睡眠的呼吸声，那一刻，她宁愿时光倒流岁月无痕。

这一次争吵后，他们进入长久的冷战期。

秦勃开始哼哼叽叽地自己洗衣服，扫地，擦灰，出门购物，狂玩电脑游戏。童妮觉得，秦勃这是在以自己的方式提出抗议，并试图恢复他想象中的久违的单身生活。哼，单身，除非时间是个双脚倒长的畸形儿，它正滑稽地进入它设想的时光隧道。童妮看着秦勃玩电脑游戏的背影，忍不住从心头涌上一股恨意。

直到有一天，当童妮将已经怀着身孕的童笛带进家门时，她在他们的卧室里，很清楚地看见秦勃正拱着身子，在床上，自己用手与自己做爱。

那一刻，童妮的头发，几乎在一瞬间全部飞离了她的头皮。所有疼痛的回忆一起向她袭来，抽在她的脸上。那天，童妮跌倒在小妹的怀抱里哭了很长时间。当然，小妹尴尬地接受了她的搂抱，小妹没有看见主卧室的那一幕，以为自己的姐姐又要在哭泣里开始为她的和歌手的爱情唱高调，所以，小妹最终还是推开了童妮。

有什么好哭的，你又不是没怀过。童笛双手抱胸，看上去，她视自己的子宫为头皮屑。

在童妮的哭声里，秦勃拎着一只枕头出来了，他显得很疲惫，这种疲惫对童妮来说一点儿也不陌生，这是他在长时间努力后并不能正常射精后的疲惫。以前，在床上，无论如何，他也会得到她片刻的柔情。现在，他变成了一个人，孤独的一个人，他需要自己跟自己做爱，完全剔除并否定了童妮对他任何意义上的温柔依赖。

过后，他们分床而睡了。

第二天，童妮领着小妹到布沙村卫生所去做人流，小妹无所谓地跟在她的身边，甚至是进了手术室，她的脸上还闪过一种轻视那个挂着蓝色隔板的小手术室。一想到那个像板手一样的粗鲁玩意，被上紧了螺丝，像钳子一样卡在妹妹的阴道口，童妮的两道腮腺忽然滴出了酸水。

我扶着你走。她对童笛说，因为感受到了腮腺的肥大而显得声音含糊。

扶我？我又不残。童笛迈开大步走进了手术间。

真是年少无知啊，她的身体状况并不好，你看她，一副年少轻狂的模样，真让人……哼，她要真是你的妹妹，你还是多给她加强营养吧，她现在已经有贫血现象了，本来还想多给她叮嘱几句，你看看她……大夫给童妮开着药方，嘴里，脸上，均是一股"下一代已经无药可救"的失望感。

在童笛休养的一周里，秦勃表现出了极大的热情，他甚至亲自下厨煲汤煮饭，一锅陶瓷坛子老汤一煲就是几个小时。他的脸上常常显示出模范丈夫的那种大度与关切，让童妮丈二摸不着头脑。倒是躺在床上休养的童笛看破了玄机。

姐夫挺好玩的，他在假装还爱着你。

你凭什么这么说他？

凭他的一双手，他的手干什么都是直愣愣的，手指很难以弯曲的那种硬，特别是不小心碰到你的时候，他的手上流露出客气的姿势，五个指头并排站着，哪有这样的夫妻？这说明，他想好好爱你，可是，心里却有了其他的想法，心里已经爱不动了。童笛毫不客气地用勺子将秦勃煮好的一根乌鸡翅膀送进了嘴里。

你吃你的，吃人家的饭还要捣人家的锅底，这可不是你的风格。童妮回敬了童笛一句。

走着瞧，好事在后头。童笛吊儿郎当地说。

童笛走后，童妮以为秦勃还会像以前一样重新搬回卧室与她过，可是，这一次，她判断错了。秦勃看见她在整理床铺，还换上了新床单，竟然用一种单身男人的克制表情拎着一只枕头进了另外一间卧室。

童妮呆在自己的猜测里。

她从来没有向他主动表示过什么，所以，出现这种状况，她更加不知道自己应该主动，还是应该等待。其实，所有的夫妇都可能会遇到这种状态，其中一个忽然间对彼此所熟悉的那张床塌感到莫名地烦躁不安与讨厌，那么，另外一个，接受到这种信息的人就应该主动走上前去拉住对方，否则，少了这个拉回的动作，他们的床塌也就意味着一分为二。当时，童妮对这种日常的婚姻生活一无所知。她选择了呆在原地，也就意味着遗憾地分手。

2

冬季,一个从未下过大雪的城市,就算了到了冬季,气温也仍然滑稽地达到了 28 度左右,在车间上夜班时,还必须开着头顶上的电风扇,两排齐刷刷的电风扇,从头顶上扇着一股股热风,胸罩里常常还是像夏天一样湿浸浸的。童妮正在帮生产部的夜班姑娘们检修焊接在螺丝底座上的 PC 板,在显微镜下细细地用手术台上专用的铁镊子夹掉 PC 板上多余滴落的锡焊渣和红蜡油团,正忙着,值班保安就隔着车间的大玻璃窗叫她出去会客。

到了会客室,才看见,杨柳和西原站在一起,那清瘦的杨柳与"矮种马"站在一起,倒是出奇的和谐起来,禁不住取笑了他们一番,怪不得湖南和湖北紧挨着。西原这才说明来意,他们杂志社要搞一个助学募捐晚会,他想请童妮带领几个舞蹈爱好者编排一组温馨的歌舞节目,听到这个消息,一阵暖意涌了上来。实际上,童妮觉得自己不值得西原如此牵挂,她不属于他们的文化圈,就连她的舞蹈也谈不上什么艺术,她只是在舞蹈的过程中享受着那些优美的旋律带着她忧郁的灵魂在空气中做出体力劳动而已。

我行吗?童妮问西原。

行,我找的就是非人类。西原的幽默感染了童妮,她的心里终于还是被感动了。自从结婚后,来看望她的人几乎没有了。

那就到我的寒舍里喝点茶叙叙旧吧。童妮说。

回到布沙村后,秦勃还没有回家。最近,他总是很晚回来,自从应聘到这家香港公司后,他经常被公司委派到东莞的新富超级商场负责接受货运包,专门负责仓储检验抽检工作,所有上到货架上的商品在打上价格条码前,必须先经过他们这种品质工程师的全程检验,担任这一要职后,秦勃回来得越来越晚,有时候,他会在东莞留宿,打电话给童妮的语气是柔软而苍白的。当然,借调到东莞的秦勃,性格开始变得开朗起来,并且又间或地回到他们的床上开始与童妮做爱。有几次,他甚至罕见地问童妮做爱之后的感觉怎么样?他的问话从一堆棉絮里传出来,显得异常沉闷而遥远,怎么样啊?他问。这模棱两可的问话不知是针对什么而发问的,因此也就显得有一股超强的概括性,这让童妮感觉到丝丝冷风从耳边吹拂的动感,让她的乳房也紧跟着一阵阵发冷,说实话,那些隐蔽的被动的似乎有着幽暗性能的床上生活一直令她无法启齿。结果是,他们的性爱交流停止在这样一个层面上:快睡吧,你不累吗?

往往是秦勃已经进入深度睡眠,童妮还在清醒地寻找他们之间这变得陌生而遥远的距离到底是从哪些事情中辗转而来的?他曾经也是一个温和的情人呢。

是的,秦勃也曾多次带童妮来过布沙村的夜市,炒一盘田螺,吃个米粉,四只眼睛在灯光中望着密密麻麻擦肩而过的异乡人,她感觉自己是他们的同类,又不是他们的同类,恍惚中,总有一股温暖的激流从她的浑身流过,一种不固定的漂浮的沉重同时又伴随着轻盈的怜悯浮动在她和众人之间。有时候,一个短暂的时刻,命运之神飘进她的颅脑,城市里的夜景如同电磁炉一样烘烤她的无数记忆,那直白的照射令她感到了片刻的感动。

童妮喜欢这样的照射,有一种灼疼感,让她觉得自己与这座城市在最不起眼的夜色里已经可以融为一体。

是的,这显然是一个异乡人的城市,本地人穿着拖鞋挑着牙签戴一根火柴棍粗的黄金项链额头前倾眼窝深陷鼻梁挺直嘴唇厚实,他们晃着,他们晃着,他们一直晃着,按时打着麻将喝着早茶收着房租数着股份存着港币四处晃着,晃到美洲与欧洲去,至于亚洲嘛,去个香港和新加坡就够了,至于大陆嘛,去个上海和北京就够了,深圳还不是舌尖之食,想什么时候喷一口,就什么时候喷一口。日子太好过了,推了旧房子,搬进新楼房,推了新楼房,盖上新大厦,推了旧铺子,建上新厂房,天哪,每推倒一处旧房子,数不完的钱就叠在新开的地基上,压得人手指发麻,最后,不数了,钱太多,自然由银行的验钞机和 VIP 专柜员为他们清点,他们知足了。目光总是在身体之外的间距处自然低垂,那短暂的间距里有本村人和本族人就足够了,在间距之外的所有距离都与他们无关,异乡人愿意背来多少城外之城统统离他们太过遥远,他们只要保护好自己的眼睛与身体间的间距便可,至于眼睛之外的那些异乡人,他们总是愿意涌进城里的,愿意涌进来,涌进车间,涌进公司,涌进楼房,涌进街道,涌得令他们的眼睛集体发涨。没办法,几千年前,几百年前,几十年前,他们也是这样,背着自己沉重的故乡,向异乡人的城市,甚至是杂草丛生的乡下,不断地涌进,这叫一代换一代,一物换一物。

布沙村里便住着这样一群从异乡之城返回故乡的本村人。夜市上很难有他们的踪影,他们在自己合股的酒店里吃宵夜,那里,有更好,更干净,更漂亮的一些妓女在等着他们。童妮才长长地出了一口气,夜终于是降临了,虽然街道里的和各类杂音依然很大,但毕竟还是透着少许安宁的,蓝灰色的天空被高楼切成零零散散的布袋,在空中飞舞般发着幽蓝色的诱惑的冷光。好了,这样的夜,可以好好地过一把谈话的瘾。

进屋吧。童妮打开自家的防盗门,热情地请西原和杨柳坐在沙发上,是一张肥胖的从二手市场里淘宝来的沙发,盖上精致的印花棉布竟然也是温情脉脉的。

童妮为他们泡上菊花茶(加上细碎的冰糖),摆上水果(杨柳最喜欢的芒果),边喝边吃边谈论着美国马尔科姆·考利的《流放者的归来》,他们的日常生活与灵魂深处的阅读历史在这个小小的出租屋里膨胀了。

怎么样,可爱的灵长类动物,你过得还好吗?西原问童妮,黑色的瞳仁放射出马的智慧之光,亲切中透着防备。

想听真话,还是敷衍之语? 童妮收了一下喉咙,心里忽然涌起一种内疚感。

随意。西原端起茶杯,咕咚了几下。

我现在正好站在门缝中央,害怕他开门,更害怕他关门。童妮回答了西原的问话。

触景生情了,我看,我们还是转移话题吧。杨柳温柔地笑了,她想替童妮减压。谈论还没有正式开始,楼道里突然传来有人用钥匙转动防盗门锁孔的声音。

西原和杨柳想互对望了一下,然后把目光落在童妮的脸上。

是他吗? 杨柳谨慎地问。

对,他回来了。童妮迅速朝门口看了一眼,手中的一杯咖啡随着起身的动作洒了一地。

你们在干什么? 该不是在等我吧? 秦勃说话的讽刺意味导致了无人应答的瞬间。

哦,请别激动嘛,秦先生,我们来找童妮主要是为了请她组织人手给杂志社编排几个舞蹈,你妻子有些功底,出场费也不多,你也知道,杂志社办个活动是没有多少经费的。西原忙起身解释了起来。

秦勃的怒气并没有消失多少,他将外衣挂上衣架,看童妮一脸的固执,心里反而多了几份不耐烦。

排什么舞? 你不是早就辞了公演吗? 秦勃这才回过神来似的又发问道。

是请我去帮杂志社的重要活动编排几个集体舞蹈,串串烧的那种。童妮解释道,又觉得自己嘴笨得很,事情存在说不清的可能性,表情又充满了对抗。

串串烧,就你那水平。秦勃用了习惯性的轻视口吻。

不服气吗?童妮颤抖着,为自己的空杯子里加了点白开水,端起来喝了几口,放下时气力大了点,杯子在茶几上发出极刺耳的当啷声。

怎么啦,你就那么爱显摆吗? 秦勃的火气明显大了许多。

算了啦,你们两个,我们走了你们再吵也不迟啊。杨柳的劝解里夹杂着话外音,秦勃当然听的出来,于是,他边往书房走边低声说了一句,你们凑在一起能有什么好事?

秦勃先生,你这样气急败坏,该不是冲着我来的吧?杨柳话锋一转,准备为童妮铺垫一下。

唉唉唉,算了算了,秦勃老哥,你看你看这个人,老婆有才你也挡不住啊,再说了,大家都是朋友,我们也是想请童妮帮个忙嘛,主要是经费短缺,希望老兄理解一下。西原望着秦勃夹在书房门口的半截身子,语气缓和地说。

我也没说不让她帮啊,关键是看帮什么忙,就她那个水平,还编导,你让她自己掂量一下轻重吧,又不是专业演员逞什么能耐。

当初我在大家乐舞台上逞那些能耐时,你不也是尾巴翘上天示我为凤凰吗?童妮不甘示弱地揭了他们相爱的老底。

所以说嘛,土凤凰终久是只土凤凰。秦勃的话直戳戳地摔在童妮的脸皮上,一阵阵尴尬卷上童妮的舌头根,使得她张了张嘴巴却什么也接不上来了。

依我看,我们来的是秦勃先生的家,不是童妮的家,我们还是撤吧。杨柳的话也是黑白分明的,虽然语调平缓,却暗藏着几分不满。秦勃见状,干脆将身子退到了书房,一副清高的臭模样,童妮失望而落寞地看了书房一眼。

好了,今天就到这儿为止吧,我们走了,你多保重。西原和杨柳担忧地离开了这对夫妻。

杨柳和西原走后,秦勃放下背包和童妮发生了激烈的争吵。

是不是我不在家的时候就一直就是这么过的?

什么叫这么过?

就是和这帮人混在一起。

什么叫混在一起,我们在谈事情。

谈什么?文学?艺术?生命?还是爱情?

随便谈谈。

随便谈谈,那你抬起脑袋看看随便谈谈是多长时间?

我没有注意时间。

你没有注意时间?你和别人在一起时什么时候注意过时间?你只有和我在一起的时候才会觉得度日如年!秦勃一把掀掉桌上零乱的茶具大声吼叫道,读吧,写吧,谈吧,爱吧,你这个女人,这就是你想要的生活。秦勃打开门消失了,好像他从恶梦里回了一趟家。

童妮呆坐在沙发上一动不动,她的思绪里飞动着秦勃临出门时他们几乎是异口同声地怒视着对方叫喊着的一句话:如果不是你,我不会变成现在这样子的人。

当夜,秦勃花了250元钱包了一辆的士返回了东莞旅馆,尽管他的背包里背着一包准备送给童妮的各类公仔和洗刷用具,可他什么也没有留下,他必须离开这个女人,让她和不眠之夜一起去生活吧。

童妮没有向秦勃道歉。收拾完房子后,她在沙发上靠了一宿。次日,她红着一对肿眼袋去了车间,对,也好,他不是怒吼着离开了自己嘛,那就让这个大男子主义者和进口产品一起生活好了。

这段时间,车间里正在进行扩编,美国投资商在车间另一头又买下了一排车间,公司需要加大人力为他生产雪片似的全国各地来的订单。中国的汽车业几乎是在一夜之间开始苏醒,需要压力传感器的订单真得像雪片一样飘进了投资商的办公室。DY和"黑贝"叫童妮去新车间谈话,谈话之前带着童妮在车间里细细地查看了一番。在办公室里,"黑贝"先于DY开了腔。

你就在这个新车间挑一个你喜欢的职位吧。今天,"黑贝"使用的是降调。

你觉得什么职位比较适合你?今天,DY使用的也是降调。

我还是在我原来的位置上干我原来的事情比较合适。童妮的声音明显高过他们俩,她的心思还处于一处纠结状态。

DY和"黑贝"相互对视了一下,"黑贝"起身仰起脑袋一边气愤地说"我懒得理你们这号大陆妹"一边迈着高贵的德式舞步走出了她的新办公室。DY这才架着一根烟,想想,这将来还是一间无尘车间,又无奈地放下烟,看着童妮。

你怎么了,今天?我跟莱思莉提了一天的建议,好不容易请她坐下来和你谈,你怎么这么不懂事啊!DY很痛惜地说。

从他很痛惜的表情里,童妮一下子捕捉到一个讯息:他刚才肯定用同样的表情求了莱思莉,用他这种痛心疾首的表情转述给莱思莉一个眼睁睁的事实,他和童妮的关系已经非同一般,他需要对这个关系非同一般的伙伴的一切事务负责到底。

一种激愤和柔情相伴的情绪,使得童妮放松了语气,她对DY说,你的好心我情领了,以后,如果再出现这种情况,我只有离开这家公司。

听完这句话,DY一下子从椅子上站起身,往童妮眼前走了几步,他用指头蛋子指着童妮的脸说,你以为我不知道?你的心里想着什么我会不知道?就凭你发在杂志上那几首臭诗?凭你在大家乐舞台上跳的那几个集体舞?你想想吧?工作是正事,写诗和跳舞只能是业余的,什么叫业余你清楚吧?你要是不想饿死在一首诗里,就请你放明白一点,这是二十世纪九十年代,不是春秋战国不是远古盛唐,还有,你明不明白,这是在深圳,不是在新疆。大概对面的童妮,还有他不得不说的这些废话里,让他回忆起了他的过去,总之,他在郁闷中离去了。

借调失败后,"黑贝"盯住了童妮所在的流水线。

把螺丝给我清干净一点儿,长眼睛了没有?她吼着。

把钢管摆放整齐,划伤了,算谁的?她吼着。

烤箱也不会清洗一下吗?你们光吃不拉吗?她吼着。

你出的是什么破题?考了一年还是这些题吗?你长脑了没有?她吼着。

把手套全部戴好,标签上的爪印子都是谁印上去的?她吼着。

童妮从显微镜下抬起头,死死地盯着"黑贝",不一会儿,"黑贝"瞪着白眼从车间的过道里向她走来。

你发什么神经?夜班之前,你们车间要完成五千个产品全检,你行吗?她的眼睛鼓起了她的眼皮,使得她看人时显得很暴躁。

你不觉得自己每天都过得很累吗?童妮问"黑贝"。

我累关你什么事？你给我老老实实上你的班吧。"黑贝"抱紧了胳膊。

整个流水线上的员工全部都在侧目看着她们。气泵全部停了下来。

你累是不关我的事，你累却关系到大家的事，你累，就要说大家，包括我，你说大家，就说明你在发火。童妮一点没有示弱的意思。

你少给我多嘴，我发火是因为你们干得不好。

我们什么地方干得不好？

你们每天都干得不好。

我们每天都干得不好，那么，那些成箱子装进货柜车运出海关发往世界各地的传感器是不是老天爷自己生产出来的？

你给我少废话，你们拿了我批的工资就得好好给我干活。

我们没有拿你给的工资，我们拿得是我们应得的劳动报酬。再说，这个美资企业不是你一个人开的，而且，你也不是真正的老板，你也和我们一样，只不过是从香港过来的一名高级打工妹……"啪"，"黑贝"给了童妮一个耳光，可是，童妮预感到了，童妮在她的耳光递过来时机灵地转过了脑袋。

你，期希啊（广东一带专门用于羞耻别人的地方方言），没大没小的大陆妹。"黑贝"迈着有些错乱的德国舞步快速离开了制作车间。

谁也没有提这件事，大家都等着。一个星期后，DY 将童妮叫进了办公室。他关掉所有电话，表情沉重地看着童妮。

莱思莉一周没来上班，美国总部希望我调查此事。DY 望着童妮。

从我开始，还是从车间里所有人开始？童妮失望地看着 DY。

你闯祸了，请注意，别用这种表情看着我。

我只是说了我应该说的话。

但说得不是合适的场合，更不是合适的地点。

如果有人正在你和其他人头顶拉尿，你会不会马上掀起衣服当作棚布，好让他再多尿一些？

童妮看见，DY 的大拇指正在她的话语里打颤。

好吧，我知道是怎么回事了，你去上班吧。不过，要做好最坏的打算。

什么叫最坏的打算？

开除的打算。

笑话，我倒要看看你们是怎么开除我的。

DY用一种不可救药的目光看着童妮。

你始终不明白如何保护自己，先保护好自己，才能更好地发挥自己的作用，你总是还没有开战，就把自己先亮出来，你在明，人家在暗，不枪毙你，还能是谁？DY挥挥手，一幅恨铁不成钢的样子。

下班后，因为秦勃又要留在东莞，童妮便买了些零食到爱斯S酒吧坊去找童笛。这一次，她希望妹妹能够考虑辞职的事情。

进去后，童笛正在和一帮姑娘们嬉笑着收拾酒吧间的卫生，手里拎着一根拖把一会儿麻利地拖地，一会儿在姑娘们的嬉笑声里冲着酒吧间的主席台直对过去，眯着右眼做着连续开枪的动作——"砰砰砰砰砰"，我射死你，我！她的拖把正对着主席台上调音的那位男歌手。右眼一睁，发现了姐姐后，便冷漠地低下身子又开始拖地。本来想跟妹妹倾诉一下的童妮，反过来，从心里，又涌上一层熟悉的悲哀。童妮残酷地看见，妹妹那故意劳作的身影，似乎是她们的母亲正低着身子，从伊尔湖农场忽然跑进了这间酒吧，苦苦地在人世间重复着同一种体力劳动。

我想你了，小妹。童妮说。

童笛这才慢慢地直起身子，跟着姐姐出了酒吧。

你打算怎么办？还是换个工作环境吧。童妮问。

不换，这儿挺好的，再说了，我得盯住那个变态佬（听语气，应该是那位男歌手），他最近竟然在我的眼皮子底下发了疯，想和江西来的那个臭阿红谈情说爱的，这对臭流氓，也不看看我是谁。童笛恶意地看了一眼闪着霓虹灯光的酒吧大门。

你还太小了，根本就不了解男人，再说，他只是个歌手，他不会娶你的，而且也不会带给你任何好处，小妹，听话，好吗？换个工作环境吧？

听话？听你的，还是听他的？还是听我自己的？你再别说了，别像老太太一样语重心长的，我现在还不想离开这儿，我得盯住他，看着他，盯住他的狗眼睛，看着他的狗脸，听着他的狗嚎叫，我得亲耳听到亲眼看见他死在他没完没了的卖唱声里，你别以为我听不出来，他唱不了多久了，他的歌声里没有灵魂可言，一个没有灵魂的歌手，只能很快地死在他自己的歌声里，他还在不停地跑夜场，真可笑，在不同的酒吧里竟然也有不同的女孩子等在台下为他献上可笑的爱情。所以，姐，你不要动不动就往我这里跑，我好着呢，不像你，看上去平静的不得了，实际上寻死觅活的，我不需要你的帮助，我自己的事情我自己能解决。

3

　　童妮没有被开除,她想起了已经被她差不多忘记了的英文,当 DY 和"黑贝"跟着从美国总部派来的助理进入车间后,她和该助理只说了一句英文:你相信,在中国的车间里,生产精密仪器的一个普通的流水线工人会得到平等的待遇吗?这句英文,将她留在了她最需要保住的工作岗位。之后,先是"黑贝"向她道了歉,紧接着,DY 也向她道了歉,DY 在道歉之后,以坦诚的语气向她说,你是我见过的最出人意料的人,你等着。

　　童妮早就料到了,这个庞大的车间至少让她变得成熟并且现实起来,她需要重新思考自己的生活方式。她决定找秦勃谈一谈。现在,他们已经难以见面,秦勃总是留在东莞,一个星期,有时候,甚至两个星期都不回家。当她联系到秦勃后,秦勃挂断了她的电话,再打,再挂,再打,再挂,后来,她就不打了。一个人来到布沙村的夜市上,看人,一遍遍地看,细细地看,最后,她的眼睛累得蓬松起来,扩大了好几轮,好像眼珠子上一下子可以挂满一堆人,但每个人都缩小成小人儿立在她的眼睛里,她的眼睛成了他们的储存器。她喜欢研究路人,有距离的,不介入的,很自由的一种研究心理。当然,有时候,她也研究自己,她也是一个深圳的路人,尤其是在天桥上,上面一层人,底下一层人,她扶住天桥上的铁栏杆,觉得自己快要从栏杆上落下去了,那些飞驰而过的车子好像从空中飞出一条上坡的直行线,它们直截了当地驶进了她迷惑的眼睛,辗烂了她未失个性的思想。她忽然觉得自己是另外一个人。

现在,她终于又弄明白了另外一件事情,为什么,当她睡在秦勃的身边,为什么,他还要自己与自己做爱?现在,她和他变成了一样的人,她在心里开始与她自己做爱了,这种感觉一旦涌现,也就注定了她在床塌之上的另一种放弃。

放弃床塌,就意味着在门外之世界里又悄悄地摆上了另外一张床塌。她是未曾察觉的,所以,她的面部,眼部,唇部,脖子,和胸部,还有腿部,竟然就放松了起来,活泼了起来。她开始重新想象和构造自己的世界,并且有些醉态地想要重新了解她所了解过的一切。

一天,上完夜班之后,童妮正是在这种放松的状态里走在布沙村的人行天桥上,她的影子被一圈圈栅栏影子捆绑住,跟着她一起前行,于是,她用长于左腿的右腿底部的脚底踩了一下自己的影子,她发现,她踩住自己影子的时候,她的身体就会跟着一阵发笑。她再踩一次,她的身体又跟着一阵发笑。她穿着高跟鞋,踩起来很有力的样子,接触地面时发出很痛快的响声。她笑了,她的影子并没有人在意,但是她的影子跟她一样喜欢在这座城市里移动,挪动,跑动,并且飞。

一看就是你。她的影子被另外两双脚踩在了原地。

不用看就知道是你们。她也用脚踩住那两个人的影子,一脚一个,踩在他们的影子上。实际上,那两个影子重叠在一起,印在她的影子上,她用整条右腿,踩住三个人的影子,她都快要失声发笑了,真是一次影子跟随影子的游戏,她早就察觉到了杨柳和西原的跟踪,他们的影子从桔色的路灯光中倾斜下来,打在她走过的路面上,只是她不想回头破坏这种气氛罢了。

跟踪了这么久,有什么好事吗?童妮问道。

不要看着我啊,杨柳精明地转移了方向,我是被西原硬揪来的啊,你还是问西原吧。

嗯哈,西原假装咳嗽了几声,这才将拳头从"马嘴"上移下来,落在童妮的肩膀上说,有一道动物界的难题需要你出面破解一下。

说,别拐弯抹角。

跟我去见个人。

我认识吗?

当然,熟人嘛。

是,张东阳吗?

你怎么猜到了？

看你的表情啊。

唉，女人不要表现得太聪明，我就是被聪明的女人害成这样的，总是不得志啊，找男人办个好事，还得依靠你们这些聪明的女人，真是可恶的人类。西原大声笑着，请童妮再猜猜看，找张东阳那个洋鬼子有什么好事呢？

该不是让他给你们杂志社的活动整点赞助费吧？童妮一语中的，弄得西原抱着马头在原地转了几个圆圈。

唉呀，聪明啊聪明，弄得我都有些害羞了。

西原面含羞涩之意，这倒是让童妮有些意外。张东阳是西原的大学同学，上次在荔枝公园搞活动时，西原已经让张东阳掏过一次腰包了。这一次，为了答谢活动，西原又要动张东阳的钱包，这件事，怕是难说呢。

你犹豫什么啊，你就是我的一个大诱饵，能不能钓到鱼还要看看人类是否能上钩啊。

行了，又要拿我编排的集体舞蹈做挡箭牌。童妮马上明白了西原的意思，借她为杂志社编排集体舞蹈的名义向张东阳拉一点赞助费。

这个家伙，物质上富有的很，可是，精神上，还和大学时代一样，需要像我们这样的人来拯救，不是我敲诈他，是他原本就应该放点血，谁让他认识了我们这群人，这也应该算是他的福分吧。西原从深南大道的老榕树下转过他一头的卷发，对着童妮天真地笑着。

既然张东阳那么富有，你一个人去不就可以了。童妮说。

不，不不不，你弄错了，那个家伙看见我就头痛，看见你，他就两个字——迷糊。

到了张东阳居住的位于深海大道华侨城地带的荔情别墅区后，西原按住自己的一头乱发，回头叮嘱身后的二位，待会儿，我先说，我喝茶，表示有希望；我喝咖啡，表示很有戏；我喝可乐，表示那个家伙一个铜板也不想出；我咳嗽，表示我对他赞助的数字不满意；我按住头发，就表示让你们出马，你们要接着我的下文，数目报大一点，我了解他的，男人跟他提钱，他很清醒，女人跟他提钱，他对数字就不是太敏感了，这是他的致命弱点。西原交待了几句，又不放心地自言自语演示了一番。

进了张东阳的居室，一看三位来者，张东阳一脸兴奋。还特意避开童妮，与杨柳行了隆重的见面礼,握过手之后,带着杨柳去楼上参观他的豪宅。西原和童妮坐在楼下,未等童妮有所示意,西原便充满信心地说,今天的活动已经基本搞掂了,我根本用不着按住自己的头部,因为这个家伙见到你们后根本就顾不上所谓的清醒,我知道的,这个精通生意经的家伙,他最怕的就是有文化的女人,再有些思想,他更怕,他是一个只顾忙着一心挣钱的家伙,所以,总是顾不上思想一切,懂了吧?这种人,见了有思想的女人就像进了八卦阵,没有我的引导,他是出不来的,他会马上变成一个既没长眼也没长心的家伙。西原用一对黑乎乎的"马眼"扫了一眼童妮,顺手端起可乐喝了几大口,可乐从嘴里漏到胸前,他又孩子气地对童妮斜着眼睛说,对不起,我喝错了。

步出荔情别墅区时,西原大方地接过了张东阳递过来的一个报纸包,西原斜视了一眼路灯中的张东阳,并不领情地说,搞什么嘛?还是比我想象中的厚度要薄那么一点点嘛,把泡妞的钱都捐给文化事业岂不是更好?

张东阳在西原的后背猛推一把,去去去,玩得花样还是儿时的,我早就不近美色了。

临上车时,因为童妮被安排在前座,张东阳在关车门时,对伸出车窗之外的童妮低声咕囔了一句,你是他什么人,跟着掺合什么?

朋友,很好的朋友。童妮解释了一下。

那我呢?

上司,加商人。童妮说。

好,认钱不认人。张东阳气恼地关上了车门。

有了张东阳赞助的一万元人民币,西原对夜色中的两位女子道出了他来访的另一个目的,明天晚上八点,我们一起去看看林之夜吧,那个虚弱的家伙,终于倒了,看不到心爱的姑娘他终于虚弱地倒在了人类的怀抱。

他病了吗?童妮克制着紧张的情绪。

是的,稀有的人得稀有的病,淋巴瘤。西原乐观地说。

淋巴瘤,严重吗?他怎么样,住在什么地方?

福田区爱民医院 202 号病房。

真住院了……童妮的发音拖得很长,似乎还有些不相信。杨柳在童妮的身上捅了一下,别这样,你那么紧张干什么,你是他什么人啊?

与西原分开后,童妮没有返回布沙村的家里,那冷清而陌生的家,在长时间失去秦勃的味道后显出一种深深的寂寞。这天夜里，童妮和杨柳睡在了一起，像当初刚来深圳一起睡在集体宿舍时一样，在事隔两年之后，她们又睡在一起，并且进行了一次长谈。

你觉得我们现在这种生活状态有一定的可信度吗？杨柳问童妮。

在不可信中拥有可信的高度。童妮总结道。

你认为这种高度还存在吗？杨柳又问道。

正因为存在，所以，我们才常常感到莫名地痛苦。

看来，你对生活还充满着理想，我和你不同，我现在是过好每一天就行了，我已经平庸不堪，也就谈不上什么理想了。

别这么说，有一个好女儿不也是你的理想嘛。

对，女儿是我过好每一天的最大动力，她已经长大了，知道了人世间的一切冷暖，会为我着想了，很善良，很冷静，就是，怎么说呢，有点自闭，不，应该说，刻意自闭。

是因为他父亲吗？

当然，她都上三年级了，什么都知道。

你跟女儿谈起过她的父亲吗？

不能不谈。

怎么谈？

能回避的就回避。

她怨你吗？

有点儿，觉得我们这样对她很不公平。

她想见她父亲吗？

当然，她不说，我也明白。

那怎么办？

等等看吧，再等等，时机还不成熟啊。

你好像不希望他们再见面？

那当然，一个品格不健康的人，谁都会反感的，更何况是女儿的父亲，有着割不断的血缘关系，令我感到很矛盾，你还体会不到。

他常居北京，应该不会有什么大的妨碍。

是的，他又谈了一个，听说才二十几岁，这样的男人，你还能指望他对你负什么责任啊。

等到他们再有了孩子,情况就不一样了。

他?他会有吗?他追我的时候就已经快四十了,现在,时间又被他消耗掉了近六年,他已经阅女人无数,我不相信他还会有自己的小孩。

所以,你才如此防备。

对,一辈子都在防备。况且,他时不时向湖北文化界扬言,他的种,谁也别想独吞。哼,他的种,如果有一丝证据能够蒙混过关,我也不会承认女儿就是他的种。

那怎么办?把女儿接过来?

接过来?这里物价这么高,生存如此残酷,我连我自己都活不好,再把她接过来,那不等于自焚。好了,等你有了自己的孩子你就知道了,有了孩子,却不能给他健康的家庭,这也是一种失职和伤害,我已至此,你,最好能换一种活法。

你对搞艺术的人好像很排斥。

不是好像,是绝对。

包括林之夜。

包括林之夜。

为什么?

因为他们在巨大的社会变革中,总是表现出我们能够料到的一种颓废状态,颓废是他们不能凌驾于生命,社会,时代,创作,家庭,和人性的最完美借口,所以,我不准备信任他们。

中国也有很好的男性大师啊?

你能说出来几个始终如一地爱着同一位女人的男性大师吗?徐悲鸿,还是徐志摩?而我们女性就可以做到,比如林徽茵,杨绛⋯⋯

那我该怎么办?

我不能左右你,你可以凌驾自己的思想,所以,顺其自然吧。

明天你真的不去看林之夜吗?

不去,我已经不属于那个队伍,而你还在追随,希望有一天,你可以不知不觉地走到队伍的前面。杨柳轻轻握了一下童妮的手指,无意识的,一种很亲密无肩的行为,像是把她的重量托付给了童妮。

第二天,听从西原的安排,童妮一个人前往福田区爱民医院 202 病房看望林之夜。

和上次在宝安区的聚会一样,在病房的集会里,童妮再一次去晚了。从布沙村出发,她不得不转乘二次大巴车才能到达福田区的爱民医院。她还要先向张东阳请假。一见面,还未等她开口提出申请,张东阳的大手已经挥到了半空中,去吧去吧,拿着我的赞助费去潇洒吧,你们过得都是有价值的生活,你去吧,代我向他们问好,并祝你们这群价值的创造者们度过一个美好的时光。

你怎么总是对我毁誉参半?童妮受不了张东阳的口气,她很想跟他翻脸

那是因为你总是让我在制度与非制度之间进退两难。

你可以用你的权力维护好你认可的制度啊?

现在吗?

对。

算了,我昨天就料到会有今天的。

那就请你友好一点,公事上我们是上下级,私事上,我们不是。

好好好,我投降,我永远支持你们的艺术事业,这样,可以了吧?张东阳烦乱地推开一桌子的晨报表,准备下车间了。

你去吧,真的,你的心不在我这儿,我还担心你上线了又会出现生产事故呢。

谢谢,这倒是句真话。

你呀,什么时候学会让男人一步呢?张东阳意味深长地看着童妮,做了一个请的姿势。

童妮进去的时候,所有被西原搜集到的诗歌分子全部集体坐在地上,在听着西原的发刊词,当童妮也低着身子坐在人堆里时,她目睹着另一个女子,一个安坐在林之夜病床前的女子,一脸伤感地望着窗外,而对一群坐在地上围着病床的诗人们毫不在意。

她是谁?

西原的发刊词已经用了结束语:起来吧,我的朋友们,这次"动物园大会"想必让大地也会感到振奋,如果所有的动物在奔跑的蹄子上都注入了理想的舞步,连大地也会对自己狭窄的舞台而感到羞涩的。他将头发往后一捋,请深圳城里所有的诗歌之马为我们的理想事业而欢呼。

大家拍手叫好时,护士进来提醒大家,这里不是人民广场,注意影响。

我们已经很克制了,要不然,我们早就越窗而逃了。西原大声地说。大家笑了

起来,气氛里存在着浓烈的想要为艺术而消亡的气流。

童妮终于越过人堆,与那位安坐于林之夜病床前的女子有了目光的对视,这一刻,童妮的目光结束了这位女子的伤感,而这位女子,也掀开了童妮一生的伤感。无知的童妮,在第三者,也就是林之夜的对视里,微微地笑了一下。一年不见,看上去,他更加地瘦弱,苍白,无欲。

当其他的诗人被西原一一打发走之后,林之夜总算从诗人们的热情探望中恢复了他的安静。童妮,还有另外一位女诗人,后来,童妮才知道,她便是在深圳城里人人皆知的女诗人孙红艳,笔名正是南梦的一个清淡女子,她们被西原留了下来,安排成清洁工,一起打扫满病房的烂报纸,烟头,纸水杯,和成堆的鲜花,还有大家交来的一叠叠诗稿,而那位女子已经在她们的忙碌里站起身,做了一个无声的告白之后就走了,走得轻而又轻,似乎连病房都在发病。

童妮从地上拿起一把粉红色的百合花,一共有十一朵,间或地装点着满天星和黄樱,正准备放在桌子上,林之夜开口了,花很美,走的时候,你带回去吧,我这里的花太多,放多了,也是被护士收走,病房里太香,也不好。他说,从他苍白的注视里,她忽然感觉,这束花,正是安坐于他床前的女子送来的。

你不打算留着它吗?它很美。她建议道。

林之夜没有解释,她也更不必道破。

不一会儿,西原和南梦拎着四份盒饭进了病房,刚走到桌前准备打开,西原的"马蹄子"就在忙乱中踢飞了其中的两份。这个"矮种马"同志,正以忙乱的样子告知了在场的每一个人,他恋爱了。一个是他,另一个,是南梦小姐。大概南梦已经习以为常,所以,低身从地上的塑料袋里拾起打翻的盒饭,装作无所谓地笑着说,就连你脚下的"磁草地"也需要吃午餐吗?

当然了,凡是我挨着的所有地方都感到了饥饿的滋味。西原想用天生的通灵打动这个女诗人。

我不明白你在说些什么,你最好不要使用"马语"。南梦低头笑了。一看,就是永远都不会为他宽衣解带的一种女子。

笑什么?打翻个盒饭就能让你发笑,那要是打翻个五味瓶看你还不会笑死?

是吗?我怎么觉得你打翻的是一只空瓶子啊。

你们俩个,别逗了,以后在一起编稿排版,有的是时间。看得出来,林之夜为西原打报不平。

是啊,到时候可别怪我为你解梦。

好啊,我昨天就做了一个梦,你要听吗?南梦提起她的背包,她要走了,走晚了,去宝安不安全。

愿意护驾。西原高兴地叫道,随着南梦走了。南梦从医院的病房门口伸进来一双眼睛,典型的诡秘的一双眼,她对林之夜和童妮说,好了,我们多自觉,把剩下的时间全部归还给你们,好好享用吧。

西原和南梦离开病房后,林之夜从病床上抬起头来,专注地盯住童妮,手里正打开着她为此次发刊送来的诗稿,林之夜看着童妮的诗稿,低沉地念了一段:

你不知道火焰在床塌上燃烧的章节

更不知道　头发像黑森林一样在枕头上哭泣

你不知道　夹在墙壁中间也是一种小憩

更不知道　一只候鸟正在远处吐露这样的心事

飞翔其实已并不重要

只在乎你栖息在哪一种烧焦的枝头……

这首《夜晚的章节》是你的最新作品吗?他从她的诗稿上抬起头,望向正在桌角边擦着一块黑迹的童妮。

是的。童妮说。

很好,看来,你和我一样,最近常常失眠。林之夜说。

还是有差别的,你在爱情里失眠,我在日子里失眠。童妮说,眼睛里闪过一道洞察伤感存在的灵性。

你还是坐着好好说说话吧,这是一家私人医院,我一个朋友介绍来的,病房里的护士一会儿就来,她们会像收拾自己的闺房一样仔细地收拾每一间病房。我这间,那就更不用说了……他终于笑了,少见。

是吗? 她从语气里反驳他。

当然,她们最喜欢打扫我的房间,说一看我就是个"少爷"的长相。林之夜又笑了,这一次,可能让他从"少爷"一词里找到了新的乐趣,他笑得有些天真。

笑容里,西原已经进了病房。

怎么?你这么快就一个人回来了?看到西原受伤的表情,林之夜笑得更厉害。

本来就是一个人嘛。西原脸上的羞红还未退却,也显出少见的男性的天真。

又不去宝安了? 林之夜仍然笑着,控制不住自己的笑声,仿佛他在病房里目睹了西原去送南梦的所有细节。

西原干脆转移了话题,有什么好笑的?你们这些奇怪的动物,怎么总是发出人类的笑声……

此时,恰好,有一位很漂亮的护士进来为林之夜换输液瓶,林之夜这才止住了笑声,等护士刚刚出了病房门,又忍不住一阵爆笑,张口便对西原说,兄弟,我昨天才向这位美丽的天使介绍过你,她听了,很动心的,刚才我跟她说,我昨天重点推介的就是你,你猜怎么着吧?她气得把拔出来的针头差点又扎回去,西原唉,我的西原,你就好好想想吧,普通的深圳女市民都对你是一种什么样的反应?更何况南梦啊,她是什么人?

听了林之夜的话,西原直嘀咕,说是一刻钟都不能困在病房这种鬼地方,四处是鬼,女鬼,他要出去透透气,童妮便跟着西原向林之夜一起道别。

我也要走了。童妮对林之夜说。

希望可以早点见面,也希望你过得好。林之夜虚弱地说。

谢谢。

从医院出来后,童妮与西原各怀心事地走了一段。

林之夜这个家伙马上就要冷却了,这点只有我知道,西原充满哲意地说。

童妮始终没有回应。她在想着刚才那个无声无息自行消失的女子。她是谁?她好像很喜欢林之夜?那她为什么那么快就离开呢?

临分开时,童妮终于忍不住问西原。

那个女孩,她是谁?

外地来的,林之夜的同学,路过,已经走了,晚上的火车。西原断然不想谈这个话题。他还在回想南梦对他的一番精神捉弄,他对此表现出极大的不满与气愤,他从身前的影子里又扶了扶自己的头部,我的头都大了,童妮,我很愤怒,是不是你们所有女性都希望得到所有异性动物的求爱声?为什么,我稍微离南梦近一点,她就要引诱别人向她求爱,我稍微离南梦远一点,她又要跳起来跑到我面前,引诱我马上向她发出求爱声,这一只什么动物?西原瞪着一双马眼问童妮。

未等童妮开口,西原又开始气愤地自问自答,当然是一只蹦兔子了,喜欢在爱情的王国里蹦蹦跳跳不得安分守己。童妮听了,便笑了。

那你呢?你是一只什么样的动物?西原又用幽默地问童妮。

我,是一条不会说话的鱼,一条喜欢伤感的鱼,一条喜欢用思想测量你们水温的鱼。童妮答道。

这时候,西原双手扶住自己矮小的"马腰"用一种神秘莫测的眼神打量着童妮,他的眼睛在夜灯光里转了几下,最后,总算是找到了一种最适合自己马眼的角度,然后,才从那个角度里肯定地对童妮说,我确实没有看错,当初,我从几百封来稿里选中你,绝对不是一种偶然,那是一种必然,现在,我更加觉得,我的发现是一种必然结果,否则,你不会在如此短时间内将自己变成了一条伤感的鱼类。不过这样看来对你很好,我是说,对你写作的状态很管用的。

西原走后,童妮在布沙村的文化活动中心转了一会儿,她一遍遍地围着一个花团锦簇的装饰花坛转着圆圈,她希望用这样一个急速地边转边消耗的动作,能够很快地将刚才的林之夜从目光里放射过来的一切都转进一个繁花凋谢的圆圈,她需要尽快地将这个人,这个艺术工作者,这个病人,这个男性,尽快地转进一个装饰物里,甚至是尽快地转进一个无根的世界,她总是觉得自己常常是浑身上下都长满了根须,自己已经密得压不住自己,根本也就不需要去探视他人的根须,甚至是落叶。

这段时间,她只是觉得沉重的累,从早上7点半结束品管圈早会后,一直到晚上十点半,她必须上够公司规定的12个小时的班,有时候,到了周五出货时,她还必须配合品管部再次抽检已经封箱的产品,那些吃着美国饭的白领和蓝领们,常常是戴着显微镜工作的,恨不能从显微镜里透视出一张升职的公告来,他们恨不能放大几十倍来抓到生产部的作业质量问题,以求换来高层对他们精明能干的高度认可,这种"智慧",往往是通往高薪和高职的最佳捷径。最近,童妮常常被这样几个暗中人盯住不放,应该是"黑贝"委派的卧底吧。

到了晚上,她又要常常猜测秦勃最近是怎么了?为什么那么喜欢待在东莞?为什么……后半句她也羞于往下想,她从来未曾主动过,所以,她羞于往下想。秦勃最近为什么喜欢抱着一只枕头睡觉?他已经很久没有要她了,似乎已经忘记她的身体上长的是什么。看上去,他似乎已经不需要任何女性,他需要的,仅仅是一只枕头,陪睡的棉纺织品。

童妮出神地盯住花坛中的一朵罂粟花,奇怪这种花朵怎么会在这样的城市这样的地方长了出来?它是在什么时候什么情况下什么季节里来到了这个地方?为什么又要在这样的夜晚让她这样一双失神的眼睛盯住它呢?

罂粟花,多么令人不可思议的花,像思念一样让人心情上瘾吗?正奇怪着,就有一双细长而敏感的眼睛从罂粟花的花蕊里升了出来：一对瞳仁，它们幽暗，它们；它们闪烁，它们；它们灵动，它们；它们伤感，它们；它们宽容，它们；它们激动，它们；它们压抑，它们；但是，它们被注视者的欲望掏空，它们，所以，当你对视它们的存在，你的欲望便是它们的欲望，你的情感便是它们的情感，你的绝望便是它们的绝望。童妮失神了。

大概过了一个多钟头，童妮才从一种崭新的不可抗拒的抵触情绪里回到了家中。她原以为夜晚还是她一个人面对四壁，但是，当她进屋的时候，她的眼前出现了这样一幅画面：秦勃，宁志达，刘冰峰，洪晓琳正在打麻将，八只手正凑在一起揉搓着麻将牌，他们打麻将前吃的一堆快餐饭盒和水果皮屑堆得四处都是，甚至在客厅的窗户沿上也堆满了垃圾。

她进去的时候，洪晓琳正在数钱，从她笑得消失了眼球的一双大眼睛里，童妮猜测她应该是连赢了好几把，这是洪晓琳赢光别人的最佳表情。洪晓琳的丈夫刘冰峰还是那种一惯的装憨的说起话来不知道怎么连通的怪模样，而秦勃和宁志达几乎是同一种表情，陶醉的表情。他们的身体略微合中，中间正摆放着美丽奇异的赵艾玫的脑袋，所以，他们各自挨着赵艾玫的那一半身体不住地在输钱的笑声中发出愉快的男中音。他们的脸孔和各自的一只耳朵，也就是正挨着赵艾玫的那两只耳朵（宁志达一只，秦勃一只），和他们那张男性十足的方脸一样，正在一种假想的性事里不住地抖动。

听到门响，洪晓琳头也不回地边搓麻将牌边问了一声，发什么神经？你这么晚回来干吗？这是洪晓琳的聪明之处，她可以边玩边想事边办事儿。其他人，包括秦勃在内，均只是礼貌性地从麻将桌上抬起头表示出"认识"她的一瞥，复而又开始大声地说说笑笑了。

怎么了，丈夫也表示出"认识"她的外围赛？

一阵强烈的失败感顿时涌上了童妮的心间。她终于明白，为什么每次看到他们谈笑风生时她总有一股强烈的不自然和身处局外人的感觉，现在，她终于明白了，她生活在他们的圈子之外，当她在心里对他们所推崇的游戏产生小视的心理时，他们也同样对她那两对若有所思的眼睛和眼睛里极力保存的对文学的热爱表示着熟若无睹。在他们眼里，生活只需勇往直前，根本无须前思后想。你看，他们的眼睛一律朝前看着，不管前面出现的是女人，是男人，是老人，是小孩，是罪人，还是乞丐，是水果，还是麻将……正如在她的屋子里，他们不需要细看她的眼神是什么,他们只需要知道他们可以赢得快乐便会一了百了。

一了百了。

童妮的身子在他们这样一些被忽视和被轻视的眼睛里微微地倾斜,她有一种立刻摔倒在房间里的欲望,然而这欲望本身又扶起了她,特别当赵艾玫一会儿将美丽奇异的脑袋放在宁志达的脖子上一阵娇笑,一会儿又将美丽奇异的脑袋放在秦勃的胳膊上一阵娇笑时,童妮的眼睛里,终于有了泪花。她急速地收拾完那些乱七八糟的垃圾,又为他们泡了一壶铁观音,然后,只觉得一阵身心疲倦向她劈头盖脸地飞过来,她什么也没有吃,一个人上了床。

她久久地不能入睡,在他们的麻将声里,她听到洪晓琳在取笑秦勃,说他挺有眼光的,竟然还买了和记黄埔的股票,今天该股已经涨了3个百分点。她听见自己的丈夫秦勃很随意地笑着说,随便玩玩呗。她的心里又是一个冷颤:秦勃买股票了? 我怎么不知道?

隔了一会儿,她又听见洪晓琳在跟秦勃抢一张美钞,两个人好像围着桌边跑起来了,洪晓琳不知用什么东西狠狠打了一下秦勃,秦勃从客厅里发出她所熟悉的那种大叫,受到暴力的叫声,然后,她听见赵艾玫柔声地笑着说,打他干嘛呀,我都已经抢来了,两张新美钞,美死我了……童妮的泪又下来了:他都有美钞了,我怎么不知道?最近,他的一切都离她越来越远,再这样过下去,她就什么也不知道了。"不知道"一词会像一把烧红的剪刀烫焦她的一头长发。

第二天是个星期天,她从洗手间里冲完昨夜的梦境后,秦勃已经穿好了衣服,一身雪白的 ADIDAS 休闲装罩在他的身上,看见她从卫生间里出来,他从钱包里掏出来一叠钱放在茶几上,十分友好地对她说,你也出去转转去,给自己买几件像样的衣裳,你看你身上的衣服,太土了,我现在要出去,和他们一起到群艺馆去打网球,反正你也不喜欢运动。秦勃的嘴角往两边拉直了,鼻沟处陷下去,眼睛里一副明白事理的观望的亮光。

对童妮来说,秦勃的表情完全回到了从前,回到了他们第一次见面的那一天。那一天,童妮以一个大学生的身份,以一个找了近两个月工作的身份,以一个皮包里只剩下五十元的身份,第一次在视野里进入了一个名叫秦勃的人,他在挤来挤去的一堆人才面前,抬眼望了她一眼,然后,又低下头几笔写下一张应试通知单递给了他。那一次,他们在深圳罗湖区的市人才交流大厅里相识了,他当时用的就是这种亮光。那时候,童妮还不知道深圳对她意味着什么,更不知道眼前的这个男人对她意味着什么？她只知道，她需要工作，她需要一份工作，而对面的这个人便在她最需要的时候给了她。

他出现在她最需要的时刻。

现在，他的脸上再次浮现出首次相遇时的观望的眼神，用一种等距离的观望的眼神打量了她一眼，童妮的心仿佛一瞬间之内就分成了两半。因为，现在，在他们共同经营的屋子里，她需要的不是钱，她已经能够自己挣钱，她需要的是他的温暖，而不是观望。

为什么你干什么都不用和我商量，而我只有一次没和你商量你就这样对我？她望着自己的丈夫，她不明白男性究竟是一种什么样的动物。

你总是和我不喜欢的人来往，如果你不想改变，我只能改变我自己。秦勃说着，又以示和解地挥挥手，哦，算了吧，好不容易有个周末，我不想破坏咱们俩的心情。

秦勃没有看见童妮失落的表情，他只顾接听刚打进来的电话，现在，对他来说，一个电话，比童妮的失落感要重要得多。

我走了，你可以在家里好好写点东西，这不是你最想要的吗？秦勃已经挂断了电话，他提着背包，好像晚走一步，"写点东西"会像一条蛇一样缠着他的脖子。

4

　　童妮正在等着秦勃来吃晚饭的这一天，天气很不好，所有本地的电视频道均标注着橙色台风警报，广播电台里的各路记者数次出动反复地向本市气象局局长发问——橙色警报所预示的台风何时登陆？这股橙色警报又可以在何时解除？橙色旋风吹进了每一个深圳人的胸腔，乖乖哟，只要出门，风可以将男士们的寸板头吹得立起来，而女士们则个顶个地像玛丽莲·梦露，凡穿裙子的统统用双手按住自己的裙摆一阵又一阵地小跑，肩头上的背包和一头象征女性气质的发丝也统统地在空中飞成水平线，所有超过 10 公分长度的东西均在空气中成水平摆放。

　　橙色。一个危险但充满震撼的颜色。在这个被橙色弄成水平线的城市，秦勃选择了面对面的坦白。坦白，这个词对一个男士来说其实和背叛具有同样的道理。要说出那些与自己的初衷完全相违背的事实，这是需要勇气和承受能力的。

　　但做了，就得先用切菜刀先剖开挂在自己身上那截曾经养育着自己如今已经暴露在空气中的即将被扔进垃圾桶里的残根。

　　昨天夜里秦勃约童妮于今天见面时，从电话里，他最后扮演着一个丈夫的角色，说了几个他们关系密切时他常常必说的几句话，比如：你应该按时吃早餐，不吃早餐你会长眼袋的，没有食物从天亮时分托举着你那双发呆的眼睛，它们会被地皮紧紧地吸住而不能向上运动；再比如：你要穿厚一点，一个女人喜欢穿裙子是一件好事，但遇到橙色警报时最好别穿，万一真的泡汤了，打捞的时候连麻绳都挂不住……当然，电话的最后，他说他需要尽快见到童妮。

想谋杀我吗？这么神秘。仿佛有少许的预感，童妮在电话里调侃了他。

不，我倒觉得我们两个人之间是你一直在暗杀我。秦勃冲口而出，这句话是突然冒出来的，话一出口，果然让他觉得很舒服。

是吗？应该是连环杀吧，先盯梢，再投毒，后除根。听了秦勃的话，童妮在电话里一字一句地背诵了一段她自己的预言。

这一夜，两个人分睡在两个不同的城市，一个深圳，一个东莞，睡在深圳的，觉得被风吹动的窗帘后面似乎真的站着一个审判自己的黑面道士，而睡在东莞的也好不到哪里，总觉得那时不时拍打在玻璃窗的雨点仿佛是蒙面骑士般要取了自己的人头。

几场恶梦下来，天色已经放晴，所谓的晴，也是连片的青灰色，如果不看时钟，如同傍晚如期而至。秦勃拎了一件外衣从东莞包了一辆出租车往深圳赶的时候，童妮已经坐在南山区上岛咖啡店里了。

透过茶色落地玻璃窗，可以清晰地看见黑片团状的乌云正在远处的山尖上发怒，如果匆匆向它们投去简单地一瞥，它们就会发疯一般揪住你的一双眼睛，那些发疯的玩意，似乎正愁没有东西接受到它们这种可怕的发疯的信息，那集体扭动成黑色的云团多么像无数只巨蟒，一只压着一只，想要互相吞噬。

唉，台风应该很快就要来了，童妮不明白，秦勃为什么要在这样的天气里将她约到离布沙村如此遥远的南山区上岛咖啡厅里？这是一家连锁店，所有的服务员都穿着一样的服装，在其中一家吃了东西，就等于你在他们所有连锁店里吃了东西。在一处略微偏僻并且靠窗的位置，总是排列着一些辍满塑料花的藤摇椅，四根绳子从天花板上垂下来，人坐在上面，两脚不沾地，被移植的郊外的休闲并不会在很短暂的用餐时间里打消人们对当下生活的压抑与无助。

服务生来过两次了，总是一副对这个长时间一个人坐着而且动不动就失神的女士表示着格外的关切。

女士请问，您是否需要拉上玻璃窗上的竹帘？童妮回答了"不"。

女士您好，还需要加点柠檬水吗？热的？童妮回答了"不"。那，您需要杂志吗？我去帮您拿，海外版的《ELLE》？童妮回答了"不"。一个人，需要点什么呢？不，两个人，不是一个人。童妮对着服务生微笑了一下，服务生这才放心地离开了。然后,童妮听到服务生对着不远处的吧台收银员说,放心,两个。竖了一下两个手指示意了一下。

她们也在可怜我吗?童妮觉得有些温暖,或者是意外。童妮总觉得自己浑身发冷,现在,她最需要的就是温暖。

就在童妮隔着玻璃窗仔细回忆秦勃的五官时,秦勃背着一个黑色的帆布包出现在玻璃窗外面的停车场空地上。他是一个人。四周均无人。急风细雨将他的头发掀了起来,他眯着眼睛,隔着玻璃,看的出,他很冷。童妮隔着玻璃想象自己走上前去,轻轻地为他加上一件外衣,很保暖的那种,双夹层的,然后定定地观察一下他的五官。等童妮回过神时,秦勃已经坐在了她的对面,从大背包里掏出一件与她想象中一模一样的外衣披在了自己身上。

吃了吗?他问她。

没有,在等你。她说。

那就先吃饭吧。他说。他为她点了与他一样的荷叶滑鸡饭。一直到服务生收拾完餐具时,他们也没有过多的交流。后来,等他们抬起头来,好像不好意思望着对方的眼睛而不得不看着身边的窗户时,就有指甲盖大小的雨点从空中扑向玻璃窗。在玻璃上,那些新来的雨点将自己摔得四肢分离,从中心点上摔出一堆圆形的箭头,水状的,不一会儿,所有的箭头都开始向下流泪。

这种天气,约你出来,不是时候吧?秦勃问。

没关系。童妮说。

秦勃的脸,一下子就变阴了。好像童妮逼着他必须说出一些充满阴雨的想法,一副等着她向他发问的表情。他们太久了,没有交流。有很多话,在床上,在沙发上,在厨房里,在卫生间,哪怕是洗澡的时候忘记带毛巾的要求,童妮也可以向秦勃很正常地提出来的要求,到了变天的这一刻,到了被雨包围的西餐厅,童妮的喉咙忽然间发麻了。一些很琐碎的生活中的小细节,现在说出来,很快就会像玻璃窗外的一滴雨,摔得四肢不全。童妮也保持了沉默。

那,不然,先这样吧,我先在东莞租一个单身公寓,你先住在现在的房子里,我总不能每天都住在宾馆里,太贵了,住得次数太多,公司不给报了。怎么样?秦勃问童妮,脸上看不出是生气,还是不生气的样子。

那,深圳这个家,怎么办?你还常回来吗?童妮望着秦勃。

你说呢?秦勃反问她,脸上终于露出她所预料的那种苦闷的讽刺。

你还牵挂着布沙村这个家吗？童妮的眼睛里忽然有了泪光。事情怎么会到了这一步？她在想。可是，她却什么要求也提不出来。

你的眼睛里不是已经有了别人吗？秦勃弹了弹烟灰，一个我不认识的人，可能，你一辈子也不想让我知道的一个人吧？他补充了一下。

我没有。童妮反驳道，很急，身子差点从吊藤椅子上倒出来，两只手就摁到了桌布上。

是吗？女人都这样。秦勃的脸上又露出了一副更深的讽刺表情。

约我来，就是为了说这些？为什么在家里不能谈？童妮说。

在家里？在家里我怎么开得了口？连挂钟的秒针里都挂满了你伤神的样子，我开不了口。秦勃说。

那你还想谈什么？童妮问秦勃。

其实我也不知道，原以为到了这里，气氛好一点，心情放松一点，可能我们会找到刚刚认识时的那种感觉，来了，才发现，人变了，跟环境是没有任何关系的。秦勃解释道。

我觉得我还没有变，还没有来得及改变，可是，你好像变了，你变得离我很远……童妮望着秦勃的四方脸，这时候，忽然有一种想凑上去亲一下的感觉。她确实，从未对秦勃表示过什么，她的心里，想在秦勃最伤感的表情里捕捉到一个她曾经为之心动的瞬间。就在童妮这样看秦勃的时候，秦勃忽然惊叹了一句，台风来了……

果然，粗壮的雨线顺着玻璃窗倒下来，在半空中又被台风悬起来，吹得倾斜出去，在空中形成可怕的波浪，因为离他们的座位太近，那些雨线，仿佛就要冲进童妮的胃里了。

起风了，你肯定又忘了带伞。秦勃说。

你怎么知道我会忘了带伞呢？童妮从座位上举起一把细碎的花布雨伞在秦勃的眼前晃了晃，所以，常常忘记不等于一次都想不起来。

就像在你心中的我？秦勃开玩笑地揶揄道。

你觉得呢？如果你觉得你这样说或者你这样认为之后你的情感上会舒服很多那么你也可以这么认为这么说。童妮倔强地将头转向了窗外。

你不觉得我们的婚姻虽然才刚刚开始，但却像是经历了几十年吗？有一种似曾相识的陈旧的味道。秦勃拿出一根熊猫香烟放在鼻子底下陶醉地嗅了起来。如同这香烟,牌子很响,觉得吸进嘴里的全是熊猫级的雾弹,实际上也就是一片片碎了的烟叶的粘合品,和5块钱的红河没什么区别。

没想到,分开住以后你还挺像一个文人,你不是一直看不起文人吗?

怎么会,看不起,我也不会娶你呀。

是嘛,娶了也可以离嘛。

那也是你自找的。

决定了?

正在决定。

所以,先向我发出橙色警报?

也可以这么说。

什么时候转变成红色警报?

没想过。这不是我想到不想到的问题,这是你想不想摘除警报的问题。那你呢?你一点儿问题都没有?

——我——我嘛——是的,到目前为止,凭良心说,我一点儿问题也没有。

那赵艾玫的电话是怎么回事?

赵艾玫?什么电话?

打给我的咨询电话。

打给你。

当然。不止一次,就在我们分开住的这段时间。她想知道我们现在是一种什么关系?

你怎么答复的?

名正言顺的夫妻关系。

……秦勃放下香烟,喝了口水,怎么扯起她来了?

不,是她要扯你。我可以明显地感觉到,就是这个赵艾玫同志,她现在正热心热肺地爱着你。你呢?童妮慢慢地盯住了秦勃。

——我?想听真话吗?

你说呢?

这么说吧,情感上很复杂,行动上很简单。

复杂到什么程度?

这时候,秦勃和童妮的手机几乎是同时响了起来。他们相互看着对方,不知道该接还是不该接。第一次响声停止后,紧接着,第二轮响声固执地再次响起。他们不约而同地同时拿起手机接听了电话。

找童妮的是杨柳,她说她的心情糟透了,想到童妮那去住,想聊聊,不然她睡不着。童妮一时不知说什么,台风来了,改天吧。

找秦勃的是赵艾玫。这个美丽的"会来事儿"的苏杭美女说她再也不想住在表哥,也就是宁志达的公寓里了,她对秦勃说"你帮我找个地方搬出去吧?",这可真是要了秦勃的命。他就是有心帮她找个地方也得避开眼下这一切呀。

寒暄完电话,两个人都觉得有一种吵架的冲动。一个不让她和什么人来往她偏要和什么人搂成一团,另一个,怀疑他和什么人来往他还偏要在大厅广众之下摆谱。这日子,简直让人觉得是过反了,别人是从初婚开始过,而他俩,则是从金婚开始起步,所有的时间地点人物和事件统统都带着一种回光返照的感觉。

这就是你的约会你的谈话你的态度,我会记住的。童妮气呼呼地拿起背包往西餐厅大门口走去。

在南山大厦的出租车候车点,浑身已经湿透的童妮被秦勃强行拉进了出租车。

到了家里,秦勃先进了卫生间,他在进卫生间的一刹那忽然又把头伸出来对童妮说,你洗澡一向很慢,我快,我先洗,这样,你待会儿可以多洗一会儿。其实,进了卫生间后,秦勃在里面也待了很久,是不是将童妮锈在他身上的所有痕迹像清洗他身上的灰尘一样用水过滤和清洗?童妮已经脱掉了湿衣服,身上包裹着一条毛巾被呆呆地坐在沙发上。

在秦勃洗澡的时候,童妮听见,他的手机还一直有信息不断进来,她没有看,但是心里很乱,那叮叮叮的响声每一次都在提醒卫生间的他,这个世界上牵挂他的人不止她童妮一个。

等童妮从卫生间出来后,秦勃已经躺在了被子里,像是等她,又像是在等她之外的人。一阵想要最后寻找并抓紧什么的情感忽然涌上心头,童妮上了床,侧身看着身边这个离她越来越遥远的人。

大概半个小时之后,平躺着的秦勃忽然很缓和很模糊地问童妮,你,想不想要?

啊?童妮跟着叫了一声,自己也被自己吃惊的声音吓了一跳。她一定是暴露了什么?总之,当她想表示自己内心的柔情时,秦勃已经在她的"啊"里抱起一只枕头,快速地走出了卧室。他去了另外一个卧室。不一会儿,她听见,秦勃已经开始在手机里和另外一个人说说笑笑,她听得出来,那是宁志达打来的,正在商量第二天去参加香港一日游的事情。

他都要去香港了,我怎么什么都不知道? 童妮的眼泪盖在这句话上,连衣服都在越来越控制不住的颤抖里缩成了一团。

她很想走进去,躺在秦勃的身边,摸摸他的头发,跟他说一些真诚的道歉的话。正想着,她又听见,秦勃好像将他房间的门锁上了,轻轻地一弹,她永远也无从知道,这道门锁是台风的所为,还是秦勃有意所为,总之,在她最想进去向秦勃靠拢的一瞬间她听到的不是敞开而是关闭的声音。这个台风之夜,这道锁,锁死了她的精神与肉体。童妮终于明白,要想与秦勃交流,已经变得很难。在门锁扣住后,他们之间的紧张关系,已经由量变发生了质变。然而这一切,又是在什么时候,什么情节里,什么条件下,什么心情中发生的? 难道,他已经开始用回过头的眼光来打量她了吗? 难道他终于发现她已经用眼皮的皱折里那一线古怪的肉影挡住了他们前进的婚姻?

是物质需求害了我,还是精神需求害了我?童妮在漆黑的被风声和雨声控制的可怕的夜里扭转着自己。这个可怕的夜,这个可怕的婚姻的词语,像自行车的链条,每一小节都挤满了前来献身的微弱的灵魂,至于它的轮子会随着大地的坡度转动,还是会随着时代的恶俗气息来转动,亦或者跟随着一颗诗意的大脑在转动,这何尝是一位流亡女工所能要求与踩及的……流亡女工(这个美妙的词,动感的词,怀旧的词,浪漫的词,隶属外来妹的充满诗意和深度的词),也许这滴油太涩,滴进社会的链条里,只能让它断裂得慢一些,却不能更新所有的骨关节。

另一个周末来临时,秦勃说要提前到东莞去上班,元旦快到了,新货来的太多,需要加班去抽检。第一次,他没有为她打开钱包,而脸上已经开始流露出随意的表情。他边穿着鞋子边轻描淡写地对童妮说,我要在东莞租房子,手头有些紧,下次发工资时,我给你多留点儿。他说完,拎着他的那只枕头出门了,大概想把他的棉纺织品带进新的生活吧。而外面,台风并没有真正的消退下去,猛烈的台风大肆狂扫一通后,整个城市的高空仍然笼罩在阴雨绵绵的阴天里,等量的中雨,细密而又耐心地从空中飘下来,空气很冷,很粘,很闷,甚至有些灰暗透顶。童妮很想追出楼外为秦勃在雨中披一件外衣,她确实也追了出去,可是,当她拿着秦勃的一件旧外衣跑进雨中时,她看见,洪晓琳、刘冰峰和宁志达坐在一辆的士里正在向秦勃招手,而那个赵艾玫,打扮得像一朵报春花一样,正站在铺天盖地的阴雨里,为秦勃撑着一把果绿色的印花雨伞。

他们应该是早有准备的。童妮退了回来,她没有出现在这帮人的视野。她让步了。在爱的国度里,她不希望自己提供一张已经被别人用烂了的地图。但回到房间后,莫名的失落和惆怅严重地影响了童妮的情绪。

我是什么时候被他们撇开的?她透过自家的玻璃窗看着两部的士转了个180度的弧线向大雨中飞奔而去,屁股后面的雨水飞起来两米多高,她痛苦地闭上了眼睛。

现在,我可能就是他车轮底下的一滩雨水。想到秦勃,童妮的心里失去了最后的可以确信的温存。

这时她的手机响了,杨柳的略带沮丧的声音让童妮注意力集中起来。她说她扇了老板一耳光,现在被软禁在工厂的警卫室里需要一些保释金恢复自由。这可真是出乎童妮的意料。在台风的天气里做出比橙色更火爆的事情,这简直是不符合杨柳的性格,看来,天气对人的影响是无限的,而并不是有限的。

半小时后,童妮出现在杨柳所在台资厂。这个让她极力想要忘却的地方,现来她出现在这里,不是为了留念,而是为了解救,真不知该如何来评判?在厂区的警卫室,童妮认出那个以前每天也想监视着杨柳一样曾经毫不留情地监视过她的老保安。

你好。我来接杨柳。童妮说。

谁通知你的?保安问。

杨柳。

保安沉思了片刻,然后进了警卫室,出来后,又将那道可恶的防盗门关上了。

这样吧,我需要向老总请示一下。保安说。

请示?你们老板是警察局局长吗?你去请示吧,告诉他,我是童妮,如果10分钟之内不放人,我就报警了。

10分钟后,那道象征耻辱的的防盗门打开了。杨柳趾高气扬地从里面走了出来,看来,在里面待了两个多小时并没有影响她的情绪。她用一种看透一切但又不愿意道破一切的表情环视了厂区一圈。

整得跟黑道似的,你没事吧?童妮急需要缓解双方的情绪。

我能有什么事?

还说没什么事?多危险呀,听说你差点把人家给报废了。

这叫恶人有恶报,真是没想到,这个老色狼,隐藏得还挺深,在更衣室里安个摄像头，你说他还是个人吗？我提出让他赶紧把那个破烂玩意从车间里给我拿掉，你猜那只老色狼他说什么？

……

他说有的大陆妹就喜欢那玩意，我不扇他我扇谁？真没想到，生活了快七年的地方，临走前让我当了一回兽医。杨柳说完，可能还在回想着她替人出气的痛快，不禁开怀大笑了起来。

你不是一直都表现得很平静吗？这次怎么反应如此强烈？

平静，换成是你，童妮，你要是看到那只色狼当时的表情，哼，杨柳扬手做了个抹脖子的动作。

那工作怎么办？童妮担忧起来了。

休息，我觉得我需要好好地休息一下，我也累了，刚好利用这个机会调整一下。

很快，在西原的协助下，杨柳在西原所在的上海宾馆附近的一幢单身公寓里也租了一套不到 30 平方米的小房子，设施齐备，光线透亮，有电梯，还有活动场地，用杨柳的话说，因祸得福，起码就住的条件来讲，她已经脱贫了。在充足的休息期内，杨柳重新在布沙村的一家港资企业找到了一个高级主管的职业，是一家专门生产鞋子的企业，杨柳负责整个生产部。这倒是一个好职业，俗话说，看人先看脚，以后，杨柳的脚上蹬上一双港式品牌皮鞋，这足以说明，杨柳在深圳还是可以混天下。

老板是个女的。杨柳说。

女的好，虽然是非，但不会爱上另外一个女的。杨柳说。

真金不怕火炼，你们等着看吧。杨柳说。

女的还有一个好处，一旦她认识到我的真正价值，她是不会轻易开除我的，当然，除非我变成男的。杨柳说。

道出这些话来，杨柳切开了一个水果蛋糕，迎来了她的 33 岁生日，与她分享蛋糕的人除了童妮外，还有秦勃和林之夜。

秦勃是跟着童妮来的。而林之夜是跟着西原来的。

在杨柳预订的海港渔村包厢里，满脸挂着"婚姻制度"的秦勃满腹心事地顾自吃着面前一碟西芹炒百合。他今天火大了。来的时候，在童妮的再三请求下，他原本是想打破常规重新认识童妮所描述的"这个只有深交以后你才能被她深深迷住"的女人的，现在倒好，这个可笑的女人，他明知道他和那个所谓的服装设计师是个什么对头竟然还自作主张地安排他们在这种情形下会面？这个女人，她是不是觉得周围的一切她都可从反对转换成相融？

你准备什么时候走？秦勃放下了筷子，俯在童妮的耳朵上问了一句。

马上。童妮答。

正是这个"马上"引发了秦勃的某根微弱神经。在童妮这个"马上"的回答之后，秦勃在一桌子人的谈笑风生里整整又忍耐了近两个小时。两个小时零一分时，秦勃在包厢的过道里拨通了童妮的手机。手机响了数次，都是无人接听。秦勃让包厢的服务员给童妮递了一个纸条——你是不是特别享受被别人捧着的感觉？另外，我想知道，你现在是不是真的聋了？？？

这张纸条像连着婚姻的一根细小血管，虽然不是婚姻的主动脉，但是一旦破裂，后果不堪负重。这根细小的血管所涌出来的血珠子，足以让他们感受到彼此在婚姻的宫殿里赤手空拳上阵之后所相遇时的无技可施。

童妮从包厢里出来了。这次，她显得气势逼人。

找我？她问。

不找你，我找谁。秦勃恶狠狠地说。

我没有听到——

你没有听到，你的耳朵里除了能够听到那个人的声音外我还真不知道你今天还能听到些什么。秦勃的斗志上来了。

如果不想说话，就把嘴巴闭上吧。童妮冷漠地说。

对，应该说永远在你面前闭上才对吧！秦勃转身走了，包也没拿。

这一次，童妮放弃了追随。

我们到海上世界去走走吧，看看海，还可以吃烧烤，这种天气，海边应该很迷人。杨柳建议道。

童妮笑了，这是一个雾开云散的笑容，她想着雨水抽打在海面上的夜景，每一滴雨水都像是一个小小的女人，坠入大海，然后融为一体，然后使海在恰当的时候无法克制地掀起波浪，这多么理想啊，做一个对海有用的水滴。

你跟我们去那里可以吗？林之夜用闪光而严肃的眼神邀请童妮。

可以。我愿意。童妮刻不容缓地答道。在这种语气里，童妮首次感受到了一种自由的力量，一种放松的力量，一种对抗的力量，这力量增加她对时间的把握，也增加了她对自己肯定的勇气——我要自主。她想。

大家去了海上世界,那里有一处露天餐馆,像大排档,摆设着很多白色的塑料椅子,太阳伞遮挡着雨线,浅浅的草坪发着绿幽幽的亮光,椰子树被冲洗得一片油亮,后堂挪出了房间,用来烤鱼用的无烟烤炉架在院子里,在减弱的雨水中,各类海鱼身上升起白色的烟雾,一切都很慢,很舒缓,四周的客人不太多。用餐的酒吧在四周散居着,有隐隐约约的钢琴声从打开的窗帘后面传进雨水里,弹奏的是理查德·克莱德曼的《海边的阿蒂莉亚》。

用完简单的晚餐,他们一起走上海边的堤坝,站在海风之中,没有一个人打伞,也没有一个人表现出激动,他们集体静止在海堤上,像夜色中装满心事的海鸥。这是一条用来防护用的海堤,很长,也很旧,在海水最浅的海湾处,前来观海的人们已经将防护墙的青石矮墙全部磨成了发着石光的露天长条座。

大家背靠石墙,眼前的海面发出水浪的振动声,白色的浪花从黑蓝色的夜色零界线上滚来,到了脚下的海湾,它们一浪跟着一浪撞击到一排宽阔而排列整齐的石头上,碎成水沫,这是它们集体的状态,它们太需要爆裂,由一到百,让自己碎裂,碎成水,碎成原来的模样,而不是浪花。

你在想什么? 林之夜紧挨着童妮,他略微弯着头部望着她。童妮则在他的凝望中看着他清澈的眼光。

我在想,大海是多么宽容,我们并排站在一起,我的眼睛里充满了对死亡的想象,而你的眼睛里充满了对异性世界的死亡的探究,为什么,大海,只有它,还可以如此平静地让自己碎裂,然后,为我们提供比水更加柔软的答案。童妮说。

一片黑蓝色的海面,像一堆黑蓝色的颜料从天而降地扑下身子来到这个海边的雨夜,细细碎碎的水珠的影子落在海面上,根本还来不及翻身就已经被白色的浪花所食用。

我想知道,你愿意作一滴雨,还是一朵浪? 林之夜好奇地问童妮。

雨水太难以把握,量大了,是灾,量小了,似有还无;而所有的浪花,到最后,只是一场碎裂,碎裂是它们全部的归宿,我不喜欢,我想,我还是作一滴水吧,一种透明而柔软的本质,不过,作一滴水也是很难的,因为人身体里流淌的是血,是红色的液浆,有时候,甚至是红色的毁灭……我的想法基本上就是这样的,你能够接受吗? 这一次,是童妮回望林之夜。

是,面对一滴水是很有意义的一件事,因为它总是暴露他者的原形。林之夜的语气是很矛盾的,大概他不希望碰上一个太透明的人。

你呢？童妮又问林之夜。

我，一滴雨吧，方向垂直，只有一个目的，到达大地。林之夜谨慎地回答。

原来是这样，你是由外向内的人。童妮评价道。

好了，还是谈谈你的诗歌吧，很久没在一起聊了。林之夜转移了兴趣地望着童妮。说说看，童妮，你的丈夫是个什么样的人？你的诗里有他的影子吗？你写情诗的时候，你在想着谁？

一个根本不可能完全触摸的人，或者是一个多棱体的虚幻与现实相交错的存在者。童妮说着，脑子里涌现出秦勃那副认真的、但也是在亲切当中存在着无数陌生细胞的脸。

虚幻。用得好。林之夜露出了欣赏童妮的意味。那首《看海的女子》也是一种虚幻？

> 他的影子从海上漂来
>
> 他一定是引来了更多的影子
>
> 更多的影子像海一样向他扑去
>
> 他被两个大海同时推波助澜
>
> 这时候　他最需要的是什么
>
> 一条船　一个巨浪　一个水手
>
> 还是一个过海的女子　或者
>
> 是一次月光一样的眺望

你喜欢你的这首诗吗？林之夜问童妮。

不喜欢。童妮答道。

为什么？

如果忧伤有一种清晰的高度，那么，这首诗，它让阅读者触摸到了这个高度，这并不是最好的诗。

那你喜欢哪一首，你自己所有的诗稿里？林之夜又问道，这一次，目光中有了充足的对童妮的文学生涯抱有一丝幻想的惯性。于是，童妮轻声读起了她的另一首诗《我的小妹》：

> 你在流水线上舞蹈　我的小妹
>
> 如果忧郁的柴柯夫斯基正好在夜间从窗下经过
>
> 我的小妹　他会让他的卡通舞剧在流水线上上演

　　然而　我的小妹　从窗下经过的

　　是我们另外的小妹　没有名字　寂寞无语

　　穿着整齐　成叠而行的无数小妹

　　她们就像仙湖上从一而终的那些风

　　吹开了我们染白的胸膛　我的小妹

　　在这个染白的胸膛里　又有多少条流水线已经停止转动

　　又有多少小妹停止在短暂的生命尽头

　　而你　我的小妹　在我温暖的记忆里

　　你已经停止了想象中的流水线上的舞蹈

　　……那被你转动的车间　就要黑了　我的小妹

　　你亲手缝制的毛绒玩具　像你一样

　　正从舞蹈的结构里

　　为我们勾勒出无声的终止……

　　听得出,你很爱她。林之夜破译着童妮的诗。

　　对,她是我的亲人。童妮咧着嘴角笑了,那浅浅的像是沉醉在回忆里的笑多少缓和了她的压抑。

　　谈什么呢,都把我忘了吧?杨柳从身后拍了一把童妮。

　　童妮看了看杨柳,觉得有一股深深地类似于亲人的力量重新又回到了她的身上,这是她在异乡之城的最大收获。

　　别这样看着我,能给你的我都已经给你了。杨柳一语双关地说。

　　他们沉默了下来。紧随其后的西原转身朝着海湾下面的石头堆走去。边走边大声地叫着:我要到海边吹吹风,我太老了,吹一点海风对我大有好处,我的生活缺少盐。西原穿过长长的沙滩向海边走去。一头"矮种马"要挑战大海的胸怀。

　　其实西原就是太矮了,除此之外,他没有其他任何缺点,所以,西原这个人,是个好人,而且有才,所以,我也就不明白,你们那个所谓的诗歌界的知名诗人,名叫南梦的什么"梦中情人",她为什么拒西原于千里之外。看来,她大概已经提前知道了我这个人的存在,现在,轮到我出场了。杨柳在海风中为西原做了总结,同时,也似真似假地向大海宣誓般离开了林之夜和童妮。童妮发现,在杨柳到达西原身边时,他们的手,在黑暗和海浪交织的地方紧紧地拉在了一起。这让童

99

妮很惊讶。

西原是一匹很冲动的马吗？童妮问林之夜。

对了，马冲动的时候往往比人跑得要快。林之夜巧妙地回答了她。

那你呢？

我？还行，能克制。林之夜封锁着他自己的防护栏。当然，这也是童妮此刻最需要的，她的精神世界里挤满了，还未用手为她活着的滚烫的心挪开一丝缝隙。

如果是那个人呢？你也会很冲动吧？童妮猝然地有些急促地问道。在她的问话里，林之夜抖了一下，他很清楚，此时童妮所提及的那个人是谁？那个坐在他的病榻前一言不发也未留下只言片语的人，那个影响了他无数年又制动着他创作神经的那个人，那个当他下定决心要珍爱她一辈子时却突然宣布要和别人订婚的人，一个生活在他病态的爱情观世界观里的人。此时，她在另一个海平面，在另一个水域挑战着他作为男性的力量与存在。

正是为了这段不明不白的不高不低的不可说又不可不说的爱情片章，林之夜才从湖南艺术学院来到深圳，他极力地想要在这块理想之国缝纫出一件令他重新在那个人的精神世界里永远封存的坐标似的霓裳。

我和她已经很久没有联系了。林之夜有气无力说。

为什么？童妮开始好奇。一个未婚，一个未嫁，为什么？

不知道，说不清楚，谁先联系谁，就等于谁先失去了谁，所以，处于一种等待对方先联系自己的时机。林之夜笑了，一股想要抽回自己真实面目的笑容减轻了他的虚弱。

也许，今夜，也就是此刻，她正和另一个人在看海。林之夜嘲笑起他自己来了，像一个悲观主义者嘲笑自己永远不可能到达的某个喜悦境界般望着海面笑了笑。

但愿那另一个人可以是你的直接替代品，正如此时我被她替代一样。童妮苛刻地分析道。

果然，这句话扭转了他们相谈的方向和处境，林之夜靠上前来，在离童妮最近的距离处停下来，他请求道，有时候，你别像一块被海水泡过的石头一样，毫无温度，这样，我会感觉到很冷。

难道你需要像电烙铁一样的女人？童妮也向林之夜发出嘲笑。

林之夜试着搂了搂童妮的肩膀，这个轻微的举动并没有改变什么，他们仍然各自沉浸在各自的世界里想着他们各自无法回避的问题与心情。雨基本上已经停了,偶尔从风中的各类物件上坠落下来的细小的雨水影子,很轻地一落,在皮肤上,很快就干了,让人产生真实的还在下雨的幻觉。

冷吗? 林之夜问童妮。

不冷。童妮说。

发现童妮并没有像所有他经历过的女性那样很快倒在他的意识里,林之夜放下了手膊,显示出一种转瞬即逝的礼貌。他们平视着前方,在黑蓝色的夜空中,思考着他们的下一步。

在相隔不到 15 米的地方,西原和杨柳正在往海面上扔石头。一种褐黄色的小颗粒的海石头,上面透着一层水洗后的亮光。西原每扔完一颗,杨柳都笑得很狂妄。因为看海的人少了许多,他们的谈话与嬉闹声很清楚地传进他们的听觉。

要是我们现在正好在南澳看海该多好啊。杨柳开心地说。

那里正在涨潮, 根本无法靠近, 还有很多奇怪的海生物随着潮汛堆到沙滩上,如同他妈的我那可怕的永远也睡不着的后半夜,看到那些怪物上了岸,我想,你会害怕的。西原大声地说。

后半夜?别整得那么哲学,前半夜睡不着还情有可原。杨柳也大声地叫喊着。

唉,别往前来了,海水还是很大的,你不知道嘛,离海太近你会厌恶人生的。西原再次提高了声音,倒是像个西部海盗。

不会的,我跟你们不一样,我是一个正常人。杨柳几乎是喊出来的。她在强制自己成为正常人,她的声音与平时相比是多么的年轻。灯光中,杨柳冲着他们的方向挥挥手,你们也下来啊,这里不是太冷,下来的感觉会更好,站在石头上,浪打过来时,以为是死亡女神的一滴眼泪扑过来了,很刺激啊。杨柳大声叫着,希望引诱他们也离开防护墙,到海岸边的石头上一起尝尝海水的滋味。

他们下去了。

在海浪边的石头上,因为有细小的海珠,还有海风从正面吹来,童妮缩成一团,海浪退回去的时候,一种强烈的孤独感从她皱成一团的眉头上传来,这让林之夜断然地拉住她的手,第一次见面时的柔弱感从她的身躯里浸过来,顺着她的手尖滴进林之夜的手掌里。林之夜用力握住童妮的手,觉得海边所有被孤独所控制的女性都在掌心的温度里转暖。握住童妮的那一刻,林之夜觉得,她是需要他的,像世界上所有活着的女人,在某个必要的时刻必然需要某个上帝送来的男性一样,她需要他的存在。温柔刹那间涌满林之夜的心间,他感觉到童妮的整个人都躺在他的掌心,然后,她低下头哭了。

人性真是难以预料。她哭着说。

爱也难以预料。他若有所思地说。

还有恨也是一样的。她哭着说。

当我们不爱也不恨的时候,生活也许就恢复了它本来的面目。他鼓励道。这时候,他拉着她,他们与西原和杨柳的距离还差十步之多。大家都听到了她哭泣的声音。在海风里,有一种鸟类失散于鸟群的极度困惑。

别这样好吗?他安慰她,想立刻抱住她,但她脱开了他的手,指了指离他们大概有三十米不到的一个石头滩。那片石头滩伸进了海岸线,在海水飞旋上来的一段湿度里,有两个黑色的人影紧紧地相拥在一起。童妮已经认出了那两个比黑夜来得更加寒冷的人,那是男歌手和她亲爱的小妹童笛。同时,杨柳也认出了童笛。杨柳是见过童笛的,一个长得非常特别,但是看上去浑身都携带着叛逆与复仇之火的少女,此时,那团复仇之火被海水映照着,因为有了设想中的浪漫的爱情,那团火,多了一层被雨水淋湿之后的另一种蓝色火焰。想要彻底毁灭自己的火焰。

杨柳几步跑到童妮面前,童妮并没有停止她的哭泣。

要过去和他们打招呼吗?杨柳问道。童妮摇了摇头。

那我代你过去吧?可以吗?林之夜温和地问童妮。

不,不用。童妮抬起脸,一双眼睛已经很红了,里面有着很深的寂寞与无助。

除了歌手,她现在不需要任何人。童妮绝望地说。

别这样,童妮,还是我和林之夜一块去看看吧。杨柳握了握童妮的手,这是两双没有任何间距的手。童妮点点头。

十几分钟之后,杨柳和林之夜回来了。看样子,他们得到了另外一种答案。他们没有过多地说出他们与那两个黑影的交流,从表情上,童妮感受到了危机。

她不愿意过来吗?童妮看着飘浮在海面上的那个亲人的影子,她正蜷缩在另一个黑影的怀抱里,纷乱的头发从空中飞转出去,如无数个不需要答案就抛射出去的正好远射在一圈茫然之靶心的箭。

那怎么办?眼睁睁地看着她从地球上消失吗?西原担忧地说。

她对那个歌手很信任,但是……怎么说呢,我对那个人的感觉真得很不好。杨柳极其反感地看了看那个方向。

　　我去,我再去一次,我倒要看一看这个装疯卖傻的歌手想要在纯洁的海边玩什么把戏。西原大步流星地向那对人影走了过去。不一会儿,那团黑影里传来几声刺耳的少女尖叫——西原对歌手动手了。

　　大家相互看了看,快速地向那团黑影冲了过去。看到童妮,童笛的脸上露出了久违的陌生人的距离感和反感,她似乎是来自于另一个家庭的孩子。

　　你满意了吧? 我的姐。童笛冷漠无常地看着她的姐姐。

　　怎么了? 林之夜一把搂住童妮问道。

　　哼。虚伪。童笛嘴角上斜,朝着海面递出一个扩张的三角形。

　　歌手搂住童笛头也不回地往海滩上走去。

　　畜生! 我真想将他亲手扔进鲨鱼的嘴里。西原摸了摸脑袋,为刚才的冲动浇上汽油瓶。我以为是谁? 一个打着前卫摇滚乐的旗帜行骗的伪音乐人。 怎么了? 林之夜的语气是准备马上追上去的怒气。

　　没事。我们走吧。这个可恶的家伙,真的很卑劣。西原将林之夜往旁边拉了几步,俯在林之夜的耳边低声说了几句。他们保守着刚才的秘密。

　　走吧,林之夜说,我们送你们回去。

　　不,请你告诉我刚才发生了什么? 她要去哪里? 童妮固执地问林之夜。

　　你妹妹说了,你就是追到天涯海角,她也不会告诉你的,这样,你该死心了吧? 林之夜露出残酷但却必须面对一切的面相。

　　童妮转身离开了海面。

　　等等我们。林之夜追在她的身后,她走得太快,脚下的沙子在步履中卷成一小轮一小轮放大的坑。

　　等你? 童妮回过眼光看了一眼林之夜,排斥而僵硬。你不是说可以代我留住她吗? 她又看了林之夜一眼,这一次,排斥的成分更加繁杂,这多少刺激了林之夜的神经。他并没有想到,姐妹间的情深原可以如此威胁到他给童妮的整体感。显然,童妮正在怀疑他刚才过去谈判时的真诚。或者,觉察到了他作为一个男性所流露出来的对类似于她小妹的未成年人的淡薄。

　　大家跟在童妮的身后,上了 541 中巴。杨柳和西原自然坐在一排,而林之夜,则坚持坐在童妮的右侧。童妮靠着车窗,头部仍然固执地偏向车窗之外。林之夜感受到了他们之间一直被极力缩短但今夜又被无限放大了的那截距离,这是一段等距离,你付出多少情感,它就会缩短多少,如果你保守了多少,相应地,它就会自动弹回去多少。林之夜将两手并拢放在大腿之间紧紧地夹住,觉得从童妮头发上卷过来的冷风挤进了他浑身所有的缝隙。

车上的气氛一直不好,很紧,空气变成皮筋在每个人的心头扯来扯去。杨柳从前排座位上调转过头来看着他们俩个,她很放松地说,唉,你们俩个,别那么自私,总是破坏我们的口味,你们也聊点什么吧?

林之夜看见童妮将目光从车窗外转进来,落在杨柳的身上,很迎合地笑了笑。

难道除了杨柳她从不这样迎合其他人吗? 林之夜暗暗问道。

这时,杨柳和西原已经进入了交流的高峰期。在了了无几的中巴车里,他们的谈话自然是少有的松驰。

少女时代必读《红楼梦》,中年时期必读《围城》,如果倒着读,将少女时代与中年时期完全颠倒来阅读,后果,就是像我(杨柳侧着脑袋,用手指着她的鼻子)现在这样的生活,失败的婚姻,和苍白的少妇时代。杨柳的声音在车里起伏,不多的几个陌生人则回过头看着她和西原的方向,只见"矮种马"西原的一脑袋马毛被车窗外的大风吹得四处散乱,纷纷绕绕像是他对当下的嘶喊:唉,如果你看过金斯堡和凯鲁亚克之后,你会为你是现在这样的人而感到骄傲,当然,尤其是认识我之后,你会更加骄傲的。西原放出豪言。

别跟我提外国小说,中国的小说我都读不完,再说,外国小说的人名我真是受不了,太长,太难听,记不住……杨柳开始反驳。

唉,女人! 西原重重地摇了摇头。

唉,男人! 杨柳也重重地摇了摇头。

唉,女人,小心有一天我杀了你们。西原用戏剧表演的口气说道。

唉,男人,小心杀不了我们反被我们所杀。杨柳富有哲学气质地紧盯住西原。

请别这样看着我,女人,小心我今晚就杀了你。西原完全进入了现场表演状态,陶醉让他从座位上站了起来。此时,他面露幸福之意。

请别这样看着我,朋友,小心我还未动手你已先死。杨柳也跟着站了起来,她的笑容灿烂无比,好像他正死在她的意象之中。

这时候,大巴车像是在经过一个坑一样猛然间颠簸了起来,西原的马头不小心弹在车窗的玻璃上,他抱住自己的脑袋叫喊道,别碰我,人类。

哧,咔。飞驰中的中巴车一个急刹车停在一处转弯的车道边。

请下车! 司机生硬而果断地下了逐客令。

为什么？我们还没到站啊。西原保持着他的表演。

为什么？因为你们男不男，女不女，我有责任保护我的乘客，所以，我现在请你们下车。司机字字如铁，眼光炯炯地看着他们四个人。

其他几个乘客均看着他们，眼神中有着明显的急于要解放的抽离感。空气淡如纸灰。

看来人类不太欢迎我们。西原张开双手表示了他对整个人类的不满。他第一个下了车，接着是杨柳，然后是童妮，最后是林之夜。

下车后，他们站在深圳南大道的草坪上，笑成了一团。这里，离白石州都还有千米左右，离海角村就更远了，大家只有分头行动了。

笑什么笑，我受到了你们人类的集体伤害，我现在最需要的是人类对我无私的安慰，而不是集体发笑。西原拉住杨柳说，走吧，人类的罪魁祸首，请你送我一程吧。

我送你？那他们呢？杨柳恋恋不舍地望着童妮。

他们，哼，他们早已失去了人类的方向。西原挽着杨柳消失在深南大道的车流中。

林之夜和童妮默默地看了彼此一眼。

步行走吧。林之夜建议道。童妮并未表示什么，与林之夜并排走在人行道上。

这是一个两极分化的夜晚，看得出，杨柳认为童妮放大了自己一惯的伤感，她为童妮处事中的放任自流略有不满，但也表示了知己般的友爱。而林之夜，则是一种说不清道不明的状态里任意流放的状态。

终于，在一面漫长的沉默的步行之后，林之夜和童妮来到了布沙村路口的转弯处，在离童妮的住所大概还有五六百米的一个院落旁边，林之夜用手指敲敲童妮的胳膊轻声说，单独呆一会儿吧……

童妮停住了脚步，深深地吸呼着夜中的空气，很不情愿里有着强烈的矛盾气味。

这时候，停住不到两个小时的细雨重新从夜空中缠绵下来，是一种变得更细致的雨丝，停停走走，意犹未尽的神情。路灯光中有着白色的细点飞飞停停，被灯光打亮的椰子树叶和芭蕉树叶上就有刚才积起来的雨水大滴地往下散落，而滴在芒果树上的雨声，因为那些结实的叶子和新的绿色欲滴的果子，声音便发出了深沉的转折和叹息。

林之夜和童妮站在一处宽大的门廊下，沉默已经牵制了他们很久。后来，还是林之夜先开了口。

我还是告诉你吧，你小妹刚才让我转告你，她……有孩子了，让你明天去爱斯 S 酒吧的集体宿舍里找她，她说她已经辞工了。

童妮愣了一下，紧接着，担心和羞愧的泪水涌满了她的眼睛，她一下子无助地靠在门廊的墙上，虚弱地说，复仇之战终于开始了。

雨水毫无节制地从门廊边延伸出去的墙头沿上翻下来，不一会儿，童妮露出门廊外的衣服就全湿了。

我现在就去找她。童妮疲惫地说。

她早就料到你会这样，她说你找不到她的，他们今晚另有安排。林之夜传达着童笛在海边传达过的指令，他的语气终于露出一股"一家人"的担忧，让童妮觉得，羞愧还不仅于此，因为他的担忧毕竟只是建立在她的担忧之中。

另有安排？安排什么？她会安排什么？一切吗？一股恨意窜上童妮的心头。

已经太晚了，明天再去找吧，见到她，你们再好好商量一下，这可是一件大事。林之夜用"大事"概括了他的想法，并且从口袋里掏出一叠钱，放进了童妮的手中。

看到钱，童妮从门廊的墙上弹过来，一串雨水从她光滑的胳膊上直滴下来，在皮肤上打了几个转，又开始往下滑。

这不是钱的问题，你知道吗？她在上当受骗，你看不出来吗？童妮一阵激动。

这个城市每天夜里都有成千上百的女孩子在上当受骗，你能说，所有人都在自己制造骗局吗？林之夜反问童妮。

你真是残酷，因为你是男的，你才会这样说。童妮有些失望地转过了头，将一卷钱扔到了雨水里。

在一种童妮所没有想到，也没有任何预感的时刻里，或许，就连林之夜本人也未曾预感的时刻里，总之，当他们俩人反应过来时，他们的身体便面对面地抱在了一起，就是这个时刻，在童妮觉得世界已经一步一步开始抛弃她的时间段里，林之夜清瘦的身体贴住了她浑身止不住的冰凉。

每次见你都是心事重重的样子，你太累了，需要好好休息，知道吗？先回去好好睡一觉，醒来后，一切都会好起来的。再说，天太晚了，又凉，回去晚了，他……肯定会介意的。这句话里深藏着她丈夫的光荣与存在，因此，林之夜的声音里透着寺院里的那种善良，两只手盖在童妮的头顶，雨水从他的指缝里漏出来，落在童妮的头上。

在微微的温热里，童妮觉得有一阵莫名的哭声从四面八方卷上她全身所有的皮肤，她在哭声里被一次次裹紧，裹得她透不过气来，但是眼泪却像那些从院子里伸出墙头外的一根根芒果枝，灰尘洗净后，有一种透不过气来的厚重的浓绿，而一颗颗转成浅绿的半熟的果子正压在每一根枝头，压在她的心上，她在泪水里看清了自己弱不禁风的处境，而强烈的想要出人头地的自尊挤压着她的眼睛，在无助的思绪里形成类似于芒果似的一滴滴的偏圆，那真实而庞大的核里已经裹紧了所有的皮肉，眼泪还没有彻底滴出来，就被果核裹成了原木。

在童妮的哭声里，林之夜忧郁地站在芒果树枝下，静静地看着她的脸，每一棵隐藏在树叶里的果子都在向他看她的方向画着浆绿色的绝望的偏圆。

你哭的时候，真的是很难看，不哭的时候，其实还是挺美的……林之夜表扬她，在芒果树枝下。童妮的心果真摇晃起一棵缀满芒果的树来。

你看上去很单薄，我能再抱你一下吗？林之夜问。

片刻，童妮停止了哭泣，而林之夜正再次怀抱着她。林之夜的身子如此细硬，隔着一层无欲的衣裳，他"占有"了她。

他不需要避开他人的眼光吗？他隔着衣裳也能做爱吗？他的身子从世界的哪个缺口进入，又从哪里消失呢？他为什么这样紧紧地抱住自己？他的拥抱充满禅意，在夜雨中颤抖，是否他此刻借助了她的肉体到达了他幻想中的寺院和前来为他燃放香火的那位女子？为什么他的拥抱即是父亲般的抚爱又是青年般的情欲又是一位穿着道袍的和尚？他在挂念着一个什么样的人？

童妮知道了什么叫做无依无靠，就是一件不能受控于自己的事情，它总是朝着它自己的方向下滑，而你只能成为旁观者，不能成为当事者，你的心疼总是代替不了下滑的速度，所以，即使你正躺在上帝的怀抱你也会感受到活着的疾苦与孤独。

我要进去了，童妮说，如果有需要，我会通知你。她望也没有望林之夜便折进了她所在的那栋民宅。

身后的世界，你的脊梁看似平滑却山峰耸立，有人立在峰顶，有人却住在谷底，这些活的来来往往的客人和主人，他们彼此照耀，成为你杯盏中的味道。她希望局部地饮下他，滋味平常，却回味异常。

雨声中，电话响了起来。她看了看，没有接。是杨柳。电话又响了起来，分散了她的心情。她提起了话筒。

一个人，还是两个人？杨柳直截了当。

你说呢？她忽然对杨柳有些仇恨，就像某种特定的时间段里无比仇恨自己一样。她太熟悉杨柳，并且知道她问话的意思。

那就好，我想你也没有那么快，你的脑子里现在装的全是童笛，怎么样？需要我吗？杨柳问。

不，不需要。暂时还不需要。童妮急促地说。

好吧，不过我要提醒你，你最好让你妹妹以最快的速度把孩子拿掉，这关乎到玩笑与非玩笑的后半生。杨柳说。

现在，她有些仇恨杨柳的冷静，童笛不是一只缺腿的动物，你可以任由自己抓住她，将她摁倒在宰场边上，用暴力将她恢复成她本来的模样。

童妮没有回答，挂断了杨柳的电话。

果然，接下来的事情，全部堆集到了这个未成形的孩子身上。先是童笛，她一会儿要见姐姐，一会儿又说不想见她，她像间谍一样更换见面的地点，不停地撒谎以示她的聪明与抗拒，这样一来，童妮只能接二连三地向 DY 请假，请假让她在片刻之间进入了更加现实的社会部落，她需要工作，她更需要钱，她马上就得上交房租，还要为童笛准备做手术的钱，她真希望童笛能到她的流水线上看一看，只一眼，看看她的生活，她奔波不起，也固定不了什么，她需要童笛的互救。可是童笛四处撒谎的肉体像衣服一样遮蔽着她的肉体。童妮躲闪不及。

请你别老这样，姐姐，我真是受不了你，你真是一个怪人你知道吗？你总是想控制我的身体，又想控制我的思想？你是什么？是孔子？还是老子？童笛极其不耐烦，她将歌手送给她的旧手机一把扔出去，滑进下水道。看着手机下滑的样子，还在发着清脆的铃声，童笛的脸上竟然露出孩子般的笑容。童笛蹲下身子望着嵌在下水道上方的那块黑铁饼，她笑了。

好了，别烦我了，我是人，不是手机。童笛说。

身子还弯在下水道上想看个究竟，而后又无聊地站起身来对童妮说，好了，我想好了自然会跟你汇报的，你又何必这么着急呢？好像全世界的女孩子都怀孕了一样，你至于嘛？听上去，好像她已经早有计划的样子。

那好，我明天就开始请长假，直到你想好为止。童妮表明了态度。

你真是……请假……童笛露出深深地反感。她也在流水线上生活过，她非常清楚请长假对一个异乡人意味着什么。她对她的姐姐摇了摇头,很西式的摇晃。

这是深圳的另一面,在这里,得病不是一件好事,但请假比得病好不了多少。关键是你不能在任何时候长期缺席于自己的工作岗位,这是生存的常规法则。无论你有再充分的理由,请假都是一种放弃,你违背了制度,这是后工业时代最要命的防守线。它不允许任何人请假,严密的请假制度会清楚地告诉你:请假意味着你自动放弃生存的权力。

随便你,你想请就请啊。最后,童妮的间接性威胁得到了这样一句回赠。

童妮看着妹妹,她真想变成一片目光进入那对晃来晃去的眼睛,你简直永远无法从她那对固执的,两只略微分开一点间距的眼珠里觅到她真正的心声。她的两只眼睛永远是向着左右两个方向在运转,一只向左,一只向右,这是她的天性,更是她的技能,她好像还乐此不疲,并且深深地陷入自娱自乐的游戏里享受她自己带给自己的快乐,这显然要比悲剧更加可怕。

我要把孩子留下来,拷问他的良心。童笛眯着一双大眼,好像正在用力将那个带着孩子基因进入她肚子里的那个歌手从她的眼眼中挤出去一样。

你这是用自己的身体报复自己的未来。童妮说。

我的身体又没长在你的身体上,你到底想要干什么?童笛又开始新一轮的不耐烦。

那你就亲身体验一下,如果我现在就死在你的面前,死在你对面的车轮底下,当你看见我的血,我的肉,我的骨头,你试一下,你会不会感到一点痛?你看一下吧,是不是姐姐的身体跟你永远地分开后,你一点儿也不觉得可惜和挂念? 你难道真的就是一头猪吗?童妮终于忍不住吼叫起来,发疯似地冲进一堆正在行驰的车流里左冲右撞,一辆别克轿车几乎是压着童妮的鞋帮子开了过去,再近一点,她的脚指也就随风而去了。这危险的一刻,竟然让童妮体会到了一种为了亲情什么都要以付出的幸福而不是恐慌?

你要干什么?威胁我啊!在离车辆一步之间,童笛的手捉住了她,童妮感受到了妹妹的重量,温暖和亲情重新降临到她的身上,她热泪盈眶地回抱着童笛,还未等她表示什么,童笛已经摔开了她。

你要真想死,最好背着我,我这个人,最不怕的,就是死……童笛像冰雕一样结束了她们最后一次在谎言中的会面。

童妮呆呆地伫立在车水马龙当中。每一辆车仿佛都是从她的眼球上辗过去的,每一辆车里仿佛都坐满了她的小妹。她不知道这样的生活会延续到何时?

大概,再这样下去,我会疯的。她想。

她想到了秦勃,他一向是个比较现实的人,他的话,童笛应该是听的。不错,童笛是恨她,但不等于童笛会恨上那些所有与她有关系的人。

童妮直接去东莞。

确切地说,秦勃的工作单位设在一家五星级酒店里,香港的老板并没有在东莞注册公司,他每天将他的"公司打包"背在肩上,住在一家五星级的酒店套间里,里面睡觉,外面办公,这便是秦勃工作的办公室。那豪华的灯饰,华丽的墙纸,红色大印花的充满印度风情的地毯,还有摆在桌上的一些高档办公用具,对童妮来说太过陌生。她每天面对的都是刷着绿漆的橡胶皮带,穿着长过膝盖的劣品工厂制服的无数个刘玉华同事,还有摆在太阳底下的一排排五六元钱一份的六荤三素的盒饭。她还是习惯将脚放在水泥地面上,这样,听着自己的脚步声,心里觉得自己活着,很结实的那种,而不是像秦勃现在工作的地方,铺得太厚,好像走在一团用虚情假义包裹好的座垫上。当然,她更不喜欢酒店,浓烈的高档酒店专用进口香水冲得她直打喷嚏。

秦勃回到酒店时,童妮正在会客用的沙发上睡觉。一副疲惫不堪的样子。秦勃的香港老板走在他的前面,惊讶地回头问秦勃"那是谁"?秦勃只有赶紧缩着脖子拉起童妮。童妮像是要扑进怀里的样子,秦勃的心里就有些不舒服。这里是办公室。

到了酒店的大堂里,秦勃才问童妮为什么不打招呼就来了?

东莞城是你家造的? 童妮问秦勃,眼睛里终于燃起了火焰。

你是来吵架的吗?

你说我是来干什么的?

来找事的呗……

你……

童妮在出出进进可以照见人影子的花岗岩拼花地面上, 重重地向着她自己的身影踩了一下,她什么也没说出口,也不知道,当自己很快地拦了一辆车后,身后的秦勃是否叫了自己? 她孤立无援地回到了深圳。一进深圳的深南大道,两边的道路绿化带间正有天女散花般的水雾喷出来,她的心一下子宽了起来,仿佛那路面建在她的心里,那些飞速闪过的车辆正在她的心田上转动,相对于东莞,她忽然对这个异乡之城有了一种久别重逢的感觉，而秦勃便跟着东莞整个儿地离她的心又远了一程。

而紧随其后的，是另一个也许还"关心"着这个未成形孩子命运的人，他出现了。这是童妮和歌手之间的较量。她虽憎恶歌手，但却不憎恶孩子。

正是中午下班的高峰期，童妮的目光从斑马线上抬起来，斑马线条里站着男歌手，一个含糊其词的男人。此刻，在车流为他让路的时间段里，他的脸上布满了巨大的无奈，他带着这张脸在人群里向童妮挥挥手，好像童妮是他人生的末班车，是带他走向某个休息间的最后一辆货车。

童妮顿时失去了与歌手交流的欲望。

一个男人的脸上一旦有无奈的表情汇聚在一起，像一堆皱纹一样汇聚在一起，这就意味着，他已经开始在心里逃避他所要承担的一切，而无奈是他们逃避责任时的最佳状态。歌手的脸正在被无奈牵制，像一只被虫子盯住的社会残渣。

原来你在车公庙上班。歌手开始了开场白，真是没话找话。

他们站在工厂之间的柏油路上，马路两侧种着不太高的芒果树，还有羊蹄树，工友们端着盒饭蹲在树荫里吃着午饭。

看不出来啊……歌手又忍不住说了一句，觉得这样可以将童妮和蹲在马路的树荫里吃午饭的其他外来工区分开来。

什么意思？童妮机智地问了一句。

哦，挺可惜的。歌手说完又客气地笑了笑，以示他对这位"姐姐"的认可与尊敬。

可惜？对你这样的人来说，过惯了黑白颠倒的生活也就不知道什么叫可惜了。童妮迅速地表达了自己对歌手的洞察力，这多少让歌手有些意想不到。不难看出，童笛平时对他是多么温柔，他还以为整个童氏家庭的女性都是那么柔弱可欺吧。

姐，歌手叫了童妮一声，想要开口接上话题。

你别这样叫我，我们还是陌路人。童妮急速地打断了歌手的话。

好好好，我不说你也知道我找你是什么事，我觉得，童笛应该由你照顾，她最近比较固执，很难搞，真的，很难……歌手整理了一下身上的衣服，看得出，他的衣服并没有清洗，皱折使他看上去更加地不够整洁。童妮忽然一阵厌恶，想用剪刀剪坏他身上的某样东西。她忍受着。

如果你没什么意见，我想，我应该把她交给你，她躲在我的房间里，一心想着……那个……生孩子的事情……这,这不是跟我,跟整个深圳开国际玩笑吗?说到这里,歌手吐了一口气,使用了很专业的换气法,之后,他以为童妮与他的某种表达是相吻合的,于是,他愤愤地摔了一下装在黑布袋里的电吉他,电吉他在这个动作里发出沉闷的一响。一个乱弹琴的废物。童妮在心里默默地骂了一句。

她在哪里?童妮问道。

在罗湖。男歌手说着,急忙从口袋里掏出一张早就准备好的名片。就是这里。童妮接过了名片,这是一种转接,无论对手是谁,她必须先从一双黑暗的手里接出自己的小妹。

这件事情就这么说定了。男歌手又不放心地看着童妮补充道。

你放心,不是每个人都活得和你一样,骗人就像喝水一样成了你的生存之道。童妮怒火重燃地怒斥道。无奈和丢人显眼的本能使男歌手晃动了一下脖子,看得出,这个对他来说比较习惯性的举动,此时正在接受神经系统的针灸。

怎么,怎么能这样,怎么能随便给别人扣帽子。歌手想回避什么,又觉得这样会更快地显出他的小人本性,所以又临时改变了话题,想变被动为主动。

好吧,抽空,我会去看她的。歌手明知道这是一句空话,所以在面对童妮说出来时用了特别坚定的语气。又是一阵强烈的厌恶让童妮吸了一口冷气。

用不着了,你能做的,就是离她远一点,越远越好。这个城市什么都不缺,唯独缺少像她那样的好姑娘。童妮感到自己正伫立在万丈深渊里与整个社会最阴暗的部分对话。

看你说的,这句话,应该送给你的小妹,真的,她快缠死我了。歌手暴露了他的用意。

她缠着你?你这个人,让我说你什么好呢,你让我感到恶心,真的,你真让我恶心,一个打着搞音乐的幌子四处行骗的伪君子。童妮用激愤的语言向着那个阴暗的部分划开一道明亮的口子。

你,你凭什么污蔑我?我可没有招惹她,追我的姑娘多了去了,要不是她……我……歌手立刻在童妮的蔑视里希望重新转换自己的角色。

那她的肚子是上帝弄大的?童妮俯视着这个渣子,决斗的欲望让她嘴唇发热。

天知道她想要干什么?你可别往我身上推,我来找你已经够意思了,够哥们了,要不是害怕她出事,我才……

谁跟你是哥们,快闭上你的狗嘴吧,不害怕让口水淹死吗……童妮掐断了歌手说谎的脖子。

牛什么牛,我表现的已经够好了,别以为女孩子怀孕了就该让男人负全责,你还是自己问问她再说我吧,是她躲在我的房间不走,不是我躺在她的床上耍无赖!你搞错没有?这个渣子,说完这些不负责任的大话就窜进一辆红色的出租车里的混帐,这个没有颜色的人,染上谁,就是谁的颜色。童妮看着绝尘而去的歌手,一个渣子的背影,一阵不祥之感加速了她的蔑视和担忧。

顺着歌手提供的地址,童妮在深更半夜间找到了童笛,那是一家地处罗湖区的老小区,红色外墙砖上挂着雨污,长年累月无人修剪的蔷薇和杜鹃缠绕在二楼的平台上,奄拉下来,旧广告板和美女像在藤枝里隐约可见,看来,整个二楼已经得不到一位商家的信任,所以,浅蓝色的玻璃窗一个挨着一个在灰尘与被遗弃的浓厚气息里发着幽蓝色的逆光。她就住在这里?一种新的准备马上原谅小妹的情绪涌上童妮的心头。

童妮刚上完夜班,精神近乎恍惚状态,最近,她总是填错报表,已经被"黑贝"点了好几次大名,正如 DY 张东阳对童妮的评价:在别人最弱智的范围内,你表现得更像个白痴;在别人最聪明的范围内,你表现得更像个智者。

白痴?童妮反复回忆着 DY 那摸棱两可的表情与评语。是嘲笑?不像。是赞赏?还差点。

深夜一点左右,童妮在男歌手租住的出租房间里见到了童笛。一推开房门,小妹童笛头也不回地坐回了沙发。电视里放的是明珠台的一部英国电影,纯英文的对白,童妮便在心底里望着自己的小妹笑了起来:一个不懂英文的,时时刻刻想着和亲人和朋友和所有认识的人统统做对的小女孩。

知道我要来?童妮耐心地温柔地问童笛。

童笛翻了她一眼,没有作答。她正在吃桃子,像个孩子贪婪地顾不上回答。

还在生气?童妮调笑小妹。

废话,我生你的气。童笛轻松地含着桃肉应腔。

童妮放下背包走过去,挨着童笛,与她并排坐在沙发上看明珠台的英文电影。是一部有关战争的爱情故事片《别问我是谁》,画面中,受伤的美军和英军混在一起,一个富有磁性的英文男中音说着英式英文。

你看这美国人,童笛用一只完整的桃子指指电影中一位受着重伤而躺在床上的军官,蒙上纱布,跟我们中国人还长得挺像,可惜,是个废物。童笛把新桃子含在嘴里,头靠在童妮的身上,随着镜头里的烟火与炮声咀嚼着她嘴巴里的桃子。

打,打得好,我最喜欢看战争片了。童笛看着电视画面说。童妮很清楚,这些精彩的英文对白她也听不懂多少,对于连 26 个字母都写不全的小妹来说,更是一头雾水。童妮用手摸摸小妹的头发。

就知道笑,能看得懂吗? 她问。

什么看懂看不懂的,知道谁赢就行了。童笛心满意足地调整了一下身体,两只脚蹬在茶几上,往前推了推,身子就势弯进童妮的胳膊。童笛的嘴里吃着桃子,身子肉乎乎的,还有一种婴儿肥的感觉,对自己的责备,对妹妹的凝重,使童妮的心中有一股心酸。她们已经很久没有这样坐在一起,久违的温暖与亲近感让她们彼此得到了片刻的宁静。

真的不想跟我回去? 童妮想试探童笛的心思。
我先考虑考虑,你放心,我知道他是个什么样的人,我清楚他,我不会让自己牺牲在他的脚下。听到妹妹说话的声音,童妮觉得妹妹长大了,只有长大的人,才会在声音流露出不同程度的伤感。

越过小妹的肩头,童妮看到歌手的墙壁上幅满了小甜甜布兰妮的照片,统统都是那种很暴露的装束,叉着两腿,张开的嘴巴里永远都像是含着别人想象中的欲望,一种很不愿意提起的排斥和不信任感堆成砖瓦。

听我的话,小妹,你还没有足够的识破能力,根本不知道男人是一种什么东西?献上身体是没有用的,到头来,也许你会连身体也一起输得精光。童妮仍然抚着小妹的头发,觉得那个贴住自己的小乳房上终于传来了微弱的求援的波动。

听懂我的话了吗? 童妮问童笛。

嗯。过了一会儿,童笛才在童妮的胳弯里动了一下脑袋。好,我已经想好了,你回去吧,明天我会去找你的,要不,明天上午我们在福田医院见。这次童笛用的是非玩笑的口气,这说明,在童妮来找她之前,她已经想过了她的处境。她知道她的人生受到了胁迫。情感和身体的双重胁迫。

不反悔? 童妮问童笛。

不反悔。童笛响亮地回答。

正是这响亮的虚假的回答,让童妮从她尾音的后半部分听出了一个女孩子应该发出的恐慌和求救的音韵。

你害怕吗?她又摸了摸童笛的头,想起在新疆时,母亲刚刚离开的那些夜晚,那时候,童笛还很小,总是在夜里滚进姐姐的被子,童笛总是说"我又梦见那个人了",然后就没命地抱住姐姐的胳膊,这是童笛的习惯,在胳膊里,她可以很快地进入睡眠,她总是说,一个人睡觉总是太冷,靠着一个人就热一点。那时候,童笛总是靠着姐姐。长大后,来到深圳后,她们不能睡在一起,总是被客观地分开,她们的身体在客观地存在里将血化成了水。

童笛摸着小妹的头,婉转地说,小时候,你虽然不听话,但还是很温暖的。

童笛从她的胳膊上抬起脑袋,整个身子抱住童笛的半个身子,递上一个迟到但却象征她们有着特别关系的笑意:你不知道嘛,没妈的孩子都这样。童笛用的是积怨的腔调。

所以你现在恨我。童妮接应上去,这是留在她口中的法宝。

换成你,你也会这样。童笛离开了她的身子,童妮的话分离了她们的表象。

她们都在想着多年前的那个人,一个母亲的形象在她们的表象里分散。

我觉得,母亲这个人,她比我还要可耻,她把我们留在世上,为了自己,她又丢弃了我们,真的很可怕,我不是说我不知羞耻,而是我想自己试一下,一个有了孩子的女人,她是怎么遗弃她的孩子的? 我想试试,孩子和母亲之间到底是一种什么样的关系? 遗弃,还是被遗弃?

童妮直觉得咽喉一阵哽咽无话可说。

我知道我长得跟那个人很像,这更可耻。我觉得,她应该给我们遗传点别的什么才对,而不是这些表面文章。童笛表现出她的排他性,语气深恶痛绝。

她毕竟,生了我们……母亲临消失前的那一幕翻进童妮的眼框,她的眼睛重得抬不起来了,她试着想说一句和解的话,但词语世界也跟着一阵发软。

这才是最可耻的,我宁愿认为她生下来的是别人,而不是我们。童笛从沙发上站起来,伸手从电视机上拿过一个烟灰缸,从里面拣起一个抽剩的烟头含在嘴里,她点着了它,并且从嘴里吐出一圈烟雾。

看着此时的小妹,童妮痛苦地闭上了眼睛。

你还好,你长得一点儿也不像那个人,你长得像父亲,让我很羡慕。童笛又吐了一口烟雾。

你能把烟灭掉吗? 童妮又试着想和解一下气氛。

该灭时它自然会灭。童笛阻挡了她。

好吧,我先走了,明天我会请假到医院陪着你。童妮知难而退,她始终左右不了小妹的积怨,这是废弃在她心灵课堂中的修补工程。

随便吧,我一个人能行。童笛放下烟,做出要送走童妮的样子,看得出来,她盼望这个时刻的到来,她也觉得她们之间短暂的交流就像用一只磁碗从洪水中勺起一汪黄泥水。

废话,多一个人不好吗?就这么定了,明天等我。童妮望着对面这个故作高大的身影,她心疼她的皮肉,并且熟悉她装腔作势所掩饰起来的求救的本能。

第二天,童妮去请假,还未开口说话,就知道了结果。一大早,上班铃响后,每日必开的品管圈会议刚刚结束,DY 张东阳将她叫进了经理办公室。她看了一眼 DY 脸上的表情,知道自己的好日子也就基本上到头了。

DY 的手上拿着她所熟悉的一张生产订单,看样子,她上错线了。否则,这张订单应该已经返还到生管科才对。DY 拿着订单冲她抖了抖,扔到她的面前。

你到底想干什么? DY 张东阳的脸明显地抽搐了一下。

你把我们的生产车间当什么? DY 的脸又抽搐了一下。

童妮看到,订单上写满了她的诗歌短句与童笛的名字,昨天找童笛之前她在订单上留下了一些纷乱的字迹。

流水线不是给你一个人开的你知道吗?你的诗歌也是救不了你的你知道吗?你把深圳当什么?文字作坊?DY 用笔头点了点她留下的字迹,可笑和可怜的表情让他看上去高深莫测。

那是休息时间写的……她刚要解释,DY 已经拿起那张订单在她眼皮底下晃了晃。休息时间? 什么叫休息时间? 你的休息时间? 中国的休息时间? 还是美国的休息时间? DY 的心脏在衬衫底下鼓了一个小包。

那产品呢? 我们安排让你上线的 PH1200 型产品呢? DY 做了一个可笑的外国人的发怒动作,两臂直伸,向上一扬,一切已成过去。

请你不要用这种口气跟我说话,你不是美国人,你每天除了无条件地答应莱斯莉那个"黑贝"加急加急永远加急之外,你还能为我们中国工人做些什么?童妮的烦躁急剧上升。

不要顾左右而言他,错了就是错了。DY 一脸怒气。

对,在你们这种没有尊严的车间里工作本身就是一种错误。童妮脱掉那件象征品质管理员的黄色厂服径自向人事部走去。

DY 追出来挡住了她。

你呀,你怎么天真到……好了,我告诉你,辞退报告已经交到我的办公室了。DY 遗憾地低下了头。看看我能不能保住你,你先去车间吧。DY 给出了他的最后决定。

不必,离开你们车间我又不会饿死在深圳。童妮毅然地掉转过脑袋,觉得这样,错误就畏缩在了她的身后。辞退,这是一个多么令人羞耻的词,它像后工业时代一种潜伏期漫长的瘟疫。现在,这个瘟疫终于传染上了她。

在人事部办完交接手续,时间已经到了上午十二点。

出了工业区,拦辆车,一路上都在堵,童妮坐在车上,太阳穴总是突突突地非常态地暴跳。车子到了上海宾馆,刚好在右转弯的位置,又遇上了一出车祸,两辆私家车擦在一起,倒车镜折成碎片,两辆车上的主人站在马路中央吵得没完没了。她的脉搏跟着扩张,不舒服的急刹车翻起她的早餐,她付了车钱,捂住酸涨的胃,跑向福田医院。

整个妇科的过道,包括里里外外均未找到童笛。

我怎么能失约呢? 童妮酸楚地想着她昨夜的承诺。

出了医院,跑到隔壁的海上皇酒楼停车场,拦了一辆的士,又开始往罗湖赶。不知为什么,到了爱华电脑城,车又开始堵。两辆货车在进入爱华电脑城的入口处迎头相撞,像拼命一样头对头,一副同归于尽的样子。童妮坐在车后座,牙齿和牙齿对在一起,也是同归于尽的焦灼。司机是广东口音,说什么话都是发着没完没了的"JiE 音",她强忍住烦躁,感觉想要无数次地从车窗上跳进大街,跳进另一辆车里,然后再痛痛快快地骑在每一个车辆的头顶上,无视所有红绿灯的存在,像马一样往前奔。

你 JiE(怎)么那么 JiE(急)? 司机从后视镜里看着童妮。

童妮苦笑着,除此之外,她不能开口,总觉得有指甲盖大小的石头堵在她的喉咙里。

心 JiE(急)吃不了热豆腐。司机看了看前面的拖车,面上露出见惯不怪的神情。

童妮一把拉开车门,从车上跳下去,跑上人行天桥,将身子压在桥栏杆上喘着气,她觉得必须马上将那堆指甲盖大小的石头全部吐出来,她总是感到呼吸困难。然后,她跑进街边的公用电话厅拨通了童笛的电话。

电话里传来了一阵盲音。

中午两点时分,一无所获的童妮坐上 101 路大巴重新回到上海宾馆,在福田医院的候诊室里,童妮向每一个走廊里值班的护士打听童笛是否来过。她反复描述着童笛的模样,心里被一片瓦砾一样的东西堵塞着。

这是一段孤立的守候。在椅子上孤坐的几个小时被越来越多的妇科病患者搅拌成更厚实的瓦砾,这时候的童妮,不单是胃部酸涨难忍,就连她的子宫也跟着所有的患者一起膨胀和收缩。

她在玩什么把戏?她猜测童笛的游戏规则,并且被自己越来越难以控制的羞耻感和痛恨感考验着她的心跳和耐力。

傍晚时分,一处常人所无法抗拒的饥饿感升腾起来,伴着童妮酸楚的口液打乱了她的孤立。饥饿从她的内里渗透出来,在她的皮肤和汗毛孔里嘲笑她的克制力。

人还是要吃饭,这可不是游戏。她自嘲她的坐姿,之后,起身步出了医院。

在赶往福华路的一家米粉店时,不断有人从对面撞向她的身子,不知道是谁的脚步快过谁的脚步,她总是和那些前来的脚步叠在最挤的路面上,她的眼里失控地涌上一层泪花,觉得自己变成了一块细小的碎石被整个深圳城踢得飞来飞去。

童妮要了一碗酸辣米粉,这是小妹童笛的最爱,三日不吃酸辣米粉,她的小妹就会神经衰弱。她吃了一份,又为童笛打包了一份,总觉得,吃饱了,一出门,准会在哪儿遇上这个小妖怪。

无奈之路,童妮的脑子里忽然闪现出东门老街的爱斯 S 酒吧坊,小妹灿烂的笑容覆盖在酒吧坊的霓虹灯光里,这个想象中的镜头马上停止了她的所有焦灼。

对了,那是童笛自封的她的地盘。童妮拎着酸辣米粉袋上了一辆的士车。

光线还没有完全转暗,华灯还未打开,街面上人头攒动,出行与回归的人流纷纷扰扰交膊而过。童妮提着酸辣粉穿插在东门老街的各路人流里,新的烦躁和不安卷土重来扑进她的口腔,她觉得四肢困乏,好像走路都在打盹,猛然间一阵传来的警车声像一股股带着电波的电击使童妮又恢复了清醒。

在整条酒吧坊的东门老街街头,也就是街道打开咽喉的位置,她被人拦住了脚步。

靠后靠后靠后,别再往前走了。两名穿着蓝色制服的警察严肃地挡住行人。

这是一种很专业的公事公办的声音。童妮的右脚已经越过了警戒线,她望着她的右脚,又机械地往后倒了几步。警车上的灯一闪一闪,她的警觉被闪亮了。

怎么了?她听见她的声音陌生地哑了下去,消失在人群里。

一看就知道,又死人了呗。人群里有人嘀咕了一句。

哦。她跟着哦了一声,表示她已经收到了信息。

退后退后退后,这里马上要清场。两位警察又将警戒线往人群前平移了几米。

散开散开散开,请不要妨碍我们执行公务。警察用手指了指还在往前推的人群。

紧跟着,一群浓妆艳抹的女孩子捂着脑袋从酒吧坊里出来了。

怎么了?她又听见了自己的声音,很令人憎厌的一种中音。

鸡呗。有人再次回答了她。

好戏还在后面。有人在不愿散开的人群里表现出自己多余的智慧。

一声尖叫从酒吧坊的门口崩出来,一个穿着时尚的女孩子和另外一个人出现了。

咔嚓,童妮觉得有一根肋骨断在了她的身体中。那是男歌手,在没有灯光的地方看见他,就像是看见一个会移动的塑料人一般。

畜生。她又听见了自己的声音,果断而响亮。

她的声音牵制住了男歌手的脚步。他用塑胶粒般的眼睛看着她,突然汇集起来的极度恐慌微妙地从他的眼神中断开了一个人的基本特征。她不顾一切地冲了上去,用手揪住他。

童笛在哪里?

童妮张嘴问道。手中提着的酸辣粉流了一地,有人用脚糊住粉丝,人群还在往前推。她很后悔出现在这里,因为她的脸也在变形……

思维已经离歌手而去,除了恐慌,他的身上已经不具备其他任何功能。他双腿一软跪在地上,像一具受热的塑料壳。

警察上前扶住了童妮。

你是什么人?这是她听见的最后一句话,一层细白的纱缦从她的眼睛里拉过去,她的耳膜鼓成笛膜,所有的声音渐次低了下去……她醒来的时候,有更多的人扶住了她,余光中一片跟着一片的红色打在她的眼珠上,那应该是认识她的爱斯 S 酒吧坊的服务生,她们穿着统一的红色工作服在她面前一次次闪过,像一盆盆波进视线里的红油漆糊住了她的眼角膜。

童妮闭上了眼睛,感觉有人将一个行李包放在了她的腿上。

你确认一下,是这个包吗?警察极其专业的声音带着压抑的感情色彩传进她的耳朵。

确认什么? 童妮努力地想要挤开一双眼睛。

遗物。专业之口封上了她的嘴。

接着,有闪光灯冲进她的眼睛。她又闭上了眼睛。

你们要干什么? 她挤碎了自己的音量。

出来了出来了出来了,真的死了。人群在她的失觉里靠上来。

又是一阵闪光灯。

唉,看了半天原来是个自杀,还以为是个什么大案。人群里有人抱怨道。

童妮的血,忽然从头顶冒出去,骨头变成了冰棱。她想说:请不要拍她啊,她还小……这请求的声音并没有挽救她的力量,她弱下去,弱下去,在光中,弱成一团粘带的年糕。

第 三 章

她的庄园和他的庄园

A面　她的庄园

她出生的时候　就是一块标本

她需要想象才能复活

她需要灯光才能飞翔

她需要巨毒才能分离

她需要用硬度体验一切坏死的柔度

她需要用光身子

驮着一座城堡死亡的标题

——以诗题记

1　小妹祭

啊,童妮在心里握紧小妹的遗像,她不知道小妹此时站在哪一个人的庄园?她把庄园里所有的果树统统都画上了绿色的标记,啊,小妹,你是否可以利用这些温暖的标记徒步进入姐姐的村落? 再没有灯光去照射你,再没有车辆去追赶你,再没有毒药去迷恋你,再没有颓废的歌手去蛊惑你……

你多么像一棵绿色的果子挂在姐姐弱小的枝头,你那小小的身子就快要压弯了姐姐的后背啊,我的小妹,你可否记得收拾你的行李,如果可以,什么也不用带,光着你的小身子,我的小妹,姐姐还会像当初你来深圳时一样为你重新置办一套新的行囊。夜黑的时候,你还喜欢在酒吧的马路上徘徊吗?

灯熄的时候,你是否乘着无人的夜色来到过我的窗前?

你是否和所有乘着月光的小身子一样,在我的楼下,听到了我整夜不能入睡的心事?

为什么,你没有叫醒无法入睡的我?又怎么会在醒来的时候关上一扇朝你打开的小门?

天亮的时候,你还是喜欢呆在别人的屋子里吗?这是南方啊,我的小妹,屋子里常年累月散发着潮气,你的小身子是否由热转凉?可否在凉透之前想到过北方的灶火和热炕? 可否有一只你想象中的手抚在你的头发上?那只手,可否和我手的形状一模一样啊，我的小妹？

福田，罗湖，还有南山，那些高耸入云的楼厦是否遮蔽过你的小身子？你临出门时是否找到了你最喜欢的一件衣裳？你扣住最后一粒牛玉钮扣时，是谁挡在你的胸膛之前？你走进绿树丛中，是谁往你的小身子上扔了一只小虫你是害怕了吗，我的小妹？是否曾在马路的对面一次次张望我的到来？我是被你装在鞋里，扣在衣裳里，捏在手里，还是被你丢弃在另一个你不认识的庄园里？

我的小妹，我的小身子的小妹，你是我枝头的绿果，如果你要忽然间坠毁，是否预示着所有的果树都要提前成熟？你躲在哪一棵果树里哭泣？又是哪一棵果树在你婴儿般的眼泪里掉下了第一枚酸果？以前你喜欢抱着母亲的照片入睡，现在你睡在自己的照片里……

你费劲地从纸张上抬起你灵小的头部是否等着我从小时候的菜园子里为你采摘一支金黄色的蒲公英？你说你其实不想离开我们共同的庄园，无奈，你种的棉花总是不开你种的玉米总是矮小，而黄瓜竟苦得要命……

你说进城之后你就开始害怕，没有庄稼，没有牛羊，没有邻居，你总是害怕自己进错了楼道，开错了房门，认错了人，啊，我的小妹，我的行走在流水线上的小妹，我的奔跑在流水线上的小妹，我的厌倦了流水线生活的小妹，你到了酒吧是在找谁？

你是在找我吗？我的小妹，你假扮成我的模样，化着浓妆，让我一阵好找……可是，我的小妹，你为什么睡在酒吧的桌子上？你弯曲着腰身多么劳累！临睡之前，你的怀里究竟抱着什么"产品"？而你的眼睛，为什么，一直向着前方的另一双眼睛？为什么又要在我的眼睛里悄悄地垂下？向下，你究竟看见了什么样的秘密？什么样的结果？什么样的灯光？那个世界，你是否只能将眼睛向下？不停地向下，不住地向下，快速地向下，罪恶地向下，解脱地向下，向下，向下，继续向下，在你最后需要抬眼之处，与你想象中的人儿奇迹般地相遇？啊，我的小妹，那想象中的人儿，她是你多年前的母亲，可否知道，我也和你一样，在纷扰的世界里等着她伟大的闪现……她是否也一直在等着我们牵手，你的脸上，不再沾着泥浆，而是水露……我的小妹，为什么，我只是看见，你的翅膀没有羽毛还在拼命煽动？

两个月后，童妮望着窗外滴泪无痕。布沙村的春节在无痕中降临。她又失业了，而且正在失去丈夫。秦勃就在她的对面，在床上，握住她的手，轻轻地捏住，用脸贴住她的脸。她未给他任何回应。

在一起真得很难吗？秦勃俯在她的耳边说。

对。她回答。

就这么分手吗？他又问她。

对。她回答。

在你最需要我,不,是最需要亲人的时候？秦勃的脸被无可挽回的过去抽动着。

对,分开是最好的结局。她回答,并且努力像陌生人一样看着秦勃的眼睛,然后,跟着,她的眼睛在秦勃的回视中陷下去几毫米;这正好是他与她的往事在她的思维中留下的深度。

是吗？就这么分开了？秦勃自问了一句,低下头再次吻了童妮的脸。

可以说,他们在宁静而友好的气氛中分手了,这原本是踏上童妮原生庄园之地的第一个男性,现在,他裹紧劳累的外衣即将背身而去,他们之间将再也不存在解释,伤感,和反悔,并且不存在正式的道别。秦勃离开他们生活了六年的布沙村去了东莞,而童妮,则躺在他们曾经有过热度的床上,这是她最后的依托,是一块结实的表明浮生并未终止的厚度。

杨柳安静地坐在客厅里。

卧室的门开着,秦勃出去时她甚至像另一个女主人一样冲着这位男性点点头。杨柳深知他们之间最隐私的部分,挽留和装腔作势的告别将贬低她对他们过往的尊重。当然,杨柳也知道,一生中最要好的朋友此时选择这样的结局意味着女性作为个体的灾难将重新开始:她需要爱情,因为她年轻而充满情感动荡的生活需要在另一处空白上重新添满生活的泥浆。

你打算就这样遗弃这个人吗？一个还能想和你重新开始的爱人？秦勃走后,杨柳走进了卧室看着童妮,她灼热地看着童妮那张被伤病纠缠之后变得越发弱小的脸。杨柳想在最短的时间内确认这张脸是否还保持着一个女人基本的清醒。

早该如此,有了我,他会遭罪的,我太不合适他。童妮轻声说。

还好,童妮并没有流泪,这是杨柳不愿意看到的。近来,童妮连续生病,先是热感冒,接着又是药物过敏,她不单连续感冒,而且还吃错药,脸上和胸口长出连片的红疹,两只消肿的耳朵,耳轮上塌下一圈薄薄的皮膜,颜色有些泛黄起皱,杨柳不知道应该爱惜她,还是应该痛斥她,她总是在处理事情上不愿意选择中间立场,这样一来,定会牵连到自己的感受。

应该再晚一点提出来,你这样做会让秦勃有一种沉重的负疚感,他会联想到童笛,联想到其他与他并无直接关系的东西,你这样对他未免有点不公平。杨柳提醒道。

虽然杨柳并没有责备和劝告的意味,还是引起了童妮的抗拒,她的眉心皱在一起,不愿意深入下去的情绪溢于言表。

今天就到此为止。童妮坚决地表明了态度,同时也合上了疲倦不堪的眼睛。之前几天,那些频繁的哭泣使童妮的一对眼珠暴露在眼皮以下,像两个坚守的句号守护在她的临界状态。

杨柳伤心地看着她,对眼前这个人的无能为力让她有一种溃败感。她从未想过去引导或者左右童妮的选择,而她的选择却多少让杨柳有些不可思议。面对这个试图真实地以情感为基础地活在深圳的朋友,杨柳又能责备她什么呢?她有时行走在钢丝上,有时行走在海绵上,她的硬度是那么高,而软度又是那么低。

你还爱秦勃吗?杨柳问童妮,并想得到最真实的答案。

童妮睁开眼睛,放出一小点光泽,是一种极力回想什么的光泽,同时她凄凉地笑了笑。

对大家都很重要。杨柳诚恳地说。

爱,从来没有像现在这样爱过这个人。童妮用尽量温柔的语调回答杨柳。

说完后,童妮用被子捂住了自己的哭泣。这就是女人。杨柳真想立刻将她捂死在她的被子里,要知道,她已经这样似好非好地依赖这个东西很长时间了。剩下的时间不应该在被子里,而是应该在她应该出现的地方去完成她的转变。既然选择了"为爱而退守",就应该早点学会收拾自己残缺的情感。

你需要静心休养,你的状态很不好。杨柳为童妮倒了一杯白开水,吹凉,递了过去。童妮端着水,自己勉强离开了床。

我想,你应该把童笛的骨灰盒送回去,送到你父亲那里,真的,这样,你会感到好受一些,那个东西放在你的身边是不对的,你应该把它交给你父亲,你总不能守着一盒骨灰在深圳打天下吧,这是不切实际的。杨柳看着童妮勉强的坐姿,这是精神上的退步,为此她的语气里透露出很不客气的味道。

你的心真是锡做的,你说的每一句话都是加热后的烙铁烫开的东西,只有你这种材质的心才会在烙铁里融化,我不愿意接受。童妮放下了水杯,一口也没有喝。

我的话很难听吗？杨柳有些恼怒地看着童妮。

你是一个没有经历过什么生生死死的人，童妮，不是我看轻你，或者是高估你？我现在就可以告诉你，每次，当你总是把你遇到的最不愉快的事情告诉我时，我都在为你分忧解难；相反，我不愉快的时候却从未对你提起过，我可不是你的储存器，再说，你一味地沉浸在自己的世界，你觉得这样相处公平吗？杨柳的脸上显出了陌生而悲切的神情。

她将失神的眼睛转向杨柳。失神，这个可笑的矮小的回避。杨柳的恼怒加深了一层。

一个喜欢沉浸在自己悲伤中的人，他总是觉得自己才是世界上最悲伤的人，他大概做梦也没有想到，往往那些听从他悲伤延续的手，也就是离他生命最近的人，这些人，要比他想象中的悲伤还要悲伤，你想确信这一点吗？杨柳肯定地问。

你是在说你吗？听到杨柳的问话，她的抱怨似乎降低了一点。

对。杨柳的眼睛里流露出了一丝对抗。

你怎么了，你不是一直都很冷静吗？

那是迫不得已。杨柳紧张地缩了一下嘴唇。

为什么？她的情感重心开始转移。

不为什么，我总不能每交一个新朋友都要厚着脸皮跟人家说，请注意，我是个孤儿！我6岁的时候就失去了母亲，12岁的时候又失去了父亲，我一直过得很惨……我现在又离婚了，女儿都快养不起了……童妮，你觉得我这样三番五次地重复自己的不幸是一件好事吗？就像现在的你，总是在重复自己的悲观……你觉得你这样不争气会让关心你的人很舒服吗？杨柳的眼睛里迷上了一层浅浅的泪光，但依然是很有力量的那种视线。

未等童妮做出任何反应，杨柳转而便恢复了她自己所惯有的习性。她冷笑了一下说，有时候，人就是这样，就得这样活着，幽幽地保留着一口气，气若游丝，隔不断，也看不见，在不该穿过的地方留下最重的痕迹，这就是活着，所以，你就必须，也应该快速地学会放弃。只有放弃，某种时候，才可能让你走得更远。

放弃，放弃什么？我有什么可以放弃？她又开始新的发呆。

杨柳忽然从她的对面站起来，她的谈话并没有从根本上解决她的病态，这对杨柳是一种压迫。瞬间的气愤让杨柳的身体有些轻微的摇晃，她走到装有童笛骨灰的那个角落，她看了看那个暗色的骨灰盒子，她伸出手指了指，又回转过身，指着童妮,说吧,或者直接告诉我,你打算拿"它"怎么办?这句问话让死灰开始复燃,这也许正是生者与死者的共同对话。一只盒子倾听她们的存在。杨柳的冷静逐步从她身体最慰藉的地方放射出来,在光线中,她的冷静旋转起来,一股清冽的瀑布从杨柳身上扑进童妮陡峭的痛苦。

要我说,现在你如果真想死,其实也不晚,她的骨灰还是热的,刚好可以感知你的温度。杨柳从瀑布里溅下来,蜂涌到童妮的眼睛里。可是,依我看,"她"也未必是真正需要并且欢迎你的加入。

她还没有仔细想到过杨柳提出的问题,她对杨柳的问话有些防备,也有些焦躁。你总是评价我悲观透顶,难道你的平静里就没有一丝一毫的悲观?她急躁地说。

我的悲观12岁时已经结束,现在需要讨论的是你,不是我,所以,你最好清醒一点,我想,这是死者对你最好的嘱托。杨柳再次从瀑布里溅下来,在童妮的情感起伏里产生了急转弯。想想看吧,你什么也没有了,什么都没有,这就是现实,你有什么好的交待?健康的身体,还是有足够的钱财?安定的事业,还是有完美的诗章?说透彻一点,除了一无所有,我在你身上,直到目前为止,什么也没有发现,这不是我的结论,这是你和我,我们这样共同拥有的现实,你不觉得可怕吗?在时间面前,我们一无所有……杨柳从瀑布里走出来,身披瀑布的光泽浸湿了她对整个人生的所有烦躁与不安。

一无所有,这个结论检测到了童妮微观的一切。

这是从1992年进入深圳,到1998年完结婚姻之后童妮所面临的全部人生。她想通过自己坚硬的对视从杨柳的眼中找到过往的影子,然而,她看到的是远离理想,并且在现实面前越来越弱小的零散的影子的碎片。她落回了她的起点。这得感谢杨柳的存在。

好吧,我配合你。童妮放松了对整个身体外部的所有防备上前挽着杨柳,脸上的红疹因为羞愧而变得更加通红,但已不是她们关注的某个重点,她们相视一笑,共同商定下一步的计划。

1999年的春节,久卧病床的童妮带着童笛的骨灰回到了家乡。她已经基本痊愈,有些苍白,却增添了坚硬。久违的辽阔的新疆,火车一路从兰州古城开出来,穿过无人的广阔无边的盐碱地,像一只铁虹驶进新疆的地皮。车轮卷起新疆疆域的雪花时,她的眼里竟然翻起了一丝激动的泪花。1999年,整个新疆都在增收，棉花成了这块土地上的主要产业支柱，白雪皑皑挡不住白杨树的挺拔与坚守，更掩饰不住 120 万亩棉田的壮观与生机。所有的渠道上都摇荡着芦苇，红柳树连成了雪野中的天然栅栏，黄色和白色的大自然景色像一幅天然速描展现在每一个返乡人的视野中，这是思乡的颜色啊，思念有多深，颜色就会有多浓……对于家乡而言，童妮离开得太久，她几乎已经变成了西域的另一种文盲，好像记得一切，又好像初次降生，每一次穿行都像是第一次，每穿过一个山洞，激动的阀门都从幽暗的思绪中拧开她的好奇和冲动。每靠近家乡一里，她都在亲身感受重新拾起生活碎片的惊喜。

她并不知道当初自己为什么要选择千里迢迢远闯天涯，但至少知道每一个走出去的年青人都是怀着某种梦想离乡背井远走他乡的，这是另一种盲区，似乎只有远离根植于梦想的家园，理想才会咆哮着从另一个方向飞奔回起点

她也并不知道应该思念谁，或者有谁正在思念着她，这已经不足以引起她的困惑和无力，因为出去时她在无形的思念中背负着两个人的重量，回来后，她的重量不再减轻，而是超重，这让她显得成熟起来，让她觉得自己离真实的从梦起源的地方越来越近。

在长途汽车上，经过乌鲁木齐的雅山隧道，她经历了新的幽暗，短暂的幽暗之后，她的视线中进入了白雪笼罩的一切，温柔的白，光线在远处的雪域上闪现出银子般的光芒，她的眼睛受到了雪的刺激。还有雪中的田野，一如既往地待在白色的雪浆之下，黄色的面临复苏的沉睡状态诱着人们的想象，连同马路两侧的白杨和裂叶榆，它们高大，沉静，身披雪衣，从车窗外托起落日下的空旷，显得安宁而惆怅。

麻雀在树林中间飞来飞去，鸟巢在叶片极少的树叉上显出原形，高高低低的飞行仿佛一道道回忆的弧线：一只麻雀对树的想念并不比一个人少多少。她看着那些煽动的翅膀，亲切而诱人，这是她儿时就熟悉的影子，她重新看到了从前那些无知而梦幻般的影子，她的影子，在树上张望或者劳动的影子，在母亲离开后，她挑着扁担劳动的影子，挑水，洗衣服，打草，收庄稼，她的影子，多么久远的影子，快要在城市的影子下叠成墨线的影子，她从回想中弹开它们，她的现在正在她过去的影子间徘徊不止，这何尝又不是一种幸福，能够重新感受回忆的宽度。

她提着她从深圳带回来的美国产花旗参和开心果，广东产海鱼干和煨烫料，佛山产床上四件套和纯棉内衣裤，当然，还有台湾产冰皮月饼。这是一份厚礼，一

路上,她在最后一趟,从玛纳斯开往伊尔湖农场的班车上,每当碰上熟人总是在"打开它们让他们尝尝"和"留着它们只让父亲尝尝"的交替斗争中,她体味到了自私的受力。

到家了,土做的房子撞倒所有的影子凸现在她的眼前。她想冲着那扇糊着塑料布的窗户喊一声父亲,从雪中传来的场部人家的狗叫声使她恢复了短暂的平静,这是新疆,这是家,她在心里安慰她的良心,并且掀开了挂在门上的棉花布门帘。

她喊了一声"爸",无人应答。很久,她的视线终于从雪的光芒转入屋子里的暗淡,在火炉子的亮光里,她看见了她的父亲,不,是看见了"她们"的父亲。她的鼻子一阵发酸。她放下了手里所有的东西,瘫软在地上。她的父亲并没有因为她的出现而做出相应的回答。

在暖洋洋的炉火旁,父亲正在剥棉花桃。

他老了,炉火穿过他花白的头发,仿佛无数人生尽头闪现出来的一根根银针,不如意的银针,穿着他的心脏。父亲抬眼盯了一眼他的大女儿童妮,一个敏感忍让好动表面平静而内心极度不能安分的女儿,他原以为在城里上当的应该是她,他看着他的大女儿,不如意的老去的目光射向童妮的身体,他不希望她从远在西北以外的地方带回这样的"礼物"——他珍爱的小女儿的气息。

父亲继续剥他的棉桃,仿佛童妮象征了一团不复存在的空气。童妮哭了。

也许是父亲听过太多这样的哭泣,女人的哭泣,大的,到小的,他的耳朵是原谅她们最富有弹性的一道墙壁。他沉默不语,一个放走他的老婆,又失掉她的小女儿的孩子,他没想过再去面对她的存在。这一刻,他的脸上印上的不只是对家庭的不如意,还有对人生的完全的不信任。

他不欢迎,不,是不接受大女儿的回归。对他来说,失去小女儿之后,这个带着南方气质的大女儿只是一只多余的麻雀,他不想再为她的窝里垫上一根枯黄的草叶。

说实话,大女儿童妮闯广东的时候他是欢喜的,他没有掉泪,甚至庆幸她的背井离乡减轻了他对整个家庭的落败感。可小女儿童笛却不同,小女儿去闯广东的时候,带走了他一生中熟悉与牵挂的最后一部分记忆,当她的小脸在他的视线里消失,也就意味着他活着就是简单地度日。他当时哭了,和失去妻子的时候有着相同的哭声。大女儿从深圳寄回来的钱他花了,盖了房子,买了化肥,养了猪,可小女儿寄回来的钱他全存着,用绣着松竹梅的白手帕紧紧地包裹着,他舍不得打开手帕,更舍不得让那些钱从他的手心里变成别的。

那块手帕是她们的母亲扎过黑发辫的,留着逃跑前的一股清香,而那些从深圳邮来的钱,则提示着他活着的全部意义。有谁知道他是多么心疼他的童笛……这个宝贝,小时候一个劲地犯错,让她喂鸡,她偏要喂猪;让她去担水,她偏要去跳绳;让她洗衣服,她偏要掏鸟蛋的宝贝……她跟她母亲惊人的相似,他又怎么忍心去折了她的天性? 一年又一年,在她成长的错误里,他不停地递上慈父的笑容。他活在她的年轻里,不懂事里,而她,则活在他从未得到的爱情的意向里……他觉得,他的小女儿是永远长不大的天使。

他让童妮做饭洗衣挑水打草,却让童笛坐在院子里跟他一起编柳筐吃沙枣,他让童妮剁猪食做熏肉,却在炉火边上为童笛吹笛子讲《三国》讲《西游》……

好吃吗? 他递上从树上摘下来的沙枣问童笛。

不—好—吃。童笛拖着童音大声叫着,发出天使般的孩童笑声捉弄他的父亲。

好听吗? 他举着他的笛子。

难—听—死—了—! 童笛又发出天使般的顽皮来捉弄他。

他为童笛讲诸葛亮讲刘备讲孙悟空讲猪八戒……讲的嘴边翻着白沫子,童笛便在他的白沫子里嘲笑他:你—脏—死—了!

每当这时候,他的脸被莫名其妙的巨大幸福涨得通红,他从场部的供销社里,一次次为童笛买来粉红色的凉鞋黑红色的蜜枣绣着花蝴蝶的白手帕压着海蓝色收边的辛子衫……到了童笛上完高中,他将她架在自行车的后座上,一阵飞似地驮回家。

考不上大学,回家陪我,我们两个人过。他在西北风里对他的小童笛说。

第二年,他的小童笛就为他闯了祸,她在供销社的大门口,当着场里很多人的面,一个箭步冲上去,一把从一辆正在转动的自行车上揪下来了一个年轻女子。

我盯住你已经整整一年了,如果再敢背地里议论我妈,小心我放了你们全家人的血。那是他们电所所长的大女儿,跟他在一个单位里,刚从西安读完大学分配到电所的"新骨干"。听说,他的小童笛还往人家年轻的身子上扬了几把白土。

他在屋子里捧着他的《三国演义》和《西游记》笑得流出了眼泪,对面的小童笛正在为他讲述她自己的"三国"与"西游记"……

第三年,他的小童笛又闯祸了。

这个鬼精灵!她和农场的场长少爷偷偷谈上了自由恋爱,在场长家红砖砌成的庞大前院里,她在他们家每一株拳头大小的西葫芦上,一律用小刀刻上"童笛"二字,待场长夫人发现这一奇观,"童笛"二字已经随着每一个西葫芦长成了滚圆。为此,场长家的少爷被送进了远在大连的某个培训机构进行"深造"。而童笛,却让场长的秘书叫进场部的办公大楼一顿臭骂。

这个伪君子,这个伪少爷!!童笛在父亲的怀抱里捏着少爷的绝交信整整哭了一夜。

爱我的人有的是……她丢下父亲去了广东。

我的小童笛,广东把她给害死了。

他只有不停地剥他从田野里背回来的一袋袋棉花桃,像从黑色的被寒冬害死的桃壳里,一个一个一个一个揪出他那无法无天喜欢做对躲在棉桃里的顽皮的笛儿。

他不太喜欢他的大女儿童妮,怀上她之后,她的母亲明显表示出不情愿跟他过一辈子的征兆。她还在娘的肚子里,她的娘便喜欢在他们的院落里发呆,整整一个上午,如果你不大声叫喊,她可以一直发呆,直到家家户户的锅灶里青烟直冒,她才会从她发呆的世界里惊起一声"哦,饿了,做饭吧",这个女人,她从怀上童妮之后变得沉默寡言。当然,大女儿童妮生下来之后,太过偏瘦,一只胳膊一直夹到五岁左右,轻得让人看见她时跟着晃悠,仿佛满世界都是无情的落叶。慢慢,她长大了,帮着家里干些家务与农活,她便开始在家务与农活之中停顿下来,开始发呆,让他对她一阵厌恶,一个发呆货生出了另外一个发呆货。

长大成人后,她用发呆的表情完成了她的学业,如果不发呆,他会在她上完高中之后就将她赶进棉花地,和农场所有的农家子女一样去种上三四十亩棉花,过不了几年,嫁个安稳人家,裹上头巾,到别人家院落里发呆吧。但是,她的眼睛不饶人,直愣愣看过来,眼睛里深藏着另一双眼睛,射进他的老眼,他退却了——这不是她的女儿,一定是在她母亲怀她的时候,从遥远的发呆的另一个天地牵来的孤儿!

他让她上了大学,他又让她在接二连三的提亲队伍挤上门来说媒的红火日子里放走了她,他放走了她,给了她前程,给了她事业,给了她自由。她呢,她在他准备上吊而死的某个前夜自作主张地放走了她的母亲。他是知道的,当放羊人从野芦苇地里把气若游丝的大女儿带回来后,他的妻子便一去不返。那时候,他知道是她放走了那个离经叛道的女人。不过他还是勉强接受了她,这个有着孤独气质的大女儿,别看她总是喜欢发呆,却有本事亲手将自己弄成孤儿,他倒要看看她是如何化解自己的。他用沉默等着那一天。

对于她离开新疆,去了广东,跑到一个名叫深圳的城里去做工人的生活,他始终保持宽大的沉默。工人,这个词语能够接受她也是一种宽限,他倒是要亲自看看她最终会站在什么样的门洞里,会过上什么样的家庭生活,等她有了丈夫和孩子,他倒是要亲自看看她有多么大的勇气和时机再亲手放走她自己的丈夫和孩子? 他也等着这一天。

说实话,他宁愿她没有回来打扰他的春节。他讨厌她孤儿般的眼神。

正是他所讨厌的这个有着孤儿般眼神的大女儿童妮,带着他的小女儿笛儿的骨灰回来了。他讨厌她,如果她不执意要去广东打工,他的笛儿也就无法到达一个要了她命的鬼地方。

他用沉默迎接了童妮的返乡之行,沉默已经是对她最大的宽恕,他总不能再亲自杀了这个人吧? 把自己再一次变成千古罪人,把她,变成一个彻头彻尾的孤儿? 不,时候未到啊,他在白头发里算计着他自己的年龄,同时,也在白发里算计着她的年龄。

爸。童妮又叫了他一声。

他拒绝同她说话。

在他铁一样的沉默里,童妮领悟到了他的全部用意。

童妮放下行囊开始为他们童家二人准备过年。拆洗旧床单旧被罩旧窗帘旧棉衣棉裤,刷墙,洗地,清理院子,扫院门外的积雪,屋顶上的积雪。收拾屋子里的角角落落,连蜘蛛网也不放过,一切都码得整整齐齐规规矩矩,看上去,装着调料的一排玻璃瓶子, 在白石灰墙的墙洞里发着幽绿色的亮光,而燃着火炭的炉子上,正蒸着一竹笼芝麻花卷香豆花卷红花花卷,水桶里的清水里泡着红薯粉和冻豆腐,案板上的绿芹菜冻辣椒鲜鱼鲜肉摆成了盘盘碟碟……童妮忙碌着,他的亲爹还是保持了沉默。他的耐心像他的头发一样在火光里发出了白光。

年三十晚上,家家户户的院落外面爆竹鸣响,童妮做好最后一道洋葱爆羊肉卷后,将一双新筷子递给正在炉子前面剥棉花桃的父亲。

父亲还是保持了沉默。

童妮一个人拿起了筷子开始吃年夜饭。她哭了。肿涨的胃里仿佛翻出了小妹吃饭的姿势。她对满桌子的好菜咕哝着，仿佛她的小妹还在桌子边上坐着，一副挑肥拣瘦的霸道样儿。听到童妮对着一桌子热菜的嘀咕声，他的父亲突然从一堆棉花桃子上一步跨过来，冲到桌子前面，一把掀翻了桌子。

让你吃……他说……不争气的东西……他叫骂了一句。

晚上，童妮正在翻弄半干的明天必须还得穿在身上的衣服时，父亲终于停下了发黑的双手，他抱着童笛的骨灰走出了前厅，在他自己的房间里，童妮听见，他发出一声接一声老人所特有的哭泣，苍老软弱无助而无奈，他哭喊着说——她还小，她还小，我应该把她留在身边……

直到童妮再次卷着行李，走出他们的院落，父亲始终保持着沉默，他没有跟他的大女儿说一句话，他的屋子里坐满了农场里前来向他拜年的乡亲，他们大都比较关心他小女儿的死因，父亲依然保持着一个老人的沉默，像当初他的妻子悄然失踪后，他面对一群前来调查的农场领导与无数乡亲一样，面对众人，沉默便是他多年来做人的原则。

在厚厚的堆满积雪的大马路上，童妮再一次踏上返回深圳之城的路，白色的大马路在她细弱的身子前面向后展开，她走在那白色的绸带上，寂寞，孤独，想着她的小妹，想着她的母亲。她的嘴里喷出一团一团一团发烫的热气，她的黑影子就在热气中一点一点一点变小。此时，冬天的西北风吹着农场的旷野，鸟雀从白杨树老榆树沙枣树上群飞而过，树枝上落下一片片白色的雪雾，那白色的梦境，很快就送走了童妮的背影。

2　母亲祭

　　啊,我的母亲,你被西北风被大雪被野芦苇牵出了新疆,还是你早已开辟出新的森林新的炉火新的水流新的路线?你站在你愿意毁灭的路口?还是站在别人愿意让你毁灭的路口?你在马路上安放了什么样的标记?又在野地里放走了什么样的鬼火?你起身穿好美丽的衣裳,是否要在田野里显示你无情的怒火?啊,我的母亲,马蹄已踏碎你失魂落魄的眼泪,在你无辜发呆的世界里,你回到了你逃生而来的兰州之城,还是回到了你寂寞无声的冰凉的炕头?是风掀起了你那美丽的衣裳,还是衣裳让风有了故乡,我的母亲,你转身而去,跟随着风声,跟随着风中的故乡,仿佛你的下一个孩子就是那些日渐壮大的风……

　　哦,我的母亲,人生的尽头也许是死因,是一个穿着花布衣裳的美丽死因,而你的身子,此刻是光鲜的,还是戴着成串的"铁链"?未知的境界,你的眼神是否常常再次发呆,向着你来时的方向,回忆被你遗弃的人群?村庄?干草?炉火?还有季季展露容颜的月季?高起来的村庄?飞起来的干草?熄灭的炉火?还是那只为你的月季撒水施肥又要乘你不备而又连根铲除的手?如今他只会剥着棉桃,面向炉火,咳嗽几声,呼呼喘气……

　　你可否像穿衣裳前清洗自己一样也已经将他一并清洗?啊,我的母亲,如今我已渐渐长大,当你清洗,我却在包扎……我终于知道包扎不需要付出生命,只有爱情才会要了女人的性命……

我终于知道什么样的女子该有什么样的日子为她送来旧时的衣裳，什么样的衣裳应该包裹什么样的女子?什么样的男子应该包裹什么样的女子?而什么样的女子应该活在什么样的衣裳里面……

啊,母亲,我的母亲,如果你还活着,是否可以穿过云层,身披阳光,从你一心消失的地方重新照耀我的额头,是否像你离开之前吻我一样,重新吻着我为你放生的额头?母亲,你又可否知道,现在,这个额头,正弥漫着一股绝望的气息?正在你渐渐隐退的野芦苇地里慢慢变硬?

最后,我还想问问你,我的母亲,是你孕育了我们,还是我们孕育了你?

回到深圳的第一个月里,童妮常常想起失踪多年的母亲。想到母亲的形象,就立刻有一只无形的小手从无边的天际里伸进内脏,在她的弱小心脏上一次次捏紧。饭菜就如同毒素,助长着这些可怕的捏紧的感觉分散在她全身的每个骨缝里。

她想起母亲年轻的时光。。

屋子总是太小,他们和女儿统统睡在一个屋里,那是秋天,人们忙着收获庄稼。白天大路上了无人影,白天他们全部散在地里,天快黑时,人影从白灰升上天际的土路上跟着马车毛驴车往庄子里奔来,母亲便是那白灰里最后一个进入庄子里的女人。她赶的是牛车,速度慢得像是在白灰里倒着行走。到了家里,她还要卸下一人多高的棉花包扛进旧杂货房,她还要做饭洗衣喂猪喂狗,她手中的锅铲子烧火叉打猪棒四处抽着,每一次抽动都伴着她痛苦不堪的疲倦和无助。只有到猪进圈,女儿上炕,她才停下来,站在一盆清水前,开始进行每天必不可少的清洗。那一刻,她光着上身,皮肤细腻,闪着白光,脸上一阵接着一阵地浅笑。

她以为她的大女儿童妮睡着了,怎么会?在她毫不隐蔽敞着一对坚挺的丰乳洗身子的响声里,她的女儿就在几步远的炕上从梦里惊醒……那时候的童妮经常看见光着上半截身子的母亲对着一盆清水望着自己发笑。这对丰乳何时曾含在过她的嘴里? 她从来不敢问起,也从来没有儿时的记忆可以证明它对她的眷顾。

她用被子蒙住眼睛,黑暗里,母亲和她美丽异常的光身子恍若隔了一间屋子。母亲躺在她的身边后,她的嘴角里往往含着一只被角,死死地闭着眼睛,生怕母亲听到她微弱的呼吸。其实这才是她多余的担心。与她身体挨着身体的母亲正在被子里发呆。

　　她是一个随着兰州移民来到新疆农场里的女子，很快便由老乡做主嫁给了童妮的父亲，然后，很快就挺起了肚皮装进了童妮，第二年，童妮还不会开口说上一句完整的句子，她的肚皮再次挺起，里面又装上了童笛。在这种肚皮变大又变小的过程中，她开始在前半夜里和她们的父亲争吵。

　　父亲是农场里的一名电工，负责给家家户户拉电线，所以，晚上总是回来的很晚，更谈不上在大白天里去帮母亲种棉花，他们为了一块 30 亩的棉花地吵得不可开交，从春天开始耕种浇水到了秋天收获季节再到初冬穿着棉裤去大田里打棉花杆烧火过冬，他们总是为了一块 30 亩的棉花地吵个没完没了。

　　母亲是一个兰州女子，她从来没有种过棉花，嫁给父亲后，为了定下心来过日子，她和农场里所有本地女子一样种上了农场分给的棉花地。刚开始，一提到 30 亩这个数字，她都吓得在被子里咯牙。后来，她学会了请教。慢慢地，她开始了向别人说教，但是承包给她的棉花地总是在每年开春时又重新承包给了别人，她像一个拓荒者，在无边的荒滩里转来转去，几乎在农场的大田地重新划了个"田"字。她的地每年都在变，好地，坏地，新地，边界上的地，她统统种遍了，似乎她掏出奶水充足的乳房喂养了一群别人的孩子，到头来，自己的孩子丢在哪里还不得而知——分配给她的棉花地从来就没有固定过。所以，她内心深处的愤怒可想而知。

　　她愤怒，对父亲的无能，对这块土地的无奈，对一个异乡人的茫然。

　　到了童妮长到十岁时，童妮终于了解了母亲的愤怒，了解了她莫名其妙的哭声和发呆。听场部放羊的李老汉传闲话说，农场里某名干部隔着童家的窗户看见了母亲的光身子——比嫦娥还白呢，李老汉们说。这便是童妮的母亲。而那位传说中的干部，他一再地将母亲从一块固定的田里赶进另一块陌生的田里，他只想让母亲在其中的一块新田里跟他睡觉，所以，母亲就开始在农场的大田里转圈。

　　这是童妮在前半夜的争吵里听见的秘密。

　　父亲和母亲一会儿拉灭电灯，一会儿又拉开电灯，他们在一明一暗里吵得很激烈。

　　那时候，父亲常常坐在炕边的一个木板凳上，吸着莫禾烟，手里捧着《三国演义》或是《西游记》，吵到最后，父亲不愿意和母亲同炕而眠，便坐着看书，两片嘴皮子无声地快速地嘀咕着，听不见任何内容，只听得一阵紧似一阵的咂嘴声从头皮底下传过来，忽然地，父亲从书上抬起头来咳嗽一声，好像在没有内容的骂声里不得不休息一下,那一声咳嗽,常常吓得童妮溢出几滴尿水。

那些久远的时光里,父亲在工作上也是接连地出错,常常拉错电线,在已经完工的地段里又拉出一道新的电线,线头都穿过了别人家的墙洞里了,才发现人家的电话机或是电视机屁股后面早已经盘着他昨儿个牵进去的一根电缆线。所以,父亲便要被电所的所长骂得晕天黑地,说他是一个专门为农场浪费资源的"现世宝"。回到家里,父亲便与母亲更大声地争吵,因此,前半夜被拉长,后半夜变短。

你天生就喜欢光着。他说母亲(这说明母亲在她们更小的时候一直光着身子睡在他们的被子里)。

所以你离我远一点,别让你的汗臭味像放羊的李老汉一样熏死了我。母亲反驳他。

你个不要脸的女人。父亲恶毒地说。

那你也是个不要脸的男人。母亲反驳他。

父亲丢下烟卷,丢下《三国》,丢下《西游》,奔上炕来,朝着被子里的母亲一顿拳头——害人的妖精……还嫦娥……父亲在拳头里叫着。

在短暂的后半夜里,情况发生了可怕地逆转,他们停止了争吵,转入性事。那时候,他们都以为他们的两个女儿已经进入沉沉的梦乡,父亲从木板凳上再次起身,洗也不洗,母亲在汗味里拼死反抗。最后,童妮听见父亲在母亲的光身子上大呼小叫,而母亲在被子里咬着东西哭得上气不接下气。

再后来,听说母亲爱上了别人,但是,据童妮观察,这是无稽之谈,因为母亲还在照常发呆,形式上无任何变化,表情平静,日子照常。奇怪的是他们的父亲,与先期相反,前半夜里,父亲在被子里假装蒙头大睡,而母亲坐在木板凳上彻夜发呆。到了后半夜,在父亲控制不住的疲倦的呼吸声里,母亲会悄声无息地钻进他们的被子之中,用光身子抱住即将入梦的父亲。这种时候,童妮听见的再也不是母亲上气不接下气的哭声,而是父亲继继续续听不太清楚的低咽。

再后来,等她们再大一些的时候,父亲把母亲赶进了旧杂货房。在一堆隐蔽的旧纸箱旧报纸旧柳筐等杂物里,母亲为自己安上了一张很干净很狭窄的小木床。从那一天开始,母亲忙完一切家务之后,便拎着一桶热水一个新陶瓷面盆进了她的杂物间。直到童妮在野芦苇丛里将她追赶上时,母亲那对丰满的乳房才最后一次贴住她的小脸……

我快要死了,我只能这样,我的妮妮……母亲上气不接下气的哭声再次飘进童妮的耳朵,颤得童妮浑身上下一阵发酸发麻发紧发苦。多少年来,披在母亲身上的一层寒衣在清晨的光线里划开一个新鲜的口子,她从那发白的口子里放走了母亲。母亲是一个需要透口气的女人。童妮放走了她。

你要让着你的小妹,她还小。这是那个需要透口气的女人留给童妮的最后一句交待。谁都觉得童妮是那种可以随心所欲自行长大的女子。她需要退让才能完成自己的成长史。

她想起她母亲的容貌。

干净,光洁,细腻而润白,一双比正常人略微分开些间距的一双眼睛,向着她神往的方向不停地发呆。很美的侧面,鼻子高耸,双唇紧抿,黑发在头顶上高高地绕着一个弧形,额头前,用烧火钳子烫着一弯浅而薄的刘海,扣在直入云鬓的浓黑的两条眉毛上。

每当她出现在任何一个角落,只要有人,都会引起一阵观望,对着她的背影流着口水。连场部几个天生的傻子都是如此。

童妮上初中后,母亲开始自己缝制衣裳。从很远的玛纳斯县城里买来碎花平布,再用粉红色大红色豆绿色月白色的的确良布在碎花平布衣裳上压上领口袖口,在两边的衣服口袋上翻下来一个纯色的的确良布小翻盖。她变得异常动人。被父亲赶进小杂物房后,她又迷上了刺绣,绣枕头,绣门帘,绣窗帘,绣布包,绣床单,绣桌布,绣鞋面,她喜爱的月季花在房间的每个角落怒放。

有一天,母亲突发其想,在杂物房的半截门帘上绣上了她的半截身子,眼睛微微上扬,嘴巴半开着,脸上浅笑着,仿佛在嘲笑整个恶俗的人世。

父亲从电所回来后,身背一卷黑色的电线,一回头,看见在布片中正在嘲笑他的半截母亲。父亲提起他安装电缆的大剪刀,默默地走到半截身子的母亲前,一剪刀穿过去,童妮看见母亲的上半截身子的下半截,飘飘乎乎顺着剪刀卷了起来,最后,落在父亲的皮靴底下,父亲踩着布片中的一小半母亲进了杂物房……

再后来,某个夜里,父亲用斧头劈了母亲杂物房的木板门,父亲隔着一扇坏掉的木板门狂喊狂叫——我就知道你就是一个天生的婊子啊……那天夜里,父亲又去试着上吊,而母亲再也没去追赶父亲。母亲对站在院落里不知所措的两个女儿说,够了,够了,受够了……她的表情悲哀而痛苦,显示出断然抛弃一切的力量,看得童妮心惊肉跳。

　　第二天,在野芦苇丛里,在她常常捧着文学书籍偷偷用神游写诗的一片野外的天地里,她的后背忽然一阵发麻。她在野外的天地里与即将要抛弃他们的母亲相遇了。当然,还有那个一直神秘地隐匿于母亲背后的男人。

　　日出的雏形从地面上缓缓上升,光线还没有展开,空气安静而清甜,童妮所熟悉的,母亲所特有的,一种揪心裂肺的,上气不接下气的声音,随着早晨的光线缓缓地开始往空中飘升——我走了。母亲喘着气说。

　　正是这一天,她在母亲哭泣的怀抱里放走了她。

B面　他的庄园

他出生的时候　　就是一张黑袍

他的位置　　比天空窄一些

比自己宽一些

他出生的时候　　就扎满了针线

他需要无数只母性的手来穿针引线

他需要在线里管好自己的庭院

他需要在针里穿过他的思绪

他需要他的这张出生证明

以备刮风下雨时

包紧更多问寒又问暖的人流

——以诗题记

1　第一个女子在黄昏里降临

　　开始,林之夜义无返顾地爱上了绘画。在数学,英文,物理和化学里,他一文不值,到了绘画和语言的世界里,他的手掌里建起了另外一座庄园,他用颜色掌握了整个庄园的轻重,他用语言比划着整个庄园的高低。在他的手掌里,他和他眼中的世界自由出入,未来和命运在他的手掌上握紧和松驰。人生就是这样可笑而又可贵,艺术是为那些不断变黑的眼睛而准备的,只有在黑色的转换里,那些触碰到艺术之躯的年轻人才会为艺术而献身,因为艺术天生便是一张黑暗的纸张,只有用一层层色彩变幻的透明躯体融进这纸张所遮蔽的另一个世界,围着这张黑暗的无数双眼睛才会在纸张之外由暗转亮,并且看到什么是人世间的色彩斑斓……艺术的纸张上爬满了前来献身的彩色尸体。他就是其中的一个。

　　远在甘肃的父母为他生了过多的姐妹,为了表达她们活着的苍白,他选择了颜色。

　　小时候,林之夜看见母亲将她们一一放在太阳底下的柳筐里,她们未成形的眼睛在柳筐沿子上转动,周围的世界像太阳的光芒一样发白。长大后,她们的眼睛在院落里转动,每一寸进入她们眼睛的世界都在和她们一样发白。只有母亲是鲜艳的。黑色或者是灰色的的卡布料包裹着她动来动去的身子,稻田,菜地,院落,猪圈,堂屋,小水塘子,还有屋子后面的宽阔水渠和远处的黄褐色的山山水水,她的身子在这些静止不动的词语里起起伏伏忙忙碌碌,偶尔,她会回头向他一望,看看他是否还在她安放的位置上活蹦乱跳,这时,她的泪水从黑色或者是灰色的的卡布里滚出来,有了他,她便可以像中国大地上任何一位安宁的母亲那样,过完她们鲜艳的时光。她将他带在身边,过早地进入色彩斑斓的庞大菜园,他的头,与母亲生下的那些姐妹有了本质上的区别,当他的姐妹们在柳筐上被太阳照成白色,而他正在用眼睛捕捉着她们身边晃动的菜园,天底下没有比"室外"更好的老师,那是大自然的缩影,从稻田里大山上树林间天空中,从年年败落的黄色,到大地上隐约变嫩的绒毛层,他学会了用颜色,而不是用眼睛去思考他的存在。那时候,母亲总是太忙,总是顾不上抱他,母亲从老枣树上折下一根树枝放在他的手里,母亲说,玩吧,自己跟自己玩啊……

自己跟自己玩,这是一场多么大的游戏,他握住一根枣枝,在他弄不懂的大地上一通乱舞,兴奋就是那时候形成的。

母亲老去后,林之夜便自然长大,从母亲长满黑色皱折的手掌上接过保鲜的纸张去迎接他出生时的象征。而他的姐妹们已经早早出嫁,一个嫁到县城,跟着姐夫在一所中学食堂里做饭,这倒是母亲多年的强项。一个嫁到本村,靠天吃饭。一个嫁给了江苏来的收稻人,收完本村的稻米后,她跟着他坐上火车离开生了他们养了他们的乐坪市属的一个小村庄。还有一个,在家养着,到了出嫁的年龄,一家人准备让她"自然出嫁",遇上谁便是谁。这时候,林之夜已经开始报考艺术院校,在素描课上一张张画着他的小妹,用画笔,为小妹的眼睛一点一点地添进颜色。这些颜色代表着他想象中的小妹的婚事,为此,甘肃省乐坪市艺校录取了他,尽管他的英文才考了 7 分,也就是 ABCDEFG 的水平,这是婴儿进入英文的最初阶段,正好是象征他天才的 7 个音符。

绘画就是这样为林之夜打开了世界的背面,像一个男性从一个女性的背面打开了世界的第一道天窗。在他过早的成名学涯中,无数女子从这道天窗里纷纷跳进来,立在他的对面等着他着色。从提香到拉斐尔,从马蒂斯到达利,从丢勒到伦勃朗,从毕加索到高更,从德加到塞尚和凡·高,这些女性从天窗上降落下来,跌进他的画布,因此,他的画布常常出现破损的洞口,他的一双手已经接不住如此纷纷降落的自然界的重量。

迷茫由此而产生。

在林之夜迷茫的阶段里,不断地有新的现实中的女子要求为他献身,她们用东方女性所特有的性的内敛让他常常无从下笔。某天夜里,当他和美术系的几位知己从河边喝醉返回校舍时,他的床铺上已经献上了一位完整的女子,她用他的旧被子盖住自己的身体,只露出一个弱小的头部,在黑暗中,盯着醉意蒙□的他。

林之夜无法和她做爱。他不喜欢未经过一些心灵的交流便自行进入他性爱领域的一类女子,她恰好就是其中的一位。那一夜,他在兄弟的床铺上睡得无梦可做。对一个画家来说,如果没有黑夜里的梦境相伴,将意味着他的画面已经长时间停滞不前。这种僵局,唯有通过女性才可以化解。世界就是如此奇异而又恶俗,男性成就女性的深度,而女性成就男性的高度。

过罢此夜,他拥有了另外一个女子。

这位女子,脸盘滚圆,齐耳的短发,皮肤幽黑而身材高挑,喜欢穿着肥大的长裙,走动中,屁股在裙子的皱折里荡出一轮又一轮性感的两处浅圆。她常常骑着她那辆破旧到几乎是没有后座的自行车,在艺术院校的大马路上随着一串串清脆的车铃声从一排排男生的眼睛里飞速而过,每一次,她的车铃声都要在他预想的那条马路的小坡上一阵乱响,和所有美术系的男生一样,她让他的裆部一阵紧张,让他觉得,自己的旧裤衩就像一只稍一松手便要飞上青天的氢气球一样,他只好次次都用一只绿色的大瓷碗捂住他自己的隐匿所在。

再不和她相爱,恐怕是毕业油画都不得不留着一处可怕的空洞。林之夜在马路上挡住了她,告诉她,晚上到我宿舍里来一趟。晚上,他赶走了所有兄弟,为她守门。她如期而至,这正是他想象中的一幅图画。然后,他在想象的图画中完成了他平生的第一次性事。

怎么说呢?

性事的过程和他想象中的几乎无二,唯一与梦境对不上号的,是他进入的"那个女子"。想象中,他应该不会看错她的身体,但是,当他为她打开衣裳,搂抱住她,她的乳房比他目测的要大一些,因此而显出非处女的轮廓,尤其是她的腿部,裙子消失后,它们的比例远远短于他所判断的那个长度。

事后,林之夜的兄弟们从室外归来,纷纷寻问他的"战果"。他光着洁白的上身,背靠在刚刚做过爱的铁架子床上,一只脚踏在地面上,一只脚跷在床沿上,膝盖顶着他正在吸烟的手,他既落寞,又友好地对兄弟们形容道:还行,就是腰部有些长。

为了艺术,他的初恋牺牲在一截过长的后腰上,这真是伤了他的自尊。

之后,一直到临毕业前,他坚持和她保持足够大的距离,他要从纯精神领域上抛弃这个伤了他自尊的异性。在所有的马路上,他假装不认识她,为此,他付出了沉重的代价:这位可爱的女生,用她的床单在集体宿舍的窗户上悬挂了一幅巨型条幅——艺术系的渣子,呸——林之夜!

在一声飘浮在巨型床单的"呸"声中,他的声望无缘无故地高了起来,导师找他谈话时用的是成年男人的眼光,林之夜的生活地位在一种代价中走向初步的成熟,导师说,把你的作品交上来吧,哪怕"呸"一声也行。

于是,林之夜交上了他的第一幅成名大作《未了的部分》,当然,正如我们看到的那样,这是他画过的最为真实的一幅女性侧身裸体油画,他只画了女性的上半部分,而下半部分全是黑灰色,背景是一片由浅及深的黑枣红色,半片森林立在女子的视野之内,女子在画面中,以脸部的侧面望向他为她设计的某个方向。这是被林之夜巧妙处理过的一幅油画,女子的乳房被他放小了一倍,因此,画面出现了惊人的效果,观赏者,将所有的眼光集中在女子望向远方的地方,而成熟的女性目光和未成年的女性乳房满足了所有观赏者对画面以外心灵的探究。

成功了,被系主任推荐到广东美术学院进行深造。临行前,系主任为他把酒言欢,顶着一头苍凉的白发对他说,艺术之路远非于此,乐坪市自古出英才,比不过黄宾虹,还比不过中华民国的"小女子"潘玉良吗?

解决完性事,他和他的第一个女子没有举行任何道别仪式便南下了,性事应该就是一个准艺术家对一个最初的女子最好的道别仪式。

次日,当林之夜的第一个女子还在一卷厚重的棉被里紧闭着双眼时,他便踏上了开往广州的一列火车。画架就立在飞速前进的火车上浑身颤抖,而整个乐坪市的山山水水在他身边的车窗前急速飞驰,车轮飞出乐坪地界的最后一鸣让林之夜从座位上站了起来:安息吧,我的过去,我的画布……他吸着烟卷朝着身后的整个乐坪投去了历史性的一瞥。

2　第二个女子在丝绸里降临

在远非你所控制的俗世，爱是人们最难以控制的终极部分。如果，其中一段，在你想象的艺术境遇里恰如其分地闪现，这不是避难，这是相互最初的一场殉葬仪式。

在痛苦的探索之路上，画笔比画布之外的世间更为具象，沉重而笨拙，每提一笔，世间最微弱的部分，甚至是最动人的一处细节，都在画笔的笔尖下无形地湮没。进入广东美术学院，林之夜生活在一堆艺术家之中，才华死死盖住才华，只有具有井喷能量的人，才会在这所院校里抛头露面。

林之夜坐在他的画布中思考，更大，更多，更可怕的空洞在画布中破损。这段时间，他更加痛苦地迷上了诗歌。其实早在乐坪市时，他已经开始大量地写诗，写诗这种东西，从他小时候挥舞着柳树条子时就已经注定，诗歌一直居住在他的体内，适当的时候，它会从他的身体里为他打开另一扇家门，如果诗歌的孩子，比如，像林之夜这样的孩子从它的门前一闪而过，它知道，开门声对这样的人到底会意味什么……

早在乐坪市艺校时，他的诗歌技巧已经相当成熟，之所以不想在广东美院提及这段往事，是因为他的身份还没有彻底展开。海子已经赶在林之夜的前头卧轨身亡，要想走出"春暖花开"，需要多少张底稿才能完成他的基调。这并代表林之夜自行退缩，而是说明，绘画先于诗歌进入了他的艺术之躯。

其实,这也是很有意思的一件事情。古代往往是诗画并存的,到了现代,文是文,墨是墨,倘若文可以淌墨,墨可以逗文,倒也另有奇趣。　　对林之夜来说,绘画与诗歌就是墨文相投的两个兄弟,二者几乎是结伴逗留在他的窗前,它们什么时候结伴而来他并不得而知,但是,在绘画的空洞里,他可以自由缝制诗歌的衣裳,而在诗歌的空洞里,他可以自由穿上光线的外衣。

林之夜为自己的美术生涯披上了一件色彩浓郁的古典外衣,一如他的画作,"静止"是完成"响动"的最佳角度。

如果可以重新回到乐坪市艺校,在著名的"古韵茶庄"里搂住他心爱的女子,而不是在集体宿舍的铁架子床上用手指测出另一女子过长的腰部,大概,林之夜的诗歌才华会得以更好的发挥。在乐坪市著名的"马头石"景区,林之夜曾经孤独地握着他的诗稿和聚着一股仙气的"马头石"有过罕有的对视:我看见的并不比'您'少! 他用自己的诗意情怀向"马头石"献礼。那时候,他多么意气奋发。现在,他又是多么孤独苦恼。

当然,苦闷和孤独可以用诗歌来解决,不像油画,一但形成了一幅成熟的构图,打上线条,涂上颜色,它便跳开了你的想象,进入了颜色与构成的想象中反向地嘲弄你的智慧与敏感,正如歌德所言:谁能察觉出肉体的色彩? 就算具有了相当高的水平,其他的一切相比之下只算雕虫小技,过去有许多画家至死都不明白肉体的色彩是怎么一回事,将来还有许许多多的画家至死也不明白这一点。

这句来自于十七世纪的悟言将林之夜引入了大自然与人的色彩迷宫,更让他在这座迷宫里尝到了孤独徘徊于色彩和人性之长廊里的寂寞与压抑。林之夜的脚步总是在无意之中踩在最要命的色彩团上,而那时,他的画笔却勾不拢一个女子盆骨的线条。如果想让德加笔下的女子从林之夜所设定的二十世纪的某个澡盆子上跨过,大概,这样的床塌,这样的窗帘,还有,这样的女子,只有到神所遗漏的某个甘泉源头去寻觅……

为了在寻觅的路上不至于孤独至死, 林之夜只有常常找出诗歌的词语去引领下一片落叶所飘来的方向。

诗歌挽救了他的灵魂,而油画则满足了他的依赖。

有时候,当他拿起笔,闭上眼睛,用想象在画布上构思一幅绝妙的景象时,他的手,会在想象的气息里一阵阵打颤,无数不可控制的色彩扑进他的想象,弄得他一阵阵晕眩,往往是构成还未完结,色彩的想象已经否定了他即定的构图,这是多么可怕的现象与创作。色彩像真人一样自行遮蔽了他一切的构图。这二者之间，一定还有一把配套的钥匙，让他丢在某个自以为是的垃圾桶里。痛苦和孤独由此而相约前来，在林之夜的夜里，在他的枕边周游打转。

为了掌握更高的构图技巧，林之夜常常和雕塑系的魏一委去室外写生。魏一委是山东人，这个家伙，长得人高马大，用于人类进化论的"四个足子"天生比常人要长一些，手掌耷拉下来将至膝盖，两条长腿叠在一起可以绞成"两轮麻花"，这是真的，"两轮麻花"是他惯用的坐姿，他也因此而被系里的其他人屡屡模仿。看着别人在他面前摆出古怪的丑态，绞着两条短腿满地乱滚，他会松开"两轮麻花"中的一轮用脚献上一个胜利的 V 字，去你妈的，学我！他张着胜利的大嘴笑得墙皮起裂。

他常常躺在林之夜的身边，对正在大自然怀抱里神出鬼没地挥动着画笔的林之夜吹着跑调的口哨，末了，借过林之夜的画笔在他的画架子上几笔一勾便结束了一次写生。有时，他实在是烦恼不安，为自己的超人妙招急得抓耳挠腮，这种时候，他大都枕着自己的两条长胳膊，它们被他交叉而过，左右两手互换方向，一起安慰着他那只喜欢顶天立地的大头鼻子。

唉，兄弟，你想想，如果我们能把大象一家三口立在白云机场去迎接八方来客，你想想，好好地想一想，我的兄弟，这幅其乐融融的巨形雕塑将会让多少双陌生的眼睛热泪盈眶？魏一委从大自然的怀抱里一个鱼跃，禁不住一阵"野驴"乱叫。

而林之夜的画作已经接近尾声，正在考虑是否要将远处一棵老山楂树上的鸟雀请进他的此张构图，还未下笔，鸟雀已被魏一委的"野驴"乱叫惊得在空中胡乱盘旋。

林之夜就禁不住要发出歌德似的窃笑，他放下画笔对魏一委说，我非常赞同你这一伟大的构思与愿望，当然，这种愿望不是没有实现的可能性。

魏一委激动地上前抱住林之夜摇了又摇，我就知道，兄弟，全广东最了解我的兄弟就是你，我都快穷疯了，再不弄点钱，这个月怕是要饿死，说吧，兄弟，我们的愿望如何得以实现？

除非明天我就上任……林之夜用细长的古典意味极其浓厚的一双眼睛平视着魏一委。

上任，兄弟，什么意思？

航空公司总裁啊。林之夜在野外的林地里一阵狂笑。

这样一来,魏一委的两条长腿又绞成了"两轮麻花",他复又躺在大自然的怀抱里,在心里盘算着:下一回,我要请出一个什么样的动物?立在一个什么样的地方?一个什么样的地方才能够遇见一个这样的人?这个人,刚好,他打小就非常喜欢这样一个动物,刚好,政府给予了他这个机会,刚好,他不得不在某个大厦某个商场某个街道某个公园,或者,某个展会上,不得不请我为他立上这样一个他打小就开始喜欢的动物,否则,这个人就没法向政府交差,当然,更没法向他自己那颗喜欢动物的童心交差……魏一委的幻想病又犯了。

在他们穷困潦倒的大学生活里,魏一委几乎迷上了所有的动物,连小人书都买那种以动物为主的范本。因此,他用泥巴捏出来的动物造型,在学校的各种比赛里屡屡得奖。拿了奖之后,魏一委还找过学校领导,试图说服校领导,让他想象中的某个动物以雕塑的形象出现在广东美术学院大门口,不,哪怕是侧门口也行,实在不行,立在学院门前的绿草地上也行……学院领导集体给予猛烈反驳,每一届都有几个想拼了命来立个动物雕塑作品的天才,你们搞错了,年轻人,这里是培养艺术家的殿堂,不是野生动物园……

功夫不负有心人,某日,魏一委果然从口袋里掏出一张底稿,上面画得正是大象"一家三口",看样子,是要在某个重要的节日来临之前"一家三口"商量好后去洗个沙滩浴。

签了,这就是合同,魏一委在合同上面骄傲地弹着指头蛋子,台湾客商要在广东投资一个大型的洗浴中心,门前必须立上这样一幅雕塑,什么叫机遇? 这就是机遇。兄弟,我负责收钱,你负责搭架子倒石膏模,我们大可以稳赚一笔。魏一委一向喜欢左右转动的一对眼珠子,此时钉在正中,射在林之夜怀疑的脸上。

真的,兄弟,你看,这是订金。魏一委妥协了,招了,从口袋里掏出一叠钱来,往林之夜的手上递去了几张。

是不是眼睛里面下刀子一样难受? 林之夜问魏一委。

怎么会? 有钱一起挣,再说,我借你的还没还清呢。魏一委笑了。这个家伙,没钱的时候,全世界所有的动物都是他的亲兄弟,有了钱,他最亲的兄弟连一只青蛙都不如。林之夜还是了解魏一委的,但可爱的是,魏一委他就能装作林之夜果真就是一个无知者屡屡来引诱他,以为林之夜正是在他所估计的无知中上了他的当,因此,和魏一委交往,倒让林之夜多了一份世俗的轻松感。

　　整整旷了一个星期的课,他们才将大象"一家三口"运进洗浴中心,因为其中一只大象的脚掌少了一个脚趾头(运送途中折坏了),台湾客商少付了一根大象腿的钱。魏一委还想找几个兄弟收拾收拾台湾客商,让林之夜给挡住了。

　　说不定,他生意一旺,又要再开一家呢? 林之夜诙谐地嘲笑魏一委说。

　　魏一委裂着大嘴又是一阵野驴叫,有道理,有道理,真是有道理,你看问题总能从头看到脚。魏一委对林之夜说。

　　其实大象和女子之间是根本无法放置在一起的,或者,大象和女子根本是无法放置在艺术家的画布中的,可是,恶俗的世界就是这般荒诞,它既可以从蚊虫满天的森林里为艺术家们请来一头大象,也可以同时从这片森林里为你引来一个神秘的女子。

　　大象所带来的经济效益,导致的直接结果是林之夜自掏腰包请学校的几个兄弟去江边的夜景大排档中"喝午夜酒",正是这一次的集体夜行,魏一委带来了雕塑系的另一个女子,一个名叫陆重篱的女子,她来自于湖北汉口市,当时正在同一所美院学习雕塑,与魏一委在一个班里。

　　系花,漂亮,美,像古埃及的纳菲尔提提王后一样引人注目。魏一委对一帮兄弟介绍了陆重篱。

　　介绍完后,魏一委又紧接说,我正在给她画一幅油画,还没画完,雕塑倒是做了几座,都不大成功,透露一下我的心声,做的时候,我太激动,总是弄坏她的身体,所以,她拒绝再为我提供活体模特。兄弟们听了,在江边一阵大笑,都不约而同地将目光转移到了陆重篱的身上。当然,这其中也包括林之夜。

　　不知为什么,在看到陆重篱的那一瞬间,林之夜的眼睛里忽然起了很薄的一层泪雾,几乎是肉眼根本无法察觉到的那种薄。整个江面似乎都在他的眼睛里晃动,平静而无浪,却又在平静的水平面下卷着浪压浪的气势。

　　陆重篱迎风而立,正是月光升起的时候,光线在她的脸部形成额头和鼻梁的阴影,甚至在下嘴唇的底部也有一圈若有若无的浅影形成,有了光的明暗,她的整个脸部确实有一种现代版的正在遗失的古典气息,用色彩来描述的话,正是后现代版的纳菲尔提提王后的一张脸。

　　陆重篱的脸部不大不小,颧骨有略微地突出,眉毛黑而浓密,前半部分宽,正好掩饰了眼睛与眉毛之间略显宽的间距,而后半部分渐渐转淡,温柔地弯向她平直的眼尾,额头高而光洁,鼻梁略宽却因此在鼻翼处与两颊的最下部形成了自然的阴影,她的双唇布满了唇纹却又饱满十足,因此,神秘的性感正是从这些自然的唇纹里流了出来,使得她说话的声音与笑的声音格外引人注目,声音均是那种有所收敛的,在心里滚动着,到了唇边,便收紧了音色,有一种放纵之前压抑而自然的女性中音色彩。

陆重篱的眼睛猛然一看,是属于那种略显偏大的一双,由于双眼皮的皱折过于隐匿,因此,当她的眼睛往下看时,眼睛是细长的,不大的,往上抬起来时,那两道皱折便忽然加宽了眼睛的比例,所以,眼睛里的目光又是狂野的,而再低下来时,却又是那般古色古香地沉静。

在校艺术设计大赛中,有一幅挺有意思的画像……林之夜猛然想起了他看到过的那幅淡绿色的水粉画。

是的,那是我自己的画像。陆重篱快速地回答了他的疑问,目光里闪烁着完整的内敛的忧郁和亲和,黑色的眼眸几乎要完全遮住了打底的眼白,因此,那黑色的眼眸上所汇聚起来的来自外部世界的一切影像,均放大了来自她内心深处的最隐蔽的私密情感。

我要交作业,也算是给儿时的自己圆一个梦吧。陆重篱解释了她为什么没参加雕塑展而是参加了绘画展的理由。

还在画吗?林之夜问陆重篱。

一张就够了。陆重篱固执而自信地答道。一张就够了。陆重篱答。

当时,陆重篱是迎着路灯光的,她的皮肤由于光线的作用时而变得白而细腻,时而又变得乳黄而暗淡,在锁骨挑起的部分,这两种肤色紧挨在一起,自然产生出来的强烈的对比度使她的形象显示出宁静的光华。

这正是林之夜想象中的夜色女子。

我在学院的礼堂里看过你的油画,色彩很暗淡,你是,从小就很喜欢这种色彩吗?黑灰色的那种?陆重篱问林之夜,同时,用一只骨骼不太明显的微胖的右手按住被风吹乱的头发。

还好,我不排斥任何颜色,这要看我在画的时候具体想到的是哪种颜色。林之夜回答了陆重篱,只觉得自己的肌肉在一阵阵拧紧,仿佛正伫立于阿赫拉顿法老的诗意之思维的灵柩之上,所有的空间与时间的色彩相融流淌,成为他眼前所触碰到的这个世界。

今年的大学生艺术作品联展马上开始了,你准备了什么作品?陆重篱问。

　　此时,他们正随着大家在江边漫步,准备一起到江边的某个酒吧彻夜狂欢,那是一家不限时的酒吧,只要有一个客人都不会关门停止营业。

　　还没有想好,正在想。他回答她。

　　是吗? 时间太紧了,还有一个月了。听得出,她是真心为他着急,一双纳菲尔提提式的眼睛在江水边转动。

　　没关系,现在已经想好了,一个不错的构思。他说,似乎诗人法老阿赫拉顿的活面具正从古老的埃及金字塔中飘来,恰好随着一阵轻风吹贴在他的脸上。

　　是吗? 真好。到时候我一定去看看。她低下了头,一幅放心的样子。

　　不过,我要是请你来当我的"活体模特"你不会反对吧?他半开玩笑半认真地望着她。穿衣服的那种? 陆重篱抬起头,眼睛忽明忽亮。

　　当然,隔着衣服也能看到世界的局部。林之夜用了一种诗意的眼神。

　　对,这也正是我想说的,依我对你的感觉,你应该搞——服装设计,而不是搞油画……陆重篱几乎是以老师的口吻说出这句话。

　　为什么? 我觉得挺好的。林之夜苦笑了一下。

　　我说的是实话,你还想听吗? 陆重篱认真地望着林之夜。

　　说说看。

　　你对平面构成缺乏充足的想象力,也就是缺乏立体构成的差异性,所以,依你对色彩的敏感度,对线条的平衡感,你要是从事服装设计,应该要比现在的处境好很多。陆重篱笑了,这样一来,他们的感觉便亲切起来,似乎他们已经讨论过无数次这类话题。

　　那你还来当模特吗? 林之夜问。

　　那当然。陆重篱将心比心地回答了林之夜。

　　但事后,陆重篱只是托魏一委给林之夜送来了一张近照,照片中,她端坐在地上,一堆黄色的泥巴堆在她的眼前,她的眼睛微微朝上,头发从脑门上倾斜下来,脸部的阴影因此而被扩大,轮廓很好的一张照片,表情也流露出恰到好处的孤独感。林之夜对着照片开始创作他的服装设计初稿,他有一种很强烈的想要为陆重篱制作服装的冲动——桔色立刻进入了林之夜的大脑。是重金属和桔色的混合体,林之夜的草图很快就出来了。他想让陆重篱看看他的设计效果。但是,林之夜并没有找到陆重篱,陆重篱外出了,离开校园有一阵子了,说是去写生。

　　在往后,林之夜有很长时间没有看到过陆重篱,听说她回到学校后又在忙着准备联展作品。

她是在躲我？还是真忙。林之夜禁不住在心里发问。

某次，他刻意拿着一本服装设计画册去雕塑系找过陆重篱，但没找到她，听说她和几个朋友一起到郊外去爬山了，这倒是新鲜，陆重篱去爬山。林之夜便忍不住翻了几张陆重篱的速写，很快，他就笑了，在她的速写里，他捕捉到了她对构成的迷惑与困倦，他发现，陆重篱喜欢立体感十足的东西，比如建筑，雕塑，岩画，但是对一种不得不利用平面来展开的立体的东西她也显示出了轻微的失衡，比如摆在桌布上的鲜花与水果，或者一棵立在无风中的树，她的笔并没有出现他所希望出现的那种以瞬间来控制永恒的狂妄，对于平面中的立体的迷茫正是很多女性与男性画家之间的最大差别，而掌握这种平面中所不得不展现的立体感才是考验一个画家的基调所在。

怪不得她要学雕塑。林之夜明白了陆重篱的倾向。

之后，林之夜激动的情绪略微有所缓和，也正是在这种预料中的缓和情绪里，他完成了他的参展作品——《透视·桔》服装系列。与乐坪市美院那些早期的绘画作品相比，这次，林之夜的服装设计作品显示出成熟与执着，对色彩的运用达到了一种激情喷射的状态，动态的棉纺织品和硬朗的异域情调配置被分为舞、歌、诵和思四组，画面中的女子在桔色的裙摆中显示出一种极度的颓废美。

凭借这幅油画，林之夜在美院里获得了自己新的地位。在获得这个新地位的同时，一个不太准确，但却足以让他彻夜失眠的坏消息传进了他的耳朵——陆重篱早就恋爱了。

就在林之夜翻来覆去正在考虑是否要亲自到雕塑系去证实一下时，陆重篱来找了他。那日一个夜黑风高的夜晚，似乎台风马上要来，窗户缝里咝咝咝地传来一阵阵被风欺压的紧迫感。正当林之夜冲着天花板翻着一对白眼球时，陆重篱在宿舍外面低声叫着林之夜的名字。兄弟们正鼾声大作，翻着年轻的身子。那一刻，林之夜以为自己走进了现实版的"聊斋"，他带着被神化的气质为陆重篱开了门。

陆重篱的身后跟着另外一个男人，在昏暗的楼道里，她的脸上显示出自信而温柔的笑意。

男朋友（并没有在前面加上"我的"二字），耿鹏，来看我，在您这儿借宿一晚。陆重篱轻声介绍道。未等林之夜说点什么，陆重篱已经举起小手对着他们挥挥手,走了。再见,你们聊。她说。

我们聊?林之夜的手还放在门框上,一股不愿接纳陌生人的气流从他的鼻孔里冒出来,这时,耿鹏已经瞌睡得低着脑袋弯腰进了宿舍。

嗯,跟我想象中的一模一样啊。耿鹏感慨地说。

林之夜本打算让耿鹏睡在他的床铺上,然后,他去其他哥们床铺上挤一挤,这时,耿鹏又发话了。

算了,一走路,瞌睡虫也跑了,坐会儿吧。耿鹏建议道。

行。可以。林之夜果断地回复了耿鹏。

那天夜里,林之夜了解到,耿鹏是广州一家五星级酒店的总经理,年薪高达30多万,简直可以说,正逢事业的高峰期。因此,耿鹏的言谈举止因为长期受着酒店礼仪的浸泡而透出一种广告模特的儒雅。正是这儒雅损伤着林之夜对耿鹏的认可与高估,一个被礼仪"架起来"的男人,林之夜在心里嘲笑陆重篱的男朋友。也许是看出来林之夜极力掩饰起来的的愤懑,耿鹏极有礼貌地为林之夜递上了数根熊猫牌香烟。

在两个人的烟雾缭绕间,耿鹏一一看看了林之夜,甚至是其他舍友的部分画作,之后,耿鹏的大拇指和食指在林之夜的部分画框上"咔嚓"一合,以枪毙的形式完成了他的油画欣赏之旅。

挺好,真的,就是不能卖钱,太可惜了,这个时代需要的已经不是画家和其他类型的艺术分子,这个时代需要的是企业家和经济家,真的,太可惜了,你们生错了时代。耿鹏的口头禅是"真的",每说一次,他的眼睛都会无比诚然地盯住对方。看得出,他很自信,也很充实。更为奇怪的是,林之夜这时才发现,就在他们的谈话间,耿鹏的手里正翻着一本厚厚的中国最有名的某电器品牌总裁所著的《论现代企业的核心竞争力》。

真的,我看的出,你和我一样,也喜欢像她这种类型的女孩子,可惜,我近水楼台先得月了。耿鹏哈哈哈爽朗的笑着,耿鹏向林之夜透露了他与陆重篱恋爱与谈婚论嫁的全过程。我们两家是世交,两家只有我们两个孩子。我们从,怎么说呢,我和陆重篱,可以说,从学说话的时候就开始"谈婚论嫁",我的父母甚至认为,我和谁结婚都是和陆重篱结婚。说到这里,耿鹏的右手食指优雅地向上翘了翘,一截灰色的烟蒂顺势掉进他左手早已做好准备的一筒报纸卷里。

耿鹏和陆重篱这种比铁还硬比金子还贵比珍珠还白的关系,只能让林之夜无言以对。

耿鹏长得不算差，甚至可以说是当下的时代很认可的那种男人的干净与潇洒，方脸、完唇、方肩、长腿，走起路来直挺挺的，像是一棵会说话的树。林之夜盯住这棵树，不知道像陆重篱这种女子为何会轻易落在像他这么干净的树枝上？

爱不一定得到，真的，看得出，你跟我不一样，你是艺术家，我是金钱家，我们在时代的脉搏里一起跳动，你不能否认我存在的价值，我也不能随意贬低你的艺术，真的，让我们把一切都藏在心里吧，藏在心里……但我还要老老实实地告诉你，普天下所有中国青年，年轻气盛的时候，谁不想当个画家诗人小说家？尤其是哪些语文成绩特别突出的人。怎么样？长大后，他们又都在干什么？是不是往往生活社会的最底层呢？所以，我认为，艺术是个无形的东西，要想在这种无形的东西里劳有所得，恐怕搭上身家性命也未必得以实现。所以，我选择退出，做你，和陆重篱这种人的经济后盾，真的，这也一种理想，对吗？你无法否认，也无权否认啊，兄弟。耿鹏对林之夜说。

谁他妈中了邪了跟你是兄弟。林之夜恶狠狠地骂了一句。

耿鹏走后，林之夜开始有意无意在学院的各个角落里碰见陆重篱。陆重篱一次比一次穿得鲜艳异常，各种民族风格的丝绸图案分门别类飘在她静止或是正在活动的身体上，而她那双眼尾平直的眼睛总是可以在人群之中为林之夜送上遥远而如梦如幻的注视。林之夜分不清楚，通过陆重篱的注视，他是应该拿起阿赫拉顿法老从云团上传递过来的一把利剑去"结果"了陆重篱的男朋友耿鹏？还是像陆重篱一样，始终一言不发，等着她的男朋友耿鹏从那团云彩中自行飘散？

等待也是一把利剑。

在漫长的等待里，兄弟们的女朋友从其他学校里飘来飘走，床上的异性换了一层又一层，唯独林之夜，像跌落在爱情建筑里的一根钢管，支撑不了自己的重量，也支撑不了陆重篱带来的微妙的抛弃。林之夜开始失眠。严重地失眠。在漫长的夜晚促使他更加渴望进入白昼的光阴时，他在白昼里也享受着梦境带给他的茫然。当然，失眠的后果是林之夜看上去要比在乐坪市生活时显得溺弱，他的脸色过分地苍白，而食欲也开始大减，看见肉，总有一种想吐的胃灼感。

有一次，林之夜看见陆重篱和一帮雕塑系的兄弟们从美院大马路的某个转弯处走过来，陆重篱穿着一条印满了黄色和白色相间的野雏菊的长裙子，手里和其他人一样正小心翼翼地捧着她的雕塑模型，手被泥巴糊住了，露出两截白手腕,黄色的泥水从手腕上滴下来,沾满了裙子,说说笑笑地从林之夜对面一侧的马路上走远了。当时,林之夜正好站在马路另一侧的小商店里"看风景",他喜欢在下午太阳快落没的时候,从一批正在转暗的光线里去寻找他认为可以到达心灵底部的人与物,这是他的下午,树和人影在他的眼中晃动,天色在晃动里渐渐显出寂寞的神情,隐藏在林之夜内心深处的孤独感在这种真实的渐渐转暗的寂寞里软软地摊开,那种时候,他离想象中的复生又近了一步,真是可喜又可贺。

正是在那种重获灵感的瞬间里,陆重篱出现在林之夜的视野。

陆重篱走在一排树底下,和一群人,黄色的泥巴水从她玉白色的手腕上滴下来,一直滴到林之夜的眼睛里。待陆重篱随着人群走远后,林之夜才默默地可笑地用自己的脚印在她的脚印上,细细地观察马路上一溜黄色的泥巴点子,它们印在马路的柏油路基上,显示出黄色的寂寞与孤单。林之夜死死地盯住那些泥巴点子,感觉一种逐渐凝聚起来的新的失而复得之意又慢慢地印进了他的双眼。他回想来了,她的手中捧着的正是翻版于她自己的"一樽泥雕",多么像沉寂于墓园的纳菲尔提提啊……他们应该是结伴到石膏房里去倒模,因为担心泥模会开裂,所以,才在泥模上不停地洒水,而滴在柏油路基上的这一溜子黄泥点子,正是从"她身上"滴下来的,林之夜忍不住一阵颤动,从脚到脑,那泥点子击中了他的绝望。

有一天,林之夜做了一个梦,在梦里,他竟然虚伪地当了陆重篱的"伴郎",一心一意为她打扮迎娶她的花车,往车前灯上缠着新鲜的百合花藤蔓,这心酸的梦境终于干扰了他掩饰了很久的失恋之情,他去找了魏一委。

这些事情,在魏一委的眼中一毛不值。魏一委正在争取留校,所以手中捏着一大把名片四处联络着找私单挣外快,准备挣点钞票去孝敬学校的元老派们。听完林之夜的倾诉,魏一委摇摇头拍着林之夜的肩头苦笑不得,我说,兄弟,听我一句,世上没有孤品,只有仿真品,如果苦苦作恶硬要将仿真品当成是孤品,哥儿们我只有跟你散了得了……听我说,哥们,咱们兄弟难求,女子易得,人世间,还真就有那奋不顾身的好女子,你还别不信?陆重篱,陆重篱是个什么人?我追求她的时候恐怕你还抱着别的女人发春梦呢,我告诉你,林之夜,不是兄弟我不提醒你,是兄弟我也曾遭过罪,受过难。别看陆重篱一副风情万种携日月之光辉带大地之精华的高贵样儿,你等着吧,她不属于我们这类人,不属于我们这种来自于底层的农民艺术大家,我们的英雄怀抱承载不起她对我们的厚望,她不是生长在我们这堆臭泥之上的一朵荷,她是天上飞的鹅,兄弟,放手吧。魏一委这一番推心置腹的谈话断了林之夜想要去找陆重篱谈判的念头。

紧接着，魏一委从其他系，或者是其他学院里，朝令夕改地为林之夜领来了几个"奋不顾身"者，林之夜一看，完了，时代变了，真是有这样的女子，一见面，连名字都分不清楚，就呼轰轰爱不爱的扑上来了。林之夜放弃了这些恶俗之极的社交活动，而另一方面，这些被他拒之于门外的鲜明女子，又引起了他更多次的逆精现象。林之夜迫切地希望自己可以做到守节。

在林之夜守节的过程中，已经快毕业了，陆重篱又来找了他一次。同宿舍的兄弟们找工作的约会女朋友的托导师考研的外出捞钱的去找妓女的，个个不在，独林之夜一个人在色彩里犯困。他想在走出美院之前创作出一组有关丝绸时装的系列草图。

你好，不会不让我进来吧？陆重篱在林之夜沉重的思考里破门而入。

林之夜从床铺上惊得跳了起来，草图从桌子上掉在脚下，他慌忙拣了起来，为陆重篱让座。你怎么来了？他吃惊地问她。

不欢迎我？她说，一副欲坐还走的神情。

不，只是没想到。他恢复了他的守节情绪。

之后，陆重篱再也无话，一股压抑而灰暗的气氛围绕着他们。毕业后，也许他们将永远无法相遇。也许，还有比这更糟糕的事情等着他们去处理。在林之夜为陆重篱泡茉莉花茶的空挡里，看着林之夜清规戒律的表情和瘦弱无比的身子，陆重篱的头弯垂下来，放在林之夜的设计草图上，哭了。

那一夜，林之夜搂住陆重篱，在他的小床铺上睡了一夜。也正是那一夜，陆重篱在他的怀里对他说，她什么也没有了，她短暂的人生终于在她所料想的长度上划上了她生命路线上的第一个句号，那个耿鹏即将迎娶她最好的朋友方华，也就是他们从小一起玩大的另一个从"学说话就开始谈婚论嫁"的女朋友……就在昨天夜里，她还和方华睡在一张床上，回忆着同一个"耿鹏"，可惜，她已经是一个过去式，而方华却变成了将来式。

我昨天夜里和方华睡在一起时并不觉得我有多么痛苦，事情既然已经降临，就照它降临的样子往前发展好了，陆重篱说话的哭腔里带着松弛下来的苦痛，可是，我坚决没有料到，回到学校后，我会感到如此痛苦，我不停地回忆昨天夜里我跟方华睡在一起的情形，想着我们之间的谈话，我憎恨方华的心机，也憎恨自己无知甚至是蠢笨的大度，现在，我憎恨我自己。陆重篱说。

套句老话吧,旧的不去,新的不来。林之夜安慰道。

……陆重篱失神地看着林之夜。

方华背叛了我,我竟然毫不知情?还在跟她说,耿鹏是多么出色,我简直,是个笑话你知道嘛,我现在就是一个笑话。陆重篱伤感地笑了。

可能,她,方华也是不想的。林之夜又安慰道。

对,她说她也不想。也好,耿鹏也背叛了我,这倒是我早就料到的,我们终归不是一路人。陆重篱幽暗地说。

但可笑的是,他们两个人合伴背叛了我,合伙你懂吗?像做生意一样背叛了我,真是可怕,我还能忍受,还能按照方华的意思接受她的道歉跟她睡在同一张床上,跟她整夜讨论她的同谋耿鹏?我这是怎么了?陆重篱不解地说。

这种事,忘记比什么都重要。林之夜给陆重篱递上了他的大件茶杯。

后来,当兄弟都离开宿舍后,林之夜抱着陆重篱,轻轻的,几乎是礼貌的,一起躺在他的床铺上,他的铺位刚好靠窗,而且是下铺,这个拥抱和合卧而眠的动作就显出了没有性别意识的自然。

再后来,夜就来了。无声无息的夜色笼罩着陆重篱的眼泪。林之夜真希望自己有点睡意。但他却异常清醒,考虑如何减轻陆重篱身上传来的疼痛。然而,一整夜,亲密的信息一直没有传来。陆重篱的身体被一条光滑而火烈的丝制长裙包围着,丝绸上印着抽象的兰,一种绛紫色和深红色的双重色泽调出来的丝制布版,也许是加了龙的,还能在偶尔的挪动中产生片刻的静电。总之,林之夜与当时的陆重篱隔着一座朴素的爱的染坊。

人与人之间,要怎么样,才能产生爱情?林之夜问自己。

涉及到爱情,林之夜的胃忽然感到一阵灼热的酸楚,如同空腹吞下了一堆柠檬软糖。

那天,一整夜,林之夜都被一种清澄的绝望控制着,有关陆重篱的所有回忆翻进他的胃里,蠕动着,抽拧着他对时间的感知。直到清晨,光线从室外的窗户上打进来,照在陆重篱的脸上,由于一夜的倾诉,陆重篱的脸上留着痛苦和不解的泪痕,他很想抚摸一下陆重篱的脸,但是,他放弃了,他的手刚一碰到陆重篱的脸,陆重篱就惊叫了一声,似乎他是一个天外来客,而不是拥有温暖怀抱的贴心的暗恋者。紧接着,陆重篱用手按住了自己的嘴,将自己放进林之夜的怀抱,朦朦胧胧带着新的泪水睡了过去。

　　也许,这就是一种深刻的罪责到来的时候,陆重篱的头,在林之夜的怀里转动了一下,想在睡眠里改变一种舒服的姿势,这样,林之夜便看见了陆重篱身上的另一个部分,左耳,一个细腻而透明的物体,正迎着大批上传的光线形成一种婴孩般的奶黄色,陆重篱的耳廓如此透明,在色泽里产生自然的反光,阴影部分小而转暗, 让林之夜感受到了自己的微弱。林之夜轻轻地吻着陆重篱安静的头发,和左耳,一阵接着一阵的温暖渗进他的胃里,让他觉得,一个男人先于一个女人而爱上对方,这没什么不好。林之夜搂住陆重篱身上的那堆兰,搂住一袭光滑而火烈的丝绸,好像有无数个自己的作品在荒野里奔跑般流畅,事业一词就这样降临了。他需要进入男性的事业期。

3 第三个女子在草图里降临

第一眼，林之夜对童妮毫不在意。那段时间，他正在实行彻底的自我斋戒，从食物到身心。自从失去与陆重篱的联系后，林之夜开始信奉素食主义。回到湖北的陆重篱像空气一样缠绕着林之夜，也像空气一样与林之夜保持着呼出的平衡感。没有了吸入，本就飘乎不宁的陆重篱控制了林之夜的日常生活，当然，也增加了林之夜对服装设计的征服欲。托陆重篱的宏福，林之夜从广东美院出来后，直接应聘到深圳龙岗一家服装公司任设计总监，这家服装公司的名字叫露茜·爱，在一幢六层高的单体建筑上，露茜·爱的霓虹灯成环形跑道般运转，白天，这些字是水蓝色的，像海藻一般漂浮在一层纯白色的汉白玉石上，夜晚，这些水蓝色的字体又如同沉默寡言深居简出的大家富贵透出一股慵懒的气息与汉白玉石上的黑色天然线条浑然一体。在几百份投来应聘启示的设计师队伍中，幸运的气泡从林之夜的嘴巴里吐出，这也是露茜·爱的幸运，对服装艺术抱有理想色彩的设计师在深圳是并不多见的，当然，还要同时俱备高超的速写功底、对服装色彩最为敏锐的嗅觉能力和对潮流与反潮流的把握力度。

当林之夜坐进自己的设计工作间时，陆重篱像钉在大型设计桌面下的一枚铁钉钳入了社会的木制层面。陆重篱义无反顾地回到了武汉。

离开长江，我就是一盆污水。

陆重篱在来信中对林之夜描述了她回归故里的感想。他们之间维持了几个月的书信,在某个下着阴雨的早晨中断了。直到下一场阴雨来临后,林之夜再也没有等到陆重篱每周一封贴着各类花草图案的邮票。陆重篱在最后一封来信中说,我真傻,恋爱如同江水,拖泥带水混合着鱼腥,但被人所爱却是不同,如同温泉,回味起来无不时时解乏……

我的个祖奶奶哦,年青女人玩起失踪来搞得你不好再步步紧逼的。

在这封来信后,陆重篱失踪了,再也没有以任何方式与林之夜联系过。直到林之夜遇见童妮,陆重篱才又像聊斋女子一样卷起她的那堆帐幔开始重新眺望林之夜的生活。

其实,在来深圳立足之前,林之夜和魏一委找到了陆重篱的男朋友耿鹏,在耿鹏和方华即将踏入婚姻殿堂的前夜,林之夜和魏一委把耿鹏给打了,确切地说,是守候在五星级酒店的大堂里,将进入电梯的耿鹏拉出来,放在大堂的沙发上重新解构了一番。受到袭击的耿鹏用白纱布吊着一只胳膊找到了广东美术学院教务处。

你们学校有两个修养很差的学生,这样的学生到了社会上,不仅会败坏你们学校的名声,而且会毁掉所谓的艺术。耿鹏在教务处说。

这样一来,林之夜和魏一委的毕业证被学校暂时扣了下来。拿到毕业证的首要条件是林之夜和魏一委必须在全班同学的面前公开向耿鹏道歉。

他大爷的,给他道歉,还不如让我给他捏个泥巴小人儿。魏一委火了,一脚踢开身边的一堆泥雕,拉起林之夜就奔向了五星级酒店。这一次,耿鹏的保安一眼便认出了他们俩,未等他们进入电梯,保安已经派人将他们带进了一间特殊的会客室。

进去后,仍然吊着纱布的耿鹏冲他们俩笑了。

怎么,还有点胆识,能玩点真的。这次,耿鹏的熊猫牌香烟换成了英式雪茄,咖啡色的雪茄看上去像是烧焦的惊叹号一样架在耿鹏的嘴唇间。

怎么,还是坚持不道歉? 耿鹏笑着,表现着他星级般的修养。

去你大爷的道歉,魏一委昂起胸口,被林之夜按了下去。

说吧,除了道歉,你还在乎什么? 林之夜试探性地问耿鹏。

聪明。既然这样问了,你当然知道我最想要的是什么。耿鹏拿开雪茄,露出一个满意的生意人的笑容。

这次不愉快的谈判,是以陆重篱的出现来收场的。在耿鹏和方华即将举行婚礼的前夜，陆重篱也从湖北来到了广州，这是一次被动＋主动的"回访"，在接到方华的邀请时，陆重篱曾经不屑一顾地将那个印着大红"喜"字和附有方华亲笔书信的来函撕个粉碎，但最终，她弯腰从一堆碎片中重新粘好了耿鹏和方华的名字，这两个并排站在喜帖上的人，既刺激着她的神经，也考验着她的耐性，正如方华在邀请函中诉说的那样：你来了，我和耿鹏才会过上正常人的日子，才会在时间的转盘里把那颗称作为"良心"的黄豆磨成豆奶……作为从小一起玩大的"三人帮"，陆重篱觉得自己应该像小时候那样，悄悄地把自己留下来的糖果毫无介心地分给这两个背叛者。所以，陆重篱启程来到了广州，为抚平背叛者的良心，陆重篱的脚步在带着伤害和奇异的探求中落在了她熟悉透顶的五星级酒店。

在五星级酒店里，当陆重篱看着林之夜和魏一委在耿鹏的浑身上下挥舞拳头时，她忽然爆发出像糖稀开锅一样的大笑。相信正是陆重篱的这种大笑激怒了耿鹏，这个被礼仪包裹成儒商的前男友向广东美术学院施压了。

本不想再见林之夜的陆重篱在事发之后不能装聋作哑，作为调解人，她推开了耿鹏特殊会客室的双开玻璃门，这是她熟悉的场所，更是她熟悉的味道，旧情人的场所，破碎了的味道，被人扔进垃圾的味道。

你们走吧，我来了，也就不需要你们了。陆重篱对林之夜和魏一委说。

不需要？也对，现在看起来我们倒还真有些多余。魏一委火气未消地回敬了一句。林之夜默默地走出了会客室。魏一委无奈地跟了出去。

说吧，我说点什么你才会放过他们俩？陆重篱温柔地笑了一下。面对这个温柔的看上去并不是刻意假装出来的笑意，耿鹏夹着雪茄的手在茶几上抖了抖。

这事跟你无关。耿鹏生硬地说。

是嘛，那跟谁有关？陆重篱今天唱的是旦角，眉眼还是含着浓情厚意的。

不说这件事好吗？耿鹏也不示弱。

像中国人不提长江一样吗？陆重篱为自己的借喻低声笑了，但笑声仍然是温柔的，因为她总是忍不住要盯住耿鹏脸上的某处瘀青，还有那只曾经被她挽着现在不得不吊上白纱布的胳膊。

别这样笑好吗？耿鹏也笑了，仿佛他和陆重篱之间又在此时恢复到了恋爱时的状态。陆重篱俯身向前爬在耿鹏的肩上"叭"地亲了耿鹏一嘴，然后似笑非笑地说,祝你幸福!

是的,我的个祖奶奶哦,祝你幸福后一切便归于平淡了。反倒是耿鹏和方华,婚宴推后一个月后好像什么都接不上茬了,菜品换了,礼服换了,场地换了,客人也被天时与地理弄乱了,再就是扔出去的玉兰花束因为用力过猛不偏不正地打在一个男士头顶,入了洞房又被保安部的几个下属用皮带将两个人的屁股抽出了几条肉道道,弄得在红绸床罩上爬了一夜。回想起陆重篱临别时送上的那个香吻,耿鹏总是忍不住要骂一句:我的个祖奶奶哦,我是遭了报应了。

在耿鹏和方华欢度新婚的时候,林之夜已经背着一包草图来深圳的露茜·爱服装公司上班了。把林之夜从广州请来深圳上班的,正是露茜·爱服装公司的总经理路晓莉。路晓莉是梅州人,皮肤幽黑而细腻,额头高耸,眉骨高挑,眼窝深陷,双嘴唇配套地有着突出的棱角和红润,因为留着很潮的短卷发,左耳朵上穿着两个孔,分别戴着一金一钻的两只环状小耳环,走起路来骨骼弱小而均衡的身材比例又给路晓莉的背影增色不少,所以,路晓莉在深圳的服装界有一个小范围的称号"黑珍珠"。"黑珍珠"从上千份传致公司邮箱的草图中看出了林之夜急于想要摆脱穷酸的急迫感,这是正在急于转型的露茜·爱公司最需要的天才型设计师种类,在他们成名之前,抽空他们上半生所积累的所有灵感。

毕业证呢?路晓莉问林之夜。

没发。林之夜回答道。

哦,有,还是没有?路晓莉又问。

有,回头发。林之夜又答。

哦,明白了。路晓莉干脆地笑着,仿佛看穿了林之夜在学校所扮演的所有角色。之后,就把林之夜带进了那间放置着大型设计台的工作室。

就坐这里好了,这里产生了很多服装界的精品,你继续好了。路晓莉说完后,从背包里掏出几包上好的法国进口香烟放在工作台上,又顺口说,欢迎你的加入,希望有一天,我们的服装能够像这些香烟一样走进法国。

法国离林之夜从来没有如此亲近,我的个祖奶奶哦,裤腰带都快磨破了,还是先孝敬孝敬自己再说。林之夜支着胳膊肘坐在设计台边吸了一阵法国烟,之后,就开始俯身工作。

毕业后的生活正式开始了。

不久，魏一委找上门来。不想回山东，也不想呆在广州混世界的魏一委在露茜·爱公司的设计工作台上抽着路晓莉送给林之夜的法国烟。

屁，还是中国烟香最地道，什么法国货，充其量也就是给假贵族们准备的，抽起来不疼不痒的，没有男人劲儿。魏一委从大嘴巴里抽出法国香烟扔进垃圾桶，从口袋里掏出一卷报纸和莫禾烟，几根粗大的指头蛋子灵活地卷着烟卷说，哥们就你一个兄弟，我不投靠你我投靠谁？再说了，搞服装设计多好找工作呀，雅俗共赏的一个美差，雕塑可不一样，过雅，寒，社会不好接纳，所以，兄弟我混了好几个月，差点没到医院去背死尸啊。话说到这个份儿，林之夜只有把魏一委安顿到自己在公司附近租的单间里暂时住着。

行，有你这么个兄弟，不愁挣不到大钱。魏一委躺在林之夜1.2米宽的床铺上，两条长腿马上拧成了两圈麻花状，看上去，安逸而自得。

直到连续花完林之夜第三个月的月薪后，魏一委也没有找到正式工作。苦闷而烦躁的魏一委买了一张深圳市区图，两只眼睛像放大镜一样开始在地图上不停地搜索。最后，魏一委的圆眼珠子往竹子林那里一瞪，大叫起来，唉，我的兄弟啊，我真是蠢啊，怎么把竹子林这块风水宝地给忘在脑勺背后了，这可是深圳的雕塑基地啊。把地图一收，魏一委直奔竹子林。

一个月后，当林之夜和路晓莉正在为一组纯白色的职业套装设计稿争论不休时，魏一委领着深圳宝安区《春海》杂志社的西原来看他的兄弟林之夜。可以说，他们来的正是时候，正是路晓莉觉得固执将会毁了林之夜的设计前途时，这两个活宝出现了。

唉呀，你们老板长得真是火啊。魏一委毫无顾及地表扬了路晓莉。

在魏一委的眼里，路晓莉就是那种在克制中飞扬不定的女性，打扮时尚而不俗气，眼神灵敏而不含糊。当然，深圳文化圈里较有名气的"矮种马"的出现，多少让大家感到与深圳这座城市又近了一步。

后来，林之夜才知道，魏一委加入竹子林玉雕龙雕塑制作有限公司的第一单生意就是为西原所在的杂志社雕刻一组龙，中华柱上缠绕着一条从天而降的玉龙（当然是仿玉的，不是真玉），钳了金粉的龙，是杂志社用来表彰那些赞助商的年终奖杯。这样一来，到玉雕龙来取货的西原马上就和雕刻玉龙的魏一委怀抱在一起，神形兼备的龙，让西原和魏一委相见恨晚的不得了。魏一委当日就带着西原来到了龙岗的露茜·爱,魏一委对西原说,带你去见我们的一个自家兄弟。

那天夜里,林之夜,魏一委,还有西原,被路晓莉请到了一家温州酒家吃了一顿海鲜,九节虾的虾壳卡在喝多了二锅头的魏一委的大牙上,魏一委便把大脑袋伸到路晓莉的胸脯上说:都是你害的。

事隔不久,西原从宝安打来电话,邀请林之夜到宝安参加《春海》杂志社举办的一场大型诗歌聚会,在这次诗歌聚会上,林之夜邂逅了童妮。

在社会实践控制了林之夜的那些天里,朴素而内秀的童妮像三月的轻风一样梳理着林之夜纷乱的思绪,在爱情的世界里,林之夜是一个难以预测的人,他的方向高而杂乱,只有上帝才会动一动剪刀去帮他修剪那些杂而纷乱的思想枝丫。令人感到温暖的是,对林之夜来说,童妮不是一把剪刀,而是一把刮胡刀,伤不到他的脸面,还能清理他满目的混杂。

在宝安遇见童妮的那个夜晚,林之夜正长时间地陷入一种不能自拔的矛盾当中,因为看不见,或者是听不见陆重篱的任何形象存在,有时候,林之夜甚至怀疑自己当初为什么要在听了陆重篱的建议后由油画专业转入服装设计专业?这是一个爱情的阴谋吗?还是指路者?有时候,林之夜从抽屉里重新翻出陆重篱之前写给他的那些信,他真怀疑那温柔的笔调,含蓄的语言,克制的情绪是来自于另一个他所深爱的女性,陆重篱的信带给林之夜另一种虚无缥缈的女性的天真与诱惑,这种天真是林之夜所希望保留的,又是他希望尽快成熟的,这种诱惑即是林之夜希望在字里行间闪烁的,又是他需要在自己的字里行间隐蔽的,因为他不能在毫无防备的情况下,完全地将自己的身心彻底暴露给陆重篱,所以,陆重篱也在每一封来信里保持着过度聪慧的警觉。这多少是男性世界不需要的一种失落。

然而,服装设计专业又确实给他带来了生活上的保障,这便增添了林之夜的另一种矛盾,是不是离现实越近,离理想就会越远呢?

在退却的浪潮里,出现了童妮。羞涩,不自信,内敛,而沉重的一个小女人。穿着裁剪合体的月白色连衣裙安静而时刻想着逃跑的坐在人群的边沿,倒是引起了林之夜的另外一种柔情。

你常来吗?这是林之夜对童妮的问候。

不常来,不过,挺有意思的。童妮答道。

当然,因为还存在着彼此的反对与倾听。林之夜接上了话题。

还有罕见的诚意。童妮望着林之夜,整个目光里都是纯粹的认可。这就够了,这类目光,在这个圈子里,林之夜觉得它足以吸引自己对另一个独立的世界进行探究。可以喝点儿吗?林之夜拿起酒杯邀请童妮。

有什么特殊的意义吗?童妮笑了,是一种随意的很善良的笑意。

为我刚刚认识了一个人。林之夜端起了酒杯一饮而尽。

在最原始的碰撞里,一位男性与一位女性的眼光在浪费里奔向开端,在开端里寻求碰撞。林之夜不由自主地想,这是一个很年轻,但是看上去却很成熟的小女子。

之后,林之夜在月色里看见了童妮露在外面的完整腿部,不是有意,是无意。当他在西原的叫喊里,再次起身为每一个新人斟酒时,北京红星二锅头从酒瓶口子里溅出来,滴到了童妮的腿部。这么写,并不是告诉读者,林之夜就是一个天生的色狼,而是说,那些白色的酒液,在不该溅出来的时候,不听使唤地溅到了一个不该被酒淋湿的人。

酒溅在童妮的腿部时,并没有引起其他人的注意,大家都在叫喊,都很激动,尽管这样,童妮仍然满脸通红地用右手扯住裙子的一角,拼命掩饰露出的腿部,那只不过是裙子本身所设计出来的一个开叉部分而已。

一道玉白色的影子在月光与日光灯里一闪,长筒丝袜上透着不可形容的光泽与浅米色,这是一种久违的色彩,皮肤的色彩,自然而富有灵光再现的细腻,让人惊喜,也让人惊讶。

一个人来的?林之夜隔着喧闹问童妮。

童妮侧了侧耳朵说,对。

随后,一个非常绝望的瞬间忽然像一块从天而降的毛巾一样遮挡在童妮的整张脸庞上,但很快,一个畅快的想要极力融入到聚会中的表情替换了那层绝望,取而代之的又是一个随意而善良的笑。林之夜的心突地跳了一下。

童妮就坐在林之夜的对面,面上的红润已经退却,看上去,她是如此不堪一击,如此手足无措,如此隐忍弱势,如此思前想后,却又如此明暗分明,时而浅笑,出于真心的;时而又沉默不语,为了别人的那些讨论;时而又失去目标,失神望向另一个地方,试图用她看到的某个地方来提醒此时她所在的位置与人群;时而又插进来说上两句,恰到好处地表达着她的主张。

这一夜,林之夜对童妮产生了极微弱的爱,但不是爱情,更不是性爱。

没过几天,西原便请求林之夜为童妮找份工作,或者到他所在的服装设计公司做文员也行。林之夜满口应允了下来。并且慎重其事地向路晓莉推荐了童妮。

女朋友? 路晓莉回头用灵机的眼睛打量着林之夜。

嗯,还不是。林之夜急忙解释道。

有什么特长吗? 路晓莉又问。

特长,用你们招聘的专业术语讲,就是具有较强的文字功底。林之夜想一想说。

不错,行,我们露茜·爱确实缺少必要的包装与宣传。路晓莉留下一个意味深长的笑,在林之夜的肩膀上拍了拍,离开了林之夜的设计工作室。当然,临走之前,她仍然习惯性地往林之夜的工作台上扔了几包香烟,这次是来自香港的茉莉香型女式香烟,细长的腰身,超长的过滤嘴,尼古丁含量极低的一种高级消遣品香烟。

她来了,就送给她尝尝。路晓莉露出了法式笑容。

唉,我的个祖奶奶哦,同样是女人,一个和另一个的差别怎么就那么大呢?

可惜,当林之夜鼓足勇气拨通童妮的电话后,他料想中的场景并没有出现。童妮没有来试工,也没有接听过他打去的那些电话。那微笑,随着林之夜手中的剪刀从一块块整齐的卷起来的布料上被裁成了五颜六色的片片扇扇。

在接下来的工作和生活中,连续几个月的加夜班之后,林之夜病倒了。在纯白色的病房里,他同时想到了两个女人。一个是陆重篱,一个是童妮。

陆重篱,我将要永远失去你了吗? 他的心被针刺了一下。

童妮,我将要得到你了吗? 他的两条腮腺立刻涌起两股液酸。

他立刻给陆重篱发了一份特快:

  那被铁锹翻起来的春泥

  被土壤埋成黑褐色的桃树

  你的身影　像一片桃花

  正从地狱里缓慢地飘来……而我病了

  是你在时间里磨亮的桃片

  像内猿人取火用的工具

失去几千年前的氧气层后

被历史中的遗落所掩埋

这是林之夜给陆重篱发的特快内容,他希望在最短的时间里见到这个影响并让他克制不住想要深爱的女子。

林之夜终于病倒了……他的大腿淋巴肿大了,内侧结起一个酒瓶盖大小的硬结,他浑身无力,所有的骨关节总是在下雨的阴天里异常地酸楚与疼痛。林之夜不得不向路晓莉请了半个月的长假,路晓莉半开玩笑半认真地取笑林之夜——你的私生活出了问题吗?

林之夜没有正面回答,他望着化着烟熏妆的路晓莉说:人死后,他的私生活还会在人世间存活上十几年,甚至上百年,因为,人没了,气味还在,气味没了,回忆还在,回忆没了,事件还在,事件没了,下一个活人还会帮忙自动接通的。

马上,路晓莉的眼眶里涌上了两汪白色的泪,含糊不清,像是震惊,又像是被揭了老底。

哦,老板,真是对不起,我没别的意思。林之夜动用了男性的绅士,而路晓莉则从内心深处用一根轻纺的细线,将这个还在她手下打工的男人往她的精神世界里拉近了一寸。

不,你说得很好,你不单在服装设计方面有才华,你应该在很多方面都存在着很高的悟性,我低估了你。路晓莉第一次没有拍林之夜的肩膀,更没有在林之夜的设计台上习惯性地放一盒香烟,她掩饰着自己的情绪向门外走去,边走边说:以后,你就自己买烟抽吧。

林之夜的私生活没有出现问题,出现问题的是林之夜的淋巴。其实在南方是不容易得这种病的,但是林之夜得上了。这和吃不吃海产品没有关系,这和工作与生活质量有关系。

你严重缺乏营养补足,医生忠告林之夜,你再这样生活下去,走路都成问题。

不能走路?林之夜受到了医生的惊吓。他几乎是毫无保留地将自己得病与住院治疗的消息重复地透露给了陆重篱。

我确实病了,很重。他在信中对陆重篱强调他的意愿。我需要在重病期间见到我深爱的女人。这次,他使用了"女人"这个词,而不"女子"。

果然,陆重篱来了。一个多么阳光的日子,在医院的走廊里,林之夜早早就听到了陆重篱轻轻的脚步声和温柔的问话声,请问,林之夜先生住在几号病房?

她永远都是那么温柔,一种发自内心的有把握找到一切的柔和情绪所感染的声音,听上去,是多么不可抗拒。

林之夜和陆重篱再一次见面了。他们坐在医院的病床上,一个望着吊瓶,一个望着窗外的椰子树,主治医生手拿一张林之夜的 CT 透视图,正在和林之夜研究如何为林之夜用药。

在医生的白大褂里,林之夜的精神世界忽然成了一片模糊的空白。林之夜想起自己在给陆重篱那封信里,语气绝望地对陆重篱说,我病了,病得不轻,从肉体,到精神,从布料,到色彩,我病得刻不容缓。

虽然,这一次,陆重篱应邀而来,但已经不是激动,而是退潮。是一种想要携带和握紧一切的退潮。在陆重篱的世界里,林之夜不希望自己是一个两手空空的人。　　这是一次什么样的重逢呢?

没有兴奋,没有激动,没有寻问,更没有追随,这就是陆重篱的表现,手握一把粉红色的百合花出现在林之夜的病房里,像被南方的阳光打开过的纳菲尔提提的后现代版的面孔活生生地端坐于林之夜的病床前,一时间,林之夜的所有词语从他的心中沉淀了下去,这个像丝绸一般光滑的女人,像雾气一样笼罩着林之夜的夜生活。

还难受吗? 陆重篱问林之夜。

不难受。林之夜答道。当然,这是一个虚伪的回答。

这时,从林之夜的床头柜上散落下来一张草图,陆重篱赶紧拾了起来。放到床头柜上后,陆重篱又重新拿了起来。

谁? 陆重篱温柔地问,是防备的。

哦,一个喜欢写诗的——人。林之夜差点说成是打工妹,又觉得这样叫了以后好像对童妮是一种损害似的,所以,语速慢了下来。

看上去,挺有想法的。陆重篱放下了草图。

正在这时,童妮跟在西原、魏一委和南梦的身后进来了。林之夜选择了沉默,而陆重篱,则选择了从事艺术工作的矜持。在林之夜还没有正式向陆重篱介绍童妮时,陆重篱起身向林之夜道别了。

　　我有事,要走了,再说,看上去,你病得并没有我想象中那么严重,回头见。陆重篱伸手摘下一片粉红色百合花的叶子,放在林之夜的草图上后离开了。

　　挂着盐水的林之夜仍旧沉默着。

　　人类真是一个超级蠢物,你的态度难道是摆明让兄弟我出去追回来吗? 矮种马本原急促地对林之夜说。

　　你说呢? 林之夜冷静的口气出乎大家的预料。不用了,她的口袋里肯定已经装好了回程的机票。林之夜用白色的被子盖住自己苍白的一张脸。

　　这次见面,林之夜和陆重篱的距离不是缩小了,而是增大了。在这个宽大的完全可以用眼睛目测到的距离中,童妮把陆重篱带来的百合花放到了窗台上,顺手浇上了几杯冷水。

　　没事的,看样子,她应该还会再来的。童妮对林之夜说。

第 四 章

恶俗与禅身同居的岁月

你需要请来什么样的车辆?

你需要拔除什么样的杂草?

你需要打开什么样的门户?

你需要招来什么样的女子?

你需要什么样的车辆运走杂草?

你需要什么样的杂草遮蔽女子?

你需要什么样的门户看护自己?

你需要什么样的自己遮蔽门户?

——以诗题记

1

在深圳,童妮重新陷入找工作的泥滩。

开始,她选择了离布沙村最近的一家港资企业去做品管员,因为她的性情比较成熟,进入没几天,流水线上的几个四川女工便合伴将她搞出竞争场外了,她们很团结,从最底层的模具车间干到宽敞明亮的防尘车间,她们不容易,忽然来了个挡道的,一看,就是要被提升的料,这不明摆着是去抢别人在流水线上等了几年的经理位置吗?这种英文好,懂白话,有眼力,手脚勤快,打扮起来有几分姿色的"前辈",不是自己自行上门偏来找死又是来干什么呢?四川妹子合伴气走了童妮。

第二个月,因为英文基础尚可,童妮应聘到了一家台资企业的服装厂,专门负责仓储货运的进出检验。在这家服装厂的仓储科,童妮变成了一个间接的团伙人。在工作不到一个月里,童妮发现,服装厂的台湾老板,和他请来的另一个女厂长在仓储科的货柜车里睡觉,而女厂长总是在睡觉过后逼着童妮另外为她单独出货,那些服装全部已经挂上了吊牌,成箱打包,准备发给某个内地的经销商。童妮几乎是刚刚给经销商发过去传真回到仓储科,那个女厂长便满身飘着毒药牌香水味进了仓储科。

发到我指定的城市。女厂长居高临下地对童妮说。

童妮一看出货单,那是女厂长自己开的一家服装直销专场店。

命令完童妮后，女厂长耀武扬威地扭着名模般的小屁股嗒嗒嗒地走了，童妮不知该如何解决这一矛盾。于是，她便提着女厂长的出货单去找台湾老板。没想到，台湾老板差一点就用肥手摸到了童妮的屁股，老板笑嘻嘻对童妮说，她让你发你就发啦，那么罗嗦，如果你（台湾老板用肥手指了指另外一辆崭新的货柜车后箱）懂事一点，我也可以让你发一个货柜啊……童妮又辞工了。

第三个月，童妮整个就没有应聘到任何职位，没有任何现代化科技技术手工的她，夹在一帮粉红玉女之中，明显地有了年龄与竞争上的劣势。这个月，童妮重新开始饱尝初来深圳时的那种清冷生活，单是交房租水电费电话费车费吃饭准备应聘资料照相打的赶往应聘单位面试以及修鞋子等……总之，这些每天不得不面对的一系列生活问题用光了她前两个月里领到的所有工资。

第四个月，身无分文的童妮去找了原来的顶头上司 DY。在荔情别墅区的夜灯光中，DY 从钱包里掏出二千元钱递给童妮，DY 对童妮说，我就知道，这一天早晚都会来到，你的个性再不改一改，深圳城就要把你抛弃了，别那么直性子，好吗？你不会学着拐个弯走路吗？DY 的眼睛里充满了做人与做事的无穷知慧，长期与外国人分争抗衡的狡猾让他看上去像一个真正的当代企业家，灵敏，自信，有些高高在上，又透着成功人士的谦逊。

DY 掏出一张名片，大度地对童妮说，你先去这儿上上班，熟悉一下，再过几个月，我要和这个朋友一起开一家设计公司，注册资金 200 万，到时候，有用的着你的时候。DY 双手夹在精明的腰上，眼睛在海风中无所谓地上扬起来，低下来的时候，就很自然地落在童妮的身上，落下来的时候，目光中就有了一些男人的说不清道不明的欲望。

这是一个，怎么说呢，总是让我在舍与不舍中矛盾斗争的女子。DY 望着童妮飘乎在风中的弱小的背影，从那背影里透出的一种介乎于坚守与坚韧的姿势里，DY 在心中暗暗自语。

在 DY 的推荐下，童妮换得了一份保障动荡生活的工作，她在深圳一家著名的设计公司里负责处理办公室的一切内外事务，当然，还有一个十分得心应手的工作，那就是整个公司的营销策划与包装，包装一个公司，在某种意义上，便是如何包装好一个企业家，或者是总经理，或者是投资人，或者是股东……总之，都一样，通过一种恰如其分的文字叙述造就一个商业领域里的传奇人物。在传奇人物还没有成形之前，这些被包装者们倒是迫切地需要像童妮这样心地善良目光敏锐用词犀利观点新颖的"新手",这些长期生活在城市底层的准艺术家们,只需要一个小小的办公桌便可以为你提供商业家所最需要的书面世界。

在这种需要里,童妮从社会底层浮上城市的海平面,注意,她开始出海了,这个举动真是意味深长。

当童妮为这家著名的设计公司老总写出第一篇人物专访时(报社的稿子都是投放广告的每家公司自行组稿的,只要你不触犯报社现有的一切政策便可大雅登场,而且在配有图片的大幅人物报道末端,小小地注解着一行小字:图片提供,某某某,文,某某某),童妮与某某某之间划上了等号。这是一个圆满的等号。在报刊登到第三篇人物专访时,"人物"将童妮叫进了办公室,一个加大的黑皮夹笔记本上,精心地贴着童妮为"人物"书写的那三篇巨幅报道,剪刀的痕迹重重地从报纸的整个版面中穿过,留下的,是关于"人物"的成长史与创业史。

在我这儿,干的怎么样?"人物"问童妮,眼睛里完全是一派引诱她说出某种内心真实情感的大度与包容。

还,可以吧。童妮拉开了他们之间眼睛的距离。

好,好,认真干下去,会有好结果的,这个城市,最欢迎那种特别认真办事的人,比如你,知道吧?这时候,"人物"的直线电话响了,手机也跟着响了起来,然后,宽大的办公桌上另外一部直线电话也开始故意叫唤。"人物"一手接听其中一部电话,一手已经熟练地打开了手机,而下巴冲着坐在对面的童妮划拉了一下,示意她接听另外一部直线电话。

童妮拿起了听筒。可以说,这个电话提醒了刚刚从社会底层游上岸的童妮,电话正是寻找童妮的,是另外一家公司的预约电话,那位热情的总经理办公室秘书留下了详细的见面地址,最后,用一句很热情的声音说"就这样吧,明天上午十点,我们老总在办公室里等你"。这是一个准备挖走童妮为另外一个"人物"写专访的公司,而且也是一家搞设计的公司。

放下电话,童妮出现了片刻的尴尬。

没关系,没关系,这种电话天天都有,今天叫你来,就是想讨论一下你在我们公司发展的定位问题。"人物"已经接听完了电话,心情大好。

你看,你的文章引起了市场关注,就在刚才,南山区一个很大的连锁饭店请我们去做设计,这是什么?"人物"从自己高贵的笔筒里抽出一支水墨笔,在一张小小的信笺纸上写下龙飞凤舞的二个字递给了对面的童妮,童妮急忙站起身来接住了那片小信笺,上面写着"价值"二字。

在深圳,"价值"二字首次像一根无形的鞭子一样抽在了童妮的身上,发出了让她震荡,同时也是羞愧无比的一声闷响。

哦,对了,不愧是熟人介绍,很有前途,在我这里,有什么要求,尽管提出来,我尽全力满足。说完后,"人物"的所有电话又开始响了起来,他便再一次用下巴朝站着的童妮划了一下,示意童妮谈话结束了,她,可以去忙了。

当天夜里,童妮就接到了西原从宝安打来的电话。西原在电话里乱吼乱叫,一句好话也没有,你快被这个城市毁掉了,你难道不知道吗?你难道没有感觉吗?你看看你都写了一些什么东西?大半年过去了,你都写了些什么?那些烂东西,我用脚写可以一下子捧红一批企业家……真是莫名其妙,你们这些奇怪的动物,总是被人类所左右……一股久违的被羞耻的感觉让隔着一条电话线的童妮头脑发晕。放下电话,她觉得,正有一根西原的"马鬃"从宝安的方向急速地飞来缠在她的脖子上,一时间,她的呼吸压着呼吸,竟然周身一阵发麻。

带着这种心情上班,很快,她便在次月"人物"专访的最后一篇报道中出错了,她带着底稿和图片赶往报社排版,先是文章太长被要求删除,后来,又要求更换图片,她又不得不打的返回公司去向"人物"要了另外一张,再折回到报社时,其他的版面全部都排好,唯独留着她的文章。

不行,还是太长,版面不够,你还得删。编辑说。

刚才不是还够吗?童妮的语气里滞留着一种潜伏的亲近。因为,就在昨天,这位编辑曾经去过"人物"的公司,并且由童妮代为送出公司时,为她递上了一个厚厚的红包,加外一盒正牌的 SK Ⅱ 化妆礼盒。

刚才是刚才,现在是现在,主编要求删,我也没办法。编辑的脸部表情老练而狡黠,并且在准备上洗手间的路上侧着身子从童妮的身边步了出去。一股被女编辑反射过来的新的羞耻感扑在童妮的脸上。

怎么会这样? 童妮不知所措,但也是表示怀疑地低声说了一句。

听到这声咕哝,坐在电脑桌前的一排女编辑大部分都抬起头,她们集体朝着童妮所在的方向投来同样也是老练而狡黠的一瞥,在这种集体的眼光里,童妮终于明白了自己在这座城市所扮演的新的角色:又是一个被"人物"盯上的秀色大餐。

这样一来,童妮便在一种混浊的无声的反抗里回答了从洗手间回来的编辑:

排不了你看着办吧。

结果,本该这一期上的"人物"专访被女编辑排到了下一个星期。"人物"翻遍了本该出现他的那一张版面,最后,在与女编辑通完电话后,客气地将童妮叫进了办公室。看看,"人物"失望地望着童妮,用手捶了捶当天的报纸,我们怎么向正在关注我们的市场交待?

童妮低着脑袋一言未发。

这样一来,说不定,我前面几期的广告全都白投了,毫无价值,知道吗? 关注链忽然断了,市场会以为我们的企业内部出了问题。"人物"疾步走到大班台前,又从笔筒里抽出那个水墨笔,龙飞凤舞地在本该出现他的版面上写下了大大二个字:价值。然后,他拎着那张纸递给了童妮。

错误可以犯,但是,不能致命,对人,对事,均是如此。"人物"的电话又响了起来,童妮便手握一张报纸出了门。

不一会儿,"人物"便恢复了常态,挺着腰身在办公室走了一圈,象征性地扫了一下大家的办公情绪,最后,他停在童妮的办公桌前,将那只水墨笔放在童妮的办公桌上笑着说,送给你了,下次写的时候"笔下留情",他说,是一种很超然的,很有掌控力的笑声。童妮正在苦思冥想如何开口递上辞工单?"人物"这一简单的举动又将她的心事拉回了原位。

是的,时机太不成熟,眼看交房租的时间就要到了,再忍一周就到了发工资的时间,再忍忍。

关于"人物"的六篇专访全部见报后,心情沮丧的童妮约了杨柳去粥吧店吃虾仁粥。因为,在专访引来无数客户后,"人物"并未给童妮任何加薪的表示。

这是一个虚伪的主人,我必须想办法尽快离开那个虚伪的公司。童妮说。

每个老板都有虚伪的一面,我们也是一样,别过早去下结论。杨柳表示反对。

从纸面上营造出一个完美无暇的自己,然后,用那个纸面上的自己去引诱别人上当,将大把的钞票装进他的口袋,不是虚伪是什么? 童妮解释道。

哈哈哈,正在吃粥的杨柳一阵大笑,这不正是你们文人干的事情吗?

我可不是什么诗人,我和你一样,是个女工。童妮也笑了。

放屁,你现在应该算是蓝领吧? 杨柳取下一截虾头,将虾身子吞进嘴里。

你才放屁呢,我马上又要失业了。童妮回应了一句。

哈哈哈,她们一起在粥吧里笑个不停,你摸她的头,她掐掐你的胳膊,笑声里听见有人低低地说，瞧，同性恋。这句话，让她们笑得更厉害。

走出粥吧店，在一阵狂妄的笑声里，她们在布沙村的路灯光中看见了西原和林之夜，看到他们在光中的影子，她们俩又忽然爆发出更有力的笑声，因为，西原的那部"马鬃"总是被红树林海湾上的风吹得倒弥过来，身子是正的，头部是反的，像被风吹嘘成舞台造型的一名丑角，而林之夜则蹲在一根路灯杆子底下，猛一看，那路灯杆子倒像是被他撑起来，听见她们的笑声，两人都保持着原有的姿势，朝她们笑着，于是，她们又笑得更厉害了。

等进了童妮的房间，四个人落座之后，童妮和杨柳看到的是这样两张脸：西原的眼睛胡乱地在地板上跳跃着，一种不知从何说起的失望与兼顾拯救什么的艰难表情弄得他神情郁闷而烦躁；另一张林之夜的脸，则挂着无欲无求的松散，正是那厚实的松散，从相反的方向，汇聚了一股浓重的想要撬开什么的前奏。

四个人便在童妮倒茶的响声中沉寂了下去。

我们刚好路过，顺便来看看。西原端起茶杯猛喝了一口，突地放下，几乎要跳起来，怎么回事，想要烫死我？他故作打趣地想要保持原来的友好语气，接着，便又故作友好地猛烈地咳嗽一串声音出来。

其他人还是没有出声。

干嘛，难道人类即将灭绝吗？西原又端起茶杯要喝，发现还是很烫，又恼羞地放下了。这一次，茶杯碰在茶几的转角上，从几面上滑下去，当啷一声便碎了，开水和茶叶飘了一地。大家这才从一种奇怪的气氛中跳出来，忙着收拾起来。

林之夜从童妮的手中夺过扫把，头也不抬地说，你跟西原聊聊，他有话要对你说，我扫完后正好下楼去买包烟。西原便拎过一把椅子，倒过来，反骑上去，双膊抱着椅背直视着童妮。

怎么样，最近？过得好吗？西原问。

还，可以吧。童妮准备着，她其实从一见面就知道西原和林之夜前来看她的目的了。

可以是什么意思？西原反问道。

有吃有喝。童妮回答。

就这么简单？西原笑了，有一种表示理解的无奈。

是啊，我明白你问话的意思。

那就说说，有什么打算，一直这样写下去，像某些靠专栏活着的作家那样？西原在椅子上转动着身体,姿势很随意地保持着他那具马身的"休战"姿态。

还没想好,先这样过着呗。童妮也无奈地说。

你们这样逼她也没有用啊,她目前最需要的是稳定,是有一口饭吃,否则,其他的都是免谈。杨柳代替童妮做了解释。

不是逼,是引诱她回到她原来的方向和地点而已。西原终于找到了切入点。

我现在一片迷茫,也毫无方向,你们都看到了。童妮自嘲地笑了笑。

这时候,门铃响起来了,西原快速地站起来,这个家伙,真快。他说。林之夜进来的时候,手里出人意料地拿着一盒蛋糕。饿了,买个甜食吃吃,就当是补过生日了。

什么动作?你们这些奇怪的人类,总喜欢在我说话的时候捣蛋。西原说。

在剩余的时间里,应该说,气氛已经明显地好转,大家在吃蛋糕的过程中心情都放松了下来。放松的气氛几乎是太过短暂,空气又在西原的问话中变得紧张起来。

怎么样,给点稿子给我,我们杂志要刊一点小小说,你可以试试。西原说。

不用了,我不会从事任何与文学艺术有关的工作。童妮拒绝了西原。

四根紧张的弦在空气中弹响。

一点儿感觉都找不到?林之夜在一团烟雾中望着童妮。

没有任何感觉。童妮老实地做答。

那我们先走吧。林之夜失望地站起身看着西原。

他们一行四人一起来到汽车站等车,西原的脸上终于流露出一股无法掩饰的失望和轻视。哼,这就是所谓的我们刚刚发现的具有先锋派气质的女诗人与女作家……西原对着黄色的路灯愤愤地说了一句。

杨柳终于忍不住站出来,走到西原与林之夜的正面,一本正经地说,我觉得,你们一点都不了解女人,她现在一无所有,离开了丈夫,失去了妹妹,无人依靠,也无家可归,他的父亲,甚至都不愿意跟她说话……你们这样对她,是否有些不妥?换句话说,我只能这样理解,男人就是这种动物,只顾自己痛快,哪管别人死活?杨柳拉着童妮转身走开了,她那轻视男性的后背在路灯光中越显越小,却在林之夜和西原的心中越显越大。

2

在杨柳的反击中,林之夜伸出了第一根拯救童妮的接力棒。在应邀为《春海》杂志社组稿的过程中, 林之夜将一叠全国各地涌来的诗稿交给了童妮,看看, 这些从四面八方涌来的诗歌, 你看看, 好好看看吧, 找点写东西的感觉。1999 年的秋天值得纪念,木棉树在温度适中的空气里伸展四肢,橡皮树也吐露出桔红色的花蕊,深南大道上的椰子树保持了沉静,在每天加重的汽车尾气里保留着它咖啡色的果实。正是在这样一种秋意浓浓的意境里,童妮在布沙村进入了其他诗歌写作者的文字。

怎么样,这下有点感觉吧? 林之夜及时地来了电话。

她还没有手机, 也从来不配呼机, 所以, 只有在夜里, 适当的时间, 他才可能找到她。自从知道她已经离婚,还有童笛的事情后,林之夜的态度似乎发生了微妙的变化,他的语气不再遥远,用词不再躲闪,身体不再保留间距,而眼睛里,偶尔,会飘出一丝久违了的清静的观察。他越过其他的眼睛望着童妮,一种近距离的打量, 又因为还没有考虑好如何接近那间距, 所以, 有一种猜测,茫然, 孤单, 和想要寻求回应的不确定的热烈的忽地一闪,很快,又压低在他降回去的目光里。

童妮回想着那种目光, 在电话里友好地回答了他,有点感觉,童妮说。其实,当她看完那些诗稿后,她的另一根神经就启动了,那是为生存而不得重新寻求支点的神经,在被孤独和金钱控制的裂缝里,你只能成为别人的诗意。童妮希望自己的职业生涯可以重新开始。

再见面时,是林之夜约她去的,说有一个很要好的朋友,从小一起玩大的朋友,也在深圳发展,混的不错,想一块聊聊。在南山区的一个村子里,他们在一家很小,但是味道极绝妙的湖南风味小餐馆里见了面。童妮没有想到,林之夜的这位朋友看上去很出众,很有修养的那种干净与清爽,是一种很快就想介入一个当下城市的那种信心与笑容。

王磊。他介绍自己,并且伸出手与童妮的手握了一下,这一握,减短了他与童妮之间的距离。童妮是那种极不情愿与人握手的人,这一握,让她从这位新介入的朋友手里触摸到了另一种温暖。

在小餐馆里,林之夜与王磊详细地讨论了他们即将要成立的以服装设计为主的公司蓝图,他们的计划仿佛已经十分地周密,就连即将开张营业的新客户名单都列了一排,其中有北京某服装厂的厂长,香港某知名国际品牌的负责人,还有某知名内衣深圳总代理商,客户名单在他们的手里一个一个地划上了红色的圆圈,这些红色的圆圈,在他们的周密计划中已经充分说明,只要他们的新公司一开张,这些人便是他们的"囊中之物"。最后,焦点落在钱上。

你能搞多少?林之夜举着一杯啤酒问王磊。

不多,最多三万吧。王磊不好意思地望了童妮一眼,这个数字对当时的童妮来说仍然是一笔大钱,她就是挣死也挖不出那么多钱来,因而脸上红了起来。

你呢?王磊也举着一杯啤酒问林之夜。

放心,我有个表哥在广州一家银行负责信贷业务,我找他弄个十万八万也就差不多了,够了。林之夜一仰脖子喝了。

十万?!一种好事将近和接近于成功的兴奋充斥在王磊的脸上,他高兴地喝了一杯啤酒说,可靠吗?咱们可不干违法的事儿呀。

看你,我跟他谈的是入股,他现在比我们还着急哩。林之夜信心十足地为三个人的杯子倒满了啤酒。

太好了,我就知道和你这个哥们在一起准能弄点大事干一下,现在看来,还算靠谱,要是咱们三人一起奋斗个三五年,到时候,准能开着自己的吉普车进敦煌溜达一圈子,那就真是美呆哩。王磊又仰起脖子咕嘟了一杯。

随着他们的豪言壮语，一种被挑逗起来的热气卷进童妮的眼睛，她觉得自己忽然间从一片深不见底的海域中露出了一个黑色的小头顶，在被时光削弱的那些泥像里，她和那些珍宝般的模糊而斑驳的石窟雕像一样，在人们充满敬意的游览中焕发着光彩夺目类似于幻觉般的吸引力。

跟我们一起干吧？王磊用极度信任的眼神望着童妮。这出乎了童妮的想象，毕竟他们是初次见面。童妮羞愧地摇摇头，我没有钱，她说。

钱不是问题，现在缺的是人啊。林之夜说。

我不能答应你们，我现在什么也没有，再说，这个城市最不缺的就是人才。童妮的语气明显转为一种"不能占便宜"的善意。

什么呀，什么人才？人才都是钱财培养出来的，有了钱，才有人才，有了人才，才会有更多的钱，这样，既有钱又有人，我们才能做到在最短的时间内钱生钱，人生人；人生人，然后，再钱生钱哩。王磊拍了拍胸部，仿佛那块宝地已经结出了成功的果实，他已经尝得都不爱尝了。

童妮收拢了自己的贪念。她是一个不成功的，离过婚的女人，她需要最起码的时间和经历来重新寻找自己在这个城市的另一个支点。

你们先干吧，我要好好考虑一下。童妮举起酒杯，在林之夜和王磊的杯子上各碰了一下，来，好好干一杯，我在背后默默地支持并祝福你们！

林之夜和王磊相互慎重地看了片刻，最后，他们共同举起酒杯说，好，就这么定了。这原本是一个值得留念的时刻，但又有谁会料到这一时刻在后来的时刻中所扮演的那种威胁和危机？

告别王磊后，林之夜和童妮在一块天桥下的草坪上散步。黑蓝色的天际上，北斗七星的图案清晰可鉴，秋天的月光有着浓重的醉意，月牙一周有着白茫茫的沉着的雾状，由深到浅向黑蓝色中过渡，在室外乘凉的人们已经散去，浓黑的树荫在路灯光中显出几分诡异，而脚边的米兰还间或地开着，大概是因为南方特有的热带气候所致。空气中有一股适量的清爽，停留在皮肤即将出汗的程度，所以，整个身体露在外面的部分就有了几丝沉迷，正是不冷不热的夜晚。

他们在草坪上慢慢地走着，偶尔说一些闲杂的话。到了一丛金棕榈树前，树影里有一对正在接吻的情侣，他们的身子拧在一块，看上去，很别扭，怕被路人看见，又怕路人看不见的一种放肆从他们热烈的拥抱里溢出来，听到脚步声,他们已经来不及分开缠在一起的嘴巴,于是,在分开和不想分开的气息中,传来一声女孩子特有的哼叽声……童妮紧张地缩着胳膊往回走去,在草坪即将消失的一处低缓处,林之夜从她的身后轻轻地拉了一下她的胳膊,在这里坐一会吧,时间还早。林之夜建议道。

他们便坐了下来,几棵庞大的龙舌兰张牙舞爪地散落在他们身后,安静的风中,除了嗖嗖嗖地从天桥顶部传来的车流声,便是他们彼此有些紧张的低微的呼吸。童妮已经好几年没有单独和某个男性呆在大自然当中,秦勃是一个不喜欢散步的人,况且他总是被高额工资支配着,他没有时间陪她散步,她已经很久都没有嗅到这种混合着树香与空气清香的味道了。在大自然的怀抱里,周围的一切都满足了她对异性的宽容与探究。她在等着林之夜开口说话,这种等待是在把握之中的不确定环节,她不知道林之夜单独留下她是出于一种创业中的需要,还是出于一种纯粹的男性对女性的潜在的好感。

林之夜从裤子口袋里掏出一盒火柴,从火柴盒里抽出其中的两根,并排放在他和童妮的身体中间,两根小小的火柴在茂盛的草坪里躺着,任人摆布的样子。林之夜将火柴的两个红色的小脑袋对在一起,笑了。

有意思吧,你看。林之夜指着挤在草坡上的一对火柴说。

放在草里干吗? 童妮有些疑惑。

一根火柴不可能把另一根点着。林之夜回答道。

那当然,除非有火。童妮说。

这时,林之夜忽然侧过身子,几乎是半蹲着,在童妮的脸颊上亲了一下。很响亮的一个吻。这就是火,林之夜说。

童妮惊惶失措地从草地上站起来,往马路上走去,这是一种下意识的动作,逃避,或者是回家的动作,虽然她已经和秦勃离婚了,但是下意识里,她在夜里,就应该早早地回到曾经属于他们的家里,这就是经历了一次婚姻留给她的所有财富。她在这种下意识里既恼怒,又紧张。

林之夜追赶过来,恢复了刚才并排散步的动作。他们一起走着,步子时而快,时而慢,都在脚步里分辨对方的心情。很快,林之夜往前走了两步,转过来,向着童妮,挡住了她。

生气了吗? 他困惑地问道。这时,童妮的身子已经开始有些失控地抖动,脸色一阵红一阵白,眼睛里有层若隐若无的泪光。她恐慌地抬起头,望着林之夜。

你常常这样吗？对女人？

没有，很少，我不该这样吗？林之夜显然有些失落。

我无法确定，我对搞艺术的男性——没有信心，我很担心我只是你意象中的一个道具，认知生活的一个道具，童妮又说，语气平缓了一些，尤其是搞过油画的，如果没有女性的肉体打开通往艺术的通道，你们会进入另外一个你们设想中的死胡同，这种感觉是我不能接受的，我也不想介入，所以，我们最好不要，不要，这样。童妮又补充道，这一次，她似乎下了很大的决心，语气便恢复了安宁的讨论的那种调子。

在那里坐坐谈谈好吗？林之夜说，用手指了指路边上的一栋建筑，高耸的建筑物广场上，随意地布置了几处休闲用的长椅子，是一种钢架子与水磨石面相结合的变形雕塑坐椅。说着，他已经从马路上往坐椅前走去。童妮跟在林之夜的身后，重新显出一副忧心如焚的模样。

在夜风中，他们再次并排坐在一起。一个拐角的位置。忽然地，林之夜又站起来，对童妮说，唉呀，风太大了，你坐这边（靠近广场那一边），于是他们交换了位置，果然，比起刚才所坐的位置风要小一些，童妮便顺手整理了一下被风吹乱的一头长发。

现在心情好点了吗？林之夜问，哦，对了，可以抽烟吗？

是的，当然可以。童妮说。

没想到你反应这么，强烈。林之夜试着用了最后那个词。

当然，我已经不是一个普通意义上的女孩子，我宁愿以德加笔下的浴女印象出现，也不愿意以马奈笔下的酒吧女印象出现，我要充当的角色还有很多，但不是现在。童妮有些激动地解释着。

听了童妮的解释，林之夜很意外地望着童妮紧张而年轻的脸。他在研究我，童妮想，确定了这种感觉后，童妮果敢地迎着林之夜那种想要深入到她内心的凝望。

你比我想象的要独立一些，也许，是丰富吧。林之夜吐出一口白烟。

那就到此为止吧，如果纯粹为了好奇。童妮终于说出了她的心里话。

不完全是，见到你，很奇怪，我有一种很奇怪的——冲动，很安全的冲动，这两个词，很奇怪，认识你，它们竟然可以并列在一起。林之夜放慢了语调，听上去，是很不愿意出卖自己的那种克制。

所以,我才建议我们到此为止,不必充当彼此艺术领域的一位过客。童妮坚定地说。况且,我在现实面前,已经不具备拥有艺术创造的权力和义务,因为我生活在一个以市场为中心的国度。这一次,童妮为自己说出了一些空洞的借口而笑了起来。

也许,可以像萨特与西蒙·德·波伏娃那样,另辟蹊径?林之夜笑了,获胜的信心使他重新有了激动的情绪。

萨特正在思索下一部剧本由哪位艺术表演家来出演时,整个法国巴黎的舞台已经全部在向他献媚,而生活在1938年的西蒙·德·波伏娃的文字已经开始在他们彼此的灵魂世界里排版,他们所拥有的生活离我们现在的年龄阶段只不过还有短短三年时间,三年,我们能为彼此提供些什么?童妮也激动起来,是另外一种近乎于绝望的激动。

也许,我们可以先试试。林之夜建议道,是温柔而慰藉的眼光。

我要想一想。童妮回答他。这个结果,结束了他们之前的那种关系,原本可以不必交叉,或者可以齐头并进的关系。

没过几天,林之夜便带着王磊到童妮所在的公司找了她,在她的办公室里"考查"了一番,他们已经准备注册新公司,商量该如何布置他们未来的办公室,因此,这一次的见面全部在丈量童妮办公桌的大小等事宜上纠缠。当他们一行三人从童妮的办公室里出来时,童妮发现,总经理办公室的落地玻璃隔断后面,"人物"正在喝着他的一杯德国红茶,看着他们的表情既轻视又好奇。

我们等着你的加入。临走前,林之夜和王磊表达了他们的来意。

在看似平静的工作与生活中,童妮的内心深处再次多出了另外一层烦恼与忧郁,而烦恼与忧郁又是那样地无法抗拒和温柔,林之夜之前的所有形象一次次一夜夜固执地从她的这种思考中潜入进来。她想起他无欲的脸色与无欲的手,什么时候,他与他的手接近了她的肉体和思想?这个问题迷惑了她,以至于在之后的某个星期里,当设计公司的那位"人物"请她到办公室时,她的神色一直还在一片恍惚当中停滞不前。

你最近很失态。"人物"神色凝重地提醒童妮。

没有,是太累了。童妮试着转移话题。

最近,"人物"突发奇想,正在商量让童妮为他写一部"人物传奇小说",从他的童年,一直到他的中年,事业,家庭,生活,爱情,慈善,为他未走完的人生提前盖好一座五谷丰登的粮仓。

没事,我可以给你提供一个去海南全程旅游的名额,我在那里有一个配套的私人公寓,当然,是你一个人去,还有,当然,也是希望你在海边完成对我创业史的全部诠释。"人物"说到这里,满脸善意地笑了,一种胸有成竹的笑。童妮很清楚,如果她答应要去海南,就等于间接地接受了为他写"人物传奇小说"的旨意,同时,也意味着在"人物"的太太不知情的情况下,她可以拥有单独与"人物"同游天下的美差。一些近乎于火焰扫帚剑刀剪钳子的词语在她胸口中汇集,正在向一张隔在他们之间的白纸用力横穿。

怎么,有朋友反对你为我工作?"人物"依旧友好地看着童妮,语气里,对她的朋友明显地透出轻视感。

没有,没有,这是两码事。童妮的思维有些乱,总觉得"人物"已经控制了某些东西,使她不能直截了当地反击他的轻视。

你在和那个人谈恋爱吗?长头发的那个?看上去,像个艺术家。"人物"说着,从大班台的对面伸过来一只手,温和地盖在童妮的手上,而童妮的手,自进门开始,一直慌乱地捏着一只水墨笔在转。

在那种陌生的正要产生羞耻的温暖里,童妮迅速地站起身来,保持着惯有的女性的底线。他们的手就这样分开了。

我早就看出来了,你是一个多么天真的人,爱上那个人,在这种地方,"人物"的脸上再次浮起出一种厚重的从内心深处就不愿意提及的轻视表情,你会得到什么?房子?车?他的艺术品?婚姻?你还真是活得挺天真的。"人物"在失望与克制的情绪中也跟着童妮的动作站起身来。你再考虑考虑,机会对每个人都是公平的,错过了,不要后悔。"人物"的语气还是那种胸有成竹的调子,一股即将被人控制的反抗的气团终于从童妮的身上飞了出去,打在"人物"的鼻尖上。

那是我的私事,和你无关。童妮反驳道,语气抵触。

没有价值的事情,最好别做,你们女孩子毕竟是吃青春饭的。"人物"终于也道出了他的某些私心。童妮便笑了,一种在控制的欲望中顺利逃脱的笑意展开在她的脸上,她安静地出去,并且轻轻地合上了那扇原本已经向她敞开的另一道城市之门。

很快,DY就知道了童妮的决定,DY下班后直奔童妮的出租屋内,他在童妮的房间里转了几个圆圈,然后,盯住童妮脸上可笑而又可悲的一张网,DY 忍不住被一股强烈的嘲笑情绪弄得笑了起来。

你就这样辞职了? DY 似笑非笑地看着童妮问。

那还要怎样? 敲锣打鼓? 童妮的脸上也回应以嘲笑的表情。

童妮,你如果再这样固执下去,你在这个城市只能得到一个结果。DY 说。

什么结果? 童妮问道,一副料事如神的接应让她的脸上涨红了。

就是没有结果,干什么都会没有结果,包括工作,事业,生活,爱情,婚姻,家庭……DY 罗列着,童妮已经在冷嘲热讽中切断了他的预测,对, 我知道,还有房子和车子,一切,都是没有结果,我知道,童妮说,那又怎么样?

一种深切的无可救药的表情浮上 DY 的脸,他沉重地摇了摇头,用眼睛在童妮的出租屋里环视了一周,他不得不感叹地说,女人,一个有理想的女人,连现实生活到底是怎么一回事都还没有弄懂就心怀远大理想的女人,你等着吧童妮,单靠幻想,一个人是活不下去的。

听到这里,童妮腾地从沙发上站起来,因为激动,放在茶几边上的一本杂志被她带飞了起来,她未去拣它,而是急速地跑进洗手间拿了一块毛巾捂在自己脸上,然后又冲出来,对着 DY,一边擦着那些不争气的眼泪,一边没好气地反驳 DY,对,我就是这样一个人,不知好歹,我适应不了这个鬼城市,我不喜欢你的所谓的朋友利用工作之便随意抚摸我的手,引诱我做一些看似正当实则下流的破玩意儿,让我像一只苍蝇一样围着一块臭肉乱转,我不喜欢这种生活,你嘲笑去吧, 反正我们不是一类人。说完, 童妮用毛巾拧了一下发涨的鼻子——还有, 不要再把我形容成一个"抱有理想的女人",我现在就可以告诉你,我没有理想,只有志向,这样,你就满意了吧?

彼此沉默了一会儿之后,DY 退了一步,好吧,他说,我尊重你的选择,但是,我提醒你,如果有人给你介绍了一份很重要的工作,并且是出于真心,你在辞职之前应该先跟别人打声招呼吧? 这个要求不过分吧?

过分,很过分,你根本就不应该把我介绍给那种人开的公司。童妮并不领情地说。

DY 一下子不耐烦了,你什么? 你真是……唉,让一个男人拉一下手就值得你那么介意吗? 你有没有搞错,这是深圳,不是你的新疆,再说了,现在已经是二十世纪末了,如果让别人拉一手就可以改变你的生存环境,这又有什么好难受的？啊？我真是搞不懂,像你这种人根本就不应该来深圳,可是你偏偏又来了,就更让人搞不懂?你简直都不知道你的幻想已经把你害得多惨!好,我不干涉你,你继续你的幻想吧,和我那个老同学西原一样,继续玩一些不着边际的怪异之举吧,去写,去清高,去思考,去固执,去坚守,去追求吧,有你们这些空想家呆在深圳,深圳的出租屋事业将会永远繁荣昌盛……DY 留下一个愤怒的屁股关上了出租屋的防盗门。

3

　　答应到林之夜的出租屋里去看一看,与童妮和刘玉华的一次偶然相遇有着十分模糊的关联。一天,心情沮丧的童妮准备再次去罗湖人才大市场碰碰所谓的"事业"的运气时,她在一家专门卖杭州小笼包子的小店里遇到了刘玉华,她们坐在一张桌子上,一个用开水烫着木头筷子,另一个用纸巾使劲地擦着沾满油腻的塑料桌面,一抬头,她们的眼睛一碰,刘玉华的嘴便张成了一个吃惊的黑洞。

　　天哪,我还以为你在哪里发财去了。刘玉华半是责怪,半是高兴地看着童妮。

　　是啊,真是巧。童妮也显得很高兴,一种亲切的见到家乡人的气氛在她们之间涌了出来。

　　我还以为你把我忘记了呢?刘玉华的眼睛既朴实又套近乎地翻了童妮一眼。

　　怎么会呢? 童妮有些内疚地解释道。

　　就是嘛,你真是的,听说,你现在都当老板秘书了,工资很高吧?刘玉华好奇地问。

　　我刚刚辞掉了,正准备另外找。童妮真诚而随意地说。

　　天哪,你疯了?这种工作别的女孩子做梦都想要,你辞了?刘玉华满脸遗憾地说,包子已经上来了,热气腾腾,可是童妮的回答影响了刘玉华的食欲。

　　不是什么老板秘书,就是一个行政人员。童妮又解释了一下。

　　依你的人品,不出几个月便是老板秘书了嘛,干嘛要辞职? 再说了,你写的那些文章都上报了,谁还不长眼看不见你的才华嘛？刘玉华还是想不通。

刘姐,我坦白一点跟你说吧,因为那个老板老是让我做一些我不喜欢做的事情,就是,怎么说呢,反正你也结婚了,我直说吧,就是他总想乘机摸我的手,所以,我就辞了。童妮痛快地说。

哦,这样啊,辞了也好,我就没有让别人随便摸过手,做人要清白,我们云南女人最懂得这一点了。刘玉华伸出一只已经不年轻的手,在童妮的眼睛低下转了一下,看看嘛,就是这双手,不能当有钱人,当个清清白白的女人,还是可以对付的。说到这里,刘玉华看着童妮正在吃包子的右手停住了,唉,看看你的手,又大又厚实,一看……刘玉华不好意思地笑了,觉得自己跑调了,在童妮的脸上寻找着另一个话题。

在刘玉华略微有些尴尬的笑容里,童妮的心里随之有了一丝失落,她几乎是用一种挽救什么的轻柔语气对刘玉华说,刘姐,我想问一个问题可以吗？

可以。刘玉华嘴里鼓着一个包子含糊地说。

你觉得我是一个什么样的人？童妮盼望地看着刘玉华。

你？我怎么知道？我又不像你,你是个有文化的人,我评价不来。刘玉华的表情里显示出一种可怕而深沉的距离感,这种感觉给了童妮重重地一击,那一刻,在刘玉华的表情里,童妮清楚地意识到了一个现实:至今为止,她只不过是一个模糊的个体。

正是带着这种模糊的想弄清什么的心情,她去了林之夜的出租屋。在林之夜向她发出多次邀请后,她觉得自己有必要弄清楚,命运所委派来的这个艺术工作者,还有她自己心里总被什么揪着的那种模糊的但却是宽容的东西究竟是什么？当她出现在林之夜的出租屋时,林之夜正在为她做饭。她进去的时候,他已经炒好了两个小菜,用上海青的茎配着少许五花肉炒的肉菜,用上海青的叶子切成大小一样的瓣儿炒的蒜茸盐菜(他的特殊厨艺,往半开的清油锅里先撒一把盐沫,等清油里冒起一股白烟来才下菜),这两样菜摆在一张简陋的用板凳拼成的小饭桌上,饭桌上铺着旧报纸。为她放好小板凳后,林之夜转身打开一个变形的铝锅盖,用木铲子盛出两小碗米饭来,冲童妮说,饿了吧？吃,很香的。

其实离与刘玉华吃小笼包的时间不过才两小时,但是,仍然有一种结实的不可思议的饥饿感迅速地窜进她的胃里,她端起小碗吃了起来。吃罢,当林之夜收拾好碗筷和临时搭成的小饭桌,回到其中一间卧室里,童妮这才仔细地看看了眼前的房间和人。

房间里有着明显的突击性清理卫生的浓重迹象，新床单底下露出以前旧床单的一个斜角，一张新买的碎花塑料台布盖在原来的旧桌布面上，中间起着两叠皱子，被切成两截的可乐瓶子里塞满了零碎的垃圾和烟头，磁砖地面用拖把拖过不久，可能是地太脏，拖完晾干后的地面上，留着明显的灰印子。她便有些发笑地起身往林之夜的一个简易塑料衣柜走去，刚刚坐在床沿上点燃一根烟的林之夜一抬头，几步赶到衣柜跟前时，她已经将一道拉链从上拉到了下，里面的衣服，洗干净的，没洗的，团在一起，摞得顶着挂衣杆，几件刚塞进去的牛仔裤和体恤衫随着她拉开的拉链一骨碌翻下来，跌在她的脚背上。

林之夜从她的背后伸出来两条胳膊，一只搭在她的后背上，一只忙乱地弯腰拾起衣服，往衣柜里一塞，拉上拉链，将她在自己的手膊里一转，两个人都坐在了他的床沿上。

别乱翻，单身男人的宿舍都是这样的。说着，他手中的烟灰又不听话地弹到了童妮的裙子上，他又用手忙乱地拍起了烟灰，边拍边说，唉呀，烧坏了衣服不要紧，别烧坏了我的姑娘。

被男性语言中的糖糊住了眼睛的童妮低下了头，一脸潮红几乎使她的整个脸部能够渗出水来。林之夜的嘴唇挤过来，在童妮的脸上吸了几口。也许是早就有所准备，也许是早就下定决心，总之，在那种类似按着林之夜的某种思路发展的情形使林之夜透着一股把握十足的口气在她的耳边低声说，晚上别走了，行吗？我今天不加班。

童妮起身从林之夜的温度里离开，站在离窗最近的一处桌角旁，然后，她宁静地看着林之夜。

我想一个人生活一段时间，童妮说，也是一种准备充分的语调。

随后，他们在彼此有所准备有所预料的对视里沉静了下来。为了减轻彼此的负重，林之夜很快地从桌子的几个抽屉里找出一些以前的诗稿，信，明信片，各种设计入围书，还有一些他生活在乐坪艺校的部分旧照，往桌子上一摊，两个人这才很放松，也是很惬意地聊了起来。

我正准备清理一下以前的生活，该扔的都扔掉。林之夜笑着说。

扔掉的东西越多，说明你以前的生存价值越低。童妮回应他。

对，所以，我总是保留，舍不得扔，现在，你倒是可以帮帮我。林之夜说。

　　他们像一对有着血缘关系的人那样亲密地开始清理一些东西,过去的,陈旧的,灰暗的,青涩的,无知的,一个个过往的与文字与油画与女性有关的纸片杂志信件报纸底稿相片被分类摊成一堆。只一秒,童妮的手从众多的照片中抽出其中一张,对正在忙碌的林之夜摇了摇。

　　这是谁?童妮用手指了指一张发黄的照片,照片中,林之夜也是用一只手搂着一个脸盘圆润的姑娘的肩头,靠在一辆破自行车上,一片树影从照片的左边部分弯垂下来,使得照片有着很遥远的怀旧感。

　　第一个女朋友,还行吧?林之夜的脸上浮现出一种记忆不在的模糊和忘却感。

　　挺漂亮的,至少,从脸部来看,比我漂亮,属于传统型的漂亮。童妮诚实地答道。

　　可惜,身材不好,我是说比例。林之夜遗憾地回忆着已经成为过往的东西,某个感动过他的瞬间在他的记忆里打开,在他回忆的脸上猛然一闪便消失了。

　　但正是这个姑娘,让你初步了解了另一个世界的珍贵。童妮分析道。

　　不全是,了解之后也许混沌的状态更严重一些。林之夜沉思了一下回答道。

　　那现在呢,对她是一种什么感受?童妮好奇地问。

　　过去的感觉,都过去了,很远,好像是另一个男人撞开了她的生活。林之夜说。

　　那你们还联系吗?童妮又问。

　　再也没有联系过。林之夜说。

　　哦,爱情过客的那种,第一批过客的那种关系,童妮说,仍然关注地看着照片中的那个"第一个女朋友",心里忽然冒出一个念头:他现在有没有跟别的女人在一起?一种坚硬的甚至是冷漠的即将被某个进入过自己的男性所要遗忘的心酸与伤痕从童妮的眼睛里重重地一划。她放下了那一叠旧照片,但是,正是这个小小的动作,从那叠旧照片里又滑出了另外几张旧照片,其中一张毫无疑问地引起了她强烈的的好奇的欲望。

　　这个呢?童妮谨慎甚至是极力地隐藏着一种潜在的妒忌问林之夜。

　　她,一个朋友。林之夜答道。

　　一种根本听不出任何感情色彩的语气让童妮一阵受伤,这种语气,恰好说明珍藏照片的人,永远对照片中的异性怀着至高无上的爱恋情结。

　　童妮收起林之夜摊在桌面上的那些旧东西,恢复成先前的客气语气说道,算了,还是你自己慢慢清理吧,我可不知道哪些东西是你想要扔掉的,哪些东西是你想要保留的。

林之夜听了,毫不在意地将一双完美无缺的男性的手伸进他的旧物,翻了几下,便清出一大堆即将要清理出去的东西,当然,也包括他的"第一个女朋友",而那个透过照片足以引起童妮怀疑与嫉妒的另一个女子照片却被林之夜小心地握在自己的手心里。

童妮用一种很异样的眼光看着林之夜,片刻,她重新从林之夜准备彻底扔掉的一堆旧物里抽回那张树影下的关于"第一个女朋友"的旧照,轻轻地放进了林之夜的抽屉,收起来吧,看上去,你们当时还是挺相爱的。童妮有些伤感地对林之夜说。

是吗?林之夜惊讶地抬起头来,看了看童妮,也许吧,他又在模糊的回忆里增补了一句。接着,童妮看见,林之夜很仔细地将那张被他称为"一个朋友"的旧照片夹在一堆整齐的信件里,放进了最靠近床铺的一个抽屉。

我见过她,那个相片中的女子,在你住院的时候。童妮仍然好奇地看着林之夜,希望他能够在他们如此近的距离里为她说明,或者是交流些什么。

对,她是来过,是路过,准备在深圳找一家接收单位,她已经毕业了,在湖北美术学院学雕塑,这种学位,很难找工作的。他解释道。

你们,一直在通信吗?童妮故作大方地问。

对,在纸上交流比在生活中交流容易多了,而且她最近来信告诉我,她又开始恋爱了。林之夜忽然真诚地望着童妮,用一种大度而豁然的笑意代替了一种潜伏的不太明朗的沉寂。

你的意思是说,我基本上属于那种停留在与你进行生活交流的范围,也就是说,我生活在你的纸张以外?此时,童妮的语气已经有了很重的受伤感与矛盾感。

你们是两类人,看得出来,如果把你们两个人同时放在一片荒无人烟的野滩里,你肯定是那种能够找到无数种求生办法的人,而她,就很难讲,她可能,只会等在原地,以为全世界的人都正在想办法去救她,这样一来,有可能,先死的人是她,而不是你。林之夜一口气说完这些话后,沉沉地呼吸了一下。

你所描述的我是一个很坚强的女性嘛,不过,我要告诉你,有可能另外一种结果更为接近现实,那就是先死的人,往往都是那些尝试着想要往前行走的人。童妮直视着林之夜,试图告诉他,在他想象中的她离真实的她还有着多么大的差距。

女人都如此,天生的,总觉得自己是最脆弱的动物,但是,当你们得到了一个男性,情况就变了,就好像你们控制了整个你所害怕的另一个活的世界。林之夜优雅地笑了,同时在童妮的头发上爱抚地安慰性地轻轻抚了一下。

一阵出乎意料的清醒的激流从童妮的心间漫过,童妮能够很清楚地从他的肢体语言中得到她一直想要遇到的那种模糊的暖意。

我要走了,快下雨了。童妮在清醒的激动的情绪里站起身开始与林之夜告别。

林之夜这才望了望窗外阴沉沉的天色,阴云压在窗顶透出来的天色里,灰暗的团状物浮动在那里,仿佛雨水随时会从天上倒下来,几声克制不住的响雷从天边传进来,硬生生地裂开山体的响声让他们一阵颤栗。一扇未关紧的窗户忽然在快速的海风中张开又合上,合上又张开,几星暴雨即将如期登陆的零碎的雨点飘了进来,甚至是打在了他们的脸上胳膊上。

林之夜关好了窗扇,回过身,抱住了童妮。

别走了,今天晚上留在我这里。林之夜说。没有任何羞愧,但也不能说没有任何爱意。

这种天气,会让人感到无限地寂寞,你呢? 林之夜抱着童妮的身子用了一点传达信息地一紧。

童妮没有做出回应。她在想什么? 似乎有另一个完全完整的她,正从她此时的肉体里偷偷溜了出来,站在他们拥抱的姿势外围盯着她。这种奇怪但真实的感受让她在林之夜的怀里扭动了几下。

我要走了。童妮挣扎着说。她忽然想到了她的右腿,一条长于左腿几厘米的右腿,每当她穿着高跟鞋时,必须在左脚底下垫上鞋垫的右腿,一阵怕被别人洞察和怜悯的情绪涌上来,她的身体跟着又陷入一种新的迷惑。

不,雨停了再走。林之夜说,顺势将童妮压倒在床铺上,迅速地掀开了她的上衣,比想象中还要真实而又轮廓娇好的乳房奔进了他们俩个人的眼睛,他们不得不同时闭上自己的眼睛。

在眼睛合起来的那个瞬间,童妮明显感到了林之夜想要寻求新生的欲望,他的手,一只托着她的背部,一只伸进了她的乳房,在那里,他捏紧了她,也吻了她。一股强烈的恍若隔事的迷茫感冲进她的胸腔,伴随着一种莫名其妙的想要搞清楚什么东西和回应着什么东西的宽容的母性忽然从她的心瓣上盛开了出来。

我应该是他孤独的载体。童妮想。

随之,童妮放松了警惕性,肌肉和骨骼在异性的欲望里摊牌。直到林之夜试着要解开她的乳罩前，她才像是从一个装满滚烫的迷茫之自来水的浴缸里翻起了身体，在林之夜的极力搂抱中生硬地抽回了自己，整理好头发与衣服，站在林之夜的对面。

今天不行。童妮冷漠地对林之夜说。

为什么？林之夜似是而非地看着童妮。

因为太缺乏爱。童妮转身便离开了那个出租屋。

4

再一次得到林之夜的拥抱，是在童妮收到父亲的退款单后。

她又开始在一家设计公司担任办公室主任一职，工作不是太累，主要是细心便可，每天按照公司已经十分完善的行政管理体制去监督每一个角角落落，一种无聊的重复的日常工作，表面上穿着十分年轻的她，与内心里已经开始老化的她，随时随地地表现出一种离人很近又离人很远的气息，这当然是不允许的，尤其是在私营企业中，投资人要求的是每天每时每刻每秒，你的骨子里你的肉体里你的灵魂里都得像爱惜自己的心脏一样爱惜这个集体。她时常在放弃与妥协中徘徊不定，很显然，如果她肯自然而然地放弃她心中时隐时显的想要搞清楚"人活着到底是为什么"的梦想，她的地位便会明朗起来，她的思绪便会无限制地聚集，她就会情不自禁地为一个公告一个业绩一个活动一个新桌子或者是一位新同事而兴奋起来；与此相反，如果她又情不自禁地躲在肉体的背后，时刻以一种旁观者和观察家的心情去不断地探究一个公告背后是否预示着某些相关人员的毁灭性的生存轨迹？一个业绩背后是否潜伏着更大的用诺言与欺骗来终结的人为的句号？一个活动正如一场完美的演出一样只不过是为了换取更多人的被煽动的某种情结？一个新的桌子代替了一个旧桌子，是否就是一批旧人被一批新人所踏没？而一位新同事，他是否根本不愿意出现在这样的场合与这样的公司，甚至是出现在这样的时代，可是他又眼睁睁地出现了，被虚幻虚伪虚假与虚构重新包装,套在一场虚无的过程里?这就是所谓的每天必须面对的时代和物质?是选择用宽容用批判用激昂用真实用朴素用精巧的活的思想去凝练和审视它的存在?还是选择用房子用车子用职位用工资用华衣用美颜去装饰并验证它的存在?

是从世界转动的核心去打量整个地球的一段光阴?还是从一段光阴里去丰满整个地球转动的某一个微小的具有生命价值意义的核心?

现在,童妮觉得生活在深圳这样的城市就是一个不断被伤害的过程,因为你必须学会同化,说一样的话,做一样的事,完成一样的工作量,渡过一样被复制的日子,而幻想的火焰正在这处看似恶俗不堪的处境中显出了它的悲情的魅力,因为你总是被工作被环境被时间被同化的城市主旋律所监控,悲情就来得凶恶一些;另外的情况是另一种反差,比如,当你一味地感到幻想帮助你留住了宝贵的激情,保住了一条不断审察外部世界的通道,一个肉乎乎的被灵魂腐烂过的你,正激情万丈地在这条通道上来回奔忙,忽然,一声"交房租""交水电费""上车请投币""一斤白菜3元""修剪长发30元""一瓶矿泉水3元""一份盒饭10元""我的口袋里还剩20元明天千万要正常发工资啊"…………这些恶俗的声音只用其中的一个音节就踩烂了你的那条通道,灵魂像一片烂菜叶子一样在垃圾桶里发抖。

童妮又重新开始在夜里发呆,没有伴侣,也没有倾听者,腿上摆放着一些散乱的书,而思绪在书本之外的世界里四处散魂,甚至在某些轰隆隆的城市的夜的节奏里忽然无法克制地想起了自己的故乡与父亲。

在沉闷的工作环境中,故乡变成了一张色彩流丽的巨网套,在她所在的城市上空,每一个网状的窟窿里如果有一片城市的肉片从中间落下,那么,相应地,就会有一片故乡的肉片从这个网状的窟窿里也同时着陆,这两块肉同时砸在她的口腔里,肥腻和熟悉的口感呛得她喘不上气来。

故乡是一块熏肉,焦黑地挂在一截麻绳上,就着一把小菜味入悲欢。

深圳则是一块扣肉,肥而不腻颤动不止,仿佛你是它油脂中的一堆梅菜,细嚼便留有余香。

童妮在两块肉的想象中流下了一串清白的口水,这时候,父亲的形象奇怪地绕过这两块肉的引诱伫立在她的窗前。她已经很长时间没有往家里写信了,也从未给家里打过电话,她几乎是被整个的出生地给遗忘了。她不服气地起身来到洗手间里,对着一面镜子细细地看着自己。一个变性的女体从父亲脸上飘了过来,她忙乱地伸出双手捂住自己的脸，从指缝里，她看清了自己的容颜，清豆般的眉毛，黑豆般的眼神，红豆般的嘴唇，黄豆般的皮肤，一星隐蔽的浅淡的肉影线似地挡在她的右眼皮上，低下眼睛时，有一星模糊的黑影在眼皮上晃着，抬头，便消失了，以为从自己的眼睛里多出了一些没有及时抓紧的物象。

我应该回去，为他烧火做饭种菜种地养鸡养猪洗衣扫灰，常年累月，日复一日，直到，他金口常开。然后，我得再次想着嫁一个正常男人，一起吃饭、穿衣、做爱、生儿或育女，让那个金口常开的人抱着他的孙子在临入土前笑一笑。童妮想。

这是童妮来深圳后，第一次强烈地想要回到生她养她的新疆，她忽然间觉得父亲不开口的现实堵住了她的一切，仿佛她同时被整整一代村庄所堵住一般，她有些害怕，因为，被你所了解所熟悉所热爱的故乡堵住了眼睛将你抛弃，这种滋味将会是多么可怕。

她再次决心递交辞呈，根本还来不及融入到一个新的工作环境当中去，她就已经开始心生腻味与抱怨。每天八点准时打卡，在办公室里转一圈，整理一个桌子上的文件，看看其他的人怎么过？然后想想自己怎么过？每天走一样的路，坐一样的车，用一样的笔，说一样的话，放一样的屁，共用一样的蹲厕，只要你敢出现一次不一样的信号，你就会被请进总裁的办公室里谈话，这样的总裁代表着深圳先富起来的那群人，坐在大班椅子上，握着最新潮的手机，穿着刚刚在中央一套启动广告的名牌服饰，目光里永远是自信激情同时涌动的压迫感和优越感，烟灰缸里燃剩下的是你一个月的工钱，坐在你的对面，冷静地为你分析你在他手中的"走势"。

你是很有潜力的，只要你努力。总裁说。

她无从回答这样的谈论。

做一个正常的出色的女性，这在深圳并不难。总裁说。

当然，我不是说你天生不出色，恰恰相反，你天生是出色的，只是看你在我的公司想要拿出多少颜色？总裁在自己的借喻里充满修养地轻微地咧着嘴笑着。

我正在努力。她终于说了一句在她看来既能表达她的处境也能表达他的要求的转述。

那就好，你来公司已经快两个月了，试用期马上就到了，你有什么打算？总裁忽然充满兴趣地望着她，这种眼神让她很被动，她弄不懂，他的眼睛明明是很亮的一种，但是，对她来说，却觉得里面正在装卸着煤油。

她整个地在总裁对面的会客椅子上晃了一下,两只手绞在一起放在大腿上,手心向下,捏了自己一下。

没有什么打算。她完全按照自己一惯的思索的逻辑回答了对方。

从总裁的脸上,她看到了她当初前来面试时从他脸上划过的那道阴影,他想通过自己的自信与成功完全掌握任何一个从这座城市里飘进他办公室里的异性,只要这些女性的身上哪怕只飘来一星他所想要弄懂或者是好奇的气味,他都会像一只老虎一样呆在笼子边上为她们打开那一小扇带锁的小铁网门。

现在,当初只需要一个小小的眼神就可装进笼子的她用"没什么打算"震掉了他心中的一把小锁,一种出乎意料和本想抢先于逃跑者之前就打算用自己的方式选择除掉对方的大意从他的脸上漫开。稍倾,他恢复了常态。

听说,你写过一些诗?还在大家乐舞台工作过,也就是说,你喜欢文学,或者艺术?总裁将两只拳头抱在一起,支在自己的下巴上,用两只垃圾桶一样的眼睛看着她。

对。这一次,她对答如流,又快又准。

那好吧,你可以去填写离职申请单了,我认可你的打算,不过,我需要提醒你,以局外人的名义提醒你,在这个城市,像你这种理想,像你这种性格,最后,怕是连买一张纸的钱都挣不到。总裁如愿以偿地为自己招她进来的失策挽回了颜面,脸上重新闪烁着一股充满智慧与超能的气慨。

她从总裁的对面也站了起来,直视着他的眼睛,平静而满脸通红地说道,请允许我也以一个局外人的名义提醒你,在这个城市,像你这种人,像你这种性格,大概以为全世界的底裤都是用造钱的纸币糊起来的。

她头也不回地离开了这家公司。工资一分没要。

就在这种心境中,她收到了父亲从新疆退回来的汇款单,那是她早些时候寄回去的 2000 元钱,现在被父亲退回来了,汇款单上粘着一张小小的白纸条:查无此人。笑话!查无此人?这四个字像几块凝结成嘲笑意味的石头朝着她的脑门一击,她的心里产生了巨大的被什么东西活生生撕裂开来并塞进一堆想要彻底抛弃她的旧棉花。

一种柔软的正在扩大的罪恶感升上她的心头:有一度,她的初恋也是如此,无论她如何坚持,均是查无此人?这不是笑话和笑话的延续吗?笑话好像在老人与年轻人之间传递了一根无限长的接力棒。

人们喜欢自残,而且是在亲人之间最易展开这种实质性的交易。她想到父亲的冷面,更想到了自己的自私,因为她总是想要得到更多更圆满的部分。

她去找了杨柳。在杨柳面前,她哭了。只有在杨柳面前,她才是最真实的,当她失去主意的时候,这位友人会给出什么样的一面镜子来反射自己?

她们一起站在布沙村的某个街道中间,四面均是流水线工人的集体宿舍,每一栋楼房的阳台上都挂满了厂服,满得让人心里滴着洗衣粉。杨柳正准备去上夜班,她只有半个多小时的谈话时间,身上同样地穿着蓝色的夏季厂服,一阵悲哀越过她们彼此相望的眼神。近来,只要有机会见面,她们的眼睛总是被这样绝望而迷茫的眼神所控制。

要不,我也辞工吧,我们一起开个小店?杨柳嘲弄的浅笑里有些许认真。

卖什么?衣服,手饰,化妆品,家电,小杂货,旧杂志,还是珠宝?就算是开个米粉店,也要投资好几万呢,你有吗?童妮的脸上露出极其不情愿的神情,这种生活即使有人拱手相让也不会真正引起她的好奇与坚持。   是啊,感觉那种生活离我们很远,想想现在,我们真是什么也没有,也许只剩一颗善良的心,可眼下,这个时代,心地善良与否已经不怎么重要了,重要的是你是不是有钱,有房子,有车,有地位,有名望。杨柳叹了一口气。

有时想想真是可笑,当初誓死如归地要来到这个城市,以为在这里可以求得一身之地,来到这里后,才发现,寻找求身之地的人太多,所以,我们常常被别人挤在悬崖边上,往下,是万丈深渊;回头,是湍湍激流。童妮酸楚地笑着,这大概是流放青春的恰当的笑。

是啊,来错了吗?可是你看,这满大街奔走的人,比我们差得也在跑,比我们强的也在跑,未必我们就要先从悬崖上掉下去吧?杨柳冷漠地看了看四周。

我想回新疆了,不想漂来漂去。童妮说。

决定了?杨柳问。

有点这样的想法。童妮说。

那就再考虑考虑,蝉脱了一半的壳子,总不能将空壳子吊在屁股上就往柳树上飞吧?杨柳表达了她的意思。

可我又辞工了,不想再去找工作。童妮烦躁地说。

那就找个人先靠一靠吧,一个女人,归根到底还是要靠一个男人的。杨柳建议道。

是吗？那你呢？童妮放松了心情,转而问杨柳。

我已经有家有女,走不脱的,所以,我常常把我所有的希望都寄托在你身上,你应该有点感觉吧？一个有理想的女人,想要在这个城市出人头地是很艰难的,像我这种没有姿色又自命清高的人是永无机会可言的,你还好,你有勇气,有智慧,有能力,有诚心,你还年轻,这是最重要的,你还可以用十年的时间来完成你想要的生活,十年,多么长,又多么短暂,我想,你最好还是试试,不要急于想着离开,不要为了一个沉默不语的父亲而错过自己想要的一生,更不要因为一个不相干的人说几句不相干的伤害你的话就放弃自己的理想。杨柳的分析似乎重新为童妮拉开了一道黑暗中的天窗。

好,我试试。童妮说。

她们在工厂里加夜班的铃声中分手了。杨柳去了墙皮永远都在掉皮的旧生产车间,而童妮在杨柳的建议下坐着大巴来到了南山区找到了林之夜。

林之夜在他的设计工作室里接待了童妮。这是童妮第二次主动去找林之夜,而且还是她先向林之夜发出邀请,因此,她的脸上一阵忙于掩饰的慌乱,连日来的茫然的折磨使她的脸色有些苍白。

你病了吗？林之夜问。

没有。童妮说。

这时候,在他们还未还原到之前见面的亲近状态时,路晓莉推开设计工作室的玻璃门进来了。路晓莉笑得很开心,上排牙齿露出的有些多,正适合于老人们常说的笑时露出上牙根的那类"苦命人"。一股天性的想要帮助和传递热情的本能使童妮重新站了起来。

坐坐坐坐坐,路晓莉扶住童妮的肩膀,边笑,边一连串地安慰童妮,多漂亮的姑娘,多好,林之夜,这就是你的新女朋友？不错嘛,蛮像回事的。路晓莉笑得更开心了。

哦,还不是的。童妮辩解道。

那就来我这儿吧,我这儿缺个行政助理。路晓莉委婉地请求道。

童妮忽然地向路晓莉欠了欠身子,激动地说,好的,太谢谢你了。

不错。明天见。路晓莉露出成功女人看透一切人际关系的浅笑离开了林之夜的设计室。

为什么要答应她的请求？林之夜有些不满。

我需要,而且她是女的,还有,我觉得,她有些喜欢你。童妮的坦诚倒让林之夜为难了。

不会,也许吧,有时候有点儿,有时候又像同性,反正,我没在意。林之夜解释道。

那她的婚姻生活如意吗? 童妮追问了一句。

不知道,没听她谈起过,反正,还在过,还在继续吧。林之夜替路晓莉做了回答,似乎已经标明了一个他们之间所有的关联。

这样啊,童妮露出遗憾的表情,我还以为她是一个独特的神秘的单身女人。

善良的女人都这样,到最后才能尝到生活的甜头。林之夜总结道。

不知为什么,童妮想起了自己的母亲,一个不太善良的女人,她是否在她希望的时期尝尽了生活的甜蜜?

你在想什么? 林之夜停住脚步,好奇地看着童妮。

没什么。童妮答道。

那就好,你总是低着头,好像有很多事情需要清理,不累吗? 林之夜安慰道。

是吗? 我已经很放松了。童妮抬抬肩膀,觉得重量减轻了许多。

好了,就是这种状态,很适合你。林之夜用欣赏的眼光看着童妮,感受到她松懈后的不防备的美。

后来,为了转移话题,当他们从一家简陋的小餐馆里用完晚饭后,童妮在他们闲聊的空隙间很随意地将她的父亲插了进去。

你父亲是这样的男人啊?林之夜惊讶地抬起头来问童妮,对童妮的叙述感到很意外。

什么样的男人? 童妮反问道。

敏感而度量有限。林之夜说。这是一句客观的评价,以他的嘴,盖在她父亲的身上,这引起了童妮的一丝不快,仿佛他们的谈话在父亲模糊的身影上投下了一圈不真实的不洁之光。因此,当林之夜说起他的父亲与母亲时,童妮又即时地插进了她的母亲,很兴奋,甚至是很赞同地回忆着母亲年轻时的一切,以及母亲奇特的非同寻常的离家出走和一去不返。

怪不得,原来你母亲是这样一个女人啊。林之夜表示出极大的遗憾望着童妮,让童妮觉得他捕捉到了她与母亲极为相似的某种特质,介于褒义与贬义之间的某种特质,她的心里顿时涌起一股焦灼和痛苦的泡沫。

你母亲,她的确很美吗?林之夜试图揪住那种特质,想通过眼前的童妮,为另一个他们正在谈论的女人安上氧气瓶。

是的，她很美，过时的美，陈旧的美，就是这种美，让她离开了新疆，到现在也音信全无，毁了父亲，也许，还会毁了我们吧。童妮怅然地沉浸在她的忆想里。

是吗？毁灭有时候就是这样产生的，从另一个人的快感里窜出来，像一只没有长脚的野兽，完整地盖住你清醒的头脑，令人压抑，也令人怀念。林之夜喃喃自语。

所以，我的妹妹才会不堪忍受……童妮停顿下来，直觉得妹妹那双清澈的透着叛逆的略微有些分开的眼睛正从某个筒状物里打量着自己，新的沉重的气息迫使她停止了话语，不过，眼泪并没有停顿，以血缘为纽带的眼泪正从她失神的眼睛里涌出来，让她猝不及防。

为什么每次我们本来是很高兴地沉浸在我们自己的世界里，一转眼，我们就被一种很熟悉的悲情所控制？是以此来求得自己的安宁吗？我们在一起，能不能谈一点其他的事？比如，快乐的事，放松的事，或者是，宁静的事。林之夜建议道，试图分散童妮的忧郁。

怎么可能高兴起来呢？童妮抬起头，用手抹了一下眼泪。

此时，他们行走在深圳中心公园，远处的玉兰花已经凋谢，几片白色的叶子曲卷在绿色的草坪上，四周寂静无声，高处的渐渐暗淡的天色映衬出一块块被染青了的云。

我们搭伙吧，在这座城市一起搭伙度过我们的青春岁月，如果你想忘掉过去的一切，是否可以考虑一下到我这里来，也许现在是我们认识和了解彼此的最佳时机，没有争吵，没有功利，没有利益，没有矛盾，没有旧情，唯有幻想与热情。林之夜一步跨过来将童妮抱进自己的怀里，一种窄小的有硬度的热烈的怀抱。

在悲情还不是太明显，痛苦还不是太新鲜，矛盾还不是太激烈的情况下，童妮的双膊从林之夜的怀抱里穿过他的腰际缠绕在他的后背上。

是吗？你很欢迎我的加入与到来吗？童妮在林之夜的怀里问他。

乘着夜色还没有照坏你的身影，请将完整的真实的你寄宿在我的屋子里，这是我写给你的诗。林之夜柔声地说，顺势吻了吻童妮的头发，头顶，正中的位置，因为常常失眠，那个位置总是在受力的时候伴随着极微妙的痛楚感，这一吻，捣乱了那种痛楚的直觉，一股麻酥酥的静态液体从那里滴进她的心间。

是吗？童妮在林之夜的怀里发出一种含糊而怀疑的回应。

难道在我之前他有带过其他不固定的女人来吗？童妮的身体随着她本能的猜测在林之夜的推进里抽动了几下，立刻，他感受到了她的猜测。

我会对你好的。林之夜说。如果在平常，在电视里，或者在小说里看到这句话，童妮会以俗气来评价，然而，现在，正是这句充满俗气的承诺多少让她安静了不少。

今天，童妮穿的是一条式样很简单的专门捡了合适的样子选了暗色印花的冰绸在裁缝店里制作的连衣裙，式样是韩式的，冰绸是从东门老街的布料城买的，裁缝店是上海师傅开的，所以，她的曲线多少帮助了她作为女性的清雅的格调，在她出现在林之夜的设计工作室时，林之夜一直都在设想如何才能脱下她身上的冰绸进入她崭新的精神领域。

我要掌握你身上的每一条曲线。林之夜在内心狂热地想象着，在他搂抱的动作里，他为童妮对未来生活的想象加大了柔情的力度。

我们同居吧？林之夜说。

童妮的身子动了一下，看上去，表情里有潜藏的仿佛即将化成一个逃跑女巫的醉意。

难道一切都是你说了算吗？童妮似笑非笑地看着林之夜。

童妮的态度是处在同意与不同意之间的那种，因此脸上浓浓的笑意弥漫着一种很难把握的羞红与抗拒，当然，在林之夜的性欲还没有完全消退之前，他们感到人生的实际意义从来都要比性欲来得更加真实而可靠。

是的，自这个鲜花凋谢的傍晚，林之夜决心与童妮同居，如果合适，也可以进入婚姻的殿堂尝试一下凡间的生活。当然，林之夜所要面临的第一步，是在越来越远的画布中间，用他调好的颜料堵塞陆重篱对他一切构成的困扰与妥协。

守灵岁月

人的身体中最暖和的部分藏在哪里

人的思想中最冷漠的部分藏在哪里

它们在人们的日常生活中占有多少比重

它们在岁月的长河中过滤了哪些时光

它们在哪里交汇　相互扭转纯粹的光芒

它们又在哪里遗失　　抽空它们自身的部署

它们是否拥有过　流浪的脾性

在朴素的意识里　它们经历

并且磨损什么样的事物

———以诗题记

1

　　童妮去找秦勃的时候，是洪晓琳接待的，她并没有见到秦勃，这对童妮来说是一个新的始料不及的深层次打击，按照常理，秦勃派洪晓琳来面对她也是可以说得过去的，然而，从情理上，童妮甚至不是害怕，或者不愿见到秦勃，相反，在经过时间的洗礼后，她常常想起他们在一起的那些时光与事件，那些曾经以为已经伤害到她的时光与事件，像被泥巴糊住的红砖在她新的恋情里露出坚硬的朴素感与怀旧感来，童妮从脑子里搜索着有关秦勃的形象与气味，哦，对了，是桑树的形象和味道呢，她的手穿过那些浓密的枝叶在秦勃的脸上留下设想中的亲人般的抚摸：在即将到来的不得不忘记的时光和事件里，这棵树的生命将会穿过新的楼层，从建筑的高度重新架起她精神世界中的篱笆和避难所。

　　在一家西餐厅里，一个没有窗户的角落里，仅靠壁灯才可以看清对方的角落里，洪晓琳从背包里掏出童妮和秦勃当初从民政局里领出的离婚证，洪晓琳像扔用过的一片纸巾一样将两本墨绿色的离婚证往童妮面前一扔，用一对明闪闪的大眼睛友好而责备地翻了童妮一个白眼。

　　神经啊，你，当初就应该取走你自己的那一本，何必留到现在，后悔了吗？洪晓琳问道。

　　他没给，我也忘记了。童妮解释道。

　　真是神经唉，你这个人，还挂着秦勃？洪晓琳又笑着翻了童妮一个白眼。

当然，领证的时候谁不是觉得自己一定会和对方白头偕老呢。童妮又解释道。

唉，算了，你这个女人，思前想后，怪不得秦勃说他不想再见到你。洪晓琳说。

所以他就派你来了。童妮接着洪晓琳的话说。

我不来还能让谁来？让宁志达来吗？你发神经啊，宁志达不是一直巴望着你们离吗？洪晓琳笑着，以一种局外人的清醒笑着，这种态度多少刺激了童妮，她曾经在他们的麻将桌前为洪晓琳端过多少次饭碗啊……甚至，当洪晓琳回到老家与刘冰峰成亲时穿的那身高档的职业套装还是向她借的呀……现在，洪晓琳竟然也变成了他们过期的婚姻的局外人。

他们都还好吧？童妮压抑住自己的失落问洪晓琳。

宁志达发了，说是要买房，股票上赚了不少钱，不过，快要笑死我了，听说，放暑假他老婆来突然袭击，看到他有了别的女孩子，一个没结过婚的女孩子，他对人家说他还没有成家，正在闹着，这个星期刚回湖南，处理家务事去了。洪晓琳有意在避开秦勃的近况，为什么？童妮等着洪晓琳能够主动地转入她所期望的下一个话题，但是，洪晓琳只顾吃她的荷叶滑鸡饭。

童妮忍不住了，问洪晓琳，那秦勃，他也好吗？

你还能想到他啊？洪晓琳十分不客气地将叉子插进干瘪的荷叶里说，你不是从一开始就不爱人家吗？分手的事情不是你一次次挂在嘴边吗？要我看，人家挺好的，像你这种女人就应该找他那样的。洪晓琳的语气第一次带着明显的气愤。

童妮的心里忽然在洪晓琳的气愤里滋生出了一股新的希望与绝望，希望秦勃还爱着她，绝望则是他们已经分开了，想要再合起来，已经不可能了。

靠谱你知道吗，什么叫靠谱？就是一个男人和一个女人，在地球上只剩下一口水时他们会排除万难想要分出半口给对方的关系，这才靠谱，你反正是没戏了，你和秦勃这样的男人离了婚，等于是把整个地球拱手相送给了另外一种女人……洪晓琳的话停顿了下来，犹豫着，是否要说出恰当的词，和那个大家彼此心照不宣的女性名字来。

你是指赵艾玫吧。童妮也吐了一块鸡肋，认真地用牙齿清理着细弱的鸡肋包藏起来的那几根骨。

对，猜也猜得到啊，她巴不得乘虚而入，她天生就是这块料。洪晓琳的话里暗指赵艾玫的行为未必她也举手赞成，但大家都是朋友，事情到了这一步，她一个旁观者又能说出什么好话来呢。

你呀,真不该来深圳,你不适合这里,来这里的人是为了赚更多的钱,你来这里不知道是为了什么? 洪晓琳气恼地说。

为了在时代的魔咒里寻找一颗颗干净的灵魂。童妮笑了,又用了一句行内话。

笑死我了,你这个人,人家秦勃就要和赵艾玫结婚了,你还笑得出来。洪晓琳放下叉子,停下了咀嚼,无奈而伤感地看着童妮。

那有什么? 这样一来,孤魂和野鬼刚好可以配对啊。童妮故作镇静并且有意夸大地冷笑着说。

算了啦,都已经这样了,你就别忌恨他们了。洪晓琳缓和了语气。

我忌恨他们? 我? 一阵哽咽堵住了童妮的嘴巴。

算了算了算了,你不是一心想要离开人家吗? 现在别人有了新欢也是正常的。洪晓琳又放低了一个音量。

这么快,才多长时间他就有了新欢? 童妮在心里责怪起秦勃来,但她自己又何尝不想拥有新欢呢? 难道她的可耻不是显而易见的吗? 童妮开始落泪。

洪晓琳的语气软了下来,对童妮说,别哭了,关键是你以后要比别人过得好,过差了,也就彻底完蛋了,知道吗?

这句话,总算是拉近了童妮与洪晓琳的距离。童妮听出来了,洪晓琳知道的细节一定比她想要听到的还要残酷。她忍不住想到了她的多次失业,她的很多无助,她的无比虚荣,她的非常无耻。是的,失业原本是可以避免的,虚荣是生来就有的,无耻是知道有些东西本质上是无法把握并且不能长久拥有的,还要像烈士一样迎头而上想亲身去验一验的冲动。

好了好了好了,哭有什么用? 想一想你自己该怎么办? 洪晓琳为童妮递上纸巾补充道,还是把眼泪擦掉,好好地写一张财产清单吧。

是的,至今仍然还保留在布沙村的秦勃的爱情骨灰,还有每天通过阳光和雾气笼罩着童妮的爱情骨灰,它们双双抱卧在布沙村的出租屋里,事隔不久,这些爱情的灰将会随着海上吹来的风四散而去。

把财产清单列出来交给洪晓琳后,童妮几乎没有好好地与洪晓琳道个别,就急匆匆地转向而去。童妮异常伤感地回到了布沙村,这是她以永恒的秦太太的形式回到布沙村的最后一夜。

在回去的路上,童妮忽然很害怕进入到那个出租楼的过道和房间,那是她与秦勃从前生活过的地方,当她的脚踏上台阶,一步一步上了六楼,打开那道在他们分手前总被争吵撞得浑身发抖的防盗门，一身疲倦的童妮跌倒在他们过去的床上。现在，这张床，归根到底已经变成了她一个人的床，在清单里，这个物件倒是属于她自己的。童妮躺在她购置的物件上，她并不想哭，并不想用眼泪说明什么，这些可恶的水一样的东西却自动从她的眼睛里溢出来，爬满她的脸，让她觉得身体整个地湿透起来，没有一处干透的地方，她在布沙村的最后一夜竟然变得如此阴冷而沉重。以前，当她和秦勃住在一起时，所有能够让她想起来的画面，原来那些可恨的烦厌的想要逃离的东西统统套上了一件可爱的外衣，一切都变得透明而亲切，并且像一块黑色的头套般盖在她抽泣不止的脸庞上。

在痛苦的回想里，有些缓和的幸福渐渐窜上童妮的心头，她为她那金口不开的父亲而痛苦而幸福，她为她叛逆到灭亡的妹妹而痛苦而幸福，她更为自己在爱情的幻想里亲手放走自己的母亲而痛苦而幸福，这些逃离或者无语的血亲者，他们在这个特殊的夜晚集体变成童妮的支撑点，让她不至于被回想控制或者击垮。

零点时分，路灯又开始将整个布沙村弄得像白天一样时，童妮穿戴整齐向着秦勃所在的新的盘踞点走去，那是洪晓琳临走之前告诉她的，为了和赵艾玫好好地在一起过日子，秦勃在深圳重新租了房，在上梅岭的一个村子里。

来一场经典的告别吧，他妈的，眼看就要破碎的人生与爱情。童妮穿戴整齐地出现在上梅岭，在摆满塑料桌椅的街道中穿行，她那清瘦的背影多了一些沉静的诡异。是的，他妈的，开始吧，繁华的夜生活，她看着从她身边经过的一切带有声音的道具、城市的道具。正是夜生活刚刚开始的时候，从上梅岭的工厂里下了夜班的工友们四散在街道上，溜商场，吃夜宵，谈情，或者找女人，找男人。她在人堆里穿行，并且顺着洪晓琳留给她的地址照直走进那栋新盖的上梅岭 32 号村民出租楼。

秦勃穿着一件白 T 恤出现在她的眼前，对于她的出现，他的表情远比她想象的要羞愤与惊讶。

是你！他说。

紧接着，赵艾玫从另外一个房门里探出身子，整个人包在一件浅粉色的睡衣里，满脸幸福地闪出一张脸。哦，是你！赵艾玫说，然后，她就再也没有出来。

童妮已经一整天都没有进食，因此，一进门，便有一股长时间睡在一张床上的男女混合的气味冲进她的食道，这种混合性质的气味呛得她一阵咳嗽，好久才直起腰来。

你先坐一下，喝点水。秦勃对童妮说，并且精心地为她冲了一杯桔子水，这可真是出乎童妮的意料,他还记得自己最爱喝的饮料是桔子水。童妮端起玻璃杯一饮而尽。走吧,我有话说。童妮坚定的神色,似乎这个新的出租屋里只有两个人,一个是她,另一个,就是这个正在用过去式的怀旧的温情的矛盾的目光盯住自己的秦勃。他们来到了梅岭路的一处树林带里,因为,去任何一个地方都得花钱,这在他们已经没有必要了。

你怎么了?气色不好。秦勃问童妮。

我知道。童妮说。

那就多关心点自己,别老想着追寻什么生命的价值,踏踏实实地过好每一天,最好,找一个比我更适合你的人,然后,平静地过一辈子。秦勃的语气虽然伴有开玩笑的成份,但也伴有隐匿的心酸。

女人所特有的敏感让童妮感觉到了少有的亲近,秦勃变了,短短不到一年的时间,虽不能用物是人非,至少是,情爱已逝。于是,童妮笑了,说道,就是忽然有些想你,来看看你,很久没见了,我也要离开布沙村,那里还留着你的一些东西,你自己,或者派人来取走吧。

是吗?现在倒想着看我了,在一起时恨不能一刀杀了我。秦勃又取笑道。

怎么会呢?杀我自己也不可能杀你呀。童妮的心情轻松了很多。

那就在你的字里行间杀了我吧。秦勃说,这一次,他的口气像是认真的。

不会了,说出来的爱,早就有了防死的特异功能。童妮也认真地说。

那你呢?决定在你未来的文章里杀死谁?秦勃的目光在树木间的光线里来了一个反弹。

杀死自己,只有这样,别人才服你。童妮笑了,想到她与他之间竟然像初次认识一样谈论她的亦幻亦真的对文字的某些偏爱,或者对某类舞蹈的热爱,这种谈话忽然是如此奢侈。

还想跳舞吗?秦勃像是想起来什么似的问童妮。

哼,算了,我又不是专业的。童妮的心果真被一根芒刺击中了,她的人生已经开始在现在进行式中妥协了。

那就好,我们都从半路回到起点,人生几回能折头啊。秦勃感慨地说。

对,所谓的情已逝也不过如此。童妮也感慨地说,并且觉得嗓子已经开始发硬。

这原本就是你最渴望的那种生活。秦勃反思他们的过去,用反思道出他的不满,包括她带给他的阴影,他已经开始学着忘记。想到这里,童妮觉得自己的肌肉也开始发硬。

你还会结婚吗？她问秦勃，声音是怯懦的。

你说呢？秦勃又透出她初次认识他时的那种透明的笑意，毫无底板和遮挡的笑。他们在这句问话里傻瓜一样地对望着，之后，又笑了，一些水，再次不听话地从他们彼此的眼睛里溢出来，令他们笑得更伪善了。

听说，你找了一个艺术家？秦勃抹了一把脸问她。

你呢？听说你找了一个大美女？童妮也抹一把脸问他。

跟艺术家谈情说爱比跟我这种理科生要好一些吧？秦勃不无嫉意地问她。

那当然，就像你跟一位美人同床共枕一样有滋有味。童妮反击了秦勃，并让他感受到了刚才在出租屋的一幕并不是没有带给她任何伤害。

他们同时沉默了下来，一股新的，他们都没有想到过的亲近感排泄出来，在他们的身体之间盘旋。

也许，等我们都失败了，再次失败，我们还会想着和对方结婚，你说呢？秦勃显得宽容起来，为了抚平她的伤害。

是的，我也是这么想的，所以，我就来看你了，觉得你离我很近，近得让我无法正常入睡。童妮吐出她真实的思绪，这并不多余，因为他已经走上前来，拥着她，他的怀抱比他的语言真实而可靠，然而她却永远地失去了这个人。

千万不要轻易忘了我。她请求秦勃。

你也一样。秦勃真诚地摸着她的头发。

那，祝你好运。秦勃说。

你也一样。童妮说。

他们就这样在零点之后的夜云之下正式告别了。正有大片的夜晚的云彩卷着腾飞的欲望从他们身后的山顶尖缓慢地飘过，羊蹄树和木棉树在他们身前身后摇晃着，连它们的落花也是那么地轻柔而从容。

他们在马路上分开了，童妮坐上秦勃为她拦的一辆的士，直到这时，她才捂住自己的脸在车后座上失声痛哭了起来，那种一辈子都有可能挥之不去的想要极力逃开他的罪恶感重新升腾在她的心里，她从未好好地珍惜过他，从未好好地想想当别人的老婆究竟是怎么一回事？她怀着沉重而挥之不去的罪恶感决心从布沙村里搬出去。

每一个人都是可耻的，如果没有看到下一个容身之处，人又怎么可能选择离开现在暂时寄居的窝呢？即使是长久的窝，人们也在可耻地想着如何去捣毁它或者是重建它？每个人都喜欢在情爱的世界里换一种季节，而可耻是它成立的首要条件。

我应该是一个可耻的女人。童妮想。

现在，当童妮看着林之夜从她手中接过她的行李，提着她的历史，走在她的前面，细弱的身体被她的行李压得想要变向地左右打转时，她的可耻论又上升了一个高度，她想立刻就抛弃这个还没有成名的艺术家，她的眼睛似乎又陷下去几厘米，这恰好是她再也不愿意幻想和等待的厚度，她想回还为一个恶俗之人。但就在这时，林之夜回过头高兴地对她说，我们在南山村就住一个月，一个月后我们就搬家。

是吗？为什么要搬呢？童妮随意地问，为刚才的分散有些抱歉。

期满。林之夜说，嘴咧得很开。

原来他也是一个没有"下家"的人。女人的本能又回到了童妮的肉体上，她保持住了自己的善良，而忘记了自己的可耻。善良是女人可耻的底座，童妮站立在它的波浪之上，将随可耻顺流而行。但无论如何，童妮觉得，自己应该好好地活下去，对自己所要设想的生活还应该注入更多的精力。

然后呢？童妮集中精神问林之夜。

没有然后，离开这里，我们很快就会过上另外一种新生活。林之夜的眼神充满期望。

为了迎接童妮的到来，林之夜为童妮购置了新的餐具，新的床单，新的画架，新的颜料，还有一条条新的色彩斑斓的布料，以及厚重而超长的闪着灵光的剪刀。真是可耻啊，他以为他迎接的是一个崭新的女人，而他自己也可以重新开始？真是可耻。童妮在心里嘀咕着，两只手已经开始在他们的新房间里忙碌了，清理衣柜，挂好衣服，男女长短分季挂开；在怎么也擦不干净的抽屉里垫上报纸，分别放进他们的底裤袜子和她的胸罩；用干湿两块毛巾擦净所有的床桌子板凳门门套几组烂柜子；用半干不湿的毛巾擦完所有的墙面；爬在地上一块一块地用去污粉和洗洁精清洗每一块磁砖，连踢角线都不放过；再到厨房洗掉所有的油渍和污垢，尤其是人造石的台面和下水道那里，洗了又洗，蟑螂跳出来，从她的手背上翻过一个个深褐色的跟头，吓得她尖声乱叫着；最后是卫生间，整个磁砖墙面都要洗，陈年的灰尘在清水里变成黑色的粗胖的线条灌进她的袖筒里；然后是洗手盆和马桶,这两样黄锈斑斑,黑污厚集的残留物件,弄得她在自己的想象力中对着下水口吐了好几个来回的旧物,让她再次了解了出租屋的意义。

四个小时后,童妮直起发涨发痛的腰背,用一块干净毛巾将所有打扫过的地方统统又用清水过了一遍,这才提出一件她最喜欢的米色棉布长衫进了卫生间去冲凉了。进去冲凉的时候,童妮不由得想起初次在卫生间里想到林之夜时的情形,那时,她在洗手间里滑了一下,差点摔倒,才一年半的时间,她就已经在他的洗手间里开始冲凉。真是一个可耻的女人!她对她在时间与性爱里所扮演的背叛者的角色骂了一句。

林之夜也冲了凉。

然后,他们下楼去南山村的农贸市场买了菜和水果,林之夜还特意为童妮买了一个大西瓜,在西瓜的头顶拍了拍,这个西瓜已经熟透了,林之夜说,暗示了童妮的来到。

回来后,林之夜开始为童妮做饭,而童妮,则又开始重新收拾房间里的角角落落,比如,一根头发,一星垃圾颗粒,一个被风掀乱的床角,窗台上被窗帘打倒的一瓶水养植物,她反复地归整这些物件,让自己尽快地适应自己即将要开始的新的日子。

后来,无意间,童妮望了望林之夜画架上的一幅草图,是一个农民的巨幅画像,头像,很朴实很无助很沧桑的那种表情,铅笔的线条清晰地显示出农民的悲情来,童妮默默地看着这幅草图,一种对未来的满足暂时唤起她对当下的温情,她为自己选中这样一个男性来唤醒情爱而感到了新的希望。可耻的希望,彻悟的希望,想要一生相携的希望,想要在对方的世界里提升自己肉体与灵魂高度的希望……一种无知的女人天生的乐于对现实生活产生重大幻想的本能加重了她为林之夜献身的意义。

晚上,当童妮拿起一本《追忆似水流年》时,准备妥当的林之夜推门而入,在一阵人为制造的风速里,他们终于正当地上床了。

床单是西洋图案,上面绣着张着小金翅的小爱神厄洛斯,林之夜将童妮的头放在厄洛斯的翅膀上要了她。在林之夜的动作里,童妮的头,尤其是满头柔软的黑发翻卷在一对对小金翅上,那种缠绕让林之夜呼吸困难而又可耻地一次次饱满起来。

林之夜甚至有一种暖意的亲人般的罪责感,是的,他被这个看上去弱小的思前想后的看不清人生方向的同时也没有任何远大理想的普通女子感动了，他用手抚住这个女子的头部，在某种程度上，她终于成了他的，但在最后，在他们忽然有些清醒的结尾里，林之夜用手捂住了童妮的嘴巴。

别出声，有人。林之夜说。

童妮一不动不动地盯住了天花板，这是一块结着比冰层更为可怕的黑色的冰川，那清晰的正方形物件正以新的痛苦的力量压在她的头部。

什么人……你思念的人吗?你得不到的人吗?童妮在林之夜的肩膀深处问道。

好了,别出声了。林之夜放开了她。

在来不及审判的人性的犹豫面前,他们各自做出了应有的牺牲:他们之间的同居生活正式开始。

什么也别说了,别人会听见的,林之夜缓慢地说。

"别人",在他们的爱情世界里,童妮为这个频繁出现的词而发着冷笑。"别人",这是林之夜的语言,到了童妮的思维里,毫无疑问,这个"别人"正好代表着陆重篱,一个隐形的、任意前进或者退后的女性,她正无时不在地生活在他们的爱情里。

她忍不住问他,你在思念一个人吗?

谁? 他从性事里微微侧着脑袋,身体硬起来,从他们相拥的最热的部位筑起篱笆。别说话,小心被别人听到。他说。他的声音虚拟而缥缈,仿佛他正浮在一条河上做爱,在和一片水做爱,在和水里的分子做爱。她开始冷却,毫无兴趣,并且有意躲闪。一种即将到来的,新的,悔恨和不服输的气息弥漫在她的毛孔里。

你知道嘛,我一直在思考造成我们之间的那段距离是什么? 童妮从一堆废旧的布堆里抬起她的脑袋,她的眼神露出想要重新得到答案的姿势,但两条腿已经站在地板上,正在从林之夜平时用来盛放各种面料的一个专用柜子里开始往外一条条一把把延续不断甚至是缠绕不尽地抽出那些鲜艳夺目的布,那些忽然从柜子里飞出来的一道道布料宛若某条带着颜色的小河,正从一个清晰的带着震裂感的遥远的某种扑进他们同居的卧室。

你干什么,疯了吗? 林之夜冷冷地问,好像他几年珍藏起来的那些布料是某个博物馆的仓库里被他现在的情人漫天撕扯了起来。

别这样好吗,动不动就搞得晕天黑地的。林之夜的语气已经归于平淡,并且起身从地上拣起了一块印着幽兰图案的蚕丝面料。

我想知道,你这几年来,是在追寻一片布,一件衣裳,还是在追寻一个人?或者这三样东西你想全部得到……童妮也随手拉扯住了这块印着幽兰图案的蚕丝面料。

倒不如说,你觉得我对你来说,就像一只失去眼睛的盲蚕呢?听了自己对自己的比喻,童妮笑了,觉得自己还是在这条爱的河里染上了一些人生的春色的。

你又来了,我知道你心里在想些什么,我可以坦白地告诉你,人家陆重篱已经分配到北京了,所以,今生今世你也用不着再来花费心思惦记这个女人了。林之夜放开了手中的一卷面料,头也不回地离开了卧室。

笑话,我看还是你告诫自己一下吧,今生今世,你再也用不着花费心思惦记那个女人才对。童妮的话林之夜并没有听到,因此,童妮看着林之夜消失在椰子林下的背影时,脸上多了一层对人生对命运对爱情已经飘满无法估量的压力的绝望。

当林之夜和王磊正在四处凑钱时,童妮已经在路晓莉的露茜·爱服装公司上班了,感动和感激促使她在处理公务时多出了一份牺牲精神,而这并未出乎路晓莉当初重用童妮的想法。

感觉怎么样,我的公司?有一天,从上海参加完服装订货会的路晓莉将童妮领进了她新装修好的董事长办公室,充满美式乡村风格的装修将路晓莉的粟色皮肤衬托得格外引人注目。

挺好的,我特别喜欢。童妮发自内心地感叹道。

真心话?路晓莉从皮包里掏出一个精致的印尼香水对着窗户晃了晃,立刻一连串细小而金黄的小液珠顺着瓶口往上冒出一条珍珠线来。

当然,确实是真心话。童妮笑了,也确实是坦诚的笑容。路晓莉将香水放在童妮的手中,然后帮童妮合上了手指。

送给你的,你看你,来深圳这么久了,也不知道好好保养,不,我用错词了,也不好好包装一下自己,真是可惜了你天生的好底子。路晓莉的话似乎接近了她们正在交谈的距离,当然,这也引起了童妮的羞涩。

我会注意的。童妮的回话正好验证了路晓莉的观察,她觉得,眼前这个姑娘,不,这个女人,虽然年经不大,而且离过一次婚,但并不是不可救药,或者完全没有办法精雕细琢。还有,她还没有闹明白,就是这么一个女人,为什么,那个一直被她看的快要赶上她半条命的林之夜竟然就相中了她,而且,现在,马上,即将,这个快赶上她半条命的臭小子不单开口向她借钱,还要在她面前宣称——他正式进入深圳的服装业了。这个有些忘恩负义的总爱迟到的后起之秀难道还真的会在她已经熟透了的情感世界里引起一些小小的波动吗?答案是:不。

路晓莉随口问到,你们,最近生活很紧张吗?

你说什么?童妮没有听明白,也随口问了一句。

我就直说吧,你们最近——缺钱吗?

不缺啊,我们挺好的。童妮恢复了自信,并且迅速地在脑子里将自己的存折搜刮了一遍。

那就好,我也是关心关心你们。哦,对了,我看你干行政工作有些浪费,你想不想干点富有挑战性的工作?

什么工作?

管拉呗(就是管理服装流水线)。

没问题。童妮应答得干脆利落,她想到了她在流水线上度过的那几年大好时光,她还想到了杨柳,想到这些构成她青春印迹的过往的生活,她觉得,再次进入流水线的生活并没有什么可怕的,也没什么可惜的,在触摸过无数次属于林之夜的面料后,将要开始触摸新的没有情感威慑的生活未尝不是一件令人重新走上正轨的新路。

某天深夜,当童妮还在睡梦中,正被一个场面浩大的类似于漩涡般的冲击牢牢纠结着时,她在无数次面对面的想要紧紧抓住自己的母亲和妹妹的手中被另一只手从梦中惊醒。彻底清醒后,童妮发现,她抓住的是一只厚重的棉被的一角,那棉乎乎的印着碎花图案的棉被,不知什么时候已经深深地陷在在她的嘴巴里,而她的一双手正拼命地想要从嘴巴里将那棉乎乎的东西抽出来,而身边林之夜的位置是空的,空气是空的,身体是空的,温度也是空的,一阵接着一阵的转动缝纫机的机械声从另一个房间清晰地碾过她的耳朵,那是林之夜的爱好,在半夜,或者感觉她已经进入深度睡眠时,悄悄起身,去亲手剪裁一块块面料,并将它们缝纫成一件他想象中的华丽晚装。

童妮感受到了巨大的空茫,仿佛自己是一个看不见的孩子,在成人的世界里永远背负着一张四处流浪的标签挨家挨户地周游自己。在一种很浊乱的思维里,有一天,林之夜提回来一叠钱对童妮说,我表哥搞到钱了,我们的公司可以正式启动了。说这话时,2000 年的春节已经快到了,但深圳的天气仍旧有些冷,他们正一起缩在被子里，没有安装空调的出租房里因为一整天的大雨而更加的潮湿。

你真的打算做生意吗?

怎么,不好吗?不行吗?深圳是一个多元化的城市,服装艺术设计肯定也会有市场的,我觉得,我和王磊的想法应该可以实现。林之夜并不是在征求童妮的什么参考意见,虽然他使用的是疑问句,但他的心思非常明显:他要和别人单干了。

那路晓莉的露茜·爱呢?这时候,林之夜的工资还挂在路晓莉的公司里,确切地说,他还没有正式办理离职手续,公司的某些公告和生产单上,有关服装设计总监一栏的名字还打印着"林之夜"三个字。

那已经是过去式了。林之夜果断地有些狂放意味的话并没有削弱童妮对未来的担忧,她已经彻底失去过一次,她不想再重复以前失去某个人的经历。

定了吗? 童妮抱着一丝幻觉问。

睡吧,明天我和王磊到工商局登记。

一缕阳光忽然从林之夜的肋骨里冒出来,挤进童妮的骨头里,让她几个多月来的恍惚减轻了一些重量,也许,从此,她不用再漂流不定,她可以定下心来,跟着他,再也不用想着"辞职"二字所包含的所有含义与能量会带给她什么样的无助和徘徊。童妮闭上眼睛,觉得夜晚从来没有像今天这样宁静过。

2

通过西原穿针引线,DY 张东阳先生为大家先上了一课:放眼世界吧,放眼于身外的世界,放眼于南方的世界,放眼于身处亚热带的深圳的世界,只用一只眼睛,一只艺术家的眼睛,就可以了然无痕地进入一座城市服装领域国际服装领域的精神核心,一股热浪,一股即将成为深圳服装设计界一哥位置的热浪,一股男性正在游渡生意码头而被财富之海水浸泡的热浪,一股撤离出租屋拥有永恒情侣不再想着更快更决然地去更换更多异性情侣的热浪,是的,热浪,正是这些热浪,这些热浪,这些真实而凝重的热浪,从 DY 正在为他们播放的萨克斯名曲《茉莉花》之中被抽离出来,在林之夜和王磊男性的中枢神经系统里回旋。

看看那些连裤腰都提不起来的人,他们开公司不到几年照样发,都富得流油了,我们有什么可怕的? 我一个朋友,专门跑印刷,只接外单,然后拿到八卦岭的那些印刷厂排版印刷,不到一年,人家赚多少? 十五万啊,十五万,唉,你们知道嘛,我这个朋友写的字还不如我用脚划出来的,笑起来像放土炮一样,人家都能成功,更何况我们?王磊先打破了沉默,看得出,王磊想创业的心思受到了那位兄弟的强烈刺激。

在童妮的眼里,王磊是一个英俊的男人,长得很出色,浓发,浓眉,眼大且亮,厚唇且宽,脸方且瘦,目光中总是充满了自信与真诚,浑身上下都充分表达出一股想干点什么的冲劲。如若王磊不是这副模样,童妮也不会下最后的决心支持林之夜与他合作,也不会从银行里取出那几个破钱来拿给这两个人玩命地烧。她对林之夜总是有些不放心,她毕竟在几家大公司里工作过,她知道什么叫谈生意,什么叫权力,什么叫跟上时代,这三个"什么叫",在林之夜的身上没有任何落难者的准备之前她的心是被动的,她以前生活在流水线,现在依然是,她是从流水线上走出来的一个冷却了的电烙铁,她知道一个知识分子身处社会最底层时的那种幸福与绝望,知道一个产品生产出来仅仅是为了换取利益,而不是为了满足梦想中的某类摆设。她跟工人们呆得太久,她和四川河南湖南湖北江西云南甚至是宁夏过来的大批量的高中毕业生或者持有假高中毕业证的工人们呆得太久,用数字表示出来,是 6。她太热爱这些人,与他们呆在一起,她常常把流水线变成新疆的棉花地,每一个云母,火线,电路板,电缆线,塑胶外壳,包括她后来进入的美资公司,一家专门生产传感器的公司,塑胶外壳变换成不锈钢外壳之后,她的生活,她的工作生涯,已经清楚地用时间地点人物环境,告诉了她这个词语:底层。虽然她呆在底层的上面。但是,那种煎熬中的思索比彻底放弃理想与追求而安心地呆在底层更为艰难。就算是后来,她找到并利用自己优异的几轮笔试与面试或者是通过 DY 介绍而进去的大设计公司,她仍然没有看到任何角落为她准备或者提供一个小小的指引心灵方向的罗盘。

现在,在林之夜的身体里,童妮似乎捕捉到了一个若隐若现的心灵的罗盘,所以她觉得应该继续跟随这样一个携带着精神罗盘的人,虽然,那个罗盘可能已经被其他女性所占有所损坏所潜藏,但,她决定用身体,和精神,全部的,去试一次。所以,她跟着林之夜,来到他请来的一帮谋划师中间,她坐在大家的视线里,觉得自己俨然是他们生活中的另一个罗盘。

正好这么多人都在,要不,看看你选的地址吧?童妮向林之夜提出建议,未等林之夜回答,另一个女孩子兴奋地跳了起来,好啊好啊好啊,我乐意去看看。发出这个声音的女孩子叫史兰兰,

史兰兰是来自于西安宝鸡的一个女孩子,毕业于西安体育学院,学体操的,专业水平很好,毕业后不愿意呆在一所中学里教体育,所以就来了深圳。到了深圳才发现,体操对这个城市来说,也是一个闷屁,所以,赶紧报了夜校,学了财务,准备利用财务职称先在深圳城里混口热饭吃。

史兰兰和林之夜曾是旧同事,并且,史兰兰曾经对林之夜有过闪电式的暗恋情节,之后,史兰兰离开了路晓莉的公司,但却一直在代理路晓莉公司的财务事

务。目前,史兰兰是远近透视服装艺术设计公司的财务经理,也就是即将要开张的林之夜和王磊公司的财务经理。

其实,史兰兰长得并不是很美,眼睛很大,四周有些略显憔悴的暗黄,嘴唇太厚,过于长,额头上总是长有青春痘,粉底液也盖不住,但是说话的声音很温和,而且很柔滑,一点儿也不像搞体育的,还有,她那修长的身材也为她加分不少,腿很长,走路的姿势很迷人,伴随着微微的弹性,远远看上去,身体很直,且高,却不显得笨拙,眼神里时时处处飘荡着一股介于乡村与城市之间的亲和力,有着朴素的时尚感。她不和你交谈的时候,完全是一个值得信赖的朋友,当你和她交谈,当她进入你的内心,可能,就会有一种很危险的信号从她身上传过来,她是那种特别能够适应新环境的女孩子,环境应她而生,故此,她的眼睛里永远充满了紧跟着城市节奏而变动的聪慧信号。

不要说我很狡猾啊,我是被逼的,因为我想挣双份工钱啊。语气的娇媚是史兰兰的杀手锏,拿来对付任何一个除她之外的人。

当天,他们选中的是银湖荔龙别墅区,这个别墅区一共分为八个区域,称为ABCDEFGH,前面四个区域统统为 250 平方左右的别墅,后面四个区域则是这个数的两倍。算来算去,他们决定租在 B 区,位置相对靠前,可以看见银湖湾上的野芦苇和蕨类浮草,几截看似无意实则有意砌成的青石围墙上缠绕着爆竹花,无数的含笑则被修剪成肥大的圆球立在每一户的前厅后院。椰子树就更不用说,山坡上,大草坪的山峦部分(人造山峦),马路两侧每一个转角处,均有它的身影。而高大的合欢树和木棉树看上去已经在这块山坡上生长了数年,围着整个转弯的马路两侧,它们高大而富有欧式意味的头颅一直沿伸到了银湖湾的海岸线上。

B 区 002 号,不做老大,就是老二,咱们的地盘就是它了。林之夜说。

对,要的就是它。王磊说。

只见 B 区 002 号别墅的铁艺大门外,满院子摆放着数不胜数的高高低低大大小小的盆景,有金钱树,有山楂,有铁树,有椿树,有巴西木,润泽的空气保留着它们最终的葱绿,这诱人的景致,诗意的排列,光线,阳光,云彩,清香的空气,超乎了大家的想象程度,也诱惑着大家创业的雄心。大家集体沉默,有一种势在必得的快感让彼此心情澎湃。不远处,一棵高大而繁茂的荔枝树安静地立在前院的左角,跟着光线随意生长的树影从蓝色的天空上笼罩下来,一小撮一小撮绿色的浅紫色的金黄色的各式小花点缀在略微有些泛黄的草坪上,它们摇晃着忧伤的眼睛打量这批不速之客,似乎正是这样一批客人让它们独自品尝了独处的寂寞。

这应该就是所谓的天堂吧。史兰兰自言自语道。

那当然,多么好的开端,我对这个地方真是一见钟情。王磊说。

这一天,他们定下了这样一个蓝图:将宿舍和公司合二为一,节省开支,一楼办公,二楼住人;从户外运来石头树棍杂草将公司用最粗糙的方式进行二次装饰,作为服装艺术设计公司的老巢;第三,公司默默开张,不宴请,不张扬,业绩辉煌时再隆重亮相。

公司的营业执照发下来后,为了庆贺,林之夜请大家去吃饭。童妮和史兰兰并排走在柏油路上,跟着林之夜一行准备去银湖的步行食街吃湖北麻辣虾。在边走边谈的过程里,童妮和史兰兰无意间从大家的群体中慢了下来,并且开始在夜色中交谈。

怪不得林之夜不喜欢我们这种大模大样的女孩子,原来他喜欢的是你们这种小巧一些东方一些的女孩子,这是服装设计师的一种纯东方情结吗?史兰兰张嘴笑着,明显地表示着自己的妒忌。

不,恰恰相反,他追寻的是一种西洋风格。童妮一语中的,但也不觉得自己有什么患得患失。

你这个人还挺有意思的。史兰兰奇怪而可笑地想要扭转童妮说话的轴心。

……童妮无声地笑了笑,近来,她的表情越来越向可疑的想要掩饰什么的境界在过度。

怎么样,快要成为服装界的老板娘了,愉快吧?史兰兰继续着她的直观感受。

老板娘——?说实话,不知道该高兴,还是该有点别的什么情绪来应付。童妮反省自己,似乎只有这样才会在这位明显是暗恋着林之夜的女性面前表示出自己好强的坦诚。

知足吧,林之夜挺好的,挺善良的一个人,我们在露茜·爱公司呆的时候,我就觉得他还好,有湖南小男人的细腻,也有湖南大男人的天分和智慧,那时候,连路姐也是这样评价他的,你不觉得你的运气很好吗? 史兰兰自认为客观地,以探讨的腔调想要进入童妮的内心活动,她大概以为这样可以更好地把握与童妮交流的主动性。

看来我得表现出有幸福感才行。童妮又低低地笑了,想起了她对爱情的迷乱而显得略微有些羞愧。

那当然,你现在是跟男朋友创业,跟未婚夫住别墅,在富人区写点小诗,多好,可以尽情享受照耀在富人区的每一道阳光。史兰兰用羡慕的表情继续她的想象,很显然,这些羡慕不是来自于她,而是来自于她对整个未知的公司前景的一种完美描述,因为仅限于想象,这种羡慕的意味已经默默地背上了怀疑的包袱。

哦,在你眼里,我的生活一片光明嘛。童妮又假装满意地笑了,但心里总有一股被什么东西揪紧的紧张感,或许是一种不知富祸的担忧吧。

在食街的大排档里点菜时,林之夜的头和史兰兰的头几乎并排挨在一起看着那个大大的菜谱,他们的手不约而同地指着一盆菜谱上名为"麻辣火锅虾"的菜肴说:就这个,然后,又相视而笑地看了看对方。

这种情形在童妮这里几乎是没有的,其实,自从他们同居后,他们出去吃饭的机会并不多,因为他们的出租屋在南山村,而露茜·爱公司远在龙华城区,面对那可怕的距离和繁忙的工作,童妮只能每周回来两三次,当然,那原本就不够重叠的充满魅力的吸引力,在这个可怕的远距离和繁琐的日常生活中也就越发地清淡了。现在,每当童妮看着那些开放在林之夜和王磊公司院落里的米兰时,一股不知所措和不知所终的紧张感往往令她神情恍惚,她觉得,在林之夜面前,她对这种情绪的克制已经做得很到位了,然而,面对史兰兰这样一样根本谈不上对手不对手的另一个异性时,她仍然为林之夜脸上透露出的温情和自满而感到心寒。

晚上,他们回到南山村的出租屋后,未等林之夜有所安排,童妮已经下定决心要在龙华城区另外租一个小房子,一股想要证明或者说想要重新寻求独立自主的愿望支撑着她已经开始退却疲倦担忧的心。

周末,杨柳休息时,童妮和杨柳在龙华的大街小巷里寻找到了一个新的住所,不,应该说是一个城市最为荒芜的角落,那是远离城区,几乎是挂在城区耳朵沿上的一片旧建筑群。在童妮的一再坚持下,她们租了一套包水电的月租只有500元的一室一厅。

那是一栋人气不旺的旧楼,不知为什么,在气温高达30度左右的天气中竟然充满了一股阴气,厚重的印花布艺窗帘上被数月的灰尘加重了厚重感,阳光和树荫和花草,从粘满灰尘的玻璃窗户外透进来,一种立体的模糊感跟着这些物象一起卷入眼球,令人心情起伏不定。屋顶四角挂满了成串的吊吊灰,窗户打开后,它们在风中集体颤抖,一股混合着绝望和奇异的气味使它们显得慌张而摇摇欲坠。整个房间的地板已经分不清颜色,只在极少活动的地方,透过沉沉的灰尘才可以看见依稀的图案,但大部分都已经开始起皱,老鼠屎集在它们的缝隙里,连同死蟑螂作伴,在靠近窗户,特别是房间的外阳台处,旧年的落叶不知是以什么形象和什么方式卷进了房间,它们躺在地板上,有几片,粘在窗帘布上,手一抖,落下来,破败的欲望刺得人神经发软。

原来没有人住的房间如此荒凉,好像拥有生命的一切均是它压缩成的灰尘。原来眼睛和手中的世界其实是两样的,眼睛了解到表象,而手探测到实质,手中的负累多么真切,但它却告知了你第一时间去面对的生活问题:除去灰尘。

定了?杨柳会意地看了看童妮,知道这个问话显然是多余的,她们都被那低廉的租金所诱惑着,而清理卫生倒是她们的强项。

那还用说,一切都要开始重新耕耘。童妮抬起手中的扫把,在灰尘中扬起一股拼命想要改善一切的动人姿态。

除了清理新的住所,就连搬家也是杨柳和童妮一起完成的。现阶段,童妮指望不上林之夜,他们已经接到了首批订单,是路晓莉转投给他们的一批香港设计订单,他们必需在半个月内完成一组纯情少女的职业服饰设计,在堆满紫粉色宝蓝色和娇黄色的尼龙+的卡+纯棉的一堆面料中,那些面料的高科技含量已经遮挡住了童妮忙于生计的一张脸。

深夜,搞了一整天卫生的杨柳在困顿不堪中发出沉重的鼻音时,童妮却睡意全无,一只透明的壁虎,像一个调皮的玩伴,在天花板的几条石膏角线上爬来爬去,很陶醉的样子。

哼,天堂,她在心里自嘲这种新的被林之夜带出来的生活,这大概是壁虎的天堂吧?她盯住从窗帘布外照射进来的路灯光,一股正在失去什么的预感使她轻轻地合上了眼睛。

首批订单算是顺利地交付了,路晓莉对林之夜的设计大加赞赏。不错,她说,自己单干后,林之夜的设计又迎来了新的灵感周期。路晓莉对这批在领口和袖口放大了尺寸并且加了精致同色蕾丝花边的现代职业女性服饰充满了自信。我又要赚钱了,这得感谢你的林之夜。路晓莉用拍过林之夜的一只手轻轻地拍了拍童妮的肩膀,那是一种暗示,还是一种怀疑?

童妮,你按照林之夜的设计图开始通知裁剪车间放样吧,复杂的地方,记得,除了要请林之夜过来亲自指导外,必要时,一定要另外下单到品管部,还有,小样出来后,必须由我认可签字后才可以下线批量生产,哦,对了,不管我当时在什么地方你都要通知我回来。路晓莉叮嘱完后,又从大班台上抬起头来,从香烟盒里抽出一根茉莉香型女式香烟抽了起来。

怎么,还没有学会抽烟啊?路晓莉顺口问。

嗯哈,烟又不能当饭吃。童妮周旋着。

错!烟的作用就是,当你已经连续吃不上饭时,它会给你带来足够的购买粮食所用的——钞票,不管是物质的,还是精神的,懂了嘛?路晓莉已经不想再深入下去的样子令童妮感到了压力。她们彼此之间已经没有亲切感,那个厚重的挂着重金属的大门始终坚在她们穿不透的人生轨迹里,当然,这道门上理所当然地挂着林之夜的生动画像,也许这是路晓莉抬举童妮的唯一条件?

再次踏入林之夜的银湖设计工作室后,荔龙别墅区的表面豪华已经隐退,随之而来的是新一轮的卫生清洁运动。童妮看了看正在草丛间忙碌的林之夜和王磊,她卷起了袖子,加入了他们。

她的手指,从白线手套里用力地扯出气势汹汹连成了一片又一片的杂草,她扯着这些草类,倔强而调皮的野蕨类植物几乎覆盖了所有的缝隙,她扯着,又慢慢地扯出一种亲切感,仿佛她不是在荔龙别墅,不是在深圳,而是重新踏进了新疆的棉花田,重新扯住了野芦苇,重新扯住了一切缠绕着命运纽带的无形的绳索。

这种繁重的体力劳动,多少缓和了她对别墅的富裕的恐惧。经过几天与灰尘的战斗,别墅的影子从灰尘里浮现出来,变得干净而整洁,不再被高大的阴暗所包围,因为那变化的过程里吸光了她身体里的汗水,所以,倒让她觉得 B 区 002 号别墅变得不再陌生而遥远了。

什么时候去我那里看看吧。童妮说这句话时,王磊已经搂着来看他的女朋友睡了,夜色已经很深了,周末的味道从繁星照耀的城市上空传递出新的温情,他们似乎要珍惜这种礼遇似的搂抱在一起。

不忙,你又不是住在外星球上,我忙完这阵子就过去。林之夜在童妮的额头上吻了吻,算是对她最好的交待。

如果是陆重篱呢?一个神奇的念头涌上童妮的心间,让她觉得,自己分明不是出于嫉妒,而是出于防范地感受到了林之夜潜在的思念。

你在想什么?她在林之夜的怀里冷不丁地问了一句。

　　林之夜没有回答。过了好久,他才说,睡吧,都累了。

　　王磊的女朋友叫田玲玲,一个主修酒店管理的女孩子,笑起来,两边的脸颊上有两个若隐若现的小酒窝,因此,看上去,显得比实际年龄纯情的多,大概这也是吸引王磊的因素之一吧,一种外在的甜美的近乎要融化一切的异性之美。

　　以后,她来我们公司跑业务。第二天,当童妮做好早餐——叫醒大家后,林之夜睡意蒙□地在饭桌上宣布了他们的这一决定。

　　哦,挺好的,挺适合的。童妮在饭桌上应付着这突然的决定,像自己不应该听到这类消息般地回避了一下。

　　回到林之夜的房间时,林之夜正在对镜梳妆,他们要到田玲玲介绍的一家五星级酒店去谈业务,那是一家国际知名连锁店,听说,为了打入中国市场,要在深圳酒店业掀起一股"海"潮,就连服务员的服饰都要形象体现"海的浪漫",这些是专业问题,而童妮关心的是机制问题。

　　不是创业期嘛,一下子又增加一个人手,资金不紧张吗? 童妮善意地问。

　　两码事,没有业务,设计再好又有什么用。林之夜穿上了一套休闲款的西装,那是童妮刚刚为林之夜新买的一款西装,淡青色的小翻领使含麻量极高的这款西装透出一种豪华的朴素感,穿上它,加重了林之夜的艺术气质。

　　好了,别担心了,我又不是孩子。林之夜从镜子里对着童妮温暖的笑了笑,正是这动作,使童妮忍了好久的眼泪终于掉了下来,她需要这温暖,难道这也是俗不可耐吗?

　　忙完这单,我就去龙华看你。林之夜承诺道。

　　这是 2000 年的腊月十八,远近透视服装艺术设计公司的生意就这样宣布开始了,在接完田玲玲介绍的星级酒店服饰设计后,他们在 2000 年的创业史可以这样来总结:1、等待:他们一直在等待从传真机上忽然冒出一张诚意十足的邀请,希望他们高抬贵手为某个国际品牌服装厂设计一款新的夏装和秋装;2、预约:北京的那位老客户一再变更他的行期后可以在下一轮预约后如期而至;3、揣摩:每隔一个星期,对电话黄页的所有服装公司通通过滤一遍,好在零星或者漫长的交涉中揣摩,寻求下一个可以坐在桌面上与公司好好谈判的新客户背景;4、接待:先是公司每个成员的旧同事,老朋友,跟着,是生活在深圳的一些诗人,作家,画家,书法家,艺术工作者,设计师,然后发展为,生活在深圳之外的诗人,作家,画家,书法家,艺术工作者和各类设计师。这些人,他们陆陆续续前前后后或一人或一行或一群或一个派别,隔三岔五来到 B 区 002 号荔龙别墅里,他们的到访,留下的是茶叶,争论,脚印,烟头,巨大的理想的符号,还有就是,其中某一个艺术工作者,在相隔不到两周内连续带入新的女性,仿佛生活在艺术之外的庞大的社会体系的一个逗号,这些女性匆匆地在别墅里小坐片刻,然后离去,从她们的脸上, 童妮看到了她们对她有距离的遥望与猜度: 她为什么过着这样的生活? 这样的生活好吗? 但童妮还是以一个艺术旁观者的身份热情地接待了这些人;5、清洁:在反复地不停地打扫中,从顶楼,到一楼,从柜子里,到地板缝里,每个可以用肉眼看到的地方,灰尘不断地前来又渐渐地退却后,在这套 250 平方的房子里,童妮拎着一块抹布和一把扫帚走一圈,没有个把小时只能是一件自欺欺人的活计,因此,这日复一日的打扫在烦躁不安的等待,预约,揣摩和接待中被消耗,被挤压,被延长;6、争吵:先是为了一只碗,因为大家都吃过了,最后一个吃饭的人,将自己吃剩的碗往洗碗池里一丢,坐在电脑桌前开始玩扑克,所以,已经洗好碗筷的人,便和丢了脏碗的人开始嘀咕几句,跟着,是为了一个房间,其中一个因为昨天夜里彻夜上网打扑克而第二天霸占着其中一个房间睡了一上午,另外的几个,便群起而攻之,认为这种行为极不妥当,影响了公司的形象与发展,这样一来,争吵就发展成了二对一、三对一,再跟着,大家开始相互争吵,为了一个电话接听得太慢,为了一张纸为什么正面用完不用反面,为了刚刚打扫完的前厅还未干透就印上了其中一个人的大脚丫印子,为了一个传真写错日期,为了一本书反面爬着肚皮朝下放在一汪茶水里,为了其中的一个总是在规定八点准时上班而一定是自行坚持要十点才肯从二楼下到一楼来上班的人,最后,甚至是为了天气,其中的一个对深圳的热带气候赞不绝口,认为这种气候再也不用感受下雪的寒冷而兴奋地谈论自己生活在深圳的优越感时,另一个,早已经跳起来,在大厅里跳来跳去,认为这种天气就是一种折磨青春肉体的天气,永远没有冬天,永远四季混为一谈,永远热乎乎,永远是一副自私自利像是要了每一个热血青年的小脑袋才肯作罢的破天气, 天气的好坏让其中两人断断续续争吵了一个上午……当然,到最后的最后,发展成为一种氛围,如果某一天没有任何争吵的迹象,每个人都在眼睛的余光中盯着另外几个,提前想想今天如果他(或者她)要与我争吵时我得想好用什么语气什么词语才可对得起住着别墅开着艺术公司的身份与处境。

半年过去后,开公司的欲望和热情已经消耗完毕,剩下的是一种朋友之间用以解释义气之学说的坚持，就连这几个人的坚持都是有区别的，史兰兰每个月都如数领取她的工资，她毕竟是个"外人"，在史兰兰领取工资时，王磊和田玲玲的心情总是格外糟糕和沉重。他们俩人早已习惯了在正规的大公司里上班领工资的日子，虽然在大公司里上班时极力地想要拥有一处自由的精神空间，但目前看来，他们自己创造的这片自由的精神空间已经严重地伤害了他们的每一根神经。

他们在林之夜看似无所畏惧的等待与漫不经心之中相互投去茫然的一瞥，他们开始感受到了一种来自于外部世界，也就是这座前沿城市所流淌进来的巨大的生存压力与高度紧张的精神气流。

是的，当你在别人的刀尖上舞蹈，你不会将自己从象征拥有一切的刀尖上推翻正在为自己舞蹈的那盘棋子，可是，自己站在自己的刀尖上舞蹈是一件需要极高受力的事情，受之于自己的欲望，自己的虚荣，自己的迷茫，自己的索要，是一件自己一失手便会摔死自己的游戏。在毫无业绩可言，而投资进来的钱眼看就所剩无几的担忧里，林之夜和王磊越来越感受到一座城市对一群弱小理想主义者的压迫感。

我们真是太天真了，以为自己已经有了一把刀，实际上，这把刀是塑料做的，关键时刻，这把刀，它可能什么东西也切不开。

这种清醒的担忧，不仅影响了林之夜与王磊相处时的最高热情点和信任感，也分别影响了他们与自己另一半的日常生活。直到此时，童妮才感到自己已经身陷其中。

你还要坚持吗？童妮在龙华的房间里问林之夜。最近，林之夜倒是常来龙华，也许这个充满着荒凉意味的旧楼房还能够让他想起以前的自己。

当然，十几万撂进来了，可不是儿戏。林之夜正在床头靠着，手里翻着最新一期的《时尚芭莎》，某位知名女演员正在扉页上叉腰站着，低胸、性感、艳惑的红色晚礼服穿透了他们的交流。

你们露茜·爱的情况怎么样？林之夜看似随意地问道。

还是老样子。童妮想要回避这个敏感的话题，而实事上，露茜·爱的情况远远好过林之夜在的时候，路晓莉不知道通过龙华区的什么路子，从一家外资国际服装品牌贸易公司引进了几个常期的品牌生产订单，她的流水线已经开始更新机械设备了，新订制的奶油色的大型缝纫台在龙华的太阳光中宛若西式糕点般诱人身心。

我想也是这样,她昨天给我来了一个电话,求我帮她设计几个晚礼服。林之夜轻描淡写地叙述道。

是白色雪纺晚礼服吗?童妮正在帮林之夜熨烫一块丝绸面料,烟灰色的底料上绣着一朵朵零散的湖蓝色的真丝水草图案,这是他们原本计划要为童妮过生日的钱所换来的一块布料,在一家不起眼的高级私人会所服装店里,林之夜毫不犹豫地从一位浙江供应商手里购置了它。

童妮把沾着水印的面料往空中抖了抖,然后简要地绕在自己的身上比划了一下,好看吗?她问到。

林之夜认真地抬起头来,但他并没有回答她,而是有些惊讶地接着刚才的话题问,你怎么知道?(他问的当然是有关雪纺晚礼服的事情)

她准备增加新的流水线了。童妮试图减弱林之夜对露茜·爱服装系统的另一层感想。

行,你已经开始为别人说话了。林之夜苦笑着,从一堆服饰书中翻起来准备走了。一本刊有 Kata Winslet 红毯走秀的杂志从他的肚子上翻落在地板上,他边拾杂志边说,女人比我想象的要聪明。

你指谁? 路晓莉,还是我? 童妮放下手中的面料问林之夜。

都是,又都不是。林之夜切断了谈话。好了,我得走了,再不答应为你们露茜·爱设计晚礼服恐怕我和王磊的晚餐都成问题了。

路晓莉为什么要找你来做设计? 童妮冲口而出。

她需要我们这样的设计师。

但愿如此。

什么理论?

女人的理论。

你的意思是不想让我接这批设计订单吗?

不,正好相反。

这不就结了,做生意就是两清,林之夜说,语气是冷漠的,好像要扯清某种男女之间暧昧关系的语气多少让童妮感受到了某种内存的尊重。

别这么说,也许你们再坚持下去,还会有别的订单传过来的。童妮鼓励道。

也许吧。林之夜谨慎地回答,同时用感动的眼神盯了一眼童妮。

在车站旁,童妮默默地将自己最后一张存折放进了林之夜的口袋,这个小小的动作换起了林之夜的某些酸楚,他头也不回地上了车,似乎离开龙华后,他再也不会轻易踏入这个片区一样,难道这就是所谓的男人的尊严?

最先选择离开远近透视公司的人是田玲玲。

你个骗子,浑蛋,不是人的玩意,玩我啊。田玲玲再也承受不了这种煎熬,将王磊的一叠照片扔进了马桶,上面是他们以前的各种合影。

女人,他妈的,到底是些什么人。王磊跌坐在办公室,忧心如焚的表情足以说明他对目前处境的不适应。你就不能再等等吗?王磊对田玲玲吼着。

我等了三年了,你他妈的始终都是一无所有,早知道有今天,我还不如让潮州佬把我给睡了。田玲玲声嘶力竭地喊道。

啪,一声响亮的耳光,田玲玲的脑袋在王磊的大手指里一阵左旋。

把借我的钱统统都还给我,你这个不要脸的臭王八蛋。田玲玲咧着嘴角的样子多少出乎人的预料,因为它表明了对待爱情还可以用另外一种态度。

不就是几个臭钱嘛,田玲玲,你放心,老子我会还你的。王磊是豁出去了,知道自己和田玲玲已经没有挽回的余地了,脸上挂着一副临分手时的果敢和后悔。

不,我说的是现在。田玲玲坐了下来,一张黑色的转椅随着她斩钉截铁的表情做着360度的转体运动。

你等着。王磊说完,一头冲出了自己的卧室。

林之夜把童妮叫进了自己的办公室,缓缓地问道,有什么好办法吗?

童妮当然知道林之夜问话的意思,她想到了杨柳,所以,无所谓地说,我试试。

半年不到布沙村,它还是那么彷徨,像一个吃饱了饭却找不到家的孩子。童妮和杨柳在布沙村的文化广场见了面。杨柳变了,亲切感有所退后,代而取之的是对童妮现状的全面剖析和探讨。

我早就对你说过,林之夜不是一个生意人,而你又太过善良,太能忍辱负重,这是做生意的大忌。杨柳语重心长地表示出她的担忧。

已经晚了。童妮说。

拿着杨柳给的5000元钱,童妮回到了银湖,在一排高大的木棉树下,她停住了脚步。我这是在执行公司的既定任务吗?而这个公司又是谁的呢?是他们的?还是试验者的?还是林之夜和自己的?不愉快的感受涌上童妮的心头,也许更多的是不可知的黑洞,商业的黑洞让她产生了瞬间的错觉,这些黑洞压在她的肺部,好像令她患上了商业结核病。

不能破了你的底线,做生意也好,做人也好,破了你的底线是很难收场的,我这是为你好。杨柳郑重的眼神再次浮现在童妮的眼前。这是多么可笑,爱情和金钱就像是陶瓷与火,每过一秒,它们都在时间的核心里相互煎熬,以求得到彼此的温饱。童妮已经来不及犹豫,她敲开了王磊卧室的门,把借来的 5000 元钱放在了王磊的手上,去吧,去还给她吧,但愿她不真想要你还她的钱。童妮说着,觉得自己对田玲玲忽然生起了几分怜惜。

她不想要钱?鬼才会相信她,除了钱,她是一个谁都不认的人。王磊捏住一卷粉红色的人民币,几分钟后,童妮听见,王磊和田玲玲的争吵又重新开始了。唉,爱情,不一样的爱情,在金钱面前爱情与残酷也许才是一对孪生兄弟呢。

入秋时节很快就降临了,露茜·爱的雪纺晚礼服大获市场和业内的好评,在露茜·爱的新款礼服发布上,主策划人之一的童妮在川流不息的人群间穿梭着,刚刚打发完一批政府的贵宾,几个受邀的知名模特已经开始在化妆间里争吵了起来。在一件充满浪漫主义色彩的雪纺晚礼服面前堆积着五六个名模,其中一个已经扯着礼服的一角准备套在自己雪白的身体上,而另外几个则涌在一堆纱缦中间,你一言,她一语,都希望将这件最美的晚装占为己有。看到童妮,她们停止了动作,一触即发的场面令童妮感到了一丝公关危机。

这样好嘛,我现在就去请设计师来协调。童妮想到了正在外面接受赞美与祝福的林之夜,她飞跑出化妆间,在一个灭着吊灯的过道里,她看见林之夜和史兰兰并排靠在一起,他们正在热烈地讨论着什么,看到她,一起抬起头来露出被中断的遗憾。

在外围的吊灯照射下,史兰兰的齐肩短发侧垂下来,遮挡住她的目光,但是,她的身体,弯成一张欲望的弓,将林之夜的身体套在她充满欲望的半弧里,她保持着这种弓的姿势轻声地笑了,还等什么呀,有人找你。史兰兰窃窃地笑着,似乎就在刚才她和林之夜之间已经达成某种默契一样。史兰兰的声音里充满一种时刻准备从时代的苍穹里恢复背叛者身份的温顺与油腻,这使童妮的脸上流露出看穿游戏的份量。

半年来,这张隐形的弓挂在史兰兰的手掌里,她的每一个细微的动作从手掌里滚出去时,都会变成这张弓背上的一根利箭,这张代表着利欲所为的隐形之弓,正在借助史兰兰的手掌向着童妮热爱和保护的私密花园里玩着射箭的游戏。

童妮,泡点菊花茶吧,天气太热了。林之夜叫她。

等一下,你跟我到化妆间来,有点小事需要帮忙。

是吗?什么事?

模特的事。

听到这里,林之夜摇了摇头,好像女人们真是不可思议似的露出嘲弄的笑容。

那件最美的雪纺晚礼服落在一个留着弯曲长发的模特手中,她长着一双细长,但是满含烟火的眼睛。其实,这个结果是童妮早就预感到的,这个模特长着一张对童妮来说并不陌生的小脸,那张满含烟火的眼睛是那么的似曾相识,这不得不让童妮想起那个名叫陆重篱的女人。

真是好了伤疤忘了疼啊。童妮感慨地叹了口气。

在展厅的一处西式糕点区,看到并排而来的林之夜,史兰兰叫住了他们。

我为你们泡了一壶菊花茶,尝尝。

林之夜头也没抬,用下巴示意史兰兰将茶水放在台面上即可,而史兰兰则用一脸的微笑递过了她手中的菊花茶。

是啊,天气太热了,我都出汗了。史兰兰说。

是吗?不是说心静自然凉吗?童妮用暗喻表达着她对他们的另外一层观察与透悟。

那可不一定,人心又不是一块顽石。史兰兰说完,对自己的回答满意地发出了轻微的得意的笑声。

是啊,石头好,毕竟没有翡翠好。童妮说。

哦?……是嘛……史兰兰从瓷杯里用小勺提起一溜子淡黄色的茶水,抬头看看童妮,又低下头,好像很不服气的样子。

童妮想起了第一次见到史兰兰的情景,那时候,史兰兰远比现在谦虚得多。童妮从桌台上用手粘起一小块朱古力点心放进口中,你们聊,我还有事,说着,童妮已经从林之夜的身边离开了,她希望林之夜跟上她,又不希望林之夜跟上她,她还想立刻离开这个是非之地,但出于职业习惯,她又不能将眼下的一切丢开。

在一阵热烈的掌声中,穿着雪纺礼服的模特们登台亮相了,路晓莉在记者的镁光灯中闪亮登场,今天,路晓莉穿着一件缀有珍珠碎片的短款紧身裙,一只银色的 Rolex 女式腕表在镁光灯中发着奇异的光泽,一场服装界的高级聚会就此展开。童妮从人群中退到了后台,那里,几个固定包下来的司机已经等得不耐烦了,下一站,是龙华夜景拍摄任务,等待童妮的将是另一场没有时间限制的夜场劳动。

3

入冬不久,童妮生病了,非常严重的贫血现象引起她对生活的无限恐慌,早上刷牙时,红色的血,从她的鼻腔里慢慢地从容地倒出来,堵住她对外围世界的愉悦感。杨柳看着她苍白的脸色,两腮上的两小圈红晕,你已经开始透支生命了,我的朋友,急刹车吧,杨柳说。杨柳将背来的几包蜜枣放在童妮的办公桌上,原指望你来照顾我的,这可倒好,你还挺会生病的,是不是又想闹腾点什么出来?杨柳责怪的语气是亲切的,童妮知道,杨柳是想提一提林之夜的,为了自己那可怜的自尊心,杨柳只好强装忍住。

看见童妮和杨柳从露茜·爱的车间展厅里出来时,路晓莉从董事长的大班台前朝她们招了招手。进去后,路晓莉已经冲了三杯桔子水,喝吧,爽爽口,路晓莉说,看表情,她真是春风得意啊。

我们露茜·爱服装品牌要在上海搞一个十年展,压轴大戏我准备交给林之夜来搞,他给你说了吗? 路晓莉问童妮。

说了。童妮的心里猛然一惊,她撒了一个小谎,林之夜已经好几天没有来过电话了。

那就好,你觉得怎么样? 路晓莉的问话显然是想挑明什么的。

挺好的,你用他的设计等于在帮他,而他正好缺少这样的展示平台……

那就好,我还真以为是你的原因呢,每次给他打电话谈点合作的事情,他总是把你抬出来,你明白我的意思吗? 路晓莉敏锐地盯住童妮。

她从来没有左右过林之夜的生活, 更别说左右他的设计, 应该是别有原因吧。杨柳及时的插话解救了童妮在老板面前的尴尬。

哦,有意思,你的朋友? 路晓莉笑了,这是一种放松的笑,同时也在另外两个女性面前显示着她过人的优越感。

这次我要把全套的作业都交给你的林之夜,只要他敢接,我就敢给,从服装设计到宣传品设计,再到展台设计,全套,统统交给他,你可要支持他啊,当然,还不能误了我这边的工作,你明天起,专门在车间里抽调六个最好的车工,另外组成一个高级样品缝纫组,打样和缝纫上出了问题,我可是要找你算账的。也许是童妮不冷不热的态度刺激了路晓莉,路晓莉交待完这些事情后并没有与杨柳打个招呼,接了个香港顾客的电话,一阵风似的走了。当然,一个下属的朋友,在公众场合还不愿意给足面子的朋友,路晓莉又怎么会放在自己高贵的心上呢?

有没有搞错,你都病成这样,一句关心的话都没有,还交给你这么重的任务,还提醒你要支持林之夜,她是个什么人物?你还一直说她是个好人,有没有搞错,我看是她和林之夜在你背后演双簧吧?从办公区出来,童妮在送杨柳的路上一直被杨柳数落个没完没了。

有没有搞错,这两个人,他们把你当什么?唉,我说,童妮,你是真不知道男人是什么玩意,还是自个揣个明白在这儿给我装糊涂呀?

好了,就到此为止吧,我正好要给林之夜送相关的展示资料,要不,一块去?

那还用说,我的牙早就痒痒了。

到了银湖,林之夜正在和王磊打羽毛球,我的奶奶哦,什么时候了,他还在玩。杨柳不客气地说,玩呢?还挺潇洒的呀,人家病了也不用关心关心打个电话什么的?

看到是童妮和杨柳,林之夜放下球拍走了过来,看上去,他的气色也好不到哪里去,童妮马上动了恻隐之心。

我来送资料。童妮兴奋地说。

什么资料? 林之夜迎了上来,好像他并不知情似的。

露茜·爱的设计资料,还有,设计主题定了后,尽快通知我需要的面料和数量,如果不想在深圳采购,到上海或者其他的一线城市采购也可以,这是路总的交待。童妮以认真的工作交接的态度说着这一切,同时也希望林之夜能够明白她潜在的心思,这次的设计费付的如此之高,应该好好珍惜。

我还没想好呢,你放我房间吧。林之夜的表情瞬间降温了。

你们俩是怎么搞,你们到底想让童妮听谁的? 杨柳又插话了,这一次,听上去,她远没有刚才有耐心。

别发火啊,杨柳,这种事情不是随便谁想接就可以接的,路总那个人是非常挑剔的一个人,可能顾客满意了,市场满意了,她满不满意都还不一定呢,所以,我需要时间考虑一下。

是吗?我还以为你们这些玩设计的人总是喜欢把我们这些女工当傻子呢?杨柳并没有领情。

哦,认真了,童妮,你的朋友一见到我就火冒三丈啊。

你病了,人家童妮跟前跟后地照顾你,她病了,你在哪里?杨柳问林之夜。

啊,谁?林之夜的话茬接得太快,以至于连自己都觉察到了不自然,因此又补救似的快速走上前来拉住童妮说,病了,怎么不打电话给我?

你呢? 你为什么不打电话给我呢? 除了设计,你还在忙些什么? 童妮很想顺着杨柳的火气再接上几句,但是她放弃了。这时,史兰兰从院落里走了出来,来到草坪上对王磊说,有人找你,王总,史兰兰的语气是充满诡秘的。

不请我们进去坐坐吗? 杨柳富有弹性的声音立刻吸引了史兰兰。

哦,见过,你好。史兰兰表示着她作为"屋主"的灵敏。

你呢,你好吗? 杨柳反问过去,好像对方是生活在她过去式的很不值得一提的某位对手一样,她拉着童妮一起步入了会客区,根本没有听到史兰兰后面的回答。

在会客厅里,童妮的思绪越陷越深,她远远地盯住林之夜和史兰兰,他们正在仔细地研究着她刚刚送来的有关露茜·爱的全部展示资料。虽然林之夜和史兰兰的身体还存在着相当一段间距,但随着史兰兰充满激情的解释,他们的身体自然而然地贴在了一起。史兰兰从一排书架上抽出一本设计书,向林之夜不停地说着她的建议, 她的表情是那么天真而快乐, 似乎完全让林之夜忘记了童妮的存在。童妮终于发现,当林之夜和别的女性在一起,他并不是纯粹的,高贵的,不可侵袭的,他的身体中潜藏着与她一样的俗不可耐的成分,而正是这种成分得以让史兰兰或者高兰兰杨兰兰刘兰兰等一堆兰兰们得以靠近他自认为已经十分圆满的精神世界,当这类情况闪现时,林之夜会下意识地将自己也扩充成另外一张欲望的弓,而史兰兰使出浑身迷人的曲线来配合他完成这种下滑的态势,他们套在一起，一弯迷人的弧度，童妮目睹这一切，虽有遗憾，却不心痛。这说明什么？她问自己。

你应该好好地细致地彻底地跟这个男人谈一谈。杨柳临走时给童妮丢下最后一句话。

这一夜，童妮留了下来，这在她是少有的，以往，都是在林之夜的请求下，而今天则变成了她的自动行为。她留了下来，感觉四周某些细碎的昆虫的鸣叫令她的身心感到了罕见的倦怠。她想到了马上要开始的晚上的时光，那些必须与他独处的时光，她开始动手清理卧室里杂乱的一切。

你总是这样，让人捉摸不透。林之夜有些恼怒地看着童妮，每次，当她想让他弄清她的忧伤时，他总是将他的忧伤牵扯进来，压在她的忧伤之上，这样，他的忧伤因为处于男性的优势而降低了她的心事的实质。

是吗？你应该更早地告诉我才对。童妮冷静地想要保持住自己在对方心目中的位置，并为此而产生了等量的反感，为自己总是想取悦他而感到等量的反感。

那我们好好谈谈行吗？童妮问。

我们过段时间再谈吧。林之夜似乎略有领会，口气降下来，柔和地请求道。

我现在处于停电状态，你难道没有感觉吗？童妮态度有些生硬地说。

怎么了？累了吗？病不是都好了吗？林之夜缓和下来问。

她没有回答林之夜，想要得到林之夜更近一步的关心的爱抚，但是，很快，她发现，林之夜翻了一下身，在床的一角侧身睡了过去。

女佣，不用支付工资的女佣，免费使用肉体和精神世界的女佣。她想。

这种思绪控制了她的上半夜，以至于她不得不反复地轻手轻脚地跑进一楼大厅的沙发上去就寝，不过，并没有多少实效，大厅的窗户开着好几扇，因为没有安装窗纱，银湖湾上的蚊子们集体包围上来，在她的耳朵上吸出几个红包来。她又回到林之夜的卧室，看着一盘燃烧的蚊香青青袅袅地在他的睡姿里盘旋，她忽然发现林之夜是如此清瘦，瘦得像是搭建在梦中的一堆白骨，泪水顿时涌进了她的眼框。

她伏在林之夜的后背上，一动不动。这一夜，也许就要过去了。她听见林之夜用梦话般的语言轻声说，你怎么了？哭什么？很快就会好起来的，很快就会有钱的……然后，他又安静了下去，沉入他的梦境，而她则继续失眠，对着他弯曲的后背，一节，一节，细细地数着他身上的椎骨。

我大概就是他情爱世界里的女佣。童妮想。他的情爱世界需要不断地打扫和擦拭,需要不断地端茶和倒水。离开他,他的情爱世界会集满灰尘。她想。如果我碰到一个像史兰兰一样的男性,我的脸上会流露出情爱的特性吗?答案好像是肯定的,所以,在失眠里,童妮细细地反复地数着林之夜后背上的每一节椎骨,骨一样的困惑里,她理解了他。

早上,童妮用一盆清水洗去了一整夜的失眠的痕迹,在大家的晨睡里,她开始打扫整个屋子的卫生,从顶楼,二楼,再到一楼,海风中携带过来的风吹进了新的灰尘和旧色,她拎着扫把和湿抹布,从高到低,仿佛一个需要劳动才能安息的影子般四处飘来飘去,劳动使她心情大好。

呀,怎么能让你干这些活呢?清晨的史兰兰背着一个鲜艳的背包跳进了院子,风似的吹进了大厅。

我来我来我来,我的老板娘,你为什么总是比别人起得早?听上去,史兰兰今天的心情格外晴朗。

不用,哦,对了,不是起得早,是我根本就没有睡。童妮的口气是生硬的,但又在极力维系着她们之前那种相安无事的友好情绪。

生气了?这就是史兰兰的问话,问得理所当然,已经快速地放下背包,一根专门用来浇花和草坪的塑料软管正被史兰兰提在手里,说话间,水管里的自来水正顺着史兰兰的大腿往下淌着,但她似乎全然不知。

快,你没注意嘛,水都流到你身上了。童妮提醒史兰兰,本能地走过去,想要挪开那根被史兰兰握住的水管。

不用你管,我知道……这句话一出口,双方都愣在了原地,原来刚才那短暂的对话只不过是面子上的问题而已。

对不起,我不是故意的。史兰兰说着,猛然松开了水管,那根塑料软管从史兰兰的手中奔腾出来,一个反向旋转便往空中抛去,下来时正好打在童妮的脸上,一股冰凉的水流射进童妮的眼睛,童妮用手捂住脸惊呼了一声。

呀,怎么了,我真的不是故意的……史兰兰的语气明显带着一种排斥感。

童妮无言以对,捂住被水冲射的眼睛上了二楼。她进去的时候,林之夜正在吸烟,一只手,折在另外一条胳膊底下,一头卷发有些零乱,所以,就在清晨的光线里透出一种沧桑感和滑稽感。看到浑身湿透的童妮,他的脸上显出一副探究和观望的神情。

大清早,怎么湿了?又没下雨。林之夜问。

你去问问你的红颜知己,你现在的样子最适合引诱她那种人。童妮从衣柜里胡乱地翻找着合适的衣服,喷射在身上的水渗下去,汪在地板上。林之夜从靠背椅上走过来抱住童妮的湿身子,你最近怎么了?是不是因为我们没有钱?林之夜在她湿透的身后问她。

童妮的手,在胡乱的摸索中停在衣柜里,失望像另一股扑面而来的水珠打在她的脸上,她的眼睛里,她回转过身子,在一种崭新的绝望里望着林之夜。

刚好相反,这正是我很久以来想要问你的话,你最近是怎么了?是不是因为我们没有钱?她将林之夜的问话退了回去,眼神是伤感而肯定的。

听了童妮的问话,林之夜便退回到了靠背椅上,这个短暂的过程中,童妮完全看清了林之夜的矛盾与挣扎,转身,背影,正面,折叠于孤单的坐椅里的无助和无奈,陌生而深沉的围困暴露出林之夜作为男性的极为私密的个人世界。刹时,一种近似于完全陌生和惊异的震荡将童妮的湿身子在清晨的光线中重新剥离了一次。

你不觉得,才几年的时间,我们已经不是原来的我们了?童妮问林之夜。

好了,别说了,我们现在需要的不是这种虚无飘渺的谈话。林之夜套了一件黑色的体恤衫快速地下楼了。

童妮呆坐在床沿上,一股跟着一股的紧张与压迫感冲上她的脑门,介于愤怒和无奈之间的强烈情绪透过肌肤烘烤着她身上湿透了的衣服。

事情是从什么时候开始变成了现在的这种局面?是从等待,从预约,从接待,从日常那些极为琐碎的争吵开始的?还是从他们频率开始下降的关心与疼爱中开始的?这是一件从量变到质变,从质变再到量变的积累的过程,一时间,"生存"这个词语像头发一样连根生长在她的每一个回忆里,每回忆一次过往的事情,不可知的和无法控制的生存现象都会像一根受伤的头发一样从回忆里脱落下来,而新的生存的条件和欲望还在日渐老去的头皮里寻找新的穴位与立足点,这些条件与欲望还可以行走多远呢?

在市场社会里,我离他近了,还是远了?童妮抚了一下脸庞,从林之夜的衣柜里抽出一件几乎已经被她遗忘的裙子穿在了身上。

这是一件连身长裙,双层面料的,里层是纯白色的麻纱,外面罩着另外一层薄丝面料,藏蓝色的底色上随意地印着一束从肩膀至下摆处的 S 形抽象花枝,花色由浅至浓透着嫩桂色,浅蓝色的叶子铺在她的胸前和屁股上,在下摆处,里面的白色麻纱长于外层的藏蓝色薄丝近于六公分,下摆是一个大大的斜体 L 形异形收边。童妮对着卫生间的镜面仔细地化了淡妆,在疲惫的眼睛四周扫了一层浅浅的紫蓝色,而那个若隐若显的肉影叠加在她的右眼皮里,使她兴奋,也使她悲悯。

童妮下到一楼时,只见 DY 张东阳,西原,南梦,王磊,还有路晓莉都在集体大笑,看来,今天还是另一个特殊的好日子。

史兰兰正在一杯接着一杯地为大家送上热茶,一抬眼,看到童妮,史兰兰的眼睛眯成两条线状,假装情深意长地对着童妮露出笑脸来。

你今天真漂亮啊……史兰兰对着童妮下楼的影子感叹了一句。

你也是。童妮及客气地回应道。

穿着中长牛仔裤,略微在低头的时候可以看见乳房上半部的史兰兰,在一团火红色的紧身开领 T 恤中喜悦地忙碌着。

她才更像这里的主人。不知为什么,从史兰兰热情洋溢的脸上,童妮的心又酸楚地动了一下,大概是因为林之夜常常拒绝与她谈论史兰兰的缘故吧。

当童妮从厨房为大家端出一盘水果时,她从会客厅的仿真皮沙发上,与 DY 张东阳产生了片刻的对视。她已经有半年多未见过这个人了,也许是因为他坚定而被自信溢满的眼睛,也许是因为他一直紧跟着她转动的目光,也许是他身体里透出来,与这座城市,与这种环境极为相配的男性的干爽气息,童妮走了过去,与 DY 张东阳伸出来的热情的手握了一下,礼节性地一握,然后,他们便坐在会客厅的另一处角落聊了起来。此时,其他的人都在传阅林之夜为露茜·爱提供的一套主题构想,他的才华和创意正在被大家分享着,所以,他不会领悟童妮被冷落的境地。

怎么样,最近?过得好吗?DY 问童妮。

还好啊,挺好的。童妮撒了谎,因此脸上飞出了一小团红色。

那就好,只要你好,比什么都好。DY 加重了关心童妮的语气。

真心话?童妮试着确定 DY 的心情。

那还有假。DY 的眼睛在一片亮光中暗了一下,紧接着,更加明亮地冲进童妮的眼睛。

看上去,你总是活得那么坚定,有方向感,好像,好像你才是这个城市的主角。童妮献上了她为 DY 准备的肯定词。

你真逗,以前你可不跟我这样说话,你变了。DY 的脸上扩张出一团想要深入下去的好奇与冲动。

你也一样。童妮很快地说。

这也是因为你啊,你现在的身份变了嘛。DY 强调了童妮现在的身份,童妮明白 DY 指的是她作为林之夜女朋友的身份。于是,很想逃开这个话题。

你呢,你最近怎么样? 童妮充满希望地,用一种完整地肯定某个异性世界的眼光朝向他。

你的眼睛已经猜测到了,我准备和朋友合开一家设计公司,专门帮知名企业作各种喷绘广告,投入成本小,输得起,大不了最后变卖个机器设备什么的就过了。DY 有所准备的口气多少加重了童妮对他的直觉,他总是一个行走在商业市场刀尖上的人,对别人而言,那是一把刀,对他而言,那是一支电笔,只要他想插入商业领域,他就能够与整个时代即刻通电。

在聊什么呢,这么热烈? 史兰兰拎着一只紫砂壶跨进会客厅,为他们的杯子添了点茶水。

张东阳先生,张总,看上去,你活得很滋润啊,一个成功男士的活标签。史兰兰咧着好看的嘴巴对张东阳说。"成功"一词像是两块白色的冰糖融化在她年轻而美丽的嘴巴里。

你也一样,史兰兰,一个动听的名字,一大早就看见你像一只喜鹊一样满屋子飞来飞去的。DY 的眼睛在史兰兰的身体上一转,迅速地调转过头来想要弄清楚他这样与史兰兰交谈时童妮到底是一种什么样的反应。

童妮靠在沙发背上,手里翻着一本画册。

我们的老板娘很特别吧? 史兰兰话锋一转,开始调和三者的对话。

哦,我和童妮是老朋友了,她一向如此。DY 说罢,起身往办公区走去。

一段微弱的尴尬过后,史兰兰从童妮手中抢过画册翻了一下,然后,又还给了童妮。这是一本流传于国内时尚界最前沿的服装总汇画册,代表法国优雅重现的古典玫瑰香经典国际品牌 Chloe 时装展示秀,随着画册里的模特生动而形象地将女性的古典浪漫与高雅别致的情调飘动在童妮和史兰兰之间。不难发现,拿着这本画册的童妮身上,具备一种浪漫轻柔、自由怀旧、飘逸如风而又性感隐忍的物质,它与画册里的模特形成高贵与朴素的相互映衬,这让史兰兰感到了一丝丝本能的恐慌。一张印着荷花边的藕色薄裙宣传单页从画册里飘了出来,童妮伸手接了起来。

你喜欢这类风格? 史兰兰问。

我喜欢很多风格,这只是其中的一类。童妮答道。

Agnona 品牌呢,你怎么看? 史兰兰紧追不舍。

一个女人一辈子收藏一两件 Agnona 针织品,或者精致到无处可寻的高贵套装即可,如果收藏的多了,反而会为其所困,它毕竟是来自意大利顶级时装品牌的一种挑战,还有,也许东方人穿上它,不如再重新尝试一下 Chloe。

看不出来,你还挺在行的。史兰兰终于忍不住她的嫉妒,用一种烦恼而羞愧的神情看了童妮一眼。

不,还很肤浅呢。童妮不想再深入,更不想借此占有什么,察觉出史兰兰的心思,这让她产生出几分对同类的怜悯,主修财务管理的史兰兰,如果还没有抛弃她在体育领域的底子,并且在此基础上多发挥出一些女性的混合型天分,也许,她倒是一个不错的服装界的新宠。

两个女人有什么好聊的。这是 DY 张东阳的声音,他出现的好不及时。史兰兰长长地叹了一口气,你怎么也不注意一下我的情绪呢? 说完这句话,史兰兰负气地离开了,她马上就加入了办公区的高谈阔论,一点儿也看不出她刚才的落寞感。唉,一个像鱼一样游动的女人。童妮看见林之夜将手中的杯子伸到了史兰兰的面前,史兰兰慌里慌张地跑去为那只空杯子加水了。

在一阵清脆的加水的间隙里,童妮觉得,有那么一刻,自己似乎正呆在污浊的后方,这是她不想要的生活,现在,她困于其中,像一团无法产生抱怨的拖布条。她克制自己,不允许有阴云转移她的表情。大概这是女人的天职,为整个世界营造一个干净整洁的环境,这是天职,所以,她不能产生任何抱怨。

看上去,你很累啊。这是 DY 张东阳的声音,他再次透露出关切而富有同情心的一贯作派。

老了呗。童妮取笑自己。

心也跟着老了吗? DY 想要探入童妮的内心生活。

那得拍个 X 光片才能知道。童妮也接着取笑 DY,但已经是躲避而不排挤的表情。

那就拍嘛,我出钱。DY 的声音已经开始要发笑了,觉得童妮的小聪明来得正好。

　　我往医院一站，人家拍 X 光片都是免费的。童妮也开始笑了，这是她的特长，痛苦的生活可以在旁观者的观察中变成她赢回脸面的条件之一。

　　是吗？DY 终于笑出了声，男性的爽朗的笑声，显然，他想通过自己的方式引起童妮过多的关注。

　　可不是，护士长见了我都会发疯的，一个根本没长心的家伙也来拍心电图。童妮是彻底地放声大笑了，仿佛从这句话中抽回了她的自尊。

　　好了，你终于开怀大笑了，这样好。DY 加快了语速，这是他的权力，当领导的权力，生活稳定的权力，在深圳游刃有余的权力，不忍心看着童妮从城市的刀刃上滑入深渊的潜伏的焦虑。

　　好了，你的目的达到了，对我来说，笑声就是最大的慈善。童妮感激地看了 DY 一眼，这是他们之间最恰当的距离，近一步要失重，退一步要裂开。

　　这时候，正巧，西原和南梦表情沉重地从楼梯上下来了。他们不自然地停在他们的笑声里。西原的左手胡乱地在衣服上擦来擦去，而右手反复推开南梦伸过来的手，他在拒南梦于千里之外。南梦的脸上顿时暴露出旧话重提并没有什么好处的诀然。看来，刚才在顶楼的天台上，他们刚刚经历了一场失败的爱情告白，估计其中的一个已经无法再长出新的爱情羽毛。在童妮看来，南梦的爱之羽是多么白多么厚啊，她是一个多么会保护自己的女性啊，她总是让男性受伤，并且允许由她亲自扮演疗伤的居所，而西原，则在短短的下楼过程中，被这只爱情的顽皮者脱成了一匹"无毛之马"。

　　看着西原和南梦，童妮和 DY 禁不住相视而笑，

　　笑什么笑，你们又不是上帝。西原颓丧地嘲弄 DY 和童妮，这是他的强项，至少可以寻找到他还正常健在的影子。

　　老同学，你可真是的，明知山有虎，偏向虎山行。DY 借机缓和气氛。

　　是虎还好，只怕进了山洞才发现她只是一只松鼠。西原赌气地瞄着南梦。

　　可以啊，我能够接受，从兔子到松鼠，从陆地到空中，有进步。南梦的口气占有优势，看来，西原在天台上不单是表白，而且是输了底气。

　　好好好，我懒得和你们这些人类交谈，我之所以不愿意长高，完全是因为我蹲着就看清了你们人类的真实面目。矮种马西原恼怒地离去了。一个孤单的背影，一个存在于商业社会的文化缩影。

　　谁又失恋了？林之夜加入了进来，他是什么时候来到你们中间的？

失恋总比没有恋爱要来得过瘾。DY没有退出,仍然站在离童妮最近的位置上。

你,没有恋爱? 谁信啊。林之夜与DY完成了男性的对接。

应该是缺少优良品种吧。DY叹了口气,这真是罕见,在童妮的印象中,DY极少谈论这类话题,而且也不屑于和女性周旋,他的全部身心不是为了女性,而是为了某种事业与财富才成长起来的,他是一个嵌满树桩的男性,每一根朝向他的束缚都会被他牢牢地拴紧在事业与财富的柱子上。

那就留出一点时间给自己,好好找一下,总会找到的。童妮清澈的目光投进DY的眼神,这是她不情愿的,她知道他在等着她的某种回应,希望她能够给他一点精神上的提示,这正是她无能为力的事情,他们各自都在掌握他们之间最好的距离。

是吗?时间,它大概也应该是个什么神之类的东西吧,在时间面前,我们都是弱者。DY打了个小小的比方。

难道DY也有虚弱的时候? 这更是罕见,现在,他又要在林之夜和自己的面前呈现出他的虚弱。童妮打心里不愿意再和DY聊下去了。

我要走了,童妮说,这倒是一句实话,路晓莉可以在银湖呆上一天,她不行,作为路晓莉的手下,她必须在路晓莉认为合理的时间里重新出现在那个轰隆隆的车间,再好的衣服如果少了女人的侍候,它们会走样子的。

要我开车送你吗? DY即刻恢复了热情,令人对刚才的谈话产生了一种连锁反应。

不,不用了,我已经约了杨柳。童妮再次为自己的谎言涨红了脸,她离开了银湖,身心顿时感到一阵轻松。

傍晚天空下起了小雨,安排完夜班的童妮拖着疲倦的身子回到了龙华的出租屋,在大楼简陋的雨棚底下,远远地,童妮看到了杨柳。她们并排而行,在马路一侧,夜色很深,树荫陷在黑暗之中,路灯光有些刺目,照射着倾斜的雨线,只有挨得最近的树木与花草才会清晰地看清它们的模样,空气里弥漫着一股被风吹散的湿润和浅淡的腥味,间或伴有米兰和玫瑰的香气,忙碌而患得患失的一天在夜色里落幕。

我不放心你,病好了吗? 杨柳问。

好多了。

依我看,你们目前的状况真的不太好,你们有什么计划,或者是打算没有?比如你,你自己?杨柳的目光从无助的水面上起着波澜,她希望童妮能够体会的到,她已经不是飘在水上,而是正在下沉的一叶浮舟。

有什么好打算的,我觉得自己就像一个老裁缝一样,日子就是一堆剪不断理还乱的布。

别这么评价自己,你的人生才刚刚开始,我不希望我的朋友活在幻想之中,甚至,在某些务实派眼里,简直就是一种空想。杨柳加重了语气,很气恼,也很担忧。

你觉得我应该怎么办?离开露茜·爱公司,离开林之夜?在他最困难的时候?在他最贫穷的时候?我做不到,我连这种想法都没有。童妮摇了摇头,否定了这种残酷性的存在。

那就不要活得如此落寞。杨柳说出她想说的中心点,她的眼睛是朋友之间一针见血的那种透明,这反而加深了童妮内心的另一层寂寞感。

我已经站在寂寞的海里,我不会游泳,也不会偷渡,所以,我只有等待退潮的来临。童妮在自己深深的寂寞里暗示了自己目前的处境。

你害怕和林之夜谈钱吗?你害怕什么?害怕他,还是害怕你自己?或者是害怕金钱的力量?杨柳的嘴里忽然喷出一把剪来,直扑童妮的寂寞感。一阵沉默代替了她们的对话,龙华大道上传来的车流声,还有龙华广场上传来的环绕音响,打扰了她们的寂寞。

看来,我没有犯错,我看你们的感情已经出现了问题。杨柳说,语气中有着明显的想要探讨下去的欲望。

是的,好像从一开始就有什么地方弄错了,就是那种,一直羞于在私下里提及爱情的那种情绪,现在,这种羞于提及爱情的想法越来越浓,几乎无法克制。童妮试图说明自己对她与林之夜的情感的归整。

那是因为,林之夜对你一直有所保留。杨柳宣布了她对这件爱情事件的直接结论。

我能抛弃他吗?童妮苦笑道。

但别等着让别人来抛弃你。杨柳提示了童妮,她说出了爱情里最现实的部分,当然,抛弃也是需要力量的。

4

再次见到 DY 张东阳,是为了解决王磊和田玲玲的旧账,除了那 5000 元,王磊还差田玲玲 10000 元整,这个王磊,一口气吃掉人家 15000 元,往外吐时,肚子里又没货了。

接到王磊的电话,童妮还是请假来到了银湖,她不愿意林之夜的朋友也陷入一种被别人鄙视的境地,当然,听到王磊的求助,她的心又软了,她就是这样一个人,面对别人的求助,总是在第一时间想着如何提供解决办法的那种女人。

到了银湖,远远就听到了王磊和田玲玲的争吵,看来事情又陷入了另一道僵尸。

田玲玲再次找上门来了,已经跟着潮州佬四处游历了一番的田玲玲穿着一身名牌时装出现在银湖别墅,耳朵上的两只吊环随着她的愤怒晃荡个不停。

还钱吧,屁话少说。田玲玲威胁着王磊,过去的情分似乎荡然无存。

一只小小的病猫还想深入富人的虎穴……王磊绕开话题开始挑衅。

谁是病猫?谁是富人?田玲玲的眼里顿时充满了无限的怨恨。

你,除了你还有谁?也不看看潮州佬是你什么人啊?王磊掀开了田玲玲已经被人包养的疤痕,黑色的愤怒的羞耻的岩溶堵住了田玲玲的胸口。

你才是病猫,一只不折不扣的病猫,一只假装慈悲的病猫,你们统统都是病猫,一群假慈悲的病猫集团,还来嘲笑我,我比你们活得真实多了,怎么了,屁话少说,还我钱。田玲玲一口气说完,解恨地看着王磊。

你什么意思？疯了是吧？王磊的语气已经带有明显的贬值的好意。

你才疯了呢！疯子！田玲玲忽然扑过去，撕开王磊的领口开始痛苦流涕。你个疯子，你，是你毁了我，毁了我……

发生这一幕时，童妮正好站在他们原来的卧室门口，她停顿在他们的争吵里，只觉得有一根黑色的筷子正急匆匆夹起她嘴巴里所有的语言往青烟里扔去，她看到了生活带给大家的无奈与对抗，也尝到了生活奉献给大家的酸辣和疼痛。当时，她的脑皮层一动不动，她猛然想到一个人，这个人是 DY 张东阳。

别再吵，相互之间都留一点脸面吧，不就是 10000 块钱，我这就去取。童妮劝解道，她的语气是多么肯定啊，而实际上，她也是一个一无所有的人。

她毫无节制地想到了 DY 张东阳。对，只有 DY 张东阳才可以解决王磊的问题。童妮瞒着林之夜往张东阳所在的华侨城赶去。

对，DY 张东阳应该是富有的，在美资企业干了那么久，工资都是按港币计算的，又没有明显的交女朋友的迹象，就是他了，一万块钱，对他来说，应该是举手之劳。有了这一万块钱，王磊和田玲玲之间的积怨就可以彻底解放了。

正是中午一点钟，烈阳烧着童妮的脑袋，好像有汗从头皮里冒出来，紧挨着衣服的里层湿成了一片水色，乳沟和后背上热汗直淌，腮帮子上流着水，滚进嘴里一阵发涩发咸。走的时候忘了带伞，所以，到了 DY 张东阳的大门口，上衣基本上是湿透了。门铃一响，DY 张东阳从前厅的门里伸出一张热火朝天的脸来，大声地喊道，大中午，不热吗？跑快点吧，屋里有空调。

进去后，童妮随便地拿着茶几上的纸巾开始擦汗，她的手，捏着几张纸巾，围着有汗的身子转了一个圈，从脸到脖子，从前胸到后背，囫囵了一番。一团湿透了的纸巾沫粘在她的脸上，DY 张东阳连说了几遍，她也没抹对地方，便自己伸手从她的脸上取掉了纸巾沫，在这儿，说了在这儿，这不是嘛，DY 张东阳从童妮靠近耳跟的部位取下纸巾嘲笑着热汗淋漓的她。

你说耳跟不就完了，你说在脸上，我以为……童妮又进入了经常想要嘲弄他，并且用嘲弄来加深男女友情的那种情绪。

难道你的耳朵不是长在脸上？DY 张东阳也用同样的口气表示他的友好态度。

他们对望了一下，都笑了。

说吧，这么热的天，大中午，跑过来，需要我为你做什么？DY 张东阳从冰箱里取出一瓶冰可乐递给童妮。

这时候,冰可乐的凉气一下子传递到童妮的手心里,她那原本把握十足并且热气腾腾的心脏,忽然在这突如其来的冰凉里缩小了一倍,童妮的脸又开始紧张地发红,两团羞愧的红润翻上她的脸颊,她变得失语了。

哦,知道了,你要用钱吗?多少?DY 张东阳问。

一万吧,一万,过几天还给你。

可以呀,一万块钱就让你这么紧张吗?DY 张东阳笑了。

对,现在对我来说,一块钱都让我很紧张。说到这里,他们又是相视一笑。

别这样说,童妮,你这样说我会难受的,你的人生价值可以创造很多万,你比很多女孩子都要强,困难只是暂时的,我希望你们能够尽快好起来,其实上次我就看出来了,你们过得并不好,但是,我没有说破,我担心你不能接受我的,我,怎么说呢,洞察你们的能力吧,DY 张东阳说着,已经从皮包里抽出一张中国银行卡,递给童妮,这张卡归你,里面有两万元整,一万元你爱给谁用给谁用,还有一万你自己留着,全当是为你自己应个急吧。

童妮伸手接过了 DY 张东阳的银行卡,无奈和羞愧已经填满了她的胸膛,她的脸涨红着,眼泪已经涌出了眼框。

其实,你还可以选择另外一种生活。DY 张东阳缓慢,但却明晰的声音传了过来,童妮明白,这个曾经的上司,现在的朋友,他似乎更加希望童妮靠近他的生活,而不是一群穷设计师的。

这时,童妮的手机响了起来。是林之夜。

你在哪里?林之夜问。

我在一个朋友家里。

朋友?

谁?

你不认识。

怎么走了也不说一声,还回来吃饭吗?

回。童妮舒了一口气。

这是一个含有诀别意味的周末晚饭,童妮把一万元钱悄悄交到王磊手中时,王磊的眼睛里泛起了泪花。他们四个人一起进入一家小酒店,吃的是湖南菜,饭桌上,田玲玲喝得酩酊大醉,你是王八蛋,王磊,田玲玲的嘴里一直称呼王磊为"王八蛋",你他妈的天生就是为了祸害我才来到深圳的,你个王八蛋,要是潮州佬哪天也涮了我,你这个王八蛋一救我的话,我就把你给剁了。

剁什么呀,差你点钱都骂成这样。王磊冷笑着。

屁话,你她妈的以为我喝醉了,你怎么不差我点钱让我高兴高兴你个王八蛋,说到这里,田玲玲就倒在了桌上。除了田玲玲之外,林之夜也喝得不省人事。

我需要一醉方休,一醉方休啊,王磊,我帮不了你,还害了你。这是林之夜扑倒在桌子上时说的话。林之夜的头和田玲玲的头形成一条直线,摆在桌面上,两个黑乎乎的句号中止了这顿告别宴。

这是一个刻意沉醉的夜晚。

对童妮来说,这一夜,似乎比任何一个夜晚都要漫长,夜晚从此变成了一个茧,而她则变成了一个抽丝的人,她的左右两手自动互换,从包裹得如此紧密而又长生不老的夜晚的茧中抽出她理也理不清理也理不完的一根根银丝,银丝里埋葬着银丝,银丝里垂吊着银丝,她成了夜晚的眼中对应的茧,每抽出一根银丝,她的身体也像夜晚一样显得漫无边际。她一整夜地在根根银丝里盘绕不定,等待林之夜从酸楚中清醒,或者在一堆纷乱的银丝里与她简要地交谈几句。

可惜林之夜喝得骨骼柔软,两片嘴唇留着一隙黑色的线,那根线,从另一批庞大的茧中飞出来,裹紧了童妮的嘴巴,也裹紧了童妮的思绪。

我算什么? 童妮追问自己。

天刚刚发出白光时,童妮从一夜的失眠中起身了,她要回到龙华去,林之夜的设计草图已经出来了,她要去安排流水线,安排打小样,还有,林之夜提出来的昂贵的让她头晕目眩的真丝面料已经从上海到货,这是路晓莉的功劳,为了自己的服装年展,路晓莉这次是豁出脸面来了,一卷一卷的真丝面料,从上海,从台湾,从香港,从杭州,从她到过的每一个城市汇集到露茜·爱的样品车间,这个女人也跟着疯了吗? 一个品牌的年展,又不是全世界的服装博览会,她到底又在打什么主意?

童妮,我警告你,不要让这次的真丝样品出现任何差错,否则我开除你,好了,开个玩笑,我相信你的能力,今天几号了,林之夜看过这些面料吗? 路晓莉俯身触摸着她相中的一堆面料,色彩绛红的一块面料从一堆面料中滑了下来,路晓莉赶紧提起来说,快快快,找个大一点的盒子装起来,弄脏了谁赔。

喝醉了的林之夜直到快下班的时候才赶到龙华,路晓莉的心情极度不爽,整个上午,她已经在普料车间里发了好几次火了。看到林之夜,路晓莉却又忍住了,这个女人,真是富有高见。

看看吧,我为你准备的面料,你的主题不是真丝嘛,你摸摸看,这手感,这光泽,像水一样,不,像婴儿一样……路晓莉从一个个盛着面料样品的盒子里重新翻出真丝面料,脸上的贪婪让人感到好奇而颤抖。

再配置一些等量的雪纺吧,颜色以白色和灰色为主,对,还有一款玫红色。玫红色的雪纺准备一卷就够了。林之夜仔细地观察着每一块真丝面料,又提出了这个配套的新的要求。童妮感觉路晓莉的后背略微抖动了一下,她太熟悉路晓莉的这种反应了,这是她发火之前的明显征兆,但是,从一堆真丝面料里传来了路晓莉温情的回应。

你是想挑战 Dolce&Gabbana 的新世纪风格吗?路晓莉想要了解林之夜的忽然变化。

真丝加一点雪纺,会削弱真丝对人体的挑剔,当然,风格上也是很浪漫很华贵的,延续上一次的晚礼服风格,这样,你的订单才会和你的投入成比例。林之夜以一个冷静的设计师的角度提供了回答。

哈哈哈,我就知道自己不会看错人,我也很喜欢 Dolce&Gabbana 的风格,不过,我不需要设计得太西式。

那当然,在西式风格中流露一点怀旧的表情,这一向是中国高级服装界的复古风。

好吧,时间表。

一周吧。

听到这个时间限制,路晓莉的牙齿咬在一起,她恶狠狠地问林之夜,该不是故意的吧?

我从来不拿设计开玩笑。林之夜说。

那就下物料单吧。路晓莉回头对跟在身后的童妮叮嘱道。

增加的物料需要重新给你提交一次成本核算吗?童妮问路晓莉。

那当然。路晓莉严肃地看了一眼童妮,这真让童妮怀疑路晓莉的严肃,她是否想要借机提醒童妮和林之夜,别在动情处将她珍爱的那些面料当成了结婚礼服的前奏曲。

林之夜示意童妮离开样品间。

童妮离开了,在几个穿着职业服饰的人体模特的间格里,童妮看见了路晓莉的脸,那上面,满是成功女性掌控一切的自然与高贵,而林之夜的侧面却看不清楚,他与这个女人交流时,是违心的,还是……童妮打断了思路,进了货仓部。

夜里,在龙华,为了一件小小的事情,为了一截点着后总是要自动熄灭的蚊香,童妮和林之夜之间爆发了同居以来最激烈的一次争吵。蚊香仅仅是他们争吵的导火线。

太潮的东西不容易着火。望着那盘总是自动熄灭的蚊香,童妮充满寓言的语气引起了林之夜的不快。

一个人的思想是要靠自己去建立的,别人,只能是旁引。我觉得,困难和考验没有什么不好,相反,对我们这种人,它自有它的美妙之所在。林之夜正在阅读一本杂志,端详着杂志里最流行的某些趋势。

我的思想原本就是残缺不全,现在,大概已经开裂成一堆瓷片了。童妮虚弱地说。

我不知道该怎么劝你? 你总是——不够温柔,有时候,像个男性,太犀利。林之夜笑了笑,想缓解他们均感到陌生的失控感。

林之夜的笑容打翻了童妮的另一种温柔之瓶,天性的温柔的瓶,某些带有好感的诱惑跟着这个瓶子碎裂了。最近,这种情况时有发生,当她以为他会走上前来用一种宽容的拥抱融化她的眼泪,告诉她一切都会好起来时,他却不合适宜地给了她反唇相讥的剖析之词,她无法接受,所以,也就失去了向一个男性时常撒娇的时机。尤其当他在如此近的距离里竟然形容"她有时候像男性一样犀利"时,她的压抑和克制都丢下了盔甲,她的皮肤像松开的樟木一样掉下成片的木屑来。

因为你总是自以为是,这是你的特权,也是你的习性,你从来也没有重视过我的内心感受,你忽略我。童妮直视着林之夜的眼睛,想从他的眼睛里救起已经虚弱无力的自己,为一个埋葬在日常生活中的弱小身体找到一丝精神上的宽限。

林之夜并没有领略童妮的虚弱,而是直白地反击她,那个人,应该就是你。他说。

是,是的,是我,是我,是我,那个人就是我,狂妄的我,自私自利的我,虚无飘渺的我,不够高尚的我,不够圣洁的我,不够完美的我,不够宽慰的人,不够温柔的我……是我,一个自以为是的女人,从认识你的那一天起自以为找到了精神知己的我,在文学的黑暗里自以为可以靠你温暖身体的我,在女性的私人世界里自以为可以与你齐头并进的我,在生活的残酷里自以为可以与你相濡以沫的我,我自以为是,在你眼里,我就是一个自以为是的女人,可以了吗? 够了吗? 你还想听听我对自己宣判的其他罪恶吗？想吗？最后一句，她知道，是一种私欲中的喊叫。她输了，输在她的力争对等中。

生活中的残酷现实才刚刚降落，你已经面目全非。林之夜为童妮的呐喊划上争吵的句号。

黑蓝色的夜幕像一张寂寞的布，包裹着童妮的身体，她并不知道她是怎么走出自己房间的，她出来了，在流淌着城市之光的夜景里折下一枝鲜艳的落寞的木棉之花，她回想着他们刚刚相处时的那些温暖时光，心壁上，仿佛有一把闪闪发亮的岁月镰刀正在收割这些花朵的头颅。

第一批样品出货时，路晓莉大失所望。我看你是在什么关键环节出现了主题概念上的错误，真丝怎么可能处理的如此繁琐……林之夜，我怀疑你在剪开这些昂贵的面料时脑子里想的不是你的设计，而是另外一些不可告人的杂念，你疯了嘛，拿我的面料开玩笑，这可不是优秀设计师的所为。路晓莉从前来试身的模特后背上拉开一席晚礼服的拉链。

重新做吧，剩下的先不要轻举妄动，我需要你重新提交一次设计稿。面对一件已经废了的晚装，路晓莉显得痛不欲生。

雪纺花朵和收口还来不及点缀，你不要轻易持否定态度好吗？林之夜辩解着。

不需要了，你的心思在别处，在你还没有调整好自己的设计思绪前，请不要轻易动用我的面料。这几乎是童妮听到的最为严厉的指责。

你要让我放弃设计吗？林之夜问道。

不，恰恰相反，我要让你尊重设计，我看这样好了，我还是给你提供一个特别一点的模特吧，她是我的一个朋友，你参照她的气质来试验一下，哦，对了，她叫叶培。路晓莉进一步表明了她的态度，看来，这一次，她心疼的不单是她的昂贵面料。

一周后，当童妮在样品间里整理一批精致而细腻的雪纺面料时，在露茜·爱的陈列室里，名模叶培已经坐在了林之夜的对面，这不能不说是两个普通人之间最不普通的一次会面，一段与方华有关的燃情岁月从广州吹到了深圳——方华就是叶培。抱着一堆设计稿和雪纺样品的童妮在陈列室外听到了他们多年不见的一场谈话。

是有意的吧？林之夜问现在的叶培。

那当然，这是我一贯的风格，我早就知道你在替露茜·爱做设计，我还知道你想借此次机会弄出点名堂。叶培的脸上化着浓妆，但父母遗传的基因使得方华的脸庞再次覆盖在这层浓妆艳抹上，一个崭新的依然升腾着火焰的方华复活了。

你就不怕我是来报复你的吗？叶培冷笑着，有着朋克式的冷艳之风。

报复我什么？

别装了，我已经和耿鹏离婚了，听说你也开始新的生活了，但依我看，这个名叫陆重篱的女人还真不是个一般的对手，我曾经的丈夫迷着她，现在，再加上一个服装设计师，不错嘛，林之夜，告诉我，你是不是还在挂念着那个魔鬼式的陆重篱？叶培的话刺激了林之夜。

你和耿鹏离婚与陆重篱有什么关系，当初你们不是要死要活都要白头偕老吗？怎么过不好又怪上她了？

别这么说林之夜，你的用词还真是美妙啊，你可能忘记了，要不是你也像中了魔症一样迷恋着陆重篱，我和耿鹏的婚礼也不会办成那样，当然，我们又怎么会离得这么快呢，这还真是托了你的福哟。叶培一副不想旧话重提的模样，可是话里话外句句都在掀旧账。

装神弄鬼的人是你吧，快说吧，你是来工作的，还是想图点别的什么？

我，不图什么，耿鹏的家业我也分到了，名嘛，我也出了，事业嘛，也才刚刚开始，我只是看上了你的设计而已，对于有野心的人来说，相互搭台比单打独斗要明智多了，开始吧，你是想让我试试你那些失败的样品，还是重新给你摆几个姿势，好让你找到一些设计灵感之类的东西？

都不需要，你还是另谋高才吧，我们道不同不相为谋。林之夜平静地说。

什么？道不同，不会吧，多年以前我们可是一条绳子上的蚂蚱，那时候，我和耿鹏正在谈婚论嫁，你倒好，为了一个只会哭哭涕涕的陆重篱横空出世大打出手，你可以呀，我的大设计师，改行以后，嘴巴伶俐多了嘛。

你还真是活得挺有情趣的，喜欢翻旧账。林之夜收起了草稿纸。

不，听说你为了陆重篱不惜改头换面的，我嘛，为了耿鹏也一直在改头换面，我们的人生又回到了另一个新的起点，我告诉你，林之夜，耿鹏和你一样，喜欢在龌龊的角落挂念那个名叫"陆重篱"的女人，我还要告诉你，林之夜，那两个青梅竹马的情侣又开始热恋了，你不觉得这两个人有些卑鄙无耻吗？听上去，叶培的话是那么真实而形象，林之夜的脸上顿时显出一丝绝望之意。

行了，画你的草图吧，你在这里为了别人寻死觅活的，人家早就从湖北来到广州投怀送抱了。这一次,叶培用的是揭老底的口气,连同林之夜也一同戏弄的表情使她看上去多少有些楚楚可怜。

你说的,是真的吗?

良心作证,人格担保,口说无凭,立字为据。叶培翘起染着火红指甲油的兰花指,在一张白纸上飞快地写着什么。童妮破门而入,从叶培的手上抽走了这张纸。

看着纸条上奔出来"陆重篱"三个字,童妮把目光转向了林之夜。这应该就是你的全部吧? 童妮问。

你是怎么了? 林之夜从童妮的膊弯里抽走了一捆面料。

我只是受不了你,因为你把我当成了一个暗钮,打开一切的暗钮。童妮闪烁着一双绝望而敏感的眼睛,在林之夜避开的欲望里翻动着。

为什么你总是比别的女人表现的沉重? 是天生的? 还是故意的? 你知道女人最大的杀手锏是什么吗? 是温柔……

"温柔",这更是一道扭转黑暗的暗钮,林之夜在一个复仇者面前无意间碰开了它,而童妮身上的热血正从这个黑洞里流出来,淌进他们相依为命的那些时光中,她喝着她自己的血,品尝着她自己身上的腥味,哭泣毫无理由地控制了她。

此情此景只是令叶培的计划略微有些受伤,但很快的,叶培就恢复了自然,林之夜,私事归私事,公事归公事,除了我,你以谁为蓝本来搞这次设计都是失败的,除了我,谁又能让你如此痛不欲生呢?这才是设计师和模特的最佳合作时机,明天见。叶培倒是留下了一个温柔的微笑,然而这比利器来得更为直接。

童妮颓然地放下面料,她在等待着林之夜的某种解释,无声的空气考验着她的耐力,在最后的等待里,她失望地说,林之夜,你应该学会宽容一点,不要太自私。

我自私?我要是自私的话,我不知道世界上还会有谁不自私?认识你后我从来都没有先想过我自己的生活,我从来都是先想着别人,先想着你,想着让我们过得好一点,我已经在尽力,所以,你的话很难听。林之夜说。

别人? 别人是谁? 是我吗? 童妮吃惊于林之夜的争辩,眼泪翻成了串儿。我的话难听,你觉得无法接受吗?大概,史兰兰的话你爱听吧?陆重篱的话你更爱听吧?虚伪,虚伪,虚伪的一切,被宽慰掩护起来的虚假,包括掩护这种虚假的假象,你在害怕面对什么,面对你的内心,还是面对站在你面前的真实的人……

是的,在林之夜的私欲里,史兰兰不能构成任何威胁,而陆重篱却是他心中永恒不灭的爱情之城，多年前，那个充满哲学意味的搂抱和亲吻已经融化了他日后生活中的酸楚与幸福，那是只能由他去设计并打开的安装着神圣密码的古老城门，而不是由童妮在他这座城门外扬起满天废墟般的现实之灰尘。

不管怎么说，我对你是忠诚的。林之夜用了他寺院里的老剑，童妮在他的剑光中不寒而栗。

她的哭泣还在继续，而林之夜已经想要休战。好了，工作吧。林之夜淡淡地说，似乎重新听到陆重篱的消息已经使他无力反抗什么似的。

绝望像月亮一样照耀童妮的落寞感。过了这个阴历新年，她已经是一个接近三十岁的女人了，三十岁，她的哭泣被三十床棉被压了下来，身体在三十层棉包里深陷下去，她喘吸在自己痛苦的氧气里，抽泣变成了棉花里的白。

面对一个女人的抽泣，林之夜感到烦躁不安，他不明白一个女人，什么事也没有发生，为什么哭成这样？

好吧，你想怎么样吧？林之夜大声地问。

分手，我们分手吧，等协助完你的这次设计展，我们就彻底分手吧，你需要的不是女人，你需要的是放生。童妮如释重负，"分手"这个尖锐的词语挽救了她对爱的绝望。不等林之夜说些什么，童妮已经绝望地离开了陈列室。

5

在最后的，相互都觉得应该为对方的精神与肉体同时给予时间来冷静以待的间隔里，他们迎来了一个好消息：魏一委要在深圳办个人艺术作品展。

一个春光明媚的早晨，早春的气息从各种蕨类植物上舒展开来，嫩绿的小芽从远处的丛林里显露出风的强劲，银湖湾的爆竹花已经打着桔黄色的小疙瘩攀援在高高低低的院墙上，魏一委和他的几十件集装箱一起进入了童妮的视线，在林之夜谈论了无数次他们的无限风光后，童妮在深圳早春的阳光中见到了魏一委。说实话，童妮完全做好了迎接魏一委的准备，然而不期而遇的两件作品削弱了童妮对作品展的热情。

第一次撞击，来自于魏一委的一件木雕作品，女体半身木雕，扎着两根羊角小辫，目空一切又稚气未脱的样子，整个胸口上开了一道两寸见宽的口子，从喉咙处，直抵小腹部，双乳是苹果状的，但是，一只大于另一只，而小一点的正在下垂。可以说，这幅木雕作品从血缘关系的深层水域中飘浮起来，仿佛一艘战舰一样撞击了童妮——在早春的阳光中，她仿佛看到了童笛的干尸，艺术的干尸，一堆有着与她相同血肉的死去的血肉从一包白灰中回归，以一棵树杆的守护静候死亡气息的复原图标，这让她觉得，木雕上裂开的每道伤裂缝刚好装进了她之前缝纫好的每道伤口，原来，在时间面前，大家的青春都已经过去很久了。

第二次撞击来自于一幅未完成的油画，当童妮在大家的忙乱与兴奋中自顾不暇地打开魏一委带来的另一件作品时,一幅油画从她手中掉了下去,还好,因为整幅油画用一张很大的旧毯子包裹着,所以,掉下去后,弹在毛毯子上,当然也没有造成丝毫的损坏。童妮用毯子遮住了这幅油画。

童妮不愿意提及,但画中人的确定是陆重篱。她坐着,在一片虚幻的枣红色的背景里,穿着一件绛紫色的毛衣,一条枣底色碎黄花的灯蕊绒长裙散落开来铺在画面上。她的两只手,看似无意,实则有意地摆放在她并拢的大腿中间,是拒绝,也是引诱的动作,而她的面部一片模糊,除了大概的有些西式意味的面部轮廓外,目光和表情均是一片模糊。

看来,这是一幅没有完成的画,因而也就显示着画中人的变幻不定。

面部再点缀几笔,就完美了。林之夜感叹道。

不见得,这样有这样的好,一片模糊,模糊女性学,真的挺好。魏一委说。他们的谈话还在继续,童妮没有理由听下去,拎着一包旧报纸离开了美术馆。第二次来到美术馆时,个展正式开始,应邀而来的还有陆重篱。事实上,这是童妮和陆重篱之间的第二次见面,然而,对童妮而言,这个有着浓重女性气息的另一个独立体,从来都没有离开她对林之夜和自己私生活的萦绕与纠结,这多少令她有些不服气,一个在朴素的日常生活里没有扮演过牺牲精神的人,在高雅的精神领域也就谈不上什么实质性的付出。至少童妮是这样理解爱情的。

魏一委领着陆重篱在展厅里默默地浏览起来,这时候,他们四个人之间已经打过招呼了,童妮并没有感到自己是多余的,相反,因为她的加入,展厅的空气中弥漫着另外一股充满旁观者深邃洞察力的回旋与辗转,她感受着来自于自身的另外一种力量,觉得人生的另一页忽然间被打开了。

想什么?想你看着那幅油画时的掩耳盗铃吗?童妮低声地对身边的林之夜说,辣椒变成了骆驼刺,刺进林之夜那双多欲到无欲的手掌,这应该是展厅的另一种解说辞。

你干嘛越扯越远。林之夜掩饰道,复又盖上他虚伪的锅盖,是的,这种场合,他需要的是熄灭,而不是燃烧。

不,因为你一直都在怀念她。童妮用胳膊碰了林之夜一下,林之夜紧张地抓住了童妮。

别,别这么说。林之夜低声下气,大概觉得在神圣的恋人面前这样讨论他们逝去的爱情简直是一种神灵的耻辱呢。

在怀念里恨不能与她生死相随……童妮的解说辞并没有终止,相反,她击中了林之夜的要害,林之夜紧紧地盯住在魏一委身边挪动的陆重篱,她还是那样,嘴角挂着一丝温柔的捉摸不透的微笑,面容古老而现代,恰是设计师最为迷恋的轮廓啊,林之夜的心里涌起新的设想。

她来了,是不是我应该走了……童妮继续着她的心灵对话,她不知道自己想要引导出来什么样的结果,但却又无法中断。

你们是两个人。林之夜调转过头,心情复杂地看着童妮。

一时间,童妮觉得自己孤立无援,一根细弱的绳索,穿透林之夜与外部世界的那根绳索,眼睁睁被林之夜那把深藏不露的利刀给割断了。童妮哆哆嗦嗦走出了展厅,新的寂寞毫不留情地从美术馆的玻璃上扑进来,她的胸襟里全是万物交织在一起的纠缠不清的寂寞图像。

童妮寂寞地离开了美术馆,而另外两个却还停留在艺术的宫殿里,以浏览魏一委的个展为借口,想要在喧哗的当代城市里找到有关爱情纸屑的另一番挤压。就让他们在美术馆里慢慢地徜徉吧,在开花的春风里拾掇起曾经凋谢过的芬芳放在彼此沾染着物质欲望的鼻子底下再重新好好地嗅一嗅吧,大自然是唤起回忆的最佳渠道,而春天则是继续往事的最佳手柄,把你们曾经抛弃过对方的手指再重新放在这把手柄上,看来,破茧而出也没什么不好。

次日,陆重篱参观了林之夜所在的银湖荔龙别墅区。童妮选择了沉默,有一种即将要遭遇流亡的味道充斥着她的心情。在二楼的平台上,她仰视着林之夜和陆重篱行走在一起的身影,他们正在观赏院落里的一棵凤凰木,细碎的凤凰木叶子遮住了蔚蓝色的天际,一束束粉红和玫红色的绒状花朵点缀在树丛中央,草坪上新落下去的花束伴随着惊叹的模样四散而去。

童妮的眼前浮现出露茜·爱的陈列室来,那里有一件被林之夜拆了无数次的真丝礼服,有着蓝灰色的基调,和深灰色的雪纺收口,在后腰的部位,装饰着一枚闪着银光的金属扣,那个金属扣的高低和松紧,决定了整个真丝礼服的成败,斜肩而上的另一个收口装饰着相同的一个子母扣,它恰好盘居在模特修长的脖颈处,传递出设计师欲语还休的某种隐情。

这件被拆了又缝好的晚礼服是为她准备的吗?童妮从平台上仰视着林之夜身边的陆重篱,早春的阳光抽打在她的冥想里,她看见,随着林之夜的指引,一卷乌黑的长发从陆重篱的草帽里散落出来,陆重篱随手取下了太阳帽,露出高耸的额头,正是上窄下宽的西式额头,那直挺的鼻子,连同那厚而坚持着丰富内心活动的嘴唇一起印人童妮的眼帘。

恶俗和神圣之间究竟有多大的缝隙?

也许,有的人,他只想看见菜地里的菜,他根本看不见菜地里撒下的那些粪?而有的人,他的眼里只有来自于某个神圣殿堂里的合声,他需要为逝去的一切歌唱,而不是为即将付出的一切来歌唱。他是这样的人吗? 童妮看着林之夜,他正在伸出一只故作礼貌的手,指引着陆重篱来到童妮所在的平台,是的,这个平台是宽敞的、超负荷的,多少时光中的落叶和雨水都曾穿透过它的容颜。在停顿的几秒间,童妮和陆重篱的目光在平台上形成了对视。

你好,这里很美。陆重篱望了望平台四周。

是的,常年累月都可以看见新旧交替的美。童妮使用了自己的语言,这引起了陆重篱的再一次对视。

你应该是常来的。陆重篱说。

也不尽然,有需要时就来。童妮微笑着,不至于破坏大家交流的氛围。

现在,你们俩都成同行了。陆重篱的语调是随意的,但听得出,她是感慨的。

虽然是同行,也还有差别。童妮将目光转向林之夜,希望有机会尽快离开他们。

你喜欢这里吗? 陆重篱问道。

哦,还行。童妮以为陆重篱问的是林之夜,见林之夜没有回答,自己又增补了一句。那里有一个圆桌,你们可以在那里坐一坐,早晨的空气还是很清新的,对面还有一座山,雾气不浓时,可以看见香港,童妮指了指放在平台一角的一套石桌,我去楼下为您准备一点水果(童妮使用了"您"的修辞,这是陆重篱所没有想到的,这个距离也许正好就是新旧交替的距离)。

用罢水果后,午饭是提前吃的,因为陆重篱要急着赶火车。放下碗筷后,陆重篱问林之夜,你这里有洗衣机吗?

有,半自动的。林之夜答道。

我要洗件衣服,沾了油,怕是要染色了。陆重篱解释着。

他们一起向阳台上放着的洗衣机走去,林之夜出来时,童妮看见陆重篱将刚刚洗好的一件长 T 恤往拖水桶里拉着,泛着白色泡沫的 T 恤搭在洗衣机上,洗衣桶里的污水顺着 T 恤流了满地。

我,是不是这样的人呢? 污的缠不清的? 童妮思索着,看着还在捞衣服的陆重篱,忍不住走上前去帮陆重篱拧干了那些污水。

这样,你自己就不会弄湿了。童妮不怀好意地笑着说。

哦,我想放进脱桶把它们弄干就可以了。陆重篱也笑了笑,她们终于在彼此的笑容里拉开了心的间距,她们明白,从谁身上流淌过去的溪流,终将带着谁的方向。

陆重篱离开深圳返回武汉时,由林之夜送陆重篱去罗湖火车站。临走之前,林之夜为陆重篱提着行李箱,而陆重篱两手空空地站在童妮的对面。那一刻,他们俩人都在极力地要求童妮也一起去火车站,童妮站在高于他们两级的台阶上,她笑着,表示着自己的抗拒,也表示着自己最后的清醒。

林之夜去送就可以了,我还要赶回龙华。童妮表达着自己的豁达。

童妮看着林之夜和陆重篱怀着爱情的背影,差强人意的背影,自以为是的背影,觉得整个时代都在与他们圣洁无上的爱情相互错过的背影,童妮闭上了眼睛。

是的,童妮不得不承认,在她看来,不是这些名叫妮类的女子或者名叫夜类的男子挡在他们各自的情爱建筑里,其实他们本身才是挡在妮类女子和夜类男子情爱世界中的另外两道真实的门槛,他们的身体就是他们日夜修复的坚固的门槛,她用呼吸分散着自己的压力。这就够了,留给他们回忆,或者是重新相聚的空间,如果可能还可以彼此承诺重头再来,这对童妮,也是未尝不可的。

童妮无从知道,这短暂的重逢的时间里,当她不在现场时,陆重篱和林之夜会如何交谈? 他们会否拥抱,接吻,做爱? 当然,最后这种猜测刺激了童妮,使她对爱的神圣产生了片刻的恐怖。

他们在互为幻想。这是童妮对他们的评判。

陆重篱离开深圳后,林之夜沉默了很长一段时间。他的话极少,似乎全部的心思都扑在了晚礼服的设计上,从设计的角度来看,他的思绪越来越接近设计师的颠峰状态,这让童妮产生了一丝不舍的情怀。

眼看离正式展出还有一周的时间,面对最后一批成衣样品,林之夜再次抽出了那件被他否定了无数次的蓝灰色真丝礼服。

它总是缺少点什么……林之夜若有所思地对着晚礼服说。

龙华的夜已经很深了,内疚和疼痛正从某个虚无的方向飘进童妮的内心,她走上前去,爬在林之夜的后背上,想让他停下工作。当童妮伏在林之夜的后背上,甚至是有意地碰到了他清瘦的脸颊,她看见,林之夜的右手拿着一张新相片,那是陆重篱的油画翻拍品。童妮的心凉了。

这么晚了还不睡。林之夜的眼睛里升起满天迷雾。

因为我的房间还停留着另外一人的味道。童妮是要坦然面对了,她手中的另外一把刀,像是隐匿在泥堆里的加速度,划进去,又抽回来。

我在制作样品,我会回去的,做完了就回去。林之夜帮她抽动陷在泥堆里的这把刀。

为什么要参照一个模糊的样板?童妮的刀,从泥浆里刺向她想象的位置,在林之夜深藏不露的思想穴位上辗转了一圈。

参不参照都一样。林之夜的泥浆如此厚实,而她的刀锋却太短。

为什么又要放她走?童妮放弃了她的刀,改用一张苇席包裹林之夜的思绪。

你不用计较,她已经离开了。林之夜的眼睛移向别处,以为她也会像往常一样跟随着它们的移动。

离开?何时?童妮从林之夜的目光尽头反射过来,又是一支带泥的剑。

你明知故问。林之夜偏着他的头部,以为只是一次相互的爱的野外狩猎。

没有人让她离开,也没有人不让你跟随,你这是何必呢?童妮的剑上也带着泥,从干涸的河流底层抽动起来的泥。

我和她已经没有可能。林之夜从空气中下沉下来,落在大地上,在剑与泥的距离中想要保全他的隐私。

应该是有千万种可能吧?童妮忽然感受到了一股风,从龙华的街道上卷进陈列室的风,有着天使的锋芒和特质。

那是你一个人的想象。林之夜恢复了原状,用他一贯的清瘦的身体捍卫他的原形。别再假装伟大和圣洁了,在你圣洁的作品面前,豪言壮语更能体现你的价值。童妮脱口而出,好像已经找到了退让的最后缺口。

林之夜叹了一口气,放下手中的相片,他的身体终于转回到俗世,他的眼睛重新恢复成男人想要妥协的模样,看似可怜却令人怀疑的眼光令童妮犹如坠入一片梦境。

告诉我你最真实的想法……童妮等待在最后的缺口。

也许是一秒,也许是一生,童妮听到了林之夜的对答:我没有必要告诉她某些事,所以,有些事情,也就没有必要转加给你,她已经与你无关了。

不,她与我有关,是你让她进入了了我的私生活,这是不公平的……如果你需要的只是情感世界中的过客,我现在告诫你,你走了一条弯路……童妮含着泪笑了,退回到过道里,她用藐视的眼神转身对林之夜说:你永远都不会明白,在我这里,你始终是自由的。

我是爱着你的,等露茜·爱的设计展结束后,我们就去度假吧。林之夜追了出来,这是童妮没有想到的,他的温暖贴满她的身体,这也是她所没有想到的,她的一生太缺少亲人般的温暖,她时常感觉到异常的冷落和冰凉,虽然她已经在一个高温的城市里生活了这么多年。

这次,童妮还是相信了林之夜,这是童妮的爱好,她总是习惯于相信林之夜,每当面对巨大的现实生活时,她总是从每一个正在发生的细弱的生活琐事中,试图去捕捉他作为艺术工作者存在于当下时代的压迫性与解放性,她需要成为他的某种伴路人。她需要。

露茜·爱的设计展取得了空前的成功,当叶培故意提前离场,带着复仇者的火焰抛弃了这场服装界的盛大聚会时,童妮的身体套进了那套修复过无数次的蓝灰色真丝晚礼服上。在T型台上,童妮代替叶培登场了。当然,在某种意义上,童妮知道自己想要代替谁,陆重篱的影子终于可以在动感而神秘的伴奏里消失在这件以她为原型的真丝礼服里,当这件礼服落在童妮的思绪上,它所波动出的每一条曲线和色彩都将重新开辟出童妮的思路。

不管代替谁出场,童妮迈出了真实的一步。

在面对林之夜和路晓莉的一刹那,童妮毫不犹豫地从肩膀上取掉了那枚闪闪发亮的金属扣,雪纺堆砌起来的一朵蓝灰色玫瑰,在童妮细腻而光洁的肩膀上如风展开,这不仅是她人生的创意,更是她对生命的宣战……

客人们散尽后,离别的音乐从大厅里传来,是肖邦的一首协奏曲,调子柔软而充满轻灵。童妮脱下真丝礼服,孤独地站在后台。也是在这里,她曾牵起过林之夜的手,以为自己成功后,会和这个人转回到相识之初的最佳状态。现在,他可能正在赶来向她表示感激,但为什么我没有喜悦相伴? 她问自己。

我们去哪里? 去银湖,还是回龙华? 林之夜来了,站在她的身旁,听上去,他的声音里已经有所预感,并且想着如何来阻止。

你知道我想说什么。童妮想到了最终的离别,那些熟悉的被她维护过的篱笆正在倒塌。

有分手的必要吗? 林之夜脱下一件崭新的印着酒红色风火轮图案的艺术T恤衫,显示出他清心寡欲的一堆骨骼。

分手吧,在我们之间,你还能坚持多久? 童妮原本不想质问林之夜,可是林之夜冷静的肢体语言刺痛了她的思绪。她原本是指望着林之夜到来后,会充满激情地看着她,感叹地望着她被一席真丝包裹起来的优越的气质。他并没有赞美,是的,在一个影子人面前,他永远都在吝啬他恰当的表达。

是的,我说的是分手,和平地分手。童妮重复了自己的决定,放下刀与剑的重荷后,她的身体,连同她的爱,一起轻了起来。

其实我已经跟你解释过无数遍了,我不想在你身上验证什么,你是你,她是她,你们是两种人,况且,现在,眼前的一切,这就是我想要的生活,童妮你懂吗? 这就是我想要的自由,这就是我想要的爱情,我喜欢现在拥有的一切,而你的怀疑和验证却在打扰我的判断,我的回答你懂吗? 林之夜坚定而露骨地使用着排比句,这在他是少见的,他不喜欢重复,尤其当他总结自己或者评价自己时,他最不愿意落入一个循环往复的话题,这也包括他对待爱的态度。

你觉得自己是一个负责任的男人吗? 童妮不想太过尖刻,因此在语气里为已经铸成钢板的尖刻盖上一层轻柔的薄纱,这样,林之夜从她的对话里听出了来自于她灵魂深处的对他的失望和纯粹的否定, 而她的失望因为天长日久地共同使用着一个饭碗,因此又渗进一层女性所惯有的关切和接近于母性的液压,这些声音的特质使林之夜马上停止了一切动作,他靠在墙壁上,从裤袋里抽出一根揉折了的半根香烟含在嘴里。

你指哪方面? 林之夜像来自于另一个相反派系的敌对方那样审视着童妮。

全部,每个方面,你的人生,绘画,诗歌,设计,事业,生意,朋友,还有……说到这里,童妮似乎觉得自己太过强求,又表示出欲言又止的停顿。此时,她发现,她已经将自己变成了一根自行车的链条, 每一个白天和黑夜都成了安装在她身上的两个轮子,只要她还活着,这根象征爱情链条的身体就会延缓着衰老。

还有吗? 林之夜问道,一桶机油从他的口腔里倒进童妮这根延缓的发条。

还有感情,如果说成爱情,不免荒唐。童妮继续转动着时速,以便那些过往的黑夜可以在他们寄居过的屋子里继续闪烁黎明的光辉。

好吧,说吧,随便哪个方面。林之夜就着一根火柴点着了他的半根香烟,然后,他走回原处,靠在他刚才的影子里。林之夜喷出一口青烟,袅上屋顶,墙壁上,因为射灯的缘故,青烟投下来一团团丝丝缕缕的线状。

你在以你特有的方式逼迫我吗? 童妮已经从失控的思绪里拣起了她丢失的满地乱滚的爱的珠子,那些圆脑袋的家伙,帮助她恢复着人性中的硬度。

不是我逼你,是你自己逼自己。林之夜又吐出一口青烟,因为用了舌尖的翻转,增加了烟的高度。这根舌头,曾经架在她的嘴里,从她的嘴里翻出菜油奶香水和女性所能携带的一切抽象图腾。

是吗? 你的设计搞不出来是我逼的,你的事业毫不景气是我逼的? 你的生意谈不成功是我逼的? 还有你的所谓的灵感,永远都是只有构图而没有颜色永远都是上了颜料而缺胳膊少腿永远都是买了成批的面料而你却没有心情没有创意只有空白,永远都是你有了好心情有了好创意而又买不起成批的面料而只有无休无止的空白,你的东西都是我逼的? 包括你这个人吗? 童妮的舌头在她的嘴巴里滚动,仿佛有一把隐形的剪刀即将伸向舌头的韧带将她的舌根连根剪断似的,她的嘴唇和舌头一起泡进了对话的酒精瓶。

现在,你成功了,你完全可以自燃了。童妮推翻了这瓶包装精美的酒,她只觉得自己的眼睛不再有燃烧的火焰,自己的皮肤也不再有情感的热度,自己就像一棵被林之夜亲手剖开的树,她的人生失去了绿色,剩下的,只有树纹。

我早知道,你爱的,根本就不是我这类人。林之夜的声音显示出极端的荒谬,难道是为了让他那道最为幽暗最为隐蔽最为精致的心灵暗仓砌上防身的涂料? 童妮的舌尖咬出了血。

你在为自己设计一个精美的护身符吗? 为什么? 为什么你要使用如此残酷的方式将它钉在我的胸膛上? 我恨你! 童妮终于尝到了分手的滋味。

我会恨你的,林之夜。童妮重复着。

你听我说,林之夜忽然冲上来,想伸手捂住童妮的嘴巴,却被童妮反咬了一口,他搂抱着童妮的后背,立刻,他们团在一起,团在后台的一堆礼服和雪纺配饰里,力量和力量搅拌在一起,拧在一起,他们在后台上团上团上团左团右团前团后,相互在搂抱里发出一些沉重得的忽高忽低的叫喊声,伴随着这些叫喊声,四周的物件发出一阵紧似一阵的平平怦怦倒成另一团的低唱⋯⋯童妮从一堆碎裂品里翻起身来。

我必须大哭一场,这是我的专利。童妮想。可是童妮意识到,等待这种哭声的不止她一个人,她放弃了,用双手捂住自己的脸,泪水从她的十指间蜂涌而出,她在这些泪水上捂上了她的衣服。对,捂住,捂紧,捂死,捂住自己的哭声,这是一个不需要哭声的年代,不需要眼泪的城市。她的坐姿成就了她的光辉。而林之夜的手,在他们的间距以外,从暗处,也在捂住她的哭声,他的动作从四面八方冲过来,填满所有他们之间的空格,她被林之夜捂死自己的动作填充得饱满而丰硕。

分离才会让爱成熟。

扯开林之夜的怀抱,童妮坐在黑暗里,渐渐地,四周的轮廓呈现在她的眼睛里,灯管,墙壁,展台,门,真丝礼服,还有近在咫尺的林之夜。

童妮从林之夜的手中抽走他的烟卷,她用他的打火机同时点燃所有他曾抽剩的烟头,她吸着,他们的过去,他们的现在,她吸着,这青烟一样的人生,烧的时候曾经是多么灼烈,仿佛女人生来就是从一场火葬场里出来的,她心旷神怡地吸着她的葬礼,她的葬礼,一个人的葬礼,青烟正在上升,像每一个人的最后的人生。她满足了。

吐出烟卷后,童妮开始止不住地发抖。手指的抖动,使那些该死的烟灰总是争先恐后地掉下来,掉在童妮的大腿上,衣服上,童妮着急地咳嗽起来,一阵接着一阵,咳嗽的过程中,烟头从她的手指里翻滚下来,她以为它落在了地上,她还在吸,重复着她吸烟的动作,她感觉自己心旷神怡,几乎已经被神灵所包围……不知过了多久,忽然她的大腿左侧,紧挨着礼服的一个小窝里窜起一股青烟,接着,青烟的底部冒出红色的火光,她看着那股放大的青烟和红色的火光忍不住笑了:我有梦游症吗? 她的笑容里露着极其深沉的讽刺意味,除了她自己,她谁也无法讽刺,无法了解,她笑着。

后来,喉咙里的痛楚冲过皮肉和骨骼穿出她的身体,她感觉到了另外的疼痛,她的大腿,挨着礼服的部分,一片刺骨的揪心的灼痛将她从墙壁上弹了起来。她的双手在空中象征性地一刨,看到一片正在燃烧的火焰照亮了她胳膊上的所有肌肤……

着火了。出于本能,童妮喊了一声。但,她并未听到任何其他的动静,她的声音被她的眼泪和汗水堵在了喉咙口,她大惊失色,在自己的脸上抹了一把,是的,确实有汗。

着火了。她又喊了一声。感觉自己看见林之夜从一片火红的火焰里窜过来,她伸出手,推了过去,这个领悟了她的人,送给她火葬场的人,她满意地笑着,也许这就是所谓的结局。

两个月后,童妮在银湖再次见到了陆重篱,但愿这是她们之间的最后一面。伤势完全恢复的童妮已经从露茜·爱辞职,她又从龙华搬了回来,再次回到了布沙村,和照顾了她两个月的杨柳住在一起。

你果真要见她吗? 杨柳正在为童妮化着淡妆。

当然,这不单是我一个人的意思。童妮直截了当地说。

你还在为林之夜铺路,你真是的……杨柳在童妮的眼皮上扫了一层桃红色。

好,早去早回,好聚好散。杨柳为童妮打上了腮红,是 Dior 的春装款,也是路晓莉对童妮的赠别。

在靠近银湖湾的浅水地带, 一条通往青石板的台阶上落满了红色和粉色的勒杜鹃,整个 B 区的别墅外墙上挂满了爆竹花,桔红色的爆竹花形成一条条垂直的波浪从高处翻腾而下,童妮和陆重篱正是穿过这些桔红色的落花,沿着外墙右侧的这条青石板台阶走进了整个别墅区背后的无人区。

因为人们大都习惯于在别墅区的前半部分活动,所以,在靠近银湖湾的位置,一股浓重的长时间无人活动的稀冷气息使那些落花和树木显出厚重的孤独感。在一阵阵海风吹过的轻闲里,她们都在等待着对方开口。

你恨我吧。陆重篱先开口了。

陆重篱的声音虽然保持着她一惯的天生的柔软,但听得出,她是痛苦万分的,痛苦正在她的肉体里滚动,搅得她不得安宁。

这些跟你没有任何关系,童妮掀开那层生长在陆重篱身上的痛苦的青苔——我不希望通过我来成就你们任何一个人。童妮说的是实话,以前无处表达,现在,她要感谢林之夜这样的安排。

我明白,不过,你是否可以重新考虑你和林之夜之间的关系?陆重篱调转了脚步,站在童妮的对面,她们同时停住了思维,望着彼此,眼睛在海风中形成新的对视的气息。

是林之夜的意思吗?童妮问得直截了当。她看着陆重篱,看着她那双温柔而充满智慧的眼睛,现在,那里面终于和过去的她一样涌现出无限的疼痛。

是的。陆重篱轻声说道。

不可能。童妮回答的斩钉截铁。

没有任何回旋的余地吗?陆重篱的声音开始起着微妙的变调,是的,她退步了,在童妮面前,也许她幻想过无数可以自由与林之夜互通往来的道路,当她和林之夜自认为终生也无法扫除所有爱的障碍时,他们看见最后一道,也许是第一道栅栏自行散架后,她的退步来得及时而凝重。陆重篱在考验童妮的意志。

没有,我不需要你的任何退让,那是你的私事,而且,我的伤也并没有你想象得那么严重,很轻的,轻到任何一个令我倾心的男性都可以接受的程度,如果有一天,我的身边出现了另外一个人,令我不能自控,我想,结局也许会和今天有所不同,我应该为此而感到庆幸!所以,你也不必因为那天晚上发生的事情而内疚,这些,我统统都不需要。童妮从非常实际的角度来反驳了陆重篱,她希望在这样难得的时间面前,她们相互之间都可以从容以对。

但是,林之夜——他看上去是那么痛苦……陆重篱低声地请求道。

你弄错了,那是你们俩个人,不,应该说,是我们仨个人的痛苦背负在他一个人的心上,所以才会让你感受到格外的沉重,不过,我认为,自今天开始,这种重量已经不复存在。童妮再一次回击了陆重篱,不是苛刻,而是尊重。

林之夜告诉我,他已经把公司转让了,准备到北京去。陆重篱在诱导童妮,说出北京,一个艺术家的摇篮,这多少会穿刺到童妮的某根神经系统,在童妮和林之夜最初相处的日子里,他们曾无数次地神往过赚上一笔钱后共同到北京去深造。但那是以前。

祝愿他在北京功成名就。童妮间接地回答了林之夜,她的直觉将永远不会欺骗她的神经,她已经隐隐约约地感觉到,眼前站着的这位女性,一个长着纳菲尔提提皇后般面孔似的女子,或许她天生就喜欢生活在爱情的外围。

我现在明白了,跟我相比,你对他的感情更深刻一点。陆重篱用一根平等的蚕丝线将童妮吊进他们的世界。

谢谢,应该是更丰富一点,这样比较准确,对我来说,他就像生长在尼罗河两岸的繁茂的莎草,接近,并且打开他的真相之后,我的生活就像亲自酿造时间的美酒一般拥有着相互的平衡和交换,这得感谢他的出现。

童妮的话严重地干扰了陆重篱的思想,陆重篱陷入了沉思。

你有什么打算?陆重篱问道。

我怎么会告诉你呢?童妮的心里真是翻江倒海。她从银湖湾的光波上看着陆重篱,忽然觉得她们的谈话已经走到了各自的尽头。她在爱情的泥泞里漫游得太久,身上将永远披着青春年代的一层层厚实的泥坯。

我倒是觉得你应该为他留下来。童妮向陆重篱提出了最后的建议。

为什么?陆重篱的柔软声音坚起防范的羽毛。

他需要你。童妮说道。

为什么呢?陆重篱终于无法抵挡地软了下去。

他一直在证实你的重要性,你不觉得自己应该站出来吗?

正如童妮所料,陆重篱吃惊的表情并没有多少掩饰的成分,这个表情带给童妮新的失望,她伸出自己的右手,再见吧,祝福你,童妮说,我们就这样分别吧,让你从那么远的地方飞过来,就当是散散心,看看风景吧。童妮恢复了她的完整性,而不是一颗颗受伤的零件。

对,这就是人类,这就是关系,庞大而细小,坚硬而虚弱,在断开的地方粘紧,在粘紧的地方疗伤。陆重篱也主动伸出右手,她们的手握在一起,一只是那么柔软,肉感丰满,而骨骼细小,另一只是那么实在,光滑中透着坚硬的气质。

童妮将陆重篱独自留在银湖湾的草坪上,回到了荔龙别墅提起了几个零星的行李。她早早就通知了DY,聪明的DY一直呆在他新买来的尼桑车上,他没有劝说任何人,也没有走进别墅一步。他坐在车上,等着将童妮带出这片属于富人区的银湖地带。

从前厅出来后,童妮没有看见林之夜,在她的脑子里,暂时的空白比什么都重要,相信林之夜也是如此。

在一片巨大的空白里,DY按了几声喇叭,接走了童妮,城市的风景抽打在童妮的脸庞上,三十岁的脸庞,有些事,还可以重新尝试,有些事,已经像地砖一样摞在生活的地基里。

我带你出去转转吧。DY在童妮的空白里扔下一粒诱饵。在市中心一家知名的西餐连锁店里,DY为童妮要了一瓶法国红酒。

两个人的晚餐。DY的热情溢于言表。

是吗? 童妮使用了调侃的味道。

对,就我们两个人。DY肯定地说。

有意,还是无意? 童妮提高了警惕。

都有。来,庆祝你恢复自由身。DY举起红酒。

是庆祝我死里逃生吗?

对,死里逃生,从死到生,一切还可以重新开始,万物还可以万古长青。DY喝空了酒杯。

童妮坐着,一动未动。她预感到了即将要发生的事情,那个瞬间来得强硬而压制,令她卷入新的失望的漩涡,她还没有足够的能力在瞬间忘记林之夜。

为什么不喝? 味道不好吗? DY又举起一杯红酒,踱到童妮的身后,两只手放在童妮的双肩上,将他的红酒杯转到童妮的唇前。

你嗅嗅,多么纯真的味道,和你一样,DY说,手上的温度灼热而迫切。

有那么一瞬间,当童妮的皮肤上传染上DY的热情后,在那么极短的一刻里,她充分地体会并享受到了作为一个普通女性所能享受到的全部荣耀。那短暂的一刻,是多么让她动摇,仿佛一条虚掩的直线,越过去,她就会成为一个真正的深圳姑娘,成为一个衣食无忧的深圳人。

DY用手指捏了捏童妮的肩膀。你瘦得厉害,女人应该丰满一些,他说。这是DY的声音吗? 如此热切而陌生。

动摇从他带来的陌生感中间溜走了。童妮推开了 DY 的手。

我们的关系并没有发展到这种搂肩搭背的份上。童妮说。

我知道你心情不好。DY 解释道。

不,是我根本就没有这种心情。在 DY 的脸上,童妮看见了她经常在美资企业才能看见的那种强权似的高高在上的看透一切和把握一切的男性表情。

你这个人是怎么回事?你难道不知道我把你接到这里来的意思吗?非要叫我明说吗?这里又不是流水线?DY 的强权起到了作用,起码让童妮感到了内疚。

你接我来的时候,我真的,确实不知道,也不想知道什么,也没有想要知道什么,现在,你最好还是不要说明的好,我觉得,我们保持朋友关系比什么都重要。童妮绕来绕去,觉得自己已经表达清楚自己的本意了。

知道就好呀,知道还有什么好害怕的,这不是你最想要的生活吗?再也用不着为衣食住行发愁,可以充满闲情逸致地写点小东西,或者是设计点什么,这不正是你想要的东西吗?DY 笑了,为童妮扫除着畅通心灵的某些障碍。

那么,我需要付出什么?或者代价?因为我太了解你了。童妮的话冲口而出,有一股冲锋陷阵的气势。

代价?言重了啊,童妮,你难道不知道我对你一直都挺有意思,挺有诚意的吗?你应该早就有所感觉啊。DY 洒脱地笑着,那么阳光而自信。大概,他的这种笑容,在童妮之前,也赢得过其他不同的女性。

我和你也不是一路人,你要的东西远比我能给你的要多得多。童妮坦白了自己的理由,虽然是此时才想到的理由,却是诚实而可靠的回答。

什么意思?就算是我对你有婚姻的承诺也不行吗?DY 用来对付客户或者是美国上司的执着精神化成了他的保护伞。

对。我们只能是朋友。永远。童妮坚决地说。

你对林之夜都能如此执着,对我,难道不能付出三分之一吗?

有些伤疤好了,疼痛会随之消失,有些伤疤好了,疼痛会成为一种习性,我属于后者,我看,我们还是各走各的路。童妮放下红酒背起了她的行李,当然,必要时,也可以随手扔掉。

走进布沙村时,一批批说说笑笑的工友从街道两旁迎面涌过来,远远地,童妮看见了杨柳的身影,温暖像机器搅拌成的一条泥浆,它从热血底层翻上来;是的,在一个个给过温暖的可贵的生命面前,死亡、再生和时代一样无法抵挡。